# Marek Halter

Marek Halter est né en 1936 à Varsovie, en Pologne, d'une mère poétesse yiddish et d'un père imprimeur. Sa famille fuit le ghetto de Varsovie en 1940, pour chercher refuge à Moscou, puis en Ouzbékistan. En 1946, il retourne en Pologne avec ses parents et, quatre ans plus tard, la famille obtient un visa et arrive à Paris.

Auteur de nombreux best-sellers, il milite sans relâche pour les droits de l'homme, la mémoire et la paix. En 1967, il fonde et préside le Comité pour la paix négociée au Proche-Orient. En 1976, il publie son premier livre, *Le Fou et les Rois* (Albin Michel). En 1983, *La Mémoire d'Abraham* (Robert Laffont) – Prix du Livre Inter – connaît un succès mondial. Tout comme sa trilogie consacrée à la modernité des femmes de la Bible (*Sarah*, *Tsippora* et *Lilah*), parue en 2004 aux Éditions Robert Laffont. Après *Marie* (2006) et *La Reine de Saba* (2008), il publie, chez le même éditeur, *Le Kabbaliste de Prague* (2010), *L'Inconnue de Birobidjan* (2012), une trilogie romanesque sur *Les Femmes de l'islam* (2015) – *Khadija*, *Fatima* et *Aïcha* – et un manifeste pour la paix, *Réconciliez-vous !* (2015). En 2018, il est l'auteur d'un livre autobiographique, *Je rêvais de changer le monde* (Robert Laffont/XO). En 2022, il publie *La Juive de Shanghai* aux éditions XO.

Marek Halter a réalisé plusieurs documentaires et un film primé au festival de Berlin (1995), *Tzedek, les Justes*.

# LA JUIVE DE SHANGHAI

MAREK HALTER

# LA JUIVE DE SHANGHAI

ROMAN

XO ÉDITIONS

ISBN : 978-2-266-33756-4
Dépôt légal : novembre 2023

« L'homme fait des projets, et Dieu rigole. »

Proverbe yiddish

## Carte du voyage de Ruth

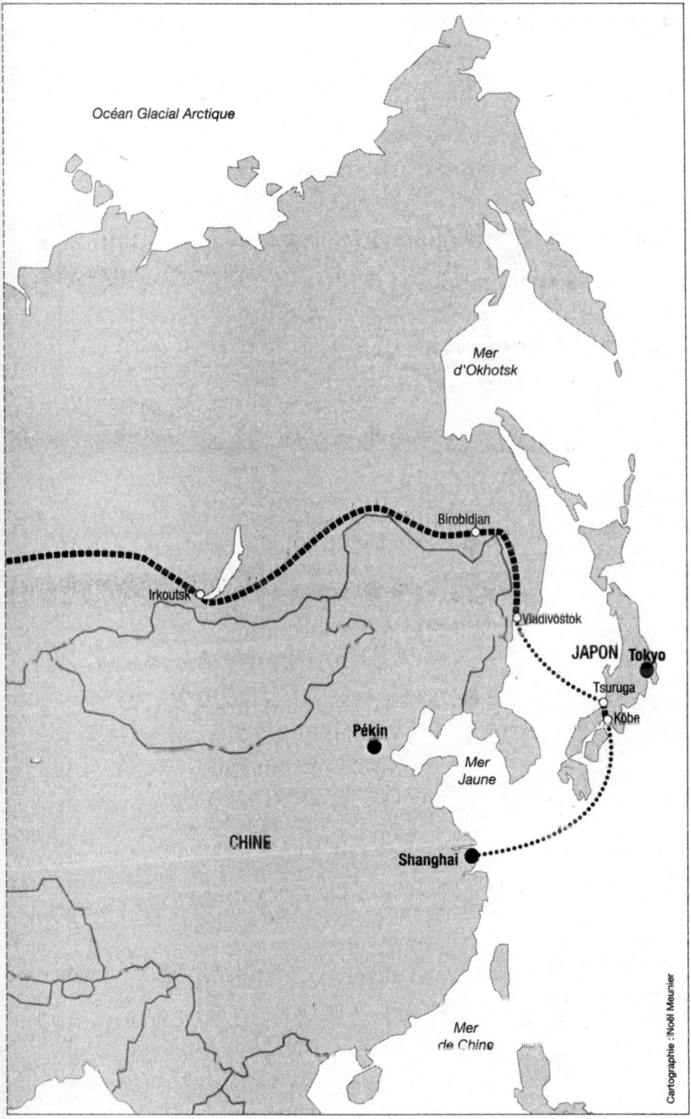
Océan Glacial Arctique
Mer
d'Okhotsk
Birobidjan
Irkoutsk
Vladivostok
JAPON
Tokyo
Tsuruga
Kôbe
Pékin
Mer
Jaune
CHINE
Shanghai
Mer
de Chine
Cartographie : Noël Meunier

# I

# BERLIN

*Décembre 1937-juin 1938*

1

# Le carnet

Six épingles retenaient le col de satin au velours de la robe. Ruth en ôta deux avant de lisser l'étoffe du plat de la main. Les faux plis de l'emmanchure s'effacèrent aussitôt. Elle replaça délicatement les épingles dans les tissus et acheva de rehausser le biais du col, piochant dans le pique-aiguille qui lui enserrait le poignet.

— Je n'en ai que pour deux minutes, Frau Gleisenäu. Il y aura très peu à reprendre.

Un petit soupir lui répondit. Craignant toujours l'impatience des clientes, Ruth jeta un coup d'œil au grand miroir du salon d'essayage qui les reflétait toutes les deux. Elle se trompait. Margareta Gleisenäu souriait, mais son trop large sourire lui découvrait dents et gencives de façon assez disgracieuse. En vérité, toute sa personne était ingrate, songea Ruth, se reprochant aussitôt cette pensée. Elle-même n'était pas une beauté, maigre, longue, plus grande à vingt-deux ans que bien des hommes, le visage étroit, la bouche trop grande elle aussi, et un regard noisette sans originalité. Loin des canons de la mode. Si elle retenait l'attention – ce qu'elle ne désirait surtout pas ! –, c'était à cause de sa chevelure. D'un roux de lave qui attirait tous les regards et qu'elle serrait en un chignon strict pour la faire oublier.

Elle pinça le col afin d'y enfoncer la dernière épingle. La cliente profita de ces deux secondes d'inattention que venait de lui offrir Ruth et s'écarta pour mieux s'examiner dans la glace. Frau Opel, la patronne de la boutique, observait l'essayage depuis le début. Elle fut aussitôt à côté du miroir, s'exclamant :

— Vous voyez, Margareta : c'était vraiment le bon choix ! Cette couleur est un ravissement sur vous.

Elle aurait voulu roucouler, comme elle avait l'habitude de le faire pour apaiser les clientes qui manquaient d'assurance, mais la voix du Führer Hitler résonnait dans la pièce. La retransmission radiophonique amplifiait les aigus et les saccades naturelles de sa diction. Même les murs tendus de tissu ouaté du salon d'essayage ne parvenaient pas à en adoucir l'effet.

Peu importait. La jeune Frau Gleisenäu était trop fascinée par son reflet pour prêter attention à Frau Opel ou au discours du Führer. Elle s'adressa une manière de grimace boudeuse et jeta ses bras nus en avant comme pour enlacer son image. Un mouvement enfantin, si inattendu de sa part qu'elle se détourna avec un rire nerveux.

— Vous allez me prendre pour une sotte, Frau Opel. Pour une fois, je me trouve presque belle. Plus que dans ma robe de mariage !

Ruth ressentit une pointe de pitié devant un tel aveu mais aussi une agréable bouffée de fierté. Venant d'une femme comme Frau Gleisenäu, le compliment valait de l'or.

La boutique occupait le rez-de-chaussée et les deux étages du 26, Seydelstrasse, face à la très chic Ravène Galerie. Une enseigne de lettres dorées sur un fond de laque noire – MODE & BEAUTÉ D'AUJOURD'HUI HANNAH OPEL –, en français, surmontait la double porte cossue de l'entrée. Margareta Gleisenäu y était entrée sept mois plus tôt, un matin lumineux de mai. Devant Frau Opel, en une seule phrase entrecoupée de gestes confus, elle avait annoncé qu'elle allait se marier ; une cérémonie prévue pour la fin du mois ; elle n'avait pas l'habitude de la grande couture ; jusqu'ici elle avait choisi le plus simple pour s'habiller ; elle trouvait ce qu'il lui fallait au grand magasin Kadewe, comme tout le monde, n'est-ce pas ? Or cette fois… Cette fois, elle entrait dans la famille Gleisenäu. Une famille où la tradition comptait. Et beaucoup. Elle allait devoir porter quelque chose qui… Vous voyez ?… Elle-même n'avait pas la moindre idée de ce qui lui conviendrait le mieux. Une de ses amies, une connaissance de Frau Opel, lui avait recommandé le salon et son bon esprit.

— Elle m'a dit : « Frau Opel est une magicienne. Elle veillera sur toi comme personne… » Ce serait merveilleux si vous pouviez…

Ruth avait aussitôt deviné ce qu'elle ne disait pas : la future épouse Gleisenäu se savait laide et en souffrait comme d'une faute. Elle devait approcher la trentaine, on l'aurait pourtant crue sans âge. Ni petite ni grande, sèche, les épaules et les hanches étroites, la poitrine absente, elle possédait déjà la gaucherie inquiète des vieilles filles.

Ruth avait fait de son mieux pour lui redonner un peu de cette féminité qui la désertait, et la robe de mariée avait apaisé les craintes de la famille Gleisenäu. Mais ce n'était qu'en ce début de décembre, lorsque Margareta Gleisenäu était venue commander une nouvelle robe, cette fois pour Noël, qu'elle avait pu exercer toute son habileté.

Le fourreau de velours de soie évasé à partir des genoux donnait une ampleur sensuelle à un corps qui n'en avait pas. Le col-écharpe de satin moiré, ample et mouvant, doublé d'un ruban de taffetas, cassait la raideur du buste et suggérait une poitrine accueillante. Frau Opel avait raison : l'ocre vert du velours captait la lumière chaude des lampes aussi bien qu'une chair vivante. Margareta Gleisenäu révélait alors ce qu'elle possédait de plus beau bien qu'on ne le vît jamais : son regard vert, finement pailleté de cuivre.

— C'est la pure vérité, assura Frau Opel. Vous êtes absolument ravissante, ma chère enfant. Transformée ! Et ce n'est pas moi, la magicienne, mais notre Ruttie.

D'un geste léger elle saisit la main de Margareta Gleisenäu et la fit pivoter devant le miroir. Frau Opel en profita pour adresser un discret clin d'œil à Ruth, qui la remercia d'un signe. Elles se comprenaient. Une année de travail dans la boutique avait suffi pour que la jeune femme apprenne ce qui se dissimulait sous les nuances de ton ou de silence de sa patronne ou sous ses grimaces et rires qui plaisaient tant aux clientes.

La cinquantaine tout juste passée, Frau Opel restait un modèle – ou un objet de jalousie – pour ses clientes et ses employées. Avant la Grande Guerre, elle avait été l'une des plus belles jeunes femmes de Berlin. Elle allait alors de fête en fête en portant les tenues les plus étourdissantes. Accrochées dans la petite pièce lui servant de bureau, des photos en témoignaient. Aujourd'hui le charme de sa silhouette, arrondie sans excès, mettait en valeur ses toilettes et ses bijoux, conçus dans sa boutique et résolument modernes. Chaque jour, elle prenait soin de varier les coupes, les matières, les couleurs, éprouvant un véritable plaisir à être la publicité incarnée de sa maison. Il n'était que sa chevelure blonde, courte, simple jusqu'à l'austérité, à demeurer inchangée.

Cependant, derrière cette image élégante, accueillante, d'une mondaine courtoise et vaguement snob, Ruth avait découvert une tout autre femme : une célibataire endurcie, solide, au caractère plus ferme et résolu qu'elle ne le laissait paraître. Sa richesse matérielle personnelle était la condition *sine qua non* de son indépendance, mais sa foi protestante, fervente, gouvernait ses décisions.

C'était à cette Frau Opel là qu'elle devait, elle, la Juive parmi les Juives, sa place et son travail dans ce salon de mode réputé. Et ainsi, par l'une des ironies mordantes de la vie, elle faisait le bonheur de nombre d'épouses d'influents membres du parti nazi qui auraient été horrifiés d'apprendre ce qu'ils appelaient sa *race*.

Frau Opel ne se contentait pas d'être courageuse, voire téméraire. Elle restait d'une vigilance extrême et savait, quand il le fallait, dissoudre toutes les curiosités et tous les dangers par une flatteuse et désarmante gentillesse.

Sous ses compliments, et vibrante d'un trop rare plaisir, Margareta Gleisenäu se trouva d'ailleurs au bord des larmes. Elle chercha à son tour une phrase qui pût exprimer à Ruth toute sa reconnaissance. Sans doute était-ce là trop d'émotions. Elle resta, la bouche ouverte, sur un silence qui aurait révélé ce qu'elle ressentait si la voix stridente de Hitler n'avait, à l'instant, empli la pièce :

— « C'est probablement la première fois dans le monde, et c'est le premier pays au monde où l'on voit un peuple entier apprenant à réaliser la tâche qui nous incombe, tâche sacrée et noble et prodigieuse qui nous verra préserver la pureté raciale de nos origines, la noblesse et l'excellence du sang même qui nous a été confié par Dieu ! Alors la misère et la… »

Heureusement, la porte du salon s'ouvrit sur la jeune Paula, l'apprentie couturière, qui apportait le plateau de thé.

— Oh, Frau Gleisenäu !! Mon Dieu ! s'exclama-t-elle avant même de franchir le seuil. Comme cette robe vous va bien ! Jamais je n'aurais cru que cette coupe fasse tant d'effet sur vous.

Le rire des trois femmes recouvrit la voix du Führer.

Frau Opel retira le plateau des mains de Paula pour le poser sur un petit guéridon.

— Voilà, fit-elle. La vérité sort de la bouche de la jeunesse ! Maintenant, vous ne pouvez plus douter de ce que vous voyez dans le miroir, ma chère Margareta.

Elle entreprit aussitôt de servir le thé. Paula et Ruth aidèrent la cliente à retirer la robe sans se piquer aux chemins d'aiguilles.

Alors que Paula repliait avec soin le bâti de velours de soie sur le bras de Ruth, et que Margareta Gleisenäu commençait à enfiler la jupe de son tailleur de confection, une musique triomphante envahit le salon. Elle annonçait la fin du discours du Führer. Ruth fut sur le point de laisser filer un soupir de soulagement. Avec la brusquerie d'un automate, tenant sa jupe à mi-cuisse de la main gauche, Margareta Gleisenäu dressa son bras droit et lança un « *Heil Hitler !* » vigoureux. Durant une pincée de secondes, Frau Opel, Ruth et Paula restèrent figées.

Remontant enfin sa jupe jusqu'à la taille, Margareta Gleisenäu fixa Ruth avec insistance. Loin du velours de la robe, les paillettes de cuivre de ses iris verts avaient perdu beaucoup de leur éclat. Peut-être cherchait-elle encore à complimenter la jeune couturière. Mais raide et pâle, redevenue maladroite, elle faisait songer à une Cendrillon dépouillée de ses atours. Frau Opel leva la main à son tour et lança un bref « *Heil Hitler !* ». Paula l'imita. Le temps de passer le bâti de la robe sur son bras gauche, le cœur battant et comme étourdie par ce qu'elle faisait, Ruth aussi. Sa main revenue sur le col de satin, elle s'obligea à sourire.

— Votre robe sera achevée pour la fin de la semaine, Frau Gleisenäu. C'est promis.

*

* *

Au premier étage de Mode & Beauté d'aujourd'hui, l'atelier occupait l'arrière des salons d'essayage. Un espace tout en longueur, très lumineux grâce à une verrière donnant sur le jardin du Komandante – un entrelacs de sentiers entre des bosquets où il n'était pas rare, même sous la pluie ou la neige, de voir des couples d'amoureux. Les couturières aimaient s'y divertir les yeux depuis leurs tables de façonnage, chacune équipée d'une machine à coudre Phoenix K1.81 Zickzacknaht toute récente. Elles leur permettaient de travailler sans se gêner dans les moments de *spät dran* – « à la bourre », comme elles disaient. C'était le cas en ces journées d'avant Noël. À l'exception de ce jour. Les deux collègues de Ruth, Marlène et Luisa, deux femmes d'expérience, effectuaient leurs essayages *à domicile*. Un privilège que Frau Opel aimait accorder à ses clientes les plus renommées.

Sans un regard vers l'extérieur, Ruth déposa le bâti de la robe de Frau Gleisenäu sur sa table. Aussitôt, mécaniquement, ses doigts commencèrent à vérifier le chevauchement des pièces et à bâtir les coutures. Sa tête était ailleurs. Elle pensait à Unkel Moses.

Lorsque, à la Pâque de l'année précédente, Frau Opel lui avait confirmé son engagement comme couturière et monteuse de modèles, Ruth avait dû trouver un logement dans l'immense Berlin. Jusque-là, elle n'avait jamais quitté Varsovie, où Abraham Rotstein, son père, possédait une fabrique de chaussettes. Il avait contacté les amis avec qui il était en affaires dans la capitale allemande. Moses Warburg avait été le premier à répondre : *Que ta fille vienne chez nous ! Glückel sera ravie d'avoir à la maison un peu de jeunesse qui lui tienne compagnie*.

Dès son arrivée, Warburg avait suggéré que Ruth l'appelle « Unkel Moses », moins cérémonieux que « Herr Warburg ». Telle était la tradition d'entraide chez les Juifs, avait-il ajouté. Un jour ou l'autre, chacun finissait par devenir l'*Unkel* ou la *Muttie* de quelqu'un. Et, de fait, son épouse, Glückel Warburg, était devenue pour Ruth « Muttie Glückel ». Bien qu'après vingt mois de vie commune la jeune femme ne parvînt toujours pas à savoir si Muttie Glückel se réjouissait vraiment de sa présence.

Elle était de ces femmes qui ne laissaient rien paraître de leurs pensées alors qu'elles lisaient sans difficulté dans la tête des autres. Sa bouche réduite à un trait, ses silences, sa chevelure ramassée dans la grisaille d'un maigre chignon et son visage fripé par les épreuves la vieillissaient bien plus que ses soixante ans. Au contraire d'Unkel Moses, dont la moustache et les cheveux étaient à peine parsemés de gris. Plein d'énergie, il avait beaucoup de mal à garder ses pensées pour lui, surtout celles qui ne devaient pas franchir ses lèvres.

Ruth l'imaginait, en ce moment, dans le petit bureau de son propre atelier, dans Wöber Strasse, pas très loin de la gare centrale. Sans doute avait-il écouté le discours de Hitler, la tête collée à la radio et interdisant le moindre bruit autour de lui. Il les écoutait tous depuis que ce Hitler était devenu Führer. Et chaque fois il bouillait de colère.

Ruth elle-même ne parvenait pas à savoir exactement ce qu'elle ressentait. De la peur, sans doute. Mais diffuse. Moins pénible que cette humiliation qui lui glaçait le sang quand elle pensait aux millions de gens qui écoutaient les insultes et mensonges du Führer envers les Juifs puis les colportaient comme des vérités. Et que pouvait-on faire contre cela ? Rien.

De plus en plus, le désir de tout ignorer grandissait en elle. Que tout s'efface comme par magie ! Être ailleurs, dans un autre monde, dans un autre pays… Être une autre femme. Ou pas du tout une femme :

un animal. Un oiseau ou un chat ! Quelle chance ils avaient, ceux-là, de vivre en ignorant tout du monde des humains !

Des cris dehors la firent sursauter. Un hurlement de haut-parleur, le claquement mat d'un coup de feu… La pointe d'une aiguille pénétra dans le gras de sa paume. Elle suça la perle de sang qui suintait et tourna les yeux vers la verrière. Dehors, les cris redoublaient. Elle se précipita pour regarder dans le jardin du Komandante. Et recula aussitôt. Des hommes en uniforme noir de la Kripo, la police criminelle, couraient entre les bosquets. Ses portières ouvertes, le pavillon d'un haut-parleur sur son toit, une voiture de police bloquait la rue. Un camion arriva. En jaillirent des soldats, uniforme gris et *Stahlhelm*, le casque d'acier bas sur les yeux, les mitraillettes pointées sur les chemins du parc. Et aussi des SA, qui lancèrent des ordres.

Se rapprochant de biais pour ne pas être vue, Ruth découvrit les fuyards. Trois hommes, jeunes, presque sous la maison, accroupis dans une sorte d'alcôve d'ifs et de thuyas où elle avait aperçu plus d'une fois des amants s'enlacer. Deux en blouson de cuir et casquette, l'autre en manteau et chapeau. Celui-ci retenait un épais porte-documents contre sa poitrine.

Un frisson d'effroi serra les reins de Ruth. La cachette des hommes était ridicule. Ils étaient pris au piège. Ils n'avaient que deux issues, chacune donnant sur un sentier où les Kripos approchaient déjà, Luger à la main.

Une fois encore le haut-parleur cracha ses menaces. Ruth se rendit compte qu'elle tremblait. Elle crispa les poings sur son ventre. Les trois hommes hésitaient. Peut-être parlaient-ils entre eux sans parvenir à se décider à fuir. Elle aurait voulu leur crier de ne pas attendre. Ils pouvaient encore traverser les thuyas sur la gauche, bien moins infranchissables que les ifs ! Ensuite, ils avaient peut-être une chance. Les soldats se dirigeaient tous vers le centre et ils pourraient les contourner. Mais non ! Trop tard. Un officier de la Kripo bondissait vers l'entrée de leur alcôve. Les tirs se croisèrent. L'homme au chapeau s'écroula en arrière. L'officier bascula sur le côté, lâchant son Luger. L'un des civils en blouson tira une nouvelle fois sur les autres policiers qui accouraient. Le troisième tenta de reprendre la serviette sous l'homme au chapeau. Il ne put pas même en saisir la poignée de cuir. Une rafale de mitraillette déchira l'air. Les deux civils s'agitèrent follement avant de tomber au sol. Les vitres de la verrière vibrèrent. Et tout de suite, d'un coup, comme si quelque chose tranchait le moment, le silence.

Ruth ne respirait plus. Les trois fuyards étaient curieusement affalés l'un sur l'autre. Le gravier autour d'eux se teintait de sombre. Les Kripos s'affairaient autour de leur blessé, qui se relevait, se tenant l'épaule en plaisantant. Il y eut des rires. Un officier retourna les cadavres à coups de pied et ramassa la serviette de cuir. Ruth sentit une paume qui se fermait sur sa bouche. Elle sursauta, chercha à repousser les bras qui la retenaient.

— Chut, chut, c'est moi… Viens, recule, murmura Frau Opel. Ce n'est pas le moment qu'ils te voient.

Sa main se retira, ses bras se dénouèrent. Ruth hoqueta en retrouvant son souffle. Les battements fous de son cœur lui martelaient les tempes.

— Ça va aller.

Frau Opel l'attira dans la pénombre du centre de l'atelier. Elle avait éteint les lampes de travail en entrant. Ruth ne s'était rendu compte de rien.

Dehors, le rugissement des moteurs, le vacarme des ordres et des appels ne cessaient pas. L'image des trois hommes dansant sous les balles traversa la tête de Ruth. Les larmes lui montèrent aux paupières. Frau Opel tira un mouchoir de sa ceinture, lui essuyant les joues.

— Pardon, madame, balbutia Ruth. Je les ai vus quand les…

Elle ne put continuer. Frau Opel opina.

— Sèche tes yeux et respire fort…

Ruth obéit. Frau Opel attrapa la boîte de chocolats qu'elle avait abandonnée près de la machine à coudre un instant plus tôt.

— Je te les apportais pour te féliciter… Cette année, les chocolats nous arrivent avec une semaine d'avance.

Elle grimaça et laissa retomber la boîte sur la table. Elle voulait recouvrir les bruits du dehors, faire comme si rien n'avait eu lieu. C'était ainsi que les choses se déroulaient dans Berlin désormais. Il fallait apprendre à ne pas voir, à ne pas entendre. Pourtant, sa voix chancela. Elle s'obstina :

— Je n'ai pas menti. Tu es ma magicienne… Et comme tu as raison, pour cette pauvre Gleisenäu. C'est sur une peau fade et triste qu'il faut porter de superbes matières. Les peaux de pêche se suffisent à elles-mêmes…

Des coups de sifflet dehors les firent tressaillir. Frau Opel glissa sa paume sur le velours de soie du bâti, enroula un peu du col de moire entre ses doigts.

— Mon Dieu, mon Dieu, chuchota-t-elle.

Elle s'empara de la main de Ruth, la fixant de ses yeux trop brillants.

— Je suis désolée, Ruth ! Mais je crois qu'il faut..., commença-t-elle.

— Je sais, la coupa Ruth en secouant la tête. Je sais. Il ne faut plus que je vienne ici, à la boutique. Ça va devenir trop dangereux pour vous si je reste...

— Oh, Ruttie ! Non !

Violente, Frau Opel l'enlaça.

— Non, non, ma Ruttie...

Aussi brutalement qu'elle l'avait enlacée, elle la repoussa. Son maquillage soulignait le marron très sombre de ses iris. Une couleur inattendue chez une blonde, donnant à son regard quelque chose d'insaisissable et de chaleureux.

— Nous n'en sommes pas déjà à fuir, n'est-ce pas ? Et comment pourrais-je jouer les magiciennes si tu n'es plus là ?

— Tout à l'heure, après le discours, la Gleisenäu m'a regardée comme si... J'ai eu l'impression qu'elle...

Frau Opel lui donna une petite tape comme pour la réveiller.

— Ne te soucie pas de la Gleisenäu. Ce que tu dois faire, et tout de suite, c'est changer de nom.

Mon nom ? Tout le monde ici le connaît, mon nom !

— Pas du tout. Pour « tout le monde », tu es Ruttie. La petite couturière miraculeuse de Frau Opel. Ma Ruttie ! Je le répète assez fort et souvent pour qu'on l'entende.

— Luisa et Marlène... Paula... Elles savent. Elles ont...

Frau Opel secoua la tête, la voix à présent impérieuse.

— À part son reflet dans les miroirs et son avenir de top-modèle, Paula ne sait rien du tout… Ne t'inquiète pas pour Luisa et Marlène. Je les fréquente depuis vingt ans. J'ai confiance en elles. Elles veulent travailler avec moi aussi longtemps que possible… Que penses-tu de Marita Roth ?

Ruth ouvrit la bouche sur un silence.

— C'est pas mal : *Marita Roth*… Et encore mieux : *Ruttie Roth* pour les amies… Attends. J'ai songé à une histoire qui pourra aller avec ce nom. Voilà : tes parents t'ont donné ce vieux prénom, Marita. Mais tu le détestes. Tu rêves de t'appeler Ilse ou Charlotte. Tu m'as raconté tout ça. C'est pourquoi, moi, je t'appelle Ruttie. Ruttie Roth. Un petit nom charmant pour une couturière de vingt-deux ans, non ? Qu'est-ce que tu en dis ? Ça sonne bien : *Hallo, meine Damen und Herren, ich mich vorstelle : Marita Roth ! Über die Freunde : Ruttie Roth !* Bonjour, mesdames et messieurs, je me présente…

C'était ridicule. Ou drôle comme une facétie de gamine. Or ce n'était pas un moment pour goûter les choses drôles.

— Si vous croyez…, finit par admettre Ruth.

Frau Opel secoua la tête.

— Je ne le crois pas, je le sais. Aie foi en moi. Ce qui serait parfait, c'est que tu possèdes des papiers à ce nom-là. Je vais voir avec mes amis du Temple ce qu'il est possible de faire.

Elle reprit la boîte de chocolats, la glissa dans les mains de Ruth.

— File, maintenant. Avec ça dans les mains, tu ne risques rien. Sors par la grande entrée, comme une cliente, et cours prendre ton tram, *Fräulein Roth.*

— Mais je n'ai pas encore…

— La robe de notre pauvre Margareta attendra demain.

Ruth enfila la vieille gabardine qui lui servait de manteau. La ceinture usée tournait toujours dans son dos. Frau Opel l'aida à la serrer. Ruth aurait voulu se rapprocher de la verrière une dernière fois et voir ce qu'il était advenu des hommes assassinés. Frau Opel le devina et la poussa vers la porte en annonçant :

— Je vais aussi changer le nom de la boutique. Mon enseigne en français risque de ne plus plaire à ces dames. J'avais pensé à « Lorelei » pour toi... *Lorelei Roth.* Mais le petit nom de Lorelei, c'est Lore… Pas possible avec Ruttie. En revanche, Lorelei couture, ça convient assez, non ?

*

* *

— C'est ridicule, grondait Unkel Moses en frappant la table de la main. Ruttie Roth ! Ridicule.

Il s'étouffait de colère.

La tête inclinée sur son assiette, Ruth laissait passer l'orage et trouvait qu'il avait raison. Oui, c'était ridicule. Mais qu'est-ce qui ne l'était pas ? Les discours du Führer ? Tout ce qu'on infligeait aux Juifs ? La bêtise de Frau Gleisenäu et de millions de femmes de son genre ?

Oui, il était ridicule qu'elle doive changer de nom pour travailler chez Frau Opel. Or c'était comme ça. Car plus que tout au monde, plus même que la disparition de Hitler, elle désirait continuer à créer des robes chez Frau Opel.

Moses remplit son verre d'eau, le but et repoussa son assiette à peine entamée. Aucun d'eux n'avait vraiment mangé. Sans un mot, Glückel vida soigneusement les restes dans le plat – pommes de terre et morue avec un peu de chou rouge braisé. Il y aurait largement de quoi faire un autre repas.

Bien qu'on fût au troisième étage, le bourdonnement des voitures et les cloches des trams au croisement de Strausberger Strasse et Frankfurter Strasse vibraient contre les vitres. On était dans l'un des quartiers très actifs de Berlin. Il s'animait bien avant l'aube et le restait jusque tard dans la nuit.

Muttie Glückel refusa l'aide de Ruth et remporta assiettes et plat à la cuisine, la laissant subir le silence furieux d'Unkel Moses. Le salon-salle à manger était spacieux, un peu sombre mais chaleureux, chargé d'objets, de souvenirs, de tentures et de sièges aux coussins colorés. Un grand poêle de faïence diffusait sa tiédeur jusque dans le couloir, sur la droite, qui donnait accès à la seule vraie chambre de l'appartement et à la salle de bains attenante. De l'autre côté, séparée de la salle à manger par une large entrée et une double porte vitrée, s'ouvrait l'enfilade de deux vastes pièces avec, tout au bout, un réduit borgne. En d'autres temps, cela avait été des salons de réception et une chambre de service. Aujourd'hui, le réduit était devenu la chambre de Ruth tandis que des machines de tissage tubulaire, des rayonnages et des tables à broder encombraient les salons. Depuis sept ans on y fabriquait des chaussettes et des bas de qualité, en laine et soie ou, tant qu'on en trouvait encore, en fils de cachemire et d'angora. Luxe suprême, au gré des clientes, les bas étaient ornés de fleurs – roses, tulipes, lis ou edelweiss –, de papillons, paillettes et étoiles en verroterie.

Dans le passé, Moses Warburg avait possédé une *vraie* entreprise à Leipzig. Une imprimerie avec de *vrais* bâtiments et deux dizaines d'employés. À présent, après les années noires suivant la défaite de la Grande Guerre et le krach de 1929, il n'en restait qu'une poignée de photos joliment encadrées accrochées dans le petit bureau aménagé dans un angle de l'atelier grâce à deux cloisons de bois.

Glückel revint de la cuisine, portant un plateau chargé de soucoupes, d'un saladier de compote de pommes et des chocolats offerts par Frau Opel. Aussitôt assise, elle posa une main sur celle de Ruth avant de lui remplir une coupe de compote. Lui adressant un sourire tendre, elle l'encouragea d'un regard. Mais Ruth ne craignait pas les colères d'Unkel Moses – elles lui rappelaient celles de son père, à Varsovie, qu'elle avait appris depuis longtemps à apprivoiser.

Non. Elle regardait ses mains. Elle avait peur de les voir trembler encore. Comme si le souvenir du meurtre des trois hommes dans le jardin du Komandante s'agitait dans ses doigts, manière de se rebeller contre sa volonté d'oublier – au moins pour un instant.

De ce terrible moment, elle n'avait rien dit à Unkel Moses et Muttie Glückel. Peut-être ces hommes étaient-ils des Juifs. Ou des « politiques », comme on appelait ceux qui osaient résister aux nazis. Comment savoir ? Ce qu'elle pressentait, sans réellement le comprendre, c'était que cela devait rester entre elle et Frau Opel. À quoi bon inquiéter les Warburg plus qu'ils ne l'étaient déjà ? L'annonce de son nouveau nom, comme elle l'avait prévu, déclenchait bien assez de drames et de cris.

Elle éprouvait une véritable affection pour Unkel Moses. Il était bon et droit, on pouvait se fier à lui. En ces jours où tout devenait si difficile, il l'accueillait comme sa fille. Cependant, obstinément, il refusait de tenir compte de ce monde nouveau où les Juifs cessaient d'être des Allemands comme les autres. Et cela n'allait pas s'améliorer avant longtemps, au contraire. La vie d'avant ne reviendrait pas. Toute l'Allemagne avait compris qu'il restait au Führer quantité de discours à crier à la radio. Quoi faire d'autre que d'apprendre à vivre avec ?

Frau Opel avait raison. Ruth avait eu tout le trajet en tram pour y réfléchir. Elle allait changer de nom – quelle importance, vraiment ? – et peut-être, peut-être pourrait-elle devenir une grande couturière. Une *styliste*, ainsi que l'on qualifiait la Schiaparelli à Paris.

Comme s'il avait deviné les pensées de Ruth et voulait une fois de plus s'y opposer, Moses Warburg refusa la compote et les chocolats que lui tendait Glückel et claqua de nouveau sa paume sur la table.

— Ruttie Roth ! Marita Roth ! Deux noms goy sur toi. Qu'est-ce que je vais écrire à ton père ? Que Rotstein n'est plus assez bon pour ta patronne et ses clientes huppées ? Regarde, Ruth… Regarde ces deux photos, là, à gauche de la porte. Sh'muel et Sigmund.

Dans leurs uniformes. Dix-neuf et vingt et un ans. Morts ensemble en France, devant une ville nommée Laon, le 6 février 1918. Morts pour l'Allemagne. Pour tous les Allemands. Nous et les autres. Pour ta Frau Opel. Et ils s'appelaient d'un bon vrai nom juif : Warburg ! Il y en avait des milliers avec eux qui s'appelaient d'un bon nom juif comme Rotstein. Que le Tout-Puissant me pardonne ! Ça ne compte plus, tout ça ? Pour des femmes comme ta patronne, ça ne compte plus ?

— Tu as tort, Moses, fit doucement Glückel avant que Ruth puisse répondre. Moi, je trouve que c'est un très joli nom, Ruttie Roth… Même Marita me plairait.

Se tournant vers Ruth, Muttie Glückel eut un de ses très rares sourires.

— Tu n'imagines pas comme c'est fatigant de s'appeler Glückel toute sa vie. Des centaines de fois, j'ai pensé : comme ça doit être confortable de s'appeler Eva ou Hannah. Comme toutes ces bonnes filles bien allemandes et insouciantes…

— Ah ! Glück…, gronda Moses. Tu ne peux pas dire des choses pareilles !

— Tu parles toujours trop fort, Moses, le coupa-t-elle. Si tu ne veux pas avoir d'ennuis, tu vas devoir te rappeler que tu n'es pas le seul habitant de l'immeuble.

— Ma voix est comme elle est, et Ruth n'a pas à perdre son nom. Elle n'a qu'à venir travailler avec moi ici, à l'atelier, et elle…

— Parce que tu crois que ton atelier va tourner encore longtemps, Moses Warburg ? Où as-tu la tête ?

— Glück…

Tu répètes trop souvent la même chose, comme les vieux qui ressassent pour laisser croire qu'ils ont raison. Le vrai, c'est que la petite s'est fait une place dans un monde où toi, tu ne vis plus. Et pourquoi ce ne serait pas sa chance ?

— Un monde où elle a sa place ? Chez une Frau Opel ?

— Elle pourrait. Qui sait ? Ruttie Roth pourrait…

— Es-tu folle ? J'ai écouté le discours cet après-midi et…

— Tu écoutes les discours du Führer, et puis ? Tu crois qu'il parle comme toi, juste pour faire du bruit. Tu devrais être plus attentif à ce qu'ils charrient.

C'en était trop. Moses Warburg lança sa serviette sur la table, se leva et quitta le salon pour se réfugier à l'autre bout de l'appartement, dans son bureau.

— Muttie Glückel, fit Ruth d'une voix blanche. Muttie Glückel, je ne voulais pas le provoquer…

— Laisse, ma petite. Je connais Moses comme si je l'avais fait, et en plusieurs exemplaires ! Il faut bien qu'il affronte de temps en temps quelques vérités. Ne te laisse pas impressionner. Les barbes et les moustaches ne rendent pas les hommes plus sages que nous…

Glückel s'interrompit avec un petit ricanement sec avant de reprendre :

— Tu as raison. Tu as l'âge de décider si un nom est bon pour toi. Tant qu'on le peut, c'est à nous et à personne d'autre de déterminer par où passe le chemin de notre vie… Viens, aide-moi à débarrasser la table.

Dans la cuisine, quand Ruth voulut l'aider à faire la vaisselle, Muttie Glückel la repoussa.

— Non, non. J'aime bien faire la vaisselle, ça me divertit et me permet de rêver… Tu sais, quand j'étais petite, les autres filles et moi, nous aussi, on changeait tout le temps les prénoms de nos poupées. On leur donnait des noms de chez les goys, jamais de chez nous. Des noms secrets qu'il fallait cacher aux parents. Dès qu'on rentrait à la maison, hop, les poupées redevenaient Rachel, Sarah ou Esther !

Cette fois, Muttie Glückel rit pour de bon. Comme emportée par ce souvenir, elle ajouta dans un murmure :

— Demain, je sortirai les décorations de Noël. Moses n'aime pas ça, mais ce sera joli dans la salle à manger. Et qui sait à quoi ressemblera Noël l'année prochaine ? Prends un des chocolats de ta Frau Opel pour les goûter. Comme Moses n'en veut pas, on va les garder pour les fêtes.

Ruth resta médusée. Pour la première fois depuis qu'elles se connaissaient, Muttie Glückel lui montrait qu'elle pouvait s'amuser. Elles s'embrassèrent, serrées fort l'une contre l'autre.

— Allez, ma Ruttie, chuchota Glückel tout contre son oreille, va donc te coucher l'âme en paix.

*

* *

Le réduit tout au fond de l'appartement, après l'atelier, possédait un lavabo, un lit pliant et juste assez de place pour une table et une armoire. Pour s'y rendre depuis la salle à manger, Ruth devait passer devant le bureau d'Unkel Moses. La porte entrouverte laissait voir, éclairée par une lumière basse, la bibliothèque. Le seul trésor rescapé de sa défunte imprimerie. Un peu de fumée dansait dans l'entrebâillement, répandant l'odeur des cigares hollandais que Moses Warburg appelaient sa « médecine ».

Ruth toqua à la porte et la poussa sans attendre de réponse. Lunettes sur le nez et cigare au bout de ses doigts élégants, Moses releva les yeux du livre qu'il lisait, assis derrière son bureau surchargé de paperasses.

Ils s'observèrent deux ou trois secondes, puis Ruth se lança avant qu'Unkel Moses n'ouvre la bouche.

— Frau Opel est une femme bonne. Ce qu'elle fait, c'est pour m'aider. Pour que je puisse continuer à travailler. Même me trouver un autre nom, c'est pour m'aider…

— Je sais, Ruth…

— Non, vous ne savez pas. Ce qu'elle fait est dangereux. Il faut avoir beaucoup de courage, aujourd'hui, pour laisser une Juive enfiler les épingles d'un bâti sur des bourgeoises de Bellevue ou de Charlottenburg ! Frau Opel l'a, ce courage. Elle risque…

Moses l'interrompit d'un geste agacé.

— Je connais l'histoire. Les protestants de l'Église confessante du pasteur Schneider… Nos sauveurs… Oui ! Ils aident les Juifs mais à condition qu'ils entrent dans leur Église… Alors quoi ? Ta Ruttie Roth va devenir protestante ?

— Non !

Ruth entendit un sanglot dans sa voix. Fugacement, elle revit Frau Opel la serrer contre elle, la protéger dans l'atelier alors que les SA, en bas, dans le jardin des amants, venaient d'assassiner trois hommes et d'en rire. Elle faillit le crier à la figure si close, si dédaigneuse d'Unkel Moses. Elle se retint à temps, avança vers le bureau, se frappant la poitrine, martelant ses mots à chaque coup qu'elle se donnait.

— Frau Opel m'aide parce que je suis moi, Ruth Rotstein, fille d'Abraham Rotstein. Parce qu'elle me trouve bonne couturière et pense que je peux devenir une vraie styliste, toute juive que je sois. Elle le fait aussi parce qu'elle applique les règles de sa foi, comme vous et mon père le faites. Et parce qu'elle aussi, les discours de Hitler la dégoûtent. Elle a assez de courage pour prendre le risque de m'accueillir dans sa boutique comme vous m'accueillez vous-même. Alors quand elle me demande de m'appeler Marita Roth, quand elle veut que je couse de très belles robes pour des femmes mauvaises, ou sottes, ou laides, pour des femmes de nazis, oui, j'obtempère et je l'en remercie.

Moses la regardait, les sourcils levés. Il ôta ses lunettes avec un soupir proche de la plainte. Quand ses yeux trouvèrent ceux de Ruth, il y brillait un drôle d'éclat, amusé et triste, lourd d'une gentillesse lasse. Il mordilla son cigare et quitta son fauteuil.

— Je vois que tu as parlé avec Glückel. Toujours de bon conseil…

Il posa son cigare dans un cendrier avant d'ouvrir les bras pour recevoir Ruth contre lui et poser un baiser sur son front.

— Elle a raison. Je suis un vieil âne obstiné qui ne veut pas avancer dans le chemin où on le pousse. Glückel ne se trompe pas : tu es assez grande pour choisir.

Un instant plus tard, quand elle entra dans son réduit, le cœur de Ruth battait encore la chamade. Sa tête bourdonnait et sa poitrine lui faisait mal de tous les coups qu'elle venait de se donner.

La petite lampe de chevet allumée, elle ouvrit l'armoire qui contenait tous ses biens, quelques vêtements présentables, ses carnets de dessin, des crayons et godets de gouache. Elle en retira un élégant carnet à la couverture de moleskine bleu d'aube. Un achat réalisé à la fin de l'été avec une drôle d'idée en tête.

Elle se décida à ôter le papier qui enveloppait le chocolat de Frau Opel. Un délicieux goût de noisette se répandit dans sa bouche et lui donna tout de suite envie d'en manger un autre ; elle profita du plaisir qu'elle éprouvait pour prendre son stylo et écrire sans l'ombre d'une hésitation sur la première page :

JOURNAL DE RUTH ROTSTEIN
OU MARITA « RUTTIE » ROTH

La plume du stylo glissa magnifiquement sur le papier doux, un peu crème, pas trop éblouissant. Chaque mouvement dessinant les lettres ressemblait à une caresse. Elle tourna cette première page, la lissa du bout des doigts, jeta un regard derrière elle pour vérifier que la porte du réduit était bien fermée et reprit son stylo.

17 décembre 1937.
Aujourd'hui, j'ai vu trois hommes se faire tuer
juste sous l'atelier de Frau Opel. Ils sont tombés
tous les trois. On aurait dit que les balles
les déchiraient. Je ferme les yeux et je les vois,
comme s'ils étaient là, sous mes paupières.

Je ne sais quels visages ils avaient. Ni rien d'autre, bien sûr.
J'avais entendu que ces choses-là arrivaient de plus en plus. À présent, je sais que c'est vrai. Cela arrive dans votre vie et puis…

Juste avant, j'avais achevé l'essayage d'une robe que j'ai dessinée pour une femme très sotte mais très contente de mon travail. Cela a beaucoup plu à Frau Opel (ou était-elle seulement contente que la cliente le soit ?).

N'est-ce pas étrange d'écrire tout cela, même si je respire mieux maintenant que ces mots sont sur le papier et pas seulement dans ma tête ?

Aussi : Frau Opel me propose de porter un nom différent à la boutique. Donc je me présente : Marita « Ruttie » Roth.
Grande dispute avec Unkel Moses
(on n'abandonne pas son nom juif)
et un joli moment avec Muttie Glückel,
que je n'avais encore jamais vue s'amuser.
À eux, je n'ai rien dit des morts dans le parc.

C'est ainsi. Tout se mélange. Le terrible, le bien et le grotesque.
Cela fait presque peur de penser que, demain, on pourrait avoir encore des choses à raconter.

## 2

## Le manteau

Ruth ne trouva rien d'intéressant à écrire dans son carnet de moleskine bleue avant plusieurs jours. À la maison, dans Wöber Strasse, Muttie Glückel reprit sa mine sévère et il ne fut plus question de Ruttie Roth. À la boutique, de l'assassinat des trois inconnus dans le jardin, on ne parla plus. Pas une seule fois Paula, Luisa ou Marlène n'y firent allusion, même de manière voilée. Comme si cela n'avait pas existé ou n'était qu'un mauvais rêve. Soupçonnant qu'elle devait respecter à son tour ce silence, Ruth n'osa pas demander à Frau Opel si elle avait appris qui étaient ces hommes.

Quant à son nouveau nom, il s'installa dans le travail quotidien de la manière la plus banale. De temps en temps, Frau Opel lançait à une cliente :

— Voyez avec Fräulein Roth. Elle vous arrangera ça.

Ou :

— J'appelle Fräulein Roth. Elle va tout de suite s'occuper de vous.

Ou encore :

— Vous pouvez vous fier au choix de Fräulein Roth pour les tissus et les couleurs. Toutes nos clientes en sont ravies !

Cela ressemblait à un jeu secret. Ruth devinait que Frau Opel s'en amusait. Mais à quoi bon le raconter dans le carnet ? Ça pesait si peu. Car quand elle relisait sa première page, une onde de peur lui frôlait la nuque. En comparaison, la satisfaction et les compliments de Frau Gleisenäu, une fois sa robe achevée, lui paraissaient presque anodins. Allait-elle se montrer flattée par l'opinion d'une femme comme « cette pauvre Margareta » ?

C'était étrange. Jusqu'à ce qu'elle ouvre son carnet, noter les faits du jour lui avait semblé la chose la plus simple et la plus agréable au monde. Or il lui suffisait d'avoir commencé – et par ce qu'elle avait écrit ce jour-là ! – pour deviner que l'aventure était très différente de celle imaginée.

Et puis, trois jours avant Noël, elle eut de nouveau de quoi remplir plus d'une page.

⋆

⋆ ⋆

Il était près de six heures du soir. Il faisait déjà nuit et la boutique – Lorelei couture, désormais – allait fermer pour quelques jours de congé. Frau Opel avait libéré les couturières, priant seulement Ruth de l'aider à achever les rangements et clore les grilles du rez-de-chaussée.

Alors qu'il ne restait que quelques lampes à éteindre, Frau Opel retira un magnifique manteau de la vitrine et le tendit à Ruth.

— Essaye-le, s'il te plaît.

Portant la griffe d'une célèbre maison de Hambourg, il était en laine peignée bleu marine et doublé de satin noir. Il affichait un prix astronomique. Les revers étaient à la mode – dite « militaire » –, un peu larges, sans excès. Deux pinces dans le dos mettaient en valeur sa ligne longue et souple, les épaules étaient très marquées et le manteau tombait le long du corps comme s'il ne s'agissait pas d'un tissu épais mais d'un souffle de chaleur. Il convenait parfaitement à la silhouette élancée de Ruth. Le bleu profond de la laine, même dans la demi-lumière de la boutique, soutenait à la perfection le feu de sa chevelure.

Frau Opel applaudit.

— C'est ce que je pensais : il est fait pour toi. Tu peux l'emporter. Il est à toi.

Ruth resta sans voix avant de s'empresser d'ôter le manteau.

— Ce n'est pas possible, Frau Opel. Jamais je ne pourrai porter un vêtement pareil !

— Ne dis pas de bêtises. Il se porte comme tous les autres. Il te va à merveille. La couleur est parfaite. Tu verras l'effet quand tu dénoueras tes cheveux…

— Frau Opel ! Vous ne pouvez pas…

— Bien sûr que si, je peux. Et Fräulein Roth le peut aussi. Ce manteau est fait pour une fille comme elle. Peut-être qu'une fille Rotstein en serait embarrassée – et elle aurait tort, crois-moi –, mais pour une bonne Allemande comme cette Ruttie Roth, aucun problème.

Elle riait, moqueuse. Ruth voulut encore protester. Sa patronne, l'ignorant, emballait habilement le manteau dans un papier ordinaire.

— En fait, reprit-elle, tu te trompes. Ce n'est pas un si grand cadeau que tu le crois. Il me plaisait et je me suis trompée en le commandant : personne ne me l'achètera d'ici à la fin de l'hiver. Il coûte beaucoup trop cher. Nos riches clientes se fichent des manteaux en laine : elles ont toutes les fourrures du monde sur les épaules. Et chez nous, ce qu'elles veulent, ce sont tes robes. C'est plus amusant. Voilà… Pas de scrupules. Il sera bien mieux sur toi que sur un mannequin de bois, non ?

Deux minutes plus tard, dans l'obscurité du trottoir, sa toque de loutre sur la tête, les clefs des verrous dans ses doigts gantés, Frau Opel ajouta très sérieusement, tout bas :

— Plutôt qu'un manteau, Ruttie, j'aurais de beaucoup préféré te donner des papiers valables. Malheureusement, ils sont plus difficiles à obtenir que je ne le pensais. On verra au début de l'année prochaine. Ah, si, une chose. Ne viens pas ici, à la boutique, avec ce manteau. Cela pourrait faire des jalouses. Garde-le pour tes promenades…

Quelques minutes plus tard, debout dans le tram, le paquet serré contre elle, Ruth, tiraillée entre l'excitation et la prudence, s'interrogeait sur ce qu'elle allait faire. Pouvait-elle faire admirer son manteau à Muttie Glückel dès son arrivée ? Ou valait-il mieux l'emporter discrètement dans son réduit et l'en sortir plus tard, quand elle serait certaine qu'Unkel Moses ne trouverait rien à y redire ? Si elle ne voulait pas raviver la dispute à propos de son nom, cette dernière solution était certainement la plus sage. Mais elle était si frustrante !

Quand elle ouvrit la porte de l'appartement, elle saisit en une seconde qu'elle n'aurait pas à choisir de montrer ou pas son manteau.

Ainsi qu'elle l'avait annoncé, Muttie Glückel avait décoré l'entrée et le salon-salle à manger de guirlandes scintillantes, y accrochant de jolies boules de Noël et des bougeoirs en tôle aux couleurs vives. La veille, presque tout était en place. Il ne restait plus qu'à suspendre au-dessus des portes quelques bouquets de gui et des couronnes de lierre. Or, ce soir-là, il ne demeurait plus rien de la décoration de Noël.

Tout avait été arraché et jonchait le parquet, comme si un coup de vent féroce était passé à travers l'appartement. À chacun de ses pas, Ruth écrasait le verre coloré si fin des boules. Les couronnes étaient déliées, éparpillées. Même les bougeoirs avaient été piétinés.

Assise à la table de la salle à manger devant des cartons vides, Glückel se tenait immobile, les mains nouées dans des restes de guirlande argentée. Face aux fenêtres, son visage était aussi calme et sans émotion qu'à l'ordinaire.

Ruth s'avança, faisant craquer des débris sous ses semelles. Machinalement, elle déposa son paquet sur une chaise. Elle voulut s'agenouiller pour prendre Muttie Glückel dans ses bras, mais elle retint son geste, craignant soudain qu'il ne soit pas le bienvenu. Muttie Glückel semblait perdue dans ses pensées. Il lui fallut de longues secondes avant de prendre conscience de la présence de Ruth avec un tressaillement de surprise. Elle hocha la tête et marmonna du bout des lèvres :

— Moses…

Avant que Ruth puisse poser des questions, elle rejeta les bouts de guirlande enlacés à ses doigts dans un carton et se mit debout.

— Tu veux bien m'aider à nettoyer ?

Cela leur prit une bonne heure. Ni l'une ni l'autre ne prononcèrent une parole. Ruth s'aperçut que Moses était absent. Sans doute était-il allé au café rejoindre des amis et peut-être leur racontait-il ce qu'il venait de faire et pourquoi.

Le nettoyage achevé, Glückel se lava les mains dans la cuisine. Se les séchant, elle demanda :

— Tu as faim ?

Ruth lui assura que non. Ce soir, elle allait se coucher tôt. Ce dernier jour à la boutique avait été fatigant. Beaucoup d'allées et venues, beaucoup de clientes énervées, de détails à peaufiner. Le lendemain, elle serait en congé, elle pourrait dormir. Et puis Noël. Mais ce serait un dimanche comme les autres…

Muttie Glückel la regardait sans la voir. Ruth se rendit compte qu'elle ne l'avait pas écoutée. Elle-même n'avait parlé que pour apaiser sa tension et lutter contre le silence de Glückel. Celle-ci hocha la tête en montrant le garde-manger donnant en partie sur l'extérieur.

— J'ai préparé de la soupe de chou rouge. Si tu en veux. Plus tard.

Ruth opina, cherchant en vain quelques mots justes, réconfortants, affectueux. Impossible. L'ombre, dans les yeux fatigués de Muttie Glückel, la tenait à distance. Finalement, la vieille femme leva une main froide et caressa tendrement la joue de Ruth.

— Peut-être que Moses a raison, fit-elle comme si elle n'avait cessé d'y penser. À quoi ces guirlandes pourraient-elles nous servir, maintenant ? Noël ! Même si on se mettait ces guirlandes au cou, ça ne ferait toujours pas de nous de bonnes Allemandes. Juive tu nais, juive tu restes.

*
* *

Aussitôt parvenue dans son réduit, Ruth défit le paquet contenant le manteau pour l'étendre sur son lit pliant. Elle en caressa la laine tandis que les phrases de Muttie Glückel résonnaient en elle. D'une certaine manière, elle éprouvait envers Glückel un vague ressentiment. Elle rentrait du travail si heureuse, les bras serrés autour du cadeau si magnifique de Frau Opel ! Elle poussait la porte, et soudain son bonheur du jour, si durement gagné, était anéanti par les disputes, les colères et la lourde tristesse des Warburg.

Aussitôt, elle s'en voulut terriblement. Comment osait-elle avoir de pareilles pensées ! Était-ce là son grand drame ? Que personne ne l'admire dans son beau manteau !? Comment pouvait-on être aussi sotte, aussi égoïste !

Des larmes brouillèrent ses yeux. Elle repoussa le désir de retourner près de Muttie Glückel pour s'excuser. Inutile. Glückel se moquait de ses tourments stupides, et elle avait raison.

Ruth retira son carnet de moleskine de l'armoire et commença à écrire, se donnant pour devoir de tout raconter de cette soirée, depuis le geste de Frau Opel lui offrant le vêtement jusqu'aux mots précis de Muttie

Glückel, sans rien dissimuler des humeurs, bonnes ou mauvaises, qui la traversaient.

Quand elle eut terminé, la tristesse et le découragement des Warburg ne l'écrasaient plus. Elle les aimait tendrement, toutefois elle était différente d'eux. Même aujourd'hui – même après avoir vu des hommes se faire froidement tuer seulement quelques jours auparavant –, elle pouvait rire avec Frau Opel de son nouveau nom. Et peut-être, oui, oserait-elle marcher dans les rues de Berlin vêtue de son manteau et les cheveux dénoués.

Ce qui lui donna une idée, aussitôt le carnet refermé. Elle défit son chignon, brossa ses cheveux, enfila le manteau et se glissa en silence dans l'atelier. Sur les tables, de grands bas étaient glissés sur des jambes de bois, des cuisses aux pieds tendus et bien galbés. La lumière venue des lampadaires de la rue suffisait à faire luire la soie et les motifs inachevés des broderies.

Dans un recoin près d'une fenêtre, entre deux armoires sans portes, se dressait un miroir où Esther et Ilse, les deux brodeuses de l'atelier Warburg, se pomponnaient et se recoiffaient avant de quitter le travail. Ruth vint se placer devant, tournant sur elle-même, scrutant son reflet de profil, de trois quarts, de face, laissant son visage se noyer dans ses cheveux. Elle ne se reconnaissait plus.

« C'est un manteau fait pour une Fräulein Roth », avait dit Frau Opel.

Oui. Qui aurait deviné une Juive dans cette fille-là, si simple et si luxueuse ?

Dans le miroir, Ruth vit le visage de la fille devant elle, cette Fräulein Roth, s'illuminer d'un grand sourire qui la réchauffa tout autant que le manteau.

Revenue dans son réduit, elle retira le vêtement, le suspendit avec soin, mais garda ses cheveux lovés dans son cou. Elle rouvrit son carnet, y décrivit la coupe du manteau, dessinant, pour plus de précision, les emmanchures, les revers et rabats passepoilés des poches. Et ajouta :

> Il ne me reste plus qu'à avoir le courage
> de passer dans mon manteau devant Unkel
> Moses, de descendre dans la rue, monter
> dans un tramway, et qui sait, pourquoi pas,
> d'aller dans un endroit où l'on danse…
> Chiche ?

*

* *

L'occasion se présenta pour ainsi dire toute seule. Le surlendemain de Noël, un mardi, Ruth retourna travailler à la boutique. Trois jours durant, ce fut un ballet incessant de clientes énervées, suppliantes ou grondantes. Il fallait absolument, et au dernier moment, ajuster, changer, rallonger, raccourcir leurs robes pour les fêtes et les bals du Nouvel An.

Le jeudi, rentrant tard, la tête douloureuse de fatigue, Ruth trouva Ilse Klein, la plus jeune des brodeuses d'Unkel Moses, qui l'attendait sur la banquette dans l'entrée de l'appartement en feuilletant un magazine.

– Ruth !

Les deux jeunes filles commençaient à devenir amies. Ce qui ne déplaisait pas à Moses, car Ilse était une vraie Berlinoise. Petite, un peu ronde, débordante d'énergie, sans être vraiment jolie elle avait du charme, et les hommes aimaient la regarder. En outre, rien ne semblait pouvoir l'abattre. Pas même son mauvais mariage avec un goy, qu'elle avait fui avant qu'il puisse lui faire un enfant. Une aventure qui avait beaucoup fait jaser à la synagogue, jusqu'à ce qu'Unkel Moses, méprisant les mauvaises langues, engage sans hésiter Ilse dans son atelier. « Elle a des doigts de fée. Elle brode comme pas deux », s'était-il contenté de dire à Muttie Glückel, qui avait opiné d'un petit hochement de tête en retour.

— Ruth, annonçait à présent Ilse, tu viens avec moi au bal du premier de l'An. C'est entendu avec Herr Warburg ! On ira à l'Elysium. En réalité, il aura lieu le 2, parce qu'un dimanche vaut mieux qu'un samedi. C'est le plus grand bal ! Il y aura aussi…

Elle s'interrompit. Moses venait d'apparaître sur le seuil du salon.

— Toute la semaine, elle m'a tarabusté avec ça, dit-il en désignant Ilse. Il paraît que je t'enferme dans ton cagibi comme un tortionnaire…

— Bien sûr ! renchérit Ilse. Ruth ne fait que travailler. Certes, il n'est pas facile de sortir aujourd'hui, mais tout de même. Le bal du Nouvel An, c'est l'occasion. Ce sera l'après-midi. Alors, tu es d'accord ?

Glückel apparut à son tour derrière son époux. Ils se tenaient tous dans cette entrée où avaient été détruites les décorations de Noël. Il n'y paraissait plus. Chacun souriait. Et entre les paupières lasses de Muttie Glückel brillait une lueur légère.

Ruth songea à son manteau. Au mot qu'elle avait écrit dans son carnet : *Chiche ?*

— Oui, dit-elle. Entendu.
Ilse lui sauta au cou.

*
* *

Quand Ilse passa la prendre le dimanche vers deux heures et demie de l'après-midi, Ruth était prête, debout dans le salon-salle à manger, vêtue de son manteau. En revanche, elle n'avait pas osé défaire son chignon.

Unkel Moses approuva ce qu'il voyait.

— Quelle très jolie Berlinoise ! Tu es parfaite.

Le regard de Muttie Glückel était autrement attentif. Mais ce qu'elle voyait et pensait, elle le garda pour elle, acquiesçant quand Ruth déclara, tapotant son manteau et ne mentant qu'à peine :

— C'est un invendu de l'an dernier que m'a donné ma patronne pour la nouvelle année.

— Mazette, fit Ilse en arrondissant sa jolie bouche maquillée de rouge. Il te va comme un gant. Et la laine ! Celui-ci, il va te durer.

Voilà, songea Ruth. Il lui faudrait se souvenir de cette leçon pour les modèles qu'elle dessinerait bientôt. Tels sont les vrais beaux vêtements : on ne les remarque pas, ils vont parfaitement à ceux qui les portent et on les oublie grâce à cela.

Frau Opel ne se trompait pas : c'est ainsi que l'on devient invisible.

Elles se retrouvèrent avec les amies d'Ilse devant l'Elysium, l'un des plus grands et des plus beaux cafés du nord de Berlin. Une centaine de couples pouvaient y danser sans se gêner sous la verrière de la rotonde. L'établissement était entouré d'une large terrasse vitrée où se pressait toujours du monde. Pourtant, les amies d'Ilse n'y étaient pas entrées. Elles se tenaient même à distance. Ruth comprit vite pourquoi.

Le café était comble. S'y trouvait tout le catalogue possible des hommes en uniforme de l'Allemagne. Les verts et les gris souris de la Wehrmacht, les bruns clairs, sombres ou dorés du Parti. Le brun de la SA, celui des Jeunesses hitlériennes, les bruns lumineux de l'organisation Todt et du Reichsarbeitsdienst – le Service du travail. Et bien sûr le noir des SS et des Kripos, le jaune d'or des Sonderführer – qu'Ilse désigna aussitôt en gloussant par leur sobriquet : les « faisans dorés ». La plaie des quartiers, un nid où grouillaient les rumeurs, les malveillances et les mensonges.

Et cela chantait, buvait et braillait sans beaucoup danser.

Les femmes en uniforme ne manquaient pas non plus. Ceux qu'on ne voyait pas, c'étaient les civils. Ils se tenaient aux alentours, envieux ou prudents. Certains s'entêtaient à trouver une place, d'autres repartaient sans s'attarder.

Ilse se détourna du café.

— Il ne faut pas rester là.

Toutes approuvèrent avec soulagement. La déception n'était rien à côté de l'impression que leur faisait ce tableau d'uniformes nazis en goguette. Le cœur leur tapait entre les côtes et la peur leur séchait la bouche.

Elles prirent le chemin du Volkspark Humboldthain non loin. Après un quart d'heure de marche en silence, l'espoir de pouvoir danser avant la nuit leur revint. Une discussion s'engagea. Qui savait où aller, qui connaissait un bon endroit ? Il devait bien en rester un, non ?

Ruth retint Ilse en arrière.

— Je vais rentrer…

— Ruth ! Viens, ça ne risque rien.

— Ce n'est pas ça. Je veux en profiter pour marcher.

— Tu ne veux pas danser ?

— Je n'en ai pas tant envie que ça. Et je ne marche jamais juste pour le plaisir. J'ai toujours quelque chose à faire…

— Bah… Tu as peut-être raison. Je ne sais pas si on va trouver… Ça ne t'ennuie pas de rentrer toute seule ?

— Pas du tout.

Ilse recula et la considéra.

— Ah, j'ai compris. Tu veux étrenner ton beau manteau, c'est ça ?

Elles rirent et s'embrassèrent. Il y eut un bref « au revoir et bonne chance » de part et d'autre. Une fois seule, Ruth sentit enfin son cœur – non : sa peur ! – s'apaiser. Revoir les uniformes de la Kripo lui avait rappelé instantanément le meurtre des inconnus sous l'atelier. Ces derniers jours, elle n'y avait plus pensé et maintenant les images lui revenaient, si lourdes et menaçantes qu'elle dut marcher un bon moment avant de se sentir assez légère pour apprécier de nouveau le confort du manteau qu'elle portait et qui devait faire son bonheur du jour.

Arrivée sur l'avenue Unter den Linden, elle sauta dans un tram la rapprochant de l'appartement des Warburg. Elle en descendit devant les portes du Friedrichshain, un grand parc aux arbres anciens à vingt minutes de la Wöber Strasse.

Elle avait eu en tête de se promener dans le jardin, mais changea d'avis en une seconde.

*Chiche !*

D'un geste, elle ôta les peignes retenant ses cheveux, les laissa s'écrouler sur ses épaules. Elle tourna le dos au Friedrichshain et se dirigea droit vers le centre-ville. Voilà ce qu'elle voulait : marcher comme une vraie Ruttie Roth parmi tous ces gens qui allaient et venaient tranquillement dans la lumière de ce dimanche, le deuxième jour de l'année.

*
* *

Elle avançait depuis quelques minutes dans Königstrasse quand elle les entendit. Ils arrivèrent dans son dos à grands bruits de moteurs. En une seconde, elle crut à un cauchemar. Revivre ce qu'elle connaissait déjà. Des motos, des voitures, des camions. Des soldats en jaillissant, fusils pointés. Des officiers – uniformes noirs de la Kripo et de la Gestapo –, les poings gantés brandissant des pistolets. Les motards repoussèrent les passants. Les cris des femmes qu'on bousculait se mêlèrent aux ordres des militaires. Un officier entraîna une partie des troupes vers un immeuble dont les vitrines étaient occultées par des rideaux de fer. Ils se regroupèrent à vingt pas de Ruth pour forcer la porte. Celle-ci leur résistait. Les soldats s'écartèrent, l'officier tira dans la serrure. Deux fois. Des coups de feu claquèrent alors aux fenêtres du premier étage. Un soldat tomba sur le dos au milieu de la rue et un Kripo roula sur le trottoir, se tenant la jambe en hurlant. La panique se répandit.

Cris et coups de feu redoublèrent, venant de partout. La rue s'emplit de fumée. Le *tactactac* d'une rafale de mitraillette rebondit entre les façades, assourdissant. Les civils et les uniformes se couchèrent derrière le moindre abri. Sous les casques de fer des soldats tout proches, Ruth croisa des regards aussi surpris qu'elle. Elle s'était accroupie, collée au mur de l'immeuble qui la surplombait. Son manteau traînait par terre, elle se redressa. Un soldat lui ordonna de rester au sol.

Maintenant, ils s'engouffraient en courant dans l'immeuble dont ils avaient enfoncé la porte. Ruth s'éloigna à reculons des militaires, longea l'immeuble suivant, collée à son mur et si lentement qu'on la voyait à peine bouger. Tant mieux. Des armes visaient tout ce qui remuait. Finalement, elle se plaqua contre un lourd battant de bois. Sa main pesa sur la poignée de laiton pour s'y retenir. Celle-ci bascula, le panneau béa, l'entraînant, la faisant presque tomber dans un long couloir glacé qui passait sous l'immeuble et s'ouvrait en grand à l'autre bout.

S'attendant chaque seconde à recevoir une balle, Ruth referma la porte derrière elle et s'en écarta vivement, certaine qu'elle allait se rouvrir, que des soldats l'avaient vue et allaient venir la chercher pour la ramener dans la rue…

Mais non. Dehors, le staccato des mitraillettes résonnait par à-coups. Ruth examina le bas de son manteau. Il ne semblait pas trop sale. Ses longs cheveux, eux, la gênaient. Elle les entortilla et les rentra sous son col. Respirant mieux, elle se décida à avancer vers la lumière, à l'autre extrémité du passage.

Il donnait sur une cour de terre battue, cernée de hauts murs en béton et plantée de deux magnolias. Dans un angle se dressait un cabanon en bois au toit de tuiles. Des coups de feu, des cris, des appels tombaient des étages de l'immeuble voisin. Ruth leva les yeux vers les fenêtres, songeant à ses cheveux trop roux. Mais personne ne se montrait, ni dans l'immeuble au-dessus d'elle ni à côté. Les gens devaient avoir peur des tirs.

Sans plus réfléchir, elle courut vers le cabanon. Un simple loquet le fermait. Dans la lumière qui entra avec elle apparut, assise par terre au milieu d'outils de jardinage, de caisses et de sacs, une fille – une femme ! Elle se tenait la cuisse et dardait sur elle des yeux de rage et de peur.

Elles eurent ensemble une ou deux secondes d'hébétude. Ruth nota le visage rond, les cheveux blonds, la bouche grimaçante, le regard bleu agressif. Méchant, même. Et le mauvais manteau, vieux et usé, la robe aux couleurs délavées, le beau foulard autour du cou, les chaussures de bonne qualité. Et finalement le sang sur les mains serrées autour de la cuisse, sur les bas de laine déchirés.

Elle dit bêtement :

— Vous êtes blessée !

L'autre rétorqua d'une voix sifflante :

— Hurle pour les appeler ou ferme cette porte, crétine !

# 3

# Clara

— Qui es-tu ? Qu'est-ce que tu fais là ?

Peut-être parce que la femme la tutoyait, ou à cause de la pénombre plus épaisse une fois la porte refermée, Ruth ne parvint pas à répondre.

— Hé, tu es là ? Je te parle !

Ses yeux s'accoutumaient. Les planches du cabanon jointaient mal. Dans le peu de clarté, le visage de l'inconnue brillait d'un blanc plâtreux. Elle se tenait dans une drôle de position, recroquevillée sur sa cuisse droite retenue entre ses doigts crispés, une grosse besace de cuir plaquée entre elle et la cloison de bois. Ruth avança d'un pas.

— Vous êtes blessée ? Vous souffrez ?

— T'es sourde ? Je te demande qui tu es.

Ruth percevait la panique dans sa voix. Dehors résonnaient encore des coups de feu. Moins nombreux, plus espacés. Soudain, les hurlements des hommes de la Kripo et de la Gestapo redoublèrent. L'inconnue baissa la tête. Le chignon qui retenait sa chevelure blonde bascula sur le côté.

— *Ach Gott !* Ils vont tous se faire avoir…

— Vous êtes avec…

— *Blöde !* Qu'est-ce que tu crois que je fais ici ? Et toi ? Tu te promènes ?

— Oui, je me… J'étais dans la rue quand…

— C'est fini, maintenant, ils ne tirent plus…, la coupa l'inconnue en relevant la tête.

C'était vrai. Seul le silence régnait autour du cabanon. Lourd, menaçant.

— Ils ont ce qu'ils voulaient, gronda la jeune femme. Fiche le camp d'ici en vitesse. Ils seront bientôt là. Ils vont fouiller tout le quartier…

— Mais vous ?

— Moi, c'est moi. T'occupe pas. Fiche le camp… Ou appelle les ordures dehors si tu veux. Ils feront de toi une héroïne… De toute façon, je ne vais pas aller bien loin.

Elle marmonnait, grondait, ricanait tout à la fois. La douleur chassait sa peur et la faisait divaguer. Pour Ruth aussi, quelque chose prenait le dessus sur la peur. Elle revoyait la danse macabre des trois civils fauchés sous ses yeux par la rafale de mitraillette dans le jardin du Komandante. Elle s'accroupit près de l'inconnue. Son front et ses joues luisaient de sueur.

— Vous perdez beaucoup de sang.

— C'est ce qui arrive quand une balle te traverse la cuisse.

— Il faut un garrot. Vous n'y arriverez pas avec vos mains.

— Tu es infirmière ?

— Non. Couturière.

Un rire aigu, nerveux, fila entre les lèvres tremblantes de l'inconnue.

— J'aurais dû m'en douter en voyant ton manteau de rupine.

Ruth ne l'écoutait pas. Le temps pressait. Elle ôta son manteau.

— Qu'est-ce que tu fais ?

— J'ai une ceinture de cuir pour ma robe. Elle va faire un bon garrot.

Cette fois l'autre se tut, laissant aller sa tête en arrière.

— Enlevez vos mains et retenez votre robe plus haut…

L'inconnue obéit, docile. Ruth dégagea doucement le bas autour de la plaie. Sur le dessus de la cuisse, la blessure avait la taille d'une pièce de monnaie. Un trou aux chairs boursouflées. Le sang y suintait régulièrement, sans spasme. Pour ce que Ruth pouvait en voir, il en allait de même sur l'arrière de la cuisse, où la balle était ressortie, par chance sans percer ni veine ni artère. Elle glissa la ceinture autour de la cuisse, l'enroula en plusieurs anneaux qu'elle serra de toutes ses forces. L'inconnue gémit.

— Il faut couvrir les plaies. Elles ne peuvent pas rester à l'air comme ça…

— J'ai oublié ma trousse de secours, souffla l'autre, la voix blanche, les yeux clos, respirant vite.

Ruth se redressa, déboutonna son corsage, retira sa belle camisole de batiste. Un présent qu'elle s'était offert avec ses premiers salaires.

— Qu'est-ce que tu fabriques ? Tu es folle !

Déchirant la dentelle du col à coups de dents experts, Ruth fabriqua deux longues bandes qu'elle découpa en plus petits morceaux.

— Je vous fais un pansement. Donnez-moi votre foulard et levez plus haut votre cuisse.

L'inconnue lui tendit le foulard en murmurant, sarcastique :

— Cadeau de Noël de mon petit ami.

Et comme Ruth s'activait, précise et rapide :

— Tu as déjà fait ça ?

Ruth opina.

— Une fois. Sur la cuisse de mon cousin.

Quand ce fut terminé, elles s'observèrent telles deux lutteuses à la fin du combat. Elles formaient un drôle de couple, l'une épuisée mais un peu soulagée et l'autre à demi nue. L'inconnue voulut tendre sa main poisseuse et la retira aussitôt.

— Pas la peine que je te couvre de sang ! Merci. Je m'appelle Clara. Désolée pour ton chemisier et ta ceinture. Je ne pourrai jamais te les rendre… Va-t'en maintenant. Ne reste pas avec moi.

Ruth renfilait sa robe à même la peau. Elle repassa son manteau et dit :

— Moi, c'est Ruttie Roth.

Clara lui fit signe de se taire, se redressa pour mieux écouter.

— Ça va. Les chiens ne sont pas encore là, soupira-t-elle avec soulagement.

— Comment allez-vous sortir d'ici ?

Clara la regarda.

— T'occupe pas de moi. Fiche le camp, je te dis ! Ne reste pas ici.

Ruth songea à la courette qui entourait le cabanon et au grand couloir menant à la Königstrasse, qui devait à présent grouiller d'uniformes. Elle secoua la tête.

— Je ne peux pas ressortir par où je suis arrivée.

Clara la dévisagea sans un mot. Dans la pénombre du cabanon, le bleu de ses yeux se durcit.

— Ruttie Roth, fit-elle comme si elle réfléchissait tout haut. Couturière. Portant un manteau qui vaut une année de salaire d'honnête travailleuse. Qui vient se cacher dans cette cabane. Qui ne hurle pas pour ameuter les nazis en me voyant. Et qui joue l'infirmière… Tu me prends pour une idiote ?

Elle leva encore la main, à l'écoute des bruits du dehors. Des voix, des appels. Parfois lointains, parfois jetés des fenêtres juste au-dessus du cabanon. Puis Clara fixa Ruth de nouveau.

— Juive ? Juive, c'est ça ?

Ruth acquiesça sans un mot, avec un haussement d'épaules.

— Ruth Rotstein. Je suis de Varsovie, et vraiment couturière. Ruttie Roth, c'est le nom que me donne ma patronne au salon de couture.

— Eh bien, tu dois savoir te débrouiller pour avoir un manteau pareil.

Clara s'appuya sur ses mains pour s'écarter de l'angle de la cloison, dévoilant une trappe dans son dos. Grognant de douleur, elle pivota sur ses fesses et, du bout du pied, en poussa le panneau vers l'extérieur. Elle dut s'y reprendre à deux fois. Dehors, la neige amassée la bloquait.

— Elle donne dans le jardin derrière et les immeubles de la FranzLauer Strasse. C'était notre sortie de secours. À la condition de pouvoir arriver jusqu'ici.

*

* *

La trappe, au ras du sol, était assez étroite. Deux lames de métal servaient de ressort pour qu'elle puisse reprendre sa place une fois ouverte. Ruth s'y glissa la première, rampant de l'autre côté dans la neige, la terre boueuse et les broussailles. Ce qui acheva de salir son manteau. Au moins parvint-elle à éviter de le déchirer aux épines d'églantier qui pointaient ici et là. Elle attrapa la grosse besace que lui tendit Clara. Elle pesait presque aussi lourd qu'une valise. Ensuite, il lui fallut tirer Clara par les épaules en la soutenant sans heurter sa cuisse ni arracher son pansement de fortune. Puis elle fit glisser des caisses et des sacs pour dissimuler la trappe à l'intérieur du cabanon avant de la refermer.

Elles reprirent leur souffle, repliées sous un bosquet de pittosporums. Clara voulut se mettre debout. Elle n'y parvint qu'agrippée au bras de Ruth, chancelante tant la douleur lui donnait le vertige.

Elles se trouvaient dans un long jardin cerné de murs de brique et encombré de vieux arbres fruitiers aux ramures enchevêtrées. Ruth passa la bride de la sacoche sur son épaule et soutint Clara jusqu'à un grand pommier au tronc massif. Là, elles purent s'asseoir et reprendre leur souffle sans être vues des fenêtres de l'immeuble investi par la Kripo et la Gestapo.

Clara plongea ses mains dans la neige autour d'elle pour ôter le sang séché qui collait à sa peau tel un gant craquelé. Dans la pleine lumière du jour, elle était plus replète et musclée que Ruth ne se l'était représentée dans la pénombre de la cabane. Son visage était moins lunaire. Son front haut et ses sourcils très arqués soulignaient l'intelligence de son regard, tandis que le bas de son visage, ses lèvres pleines, ses joues rondes, son nez un peu épais possédaient une franche sensualité. Peut-être était-elle plus âgée, aussi, qu'elle l'avait cru. Ou les cernes de douleur et de peur cerclant ses yeux bleu roi la vieillissaient.

— J'ai la tête qui bourdonne, s'inquiéta-t-elle soudain. Tu entends les chiens ?

Ruth secoua la tête.

— Tant mieux. Au bout du jardin, un passage longe l'immeuble. Une porte en bois donne sur la FranzLauer. Elle n'est jamais fermée à clef…

Déchirant l'air redevenu paisible, un coup de feu claqua dans leur dos, les faisant sursauter. Puis un autre. Et, après quelques secondes, un troisième. Le poing serré sur sa bouche, Clara étouffa un cri. Elle agrippa la besace de cuir et la serra contre elle comme pour s'y retenir. Ruth voulut lui demander ce qu'il se passait, mais Clara la devança, la bouche tordue par les sanglots.

— C'est le truc de la Gestapo. Ils te torturent, et quand tu es bien détruit, ils te donnent le coup de grâce : une balle à l'arrière du crâne… Mon Dieu ! On était six. Sept avec moi. Trois filles et quatre garçons. Pour faire des tracts… Et là, trois coups de grâce. Ça veut dire que les autres sont morts pendant l'assaut…

Elle se tut le temps de calmer ses larmes, saisissant machinalement le mouchoir que lui tendait Ruth.

— C'est comme ça pour toutes nos cellules depuis un mois, reprit-elle en s'essuyant le visage. Chaque fois qu'on se regroupe, ils sont là. Quelqu'un a parlé. Ou ils ont trouvé des documents. C'est fini. Il ne reste plus rien de nous.

Clara songea à la serviette de cuir que les SA avaient saisie sur les hommes abattus dans le jardin du Komandante. Elle ne dit rien. Ce n'était pas le moment. Elle se contenta de poser une main sur le bras de Clara, qui la baisa avec ferveur.

— Merci, merci ! Je suis désolée. Je t'ai parlé comme à une ennemie tout à l'heure. J'avais si peur. Mais tu es un ange ! Mon Dieu ! L'ange qui me tombe du ciel. Tout est si laid aujourd'hui, sauf toi… Je ne pourrai jamais te rendre ce que tu viens de faire pour moi. Mais tu resteras dans mon cœur pour toujours. Tu peux me croire… Et maintenant, vraiment, tu dois me laisser. Ne reste pas avec moi, c'est trop dangereux. Va devant. Sors dans la FranzLauer comme si tu quittais ton appartement.

— Ce n'est pas possible, objecta Ruth. Vous ne pourrez jamais marcher normalement. Vous ne pourrez même pas porter votre sac, il est trop lourd… On va vous repérer tout de suite. Quelqu'un vous dénoncera. De toute façon, avec mon manteau dans un tel état, moi non plus, je ne peux pas faire comme si je sortais de chez moi. Les Ruttie Roth, ça ne va pas se rouler dans la boue.

Clara la contempla avec surprise.

— Et qu'est-ce que tu proposes ?

— Vous…

— Non, ça suffit, les *vous* ! Tu me tutoies.

Ruth opina.

— On va ensemble dans FranzLauer. Tu t'accrocheras à moi pour avancer. Il y a un arrêt de tram pas loin et seulement trois stations pour arriver où je loge. Chez des gens très bien. Tu ne risqueras rien. On te soignera. Dans la rue ou dans le tram, si on nous pose des questions, on dira qu'on a été attaquées par un fou avec des chiens et qu'on va chez un médecin… Et c'est vrai. Je l'ai lu dans *Die Glocke* : à Berlin, un fou s'attaque aux femmes avec des dogues. L'une d'entre elles s'est fait arracher un morceau de la cuisse…

Clara observait Ruth, incrédule.

— C'est le jour le plus horrible de ma vie, souffla-t-elle, et toi…

Elle n'acheva pas, se laissant aller contre le tronc du pommier en soupirant.

— D'accord. C'est trop beau pour que ça marche, mais on verra. De toute façon… J'ai l'impression d'avoir un couteau planté dans la cuisse. Je ne parviens plus à penser.

Elle écarta le rabat de sa besace. Ruth eut le temps de voir des épaisseurs de feuillets réunis par de gros élastiques. Des tracts, songea-t-elle sans surprise. Clara sortit un étui métallique d'où elle retira une paire de lunettes à la monture d'un rose presque transparent. Elle la posa sur son nez et tenta de sourire à Ruth.

— Ce ne sont pas de vraies lunettes. Je vois très bien sans elles, mais il paraît que les gens vous trouvent plus innocent quand on en porte.

*

* *

— Moses ! Monte chez le docteur Waisselberg. Dis-lui de descendre avec sa trousse. Je n'ai pas ce qu'il faut pour ces plaies.

— Non… Pas de médecin, souffla Clara, livide.

— Tu ne risques rien. C'est un bon médecin…

Glückel avait nettoyé les blessures et libéré la cuisse de Clara du garrot. Le sang suintait de nouveau, lentement. Elle épongeait et enduisait avec délicatesse les plaies d'une pommade antiseptique, jetant de brefs coups d'œil à Clara pour s'assurer qu'elle ne lui faisait pas trop mal.

Dès que Ruth et Clara étaient arrivées, Glückel Warburg s'était occupée de la blessée, débarrassant un canapé du salon pour qu'elle pût s'y étendre, sortant une mallette de soins de secours, ordonnant à Ruth de faire bouillir de l'eau. Tout cela pendant que Moses les observait, le front plissé et l'air dur. Ruth savait qu'il était mécontent parce qu'elle n'avait pas contraint Clara, toute blessée qu'elle fût, à effleurer la mezouzah au seuil de l'appartement. Il ne cessait de poser des questions. Pourquoi, où, comment ? Prenant dans ses mains le beau manteau de Ruth taché de boue, il s'exclama :

— Vois dans quel état tu l'as mis !

Ruth s'y attendait. Dans le tram, elle avait prévenu Clara. Son « oncle » Moses – l'ami de son père qui l'hébergeait à Berlin – allait les passer sur le gril. Inutile de mentir, il suffisait de ne pas tout révéler. Elles lui raconteraient presque la vérité : la Gestapo et les camions de soldats dans Königstrasse, l'assaut de l'immeuble alors que les gens déambulaient sur les trottoirs, les coups de feu éclatant de tous les côtés, les morts, les blessés, la confusion. Les arrestations arbitraires dont la Kripo était coutumière. Clara atteinte d'une balle, cherchant à se mettre à l'abri. Ruth avait eu la chance de pouvoir l'aider. Finalement, elles avaient pu échapper aux tirs et aux contrôles en se cachant dans un jardin. Ruth avait soigné Clara comme elle avait pu afin qu'elle soit capable de se déplacer. Dans le tram, personne ne s'était intéressé à elles, ce qui était la pure vérité.

— Mais qu'est-ce que tu faisais dans Königstrasse ? s'était étonné Unkel Moses. Je te croyais en train de danser avec Ilse à l'Elysium.

Ruth avait expliqué pourquoi, avec Ilse et ses amies, elles avaient dû y renoncer.

— Elles sont allées vers Belle-Alliance-Plaz chercher un autre café où il serait possible de danser. Moi, l'envie m'en était passée. J'ai préféré me promener.

Maintenant, Moses, debout derrière la table, scrutait Clara comme s'il n'avait pas entendu Glückel. Celle-ci se retourna en agitant le linge rougi de sang qu'elle tenait.

— Remue-toi, Moses Warburg ! Cette petite a besoin d'un vrai médecin.

Il se décida enfin et quitta le salon. Glückel posa sa paume sur le front de Clara. Ruth l'observait, surprise et reconnaissante. Dès qu'elle avait découvert la blessure de Clara, Muttie Glückel avait su quoi faire, précise, calme et douce, sans se montrer curieuse. Comme si elle s'attendait depuis toujours à cette situation.

— Tu as un peu de fièvre, heureusement pas trop, dit-elle. Ça va aller. Le docteur Waisselberg aura de quoi apaiser la douleur.

— Je sais que ce n'est pas grave, murmura Clara. J'ai seulement perdu beaucoup de sang tout à l'heure… Avant que Ruth m'aide.

Sa voix démentait son assurance, mais Glückel approuva d'un signe. Elle enveloppa la cuisse de Clara d'une large bande de linge propre, la fixant avec une épingle de nourrice.

— Si le docteur veut refaire le pansement, il lui suffira de la retirer, dit-elle en se redressant, emportant la cuvette de linges sanglants dans la cuisine. Je vais te préparer une tisane forte et très sucrée.

Derrière les fenêtres du salon, le jour commençait à noircir. Ruth alluma les appliques et s'assit sur le bord du canapé, prenant les mains de Clara entre les siennes. Il lui restait des croûtes de sang séché entre les doigts. Ruth commença à les nettoyer à l'aide d'une serviette humide. Elle allait dire à Clara qu'elle pouvait rester pour la nuit – elle prendrait le petit lit de son réduit – quand tout à coup la porte vitrée du salon s'ouvrit. Moses entra en brandissant la lourde sacoche de Clara. D'un geste rageur, il en tira un paquet de tracts qu'il jeta sur la table, puis un pistolet. Le tenant entre le pouce et l'index, il le lança sur les tracts. Le pichet brûlant que Ruth y avait déposé un instant plus tôt tressauta en répandant de l'eau. Le fracas attira Glückel. Moses lui désigna Clara.

— C'est une communiste. Une communiste ! Voilà pourquoi ils lui ont tiré dessus. Ils lui courent après et elle vient se cacher chez nous…

Ruth était déjà debout.

— Non ! C'est moi qui…

— Tais-toi ! lui ordonna Moses d'un air mauvais.

Il attrapa une poignée de tracts et les projeta vers Glückel. Sur le haut des feuilles, le sigle du parti communiste allemand, KPD, s'étalait en lettres grasses et rouges ceintes dans l'arc de la faucille et du marteau.

Muttie Glückel ne leur accorda pas un regard, pas plus qu'au pistolet. Elle surveillait Clara, qui se redressait sur le canapé. Blafarde et frissonnante, la jeune femme déclara à Moses aussi fermement qu'elle le put :

— Oui, je suis une communiste. Et si vous voulez tout savoir, c'est pour ces feuilles que six de mes camarades sont morts cet après-midi… Je suis la seule à avoir échappé à la Gestapo !

— Et tu veux tous nous faire tuer ?

— Unkel Moses…, commença Ruth.

— Ne dites pas n'importe quoi ! la coupa Clara. On ne tue que les nazis. Personne d'autre…

Elle agrippa le bras de Ruth pour se mettre debout, sautillant pour s'appuyer sur la table.

— C'est pour l'Allemagne et le peuple allemand qu'on se bat, reprit-elle, la voix sifflante, les yeux brillants de colère autant que de fièvre. Vous aussi, vous devriez vous battre au lieu de rester là, à attendre qu'ils vous piétinent comme des rats ! C'est pour vous aussi que mes camarades sont morts. Pour vous, les Juifs ! Vous savez ça ?

— Ah oui ! ricana Unkel Moses. C'est pour nous aussi, *les Juifs*, que ton Staline se fait l'ami du Führer ?

— Moses ! Inutile de hurler, intervint Muttie Glückel.

Elle tendit le bras vers Clara.

— Ne reste pas debout. Ta blessure va saigner de nouveau.

Clara la repoussa.

— Merci pour le pansement, mais votre mari a raison. Ce n'était pas une bonne idée de venir chez vous.

— Clara ! protesta Ruth.

— Laisse, ma belle ! Je t'aime. Sans toi, j'y passais comme les autres. Je te dois beaucoup, pourtant il vaut mieux que je m'en aille… Dans ce pays, les communistes ne sont en sécurité qu'auprès d'autres communistes.

Elle tenta de reprendre les tracts.

— Rendez-moi ma sacoche, s'il vous plaît, demanda-t-elle d'une voix cassée par l'effort.

Sans un mot, Moses Warburg fit glisser la besace sur la table.

Ils la regardèrent fourrer les tracts dans le sac. Elle empoigna le pistolet, le leva pour qu'Unkel Moses puisse voir l'inscription en cyrillique gravée sur le flanc de culasse.

— Tokarev TT33. Communiste, lui aussi. Quand on abat la vermine nazie, ce n'est pas avec des balles allemandes.

Moses explosa.

— C'est ce que tu crois ? Que les Juifs sont des lâches ? Des froussards sans honneur ? Mais si un Juif s'en prend à un nazi, tu sais ce qui arrivera ? Mille Juifs seront tués ! Ou dix mille, si le nazi a une tête de mort en argent agrafée au revers de son uniforme. Et même si ce ne sont pas des Juifs qui tuent des nazis, même si c'est vous, ce sera sur nous qu'ils se vengeront… Et tu voudrais que je t'accueille chez moi en sautant de joie ?

La tête baissée, lentement, Clara opina. Il y eut un silence. Elle glissa la sangle par-dessus son épaule, marmonna, à peine audible :

— Vous avez raison.

Mais Ruth attrapa la sacoche et lui retira la sangle des mains.

— Laisse. Tu n'y arriveras pas, c'est trop lourd. Je vais avec toi.

Elle fixa Unkel Moses et ajouta :

— Je vais l'accompagner jusqu'au tram. Ou jusque chez elle s'il le faut.

Muttie Glückel sursauta comme si elle se réveillait. Elle tendit à Clara la tisane qu'elle avait apportée de la cuisine.

— Bois ça avant de partir… Et attends une seconde…

Durant quelques minutes, il y eut un curieux ballet. Ruth aidant Clara à enfiler son vieux manteau avant de remettre le sien, maculé de boue séchée. Glückel trottant dans le couloir de la chambre et revenant avec un petit flacon de pilules et une canne.

— Prends ça, ma fille, dit-elle en mettant la canne dans la main de Clara. J'ai eu mal à la hanche l'année dernière, mais c'est fini. Je n'en ai plus besoin. Et ces pilules aussi, pour dormir. Attention. Pas trop à la fois, pas plus de deux…

Elles s'agitaient autour de Moses, silencieux, immobile, comme devenu invisible.

Il ne bougea pas plus quand Glückel suivit les filles jusque sur le palier. Il l'entendit prier Ruth d'être prudente et de revenir vite.

*

* *

— J'ai honte, souffla Ruth quand elles furent sur le trottoir. Comme j'ai honte !

— C'est moi qui dois avoir honte ! protesta Clara. Quelle idiote je suis. Je me suis laissé emporter. Ton Unkel Moses dit la vérité. J'avais besoin de crier et… Je m'en veux.

Elles progressaient à petits pas dans le froid glacial, Clara appuyée d'un côté sur la canne de Muttie Glückel et de l'autre s'agrippant au bras de Ruth.

Les faibles lampadaires jaunissaient la nuit plus qu'ils ne l'éclairaient. Les rues étaient quasi vides bien que minuit fût encore loin. Au moins, les trams circulaient à l'intersection de Frankfurter Strasse et Strauss Strasse.

L'arrêt n'était qu'à deux cents mètres, mais, à chaque pas, Ruth devinait le tressaillement de douleur qui traversait Clara. Pour l'oublier, la jeune communiste parlait, la tête baissée, la voix sourde, lourde comme la nuit jaunasse où elles avançaient. Sans cesse elle devait s'interrompre pour reprendre son souffle.

— Il a raison ! Mille fois raison. Regarde ce gâchis… Où ça nous mène, dis-moi ! Tous les six… Morts. La cellule entière. Et moi… Avec ces foutus tracts qui ne servent plus à rien ! Je les aimais, tu sais. Tous les six. J'aurais dû… Friedrich… Friedrich Hanneger, le responsable de notre cellule, il m'a poussée dans la cave quand ça a commencé à tirer… « Emporte les tracts ! Emporte les tracts ! » Et puis quoi ? Comme si quelqu'un avait envie de les lire ! Les gens n'ont pas compris quelle saloperie d'engeance sont les nazis. Il faut vraiment qu'on leur explique ?

— Clara !

— Ça va. N'aie pas peur. Je ne parle pas fort… On devait les disperser dans les gares, ces tracts. Sur les bancs, dans les toilettes. Partout où les gens s'arrêtent… Oh ! J'ai une idée : je vais en laisser un paquet dans le tram. Et dans le suivant aussi. J'ai un changement à Güterbahnhof. Qu'en penses-tu ?

Elle leva le visage vers Ruth avec un rire malheureux.

— Tu sais où aller ? demanda Ruth. Pour te soigner… Dormir… Tu dois…

— Oui, oui. Ne t'inquiète pas. Je vais débarquer chez Werner… Il va être ravi. Il n'attend que ça. Que je débarque chez lui mal en point et qu'il puisse me sauver… Il est presque médecin. Bon, au moins, il me servira à ça !

Encore ce rire triste. La station de tram était toute proche, à présent, éclairée par une lanterne aux verres épais.

— Et toi ? Tu as un amoureux ? demanda Clara.

— Non.

— Jamais eu ?

— Non. Pas encore…

— Même pas de petites amourettes pour essayer ?

Ruth sourit, gênée. Elle secoua la tête.

— Ah, tu es sage, toi ! souffla Clara. Tu te réserves pour la grande rencontre.

Il y avait de l'envie dans sa voix. Ruth sourit encore sans trouver quoi répondre. Non, elle ne se réservait pas pour la « grande rencontre », seulement pour devenir « grande couturière », comme disaient les Français. Mais ce serait trop long à expliquer.

Personne n'attendait à l'arrêt du tram. Une chance. Cela éviterait d'avoir à raconter des mensonges à d'éventuels curieux. Clara s'empressa de s'asseoir sur le banc de bois de l'abri. Elle respirait vite, la buée de son haleine stagnait autour de son visage et son menton tremblait de froid. Ruth lui frotta les bras et le dos pour la réchauffer, pensant à Unkel Moses. Savait-il ce qu'il contraignait Clara à endurer ?

Elle vérifia le pansement. Muttie Glückel avait fait du bon travail. Les linges n'avaient pas glissé sur la cuisse de Clara, le sang pourtant les imbibait peu à peu, y dessinant une rosace pâle.

— Ça ira jusque chez Werner, fit Clara en rabattant sa jupe épaisse. Tu sais, dès que tu es entrée dans la cabane, cet après-midi, j'ai reconnu ton manteau : ma mère a le même… Enfin, j'imagine qu'elle l'a encore. Je ne l'ai ni vue, ni entendue, ni rien depuis presque deux ans… Elle vit à Londres. Elle l'avait acheté juste avant de partir. Elle le portait à la gare en quittant Berlin. Tu penses si je m'en souviens bien ! En voilà une que les nazis ont rendue heureuse : ils lui ont permis de foutre le camp de chez nous avec bonne conscience.

Elle secoua la tête, les yeux fermés, la rancœur perceptible dans son timbre ténu. Elle se laissa aller en arrière, s'appuyant contre l'un des poteaux soutenant l'étroite toiture de l'abri.

— Et si ma mère l'a acheté, c'était certainement parce qu'il était le manteau le plus cher de toute l'Allemagne. Bon, je n'en ai pas l'air comme ça, mais je suis une fille de riches. De très riches, même. Mon père… Peu importe. Je l'aime beaucoup, en revanche je ne peux pas être ce qu'il voudrait que je sois. Impossible… Tu imagines un peu… Quand je t'ai vue apparaître avec ce manteau et tes cheveux de feu. Et pas plus étonnée que ça de me voir là avec ma cuisse qui pissait le sang. Toute prête à jouer l'infirmière… Incroyable ! Retirant ta camisole à dentelles… Et moi : « Tu as déjà fait ça ? » Et toi, aussi péteuse que le Führer : « Oui, une fois. Sur la cuisse de mon cousin. »

Elles rirent ensemble. Un vrai rire, bon, doux, qui les réchauffa une poignée de secondes.

— J'ai tout de suite su que, toi non plus, tu n'étais pas celle que tu avais l'air d'être ! fit Clara en laissant sa tête reposer sur l'épaule de Ruth.

Le bruit du tram les fit tressaillir.

Le temps que Clara se mette debout, il fut là, faisant trembler la rue, le jaune vif des wagons avalé par la nuit et les rares ampoules intérieures permettant à peine de voir, au travers des vitres sales, quelques couples occupant les banquettes de bois. Elles se tinrent enlacées pendant que les roues des wagons crissaient sur les rails.

— Sois prudente, Ruth ! lança Clara dans le vacarme. Demain, ce sera la guerre partout. Les gens deviennent des loups par temps de guerre. Tu es trop douce, trop belle, trop gentille. Et juive ! N'aie confiance en personne ! Promets-moi…

Ruth balbutia une promesse. Les portes du tram s'ouvrirent. Elle dut presque porter Clara pour qu'elle atteigne les hautes marches et lui passa la bretelle de la besace autour du cou. Clara en profita pour l'attirer contre elle une fois encore, collant sa bouche à son oreille, lui chuchotant :

— N'oublie pas : même si on ne se revoit jamais, on est amies. Amies pour toujours. Jusqu'à la nuit des temps !

La cloche retentit. La porte automatique se referma. Le ventre noué comme si elle avait reçu un coup de poing, Ruth regarda Clara sautiller vers la plus proche banquette. Le tram s'éloigna, ses roues de fer claquant contre les rails, le brinquebalement des wagons résonnant dans la Frankfurter Strasse. Tout autour de Ruth, un drôle de vide absorba les arbres sans feuilles, les magasins aux volets clos, quelques silhouettes sombres et fuyantes. La nuit lui parut plus glaciale et menaçante que jamais.

*

* *

« Demain ce sera la guerre partout. Les gens
deviennent des loups par temps de guerre.
N'oublie pas : même si on ne se revoit jamais,
on est amies. Amies pour toujours. Jusqu'à la
nuit des temps ! »
Les mots de Clara. Clara, mon amie. Je ne
connais pas son nom de famille, mais j'aime
son prénom. Cela n'a pas de sens, elle me
manque déjà.

La guerre. Jamais encore je n'ai écrit ce mot.
Tous les jours, on le lit dans les journaux,
pourtant, jusqu'à ce soir, ce n'étaient que
des lettres mille fois répétées sur le papier.

Jamais, non plus, je n'ai dit « mon amie »
en pensant à quelqu'un.

Clara, mon amie.
Je ne sais rien d'elle, sinon qu'elle se bat,
que ses camarades sont morts cet après-midi.
Elle a eu quelques larmes dans les yeux.
Mais de la colère surtout. Elle transporte
dans son sac une arme et des tracts.
Elle pense que je suis une inconsciente
(tout comme Unkel Moses, d'ailleurs).
« Tu es trop douce, trop belle, trop gentille. »
Est-ce vraiment ce que je suis ? Sotte comme
ça ? Peut-être. Je lui ai fait une promesse
sans vraiment comprendre ce qu'elle exigeait
de moi. Je me sens stupide. À la fois vaguement
honteuse et aussi heureuse qu'une gamine
découvrant qu'elle n'est pas seule au monde.

Alors, était-ce une journée terrible ? Ou belle ?

Ruth hésita, esquissa un geste pour barrer ces dernières lignes avant de relever la main. Elle n'allait pas, dès les premières pages, enlaidir son carnet de gribouillis.

Elle abandonna le stylo sur la petite table et enfouit son visage dans ses paumes, massant ses paupières. Ses yeux lui faisaient mal. Elle écrivait dans le réduit qui lui tenait lieu de chambre depuis près d'une heure. Une quinzaine de pages de son carnet étaient à présent noircies de son écriture régulière (sage, dirait sans doute Clara).

Un instant (si naïvement !), elle avait cru qu'elle se désemplirait la tête en écrivant tout ce qui la bouleversait. C'était le contraire. Elle avait eu beau écrire, rien ne la quittait. Rien ne l'apaisait. Le frôlement des lèvres de Clara contre ses oreilles la faisait encore frissonner.

Elle était revenue chez les Warburg avec la crainte d'avoir à affronter une nouvelle fois Unkel Moses. Or rien ne s'était passé comme prévu.

Les lampes étaient éteintes dans le salon et Muttie Glückel déjà couchée. Sur la pointe des pieds, Ruth avait poussé la porte de l'atelier. L'entrebâillement du bureau de Moses découpait un rai de lumière qui soulignait l'étrange alignement des mollets de mannequin dressés dans la pénombre.

— Ruth ?…

La voix d'Unkel Moses l'immobilisa. La porte s'ouvrit en grand.

— Ruth…

Moses ne franchit pas le seuil. Dans le contre-jour, Ruth distinguait à peine son visage. Il se mit à parler d'une voix qu'elle ne reconnut pas, douce, inquiète, tourmentée, même.

— Je sais que tu m'en veux. Tu as raison. Que l'Éternel me pardonne ! Je suis si content que tu aies trouvé une amie. Et pas n'importe qui. Une fille bien. Cela se voit tout de suite. Et courageuse… J'espère qu'elle va pouvoir se faire soigner comme il faut. Je l'espère du fond du cœur. Crois-moi, Ruth… Mais il *faut* que tu comprennes quelque chose… Pour nous les Juifs, aujourd'hui, le courage n'est pas de tuer des nazis. Bien sûr, on rêve tous de les anéantir jusqu'au dernier ! Pourquoi avoir de la clémence envers ces monstres ? Or le courage, Ruth, notre courage de Juifs d'aujourd'hui, c'est de parvenir à rester vivants. Anéantir tous les nazis, on n'y arrivera pas… À l'inverse, eux, s'ils le décident, ils pourront nous exterminer. Et ils en ont envie. Oh, comme ils en ont envie, crois-moi ! Ils rêvent de ce massacre ! Alors il n'y a rien d'autre à faire : rester *vivants*. Chaque jour. Chaque jour ! Quoi qu'il en coûte à notre orgueil. Crois-moi, Ruth. Crois-moi ! C'est ça, notre courage et notre devoir. Les nazis ne nous veulent plus allemands, seulement juifs. Alors, soyons juifs, mais vivants.

Moses s'interrompit. Ruth crut le voir chanceler. Il ferma les paupières, respira fort et reprit, la voix lourde :

— Bientôt, le plus grand exploit des Juifs d'Allemagne, ce sera de rester vivants et fiers de l'être. Notre *résistance* ! Sans pistolet ni fusil... Je sais. C'est terrible de te dire ça à toi qui es belle, jeune, qui as tous les dons nécessaires à ton travail. Pourtant, à quoi bon se mentir ? On ne peut plus faire semblant. Tu comprends ?

Les oreilles, la tête, le cœur de Ruth la brûlaient. Aucun mot ne parvenait à franchir ses lèvres. Comprendre ? Oui, non ? Ça n'avait pas de sens.

Mais Unkel Moses, en vérité, n'attendait pas de réponse. Il s'avança vers elle. La lumière venue du bureau glissa sur son visage, illuminant un très beau sourire inattendu. Ouvrant les bras et dispersant l'odeur de cigare qui l'accompagnait partout, il dit, tout simplement :

— Donne-moi ton manteau, ma fille. Je connais quelqu'un qui le nettoiera sans le gâter. Quatre ou cinq jours et tu le retrouveras neuf.

Aussi obéissante qu'une petite fille, elle lui tendit le vêtement. Puis il lui souhaita une bonne nuit.

— Tu l'as bien mérité. Et demain, au travail, n'est-ce pas ?

Une bonne nuit… Parfois, l'humour de Moses Warburg était si noir qu'on ne savait qu'en faire.

Ruth referma son carnet et le rangea. Elle éteignit la lampe, se jeta tout habillée sur le lit. La fatigue pesait si fort sur elle que, aussitôt allongée, elle eut un vertige, comme si la couche, sous elle, flottait au-dessus du vide.

Elle aurait voulu ne pas repenser aux mots d'Unkel Moses, mais ils revenaient sans qu'elle puisse les repousser, ravivant encore et encore les images et les événements de cette journée. Et tous, tous prouvaient que Moses avait raison.

Elle resta un long moment les yeux ouverts dans le noir, incapable de se relever pour se dévêtir et passer sa chemise de nuit. Tantôt elle se revoyait prise dans la fusillade de Königstrasse, tantôt elle visualisait le visage de Clara sous le pommier, entendant les coups de feu qui abattaient ses amis. Ou elle se voyait ôter sa ceinture pour faire le garrot. Ou les mains de Muttie Glückel lavant la plaie de Clara… Cela tournait comme un manège. Elle finit par tomber dans le puits du sommeil sans en avoir conscience.

## 4

# Deux vies

Contre toute attente, le début de l'année commença par une bonne nouvelle.

Frau Opel attendait le retour de Ruth avec impatience. Depuis des semaines, elle menait très discrètement un projet qui venait d'aboutir. Une sorte de cadeau de Nouvel An, disait-elle. Au mois de mars prochain, elle présenterait de nouveaux modèles lors d'un défilé de mannequins, imitant en cela les grandes maisons de couture parisiennes. Une première dans Berlin.

La collection serait une glorification de la femme moderne, dynamique, libre, depuis les manteaux d'été jusqu'aux tenues de soirée. En tout, une vingtaine de vêtements montrés dans un ballet Art & mode accompagné par des musiciens. Un grand spectacle d'élégance, un parterre de riches acheteurs triés sur le volet. Y assisteraient également des artistes, des peintres, des acteurs connus. Et des journalistes, évidemment.

Frau Opel avait obtenu tous les appuis nécessaires, les autorisations, les assurances et les encouragements dont elle avait besoin. Le défilé et ses coulisses seraient filmés comme un véritable documentaire. Un producteur des studios de Babelsberg et un diffuseur étaient sur le point de signer un contrat : le court métrage de l'événement serait projeté en salle en première partie, avant les actualités et les films.

Elle avait déjà pris contact avec des stylistes de grandes maisons, travaillant en *freelance*, comme disaient les Anglais. L'une était première couturière chez Maggy Rouff à Paris. Ici, à Berlin, à l'occasion d'un cocktail de Nouvel An, elle avait pu parler avec Anna-Maria Wolpel et Willie Allamy. Elle avait eu au téléphone Rosie Leenart à Munich. Tous très intéressés et lui ayant promis une réponse avant le 15 janvier.

— Je commence par les plus notoires, disait Frau Opel en fronçant le nez de plaisir, mais ce ne sont pas les noms qui manquent. Ah, s'il était possible d'avoir une Française, ce serait très chic !… Et puis il y a toi, ma Ruttie Roth. Mon prodige maison !

Frau Opel avait entièrement prévu le rôle de Ruth dans cette grande aventure. Elle aurait les deux mois à venir pour réaliser quatre créations : deux robes d'été *demi-gala* – comme on nommait ces tenues propres aux sorties de la belle saison –, un tailleur d'automne et, ce qui serait l'un des clous du défilé, un ensemble d'été pantalon-boléro à manches courtes qui puisse se porter en soirée.

— Qu'en penses-tu ? Les trois premiers, tu les dessineras les yeux fermés, je sais. Mais l'ensemble ? Il faut que ce soit du jamais-vu ! Tu feras une merveille, n'est-ce pas ? Oui, j'en suis certaine…

L'excitation rougissait ses joues, ses yeux pétillaient d'impatience. La promesse de ces modèles lui faisait battre le cœur.

Ruth, elle, était si secouée de sentiments contradictoires qu'elle ne put que balbutier son accord. Elle était encore pleine des émotions et des images terribles de la veille. Les mots de Clara et d'Unkel Moses, *la guerre, la guerre*, le crachement furieux des mitraillettes, les corps qui tombaient, la peur, le sang, rien ne s'était effacé pendant son court sommeil.

Dans le tram, elle avait cherché les tracts de son amie, passant d'une voiture à l'autre, guettant jusque sous les sièges les trois lettres rouges du KPD. Elle s'était demandé si elle n'allait pas raconter sa rencontre avec Clara à Frau Opel. Et voilà que celle-ci lui offrait le rêve pour lequel elle était venue à Berlin !

Était-ce seulement possible de croire à une chose pareille ?

Heureusement, emportée par son propre enthousiasme, Frau Opel était loin de deviner le tumulte qui traversait Ruth. Elle rit de ses balbutiements, y voyant l'effet de la surprise et de l'extraordinaire fébrilité que provoquait son projet.

— Tu me soumettras plusieurs esquisses et nous déciderons ensemble, déclara Frau Opel. Comme ce sera une première fois pour toi, tu dois t'attendre à perdre du temps en aléas de toutes sortes. Les reprises, les bonnes idées qui ne le sont pas... Et surtout, ces tissus avec lesquels il faudra composer !

Elle grimaça, soupira en serrant fort le poignet de Ruth.

— Ça, il ne faut pas se le cacher, ça va être notre plus grand problème. Pour tout le reste, je pourrai me débrouiller. En revanche, les tissus… Mon stock ne suffira pas. On a beaucoup tiré dessus ces derniers mois et il nous faudra de belles pièces. De la vraie qualité et de la variété. Ah ! Si j'obtiens cela, ma Ruttie, je te promets que nous ferons un malheur.

En entendant ces mots, Ruth commença enfin à comprendre ce que signifiait véritablement la proposition de Frau Opel. D'abord, la possibilité de vivre les jours, semaines et mois à venir dans l'obstination qu'Unkel Moses appelait le « courage des Juifs ». Or, don du ciel ou ironie incroyable, au lieu de s'annoncer comme un calvaire, voilà que ses vœux les plus chers étaient exaucés. Et, qui sait, pourquoi ne surviendrait pas la vraie belle occasion qu'elle attendait contre vents et marées : la naissance de Ruttie Roth, la grande styliste ?

Saisie par un réflexe nerveux, elle éclata de rire. Rire repris en écho par Frau Opel. Elles tombèrent dans les bras l'une de l'autre, se répétant : Nous y arriverons, nous y arriverons !

*

* *

Le soir, quittant Lorelei couture pour plonger dans la nuit glacée et l'air épais annonciateur de neige, Ruth s'imaginait déjà apprenant la nouvelle aux Warburg.

Elle saurait trouver les mots pour la présenter de manière acceptable à Unkel Moses. Mais, une fois dans le tram, lui revint son voyage du matin, tandis qu'elle cherchait les tracts de Clara. La presque insouciance qui s'était emparée d'elle alors qu'elle griffonnait quelques idées, tout ce vrai plaisir l'abandonna brutalement.

À l'arrêt Cöpenicker, la double porte du tram s'ouvrit. Il fallut aider une vieille femme munie d'une canne à monter dans la voiture. Ruth se revit soulevant Clara quelques heures plus tôt. Avant que la porte automatique ne se referme, l'air du dehors la gifla. Elle en fut transie jusqu'aux os. La vitre embuée du wagon lui renvoya son reflet. Elle eut l'impression, d'un coup, d'être dépouillée de l'apparence de Ruttie Roth et de redevenir Ruth Rotstein. Cette Ruth Rotstein qui ne pouvait pas – ne devait pas ! – s'aveugler. Dans le vacarme et les secousses du tram, la vérité, plus réfrigérante que le ciel de Berlin, coula enfin dans ses veines : jamais, jamais au pays des nazis, et sans doute jamais où que ce soit, elle ne pourrait être cette grande styliste, cette Ruth Rotstein imaginaire qui, depuis tant d'années, engloutissait tous ses efforts (et ses mensonges !), qui emplissait ses heures et mobilisait toute sa volonté, et à laquelle, incorrigible, elle rêvait ce matin encore tandis que Frau Opel lui confiait les merveilles qu'elle attendait d'elle.

D'ailleurs, ce projet de collection était une chimère. Un théâtre d'apparences pour jouer le jeu pendant quelque temps encore, comme s'il restait quoi que ce soit de *normal* dans la vie de Berlin (de l'Allemagne entière). Ce mirage d'un autre temps conviendrait parfaitement à une Ruttie Roth, elle-même n'étant qu'apparence et mensonge. Mais il y aurait toujours, sous l'illusion, l'incompatible véritable existence de Ruth Rotstein. Et le danger très réel de se montrer au grand jour…

Frau Opel le savait-elle ? Voulait-elle désespérément se leurrer ?

Peu importait. Ce qui comptait, c'était de ne pas se laisser égarer et de profiter de ce que ce projet lui permettrait : réaliser, au moins une fois, un peu de son rêve. Quatre créations de Ruth Rotstein, alias Ruttie Roth ! Pour cela, elle était prête à affronter tous les dangers. À elle de rester discrète, modeste. Surtout ne pas attiser la jalousie de ses collègues du salon (« N'aie confiance en personne », avait dit Clara).

Allait-elle raconter tout cela aux Warburg ? Sauraient-ils le comprendre sans élever mille raisonnables objections ?

Elle en doutait. Pourtant, était-ce honnête de leur cacher cette double vie, à eux qui prenaient tant soin d'elle ?

Ces questions ne se posèrent plus dès qu'elle arriva dans Wöber Strasse.

Le docteur Waisselberg, en manteau et le chapeau à la main, se tenait dans le salon avec Glückel et Moses. Il revenait d'une visite à un bon ami toujours très bien informé. Avant la fin du mois, les médecins juifs allaient être exclus des caisses d'assurance. Bientôt, de nouvelles lois interdiraient tous les métiers de la médecine aux Juifs, qu'ils soient infirmiers, sages-femmes ou dentistes.

— Nous n'aurons bientôt plus de quoi nous occuper, fit le médecin d'une voix désespérée. Devenir ministre, peut-être ? Mais qui en aurait envie ?

Waisselberg était un petit homme aux mains délicates, à la belle chevelure ondulée. Derrière ses lunettes à fine monture d'argent, ses yeux gris ironiques racontaient une immense lassitude. Unkel Moses rit aigrement à sa plaisanterie. L'humour noir lui était familier. Muttie Glückel, elle, saisit la main du docteur Waisselberg et ils se tinrent ainsi, noyant leurs regards durant quatre ou cinq longues secondes. Puis le médecin poursuivit :

— Il paraît aussi qu'ils vont confisquer nos passeports… Enfin, pour les bienheureux qui possèdent ces trésors… Mon ami pense que tout ça, c'est pour nous pousser dehors avant d'étriper ceux qui resteront… Ça coûte cher, d'étriper les gens. Donc, moins on sera, plus ils feront d'économies.

Ni Moses ni Glückel ne firent de remarque. Waisselberg remit son chapeau et le cala sur son front d'une caresse élégante, ajoutant :

— Il semble qu'on ait encore un petit mois avant les ennuis, mais je vais devoir dévisser la plaque de ma porte, là-haut, et retirer celle sur le mur de la rue, à côté de l'entrée. Donc il n'y aura plus de médecin dans l'immeuble. Cependant, pas d'inquiétude. Je devrais encore savoir soigner.

Quand il fut parti, les Warburg n'eurent pas un mot pour commenter ces nouvelles. Ce n'est qu'à la fin du repas que Muttie Glückel annonça :

— Le docteur a raison. Ils sont de plus en plus nombreux à s'exiler. Chaque fois que je vais faire les courses, on m'énumère de nouveaux noms. Mais, nous, nous n'avons pas de passeports, n'est-ce pas, Moses ?

— Tu le sais bien. Des passeports pour quoi faire ? Pour aller où ?

Il y eut un silence. Finalement, Muttie Glückel demanda :

— Tu crois qu'il est sage que Ruttie reste ici avec nous à Berlin, Moses ? Elle se rend chaque jour dans les beaux quartiers, et là-bas… Elle ne serait pas plus tranquille avec sa famille à Varsovie ?

Unkel Moses leva les yeux. Ruth allait répliquer à Muttie Glückel quand elle perçut qu'elle devait d'abord le laisser parler.

— Comment ça va avec ta patronne ? dit-il.

— Bien… Très bien !

Elle s'enhardit. C'était le moment ou jamais d'évoquer l'idée de Frau Opel.

— Elle a un grand projet pour mars. Une nouvelle collection. Elle me demande de réaliser quatre modèles… Pour l'été… Elle compte sur moi.

— Une nouvelle collection de robes pour l'été ? fit Glückel, haussant les sourcils et sur un ton qui fit aussitôt rougir Ruth.

Elle ne trouva pas quoi répondre. Moses l'en dispensa en demandant :

— Ces papiers avec ton nom de *bonne Allemande*, elle va les obtenir ?

— Je ne sais pas. Elle fait très attention. Mais ce travail… C'est surtout…

Ruth resta muette, incapable de trouver les mots justes. Unkel Moses acheva sa pensée, moqueur :

— C'est surtout un autre monde que le nôtre !

Il jeta un regard vers Glückel, qui secoua la tête en faisant la moue. Moses fixa Ruth.

— Il vaudrait mieux que ta Frau Opel te donne ces papiers. En même temps, avoir des faux papiers dans son sac…

Ruth opina. Oui, elle savait.

— Mars n'est pas loin.

— Non, mais… Peut-être vaut-il mieux que tu n'aies pas ces faux papiers.

C'était dit avec gentillesse. Unkel Moses semblait avoir deviné les idées qui lui étaient venues dans le tram. D'ailleurs, il ajouta :

— Si tu dois retourner à Varsovie, tu le sauras. Tant que nous sommes ici, tu es chez toi. Pourtant Glückel a raison : sois prudente chez ta Frau Opel. Ne t'obstine pas à traîner là-bas si tu te sens en danger.

Ruth et lui se comprenaient à demi-mot. Elle le remercia d'un sourire.

Comme si elle avait pensé à tout autre chose pendant cet échange, Glückel dit :

— Le pauvre docteur ! Il a soigné tant de monde, juif ou pas, avec de quoi payer ou pas. Si gentiment, et si bien.

Elle soupira, emporta les assiettes à la cuisine, et il ne fut plus question de ces choses.

⋆

⋆ ⋆

Plus tard ce soir-là, Ruth ouvrit son carnet. Elle serrait si nerveusement son stylo que ses doigts tremblaient. La journée, une fois de plus, pesait en elle comme un sac rempli à ras bord de faits et de réflexions qu'elle devait décharger dans son journal. Pourtant, alors qu'elle allait écrire le premier mot, l'envie l'abandonna. C'était à Clara qu'elle voulait confier ses pensées et tout ce qui l'avait bouleversée, pas à un carnet. À son amie.

Oui : tout lui raconter tandis qu'elles se tenaient aussi proches qu'elles l'avaient été en attendant le tram.

Ruth frissonna. Une houle de tristesse la secoua des pieds à la tête, lui laissant un goût aigre dans la bouche. Jamais de sa vie elle n'avait éprouvé un tel sentiment de solitude.

Elle laissa tomber son stylo entre les pages, luttant pour ne pas céder au chagrin âcre qui l'envahissait et lui nouait la gorge. Peut-être, dans un souffle plaintif, murmura-t-elle deux ou trois fois le prénom de Clara, comme si elle l'appelait. Quand elle rouvrit les yeux, Clara était devant elle. Véritablement devant elle, dans la lumière de la lampe, de l'autre côté de la table. Un sourire moqueur étirait ses lèvres. Ses yeux bleus étaient posés sur Ruth avec une tendresse légèrement narquoise.

L'illusion ne dura pas plus de deux secondes, mais elle fut tout de même assez forte pour effacer d'un coup l'accablement qui l'étouffait. Ruth sourit. Clara, où qu'elle se trouvât, pensait à elle et lui faisait un signe à sa manière.

Elle tourna la page à demi noircie par les notes de la veille.

> Clara,
> Mon amie,
> Il y a deux jours, cette sorte de conversation
> avec moi-même me paraissait précieuse, utile
> et pleine de sens. Mais tout à l'heure, en prenant
> mon stylo, je me suis de nouveau rendu compte
> que c'est à toi que je veux raconter
> ce qu'il m'arrive, pas à un journal.

Et tu es venue me rendre visite ! Le croirais-tu ?
Tu es apparue devant moi comme par magie.
Nous nous sommes regardées. Je n'ai pas
douté un instant qu'il s'agissait vraiment
de toi et pas de quelque délirante imagination.
Cela m'a fait grand bien.
Évidemment, si nous étions ensemble en chair
et en os, on pourrait se moquer d'une chose
pareille, mais nous ne sommes pas ensemble.
Peut-être ne le serons-nous jamais, jusqu'à la
fin des temps, comme tu as dit. Inutile donc
de se moquer.

Je ne sais presque rien de toi… Et j'aurais
quantité de questions à te poser (as-tu pu
rejoindre ce Werner qui voulait devenir
ton sauveur ? Te soigne-t-il bien ? As-tu pu
disperser les tracts dans le tram ? Etc., etc.).
Cela aussi est inutile, n'est-ce pas ?
Donc je vais seulement te parler de moi.
Il semble que, désormais, je doive vraiment
mener une double vie.

Le stylo de Ruth filait sans retenue sur le papier tandis qu'elle racontait et expliquait les nouvelles si importantes de sa journée. Refermer le carnet fut comme dire au revoir à Clara – ou plutôt :

À demain !

*
* *

Le lendemain commencèrent les étranges semaines qui précédèrent le défilé Art & mode de Frau Opel.

Ruth prit l'habitude de profiter de son trajet du matin en tram pour devenir Ruttie Roth : une jeune femme élégante, modeste, silencieuse, possédant un peu de cette aisance nonchalante propre aux personnes certaines que rien de fâcheux ne leur arrivera jamais. Parvenue au magasin de Frau Opel, elle se glissait en vitesse jusqu'à l'atelier et se mettait au travail.

L'atmosphère de Lorelei couture rappela vite celle d'une ruche. Luisa et Marlène, les plus anciennes couturières de la maison, se chargeaient seules des commandes des clientes habituelles – en vérité, les achats de nouveaux vêtements se faisaient plus rares, au contraire des *remises à jour*, comme on disait, qui exigeaient un travail considérable.

Frau Opel virevoltait d'une tâche à l'autre, passait énormément de temps au téléphone ou disparaissait durant des heures, totalement accaparée par la préparation de la collection et du défilé. Cependant, tout se déroulait étonnamment bien. Lucie DeMézieux, la couturière de Maggy Rouff à Paris, fut la première à donner son accord (qui fut fêté au champagne !). Trois jours plus tard, Anna-Maria Wolpel, ici, à Berlin, et Rosie Leenart, de Munich, en firent autant. Seul Willie Allamy déclina la proposition, ce qui, en vérité, soulagea Frau Opel.

— De toute façon, il m'aurait jeté mon offre à la figure, remarqua-t-elle. C'était fichu pour la robe de mariée – pour le flatter, je lui avais promis qu'il pourrait présenter cinq modèles au lieu de quatre, dont une robe de mariée. Une bêtise. Je me doutais que ce serait impossible avec ce problème de tissu. Et puis, tant mieux : j'aime l'idée que vous ne soyez que des femmes créant des vêtements pour femmes. On pourra en faire un slogan pour les journalistes : « La collection Opel, une mode de femme pour les femmes ! » Ou le titre du court-métrage.

Elle riait, tout heureuse, les joues rosies, comme si déjà elle voyait ce titre sur un grand écran.

Chacune des couturières exigea de travailler dans son propre atelier. Lucie DeMézieux assura que deux voyages à Berlin lui suffiraient amplement pour tout régler avant le jour J.

Ruth en fut grandement allégée. Ruttie Roth n'aurait pas à fréquenter ces femmes, leur curiosité ou ces familiarités ambiguës qui tournaient si rapidement à l'aigre.

Très vite, elle ne vit plus le temps passer. Le travail sur les deux robes d'été et le tailleur demi-saison l'absorba. Elle possédait quantité d'esquisses, de tentatives inachevées à partir desquelles elle pouvait lâcher la bride à son imagination. L'ensemble d'été pantalon-boléro-tenue de soirée, qui devait être le clou de ses modèles, attendrait. Il était inutile de s'y atteler tant qu'elle ignorait les matières et les quantités de tissu à sa disposition.

Le plaisir qu'elle prenait à perfectionner ses patrons rendait ces jours étrangement insouciants. Elle en oubliait ses réticences et l'absurdité du projet. Parvenir à un beau drapé, une ligne d'épaule juste, un parfait mariage de tissus effaçait tout le reste. Seul comptait le présent. Le salon devint une sorte de bulle imperméable aux menaces du dehors et au vacarme de Berlin.

Et puis, quelqu'un signalait qu'il serait bientôt dix-huit heures. Il fallait mettre de l'ordre sur les tables, les cintres, ranger les ciseaux ou les classeurs d'échantillons, retirer les blouses et passer les manteaux. Et, sans que personne s'en doute, la vie de Ruttie Roth s'achevait jusqu'au lendemain.

★
★ ★

En quelques pas, elle fut tirée hors du rêve de Ruttie Roth. Chaque soir, les unes des journaux épinglés sur les manteaux des vendeurs à la criée annonçaient de nouvelles lois, de nouveaux discours, de nouvelles menaces contre les Juifs. Les seuls titres, que Ruth lisait rapidement, suffisaient à rendre compte de l'imminence de cette guerre à laquelle Clara s'attendait.

À son arrivée dans Wöber Strasse, les plaisirs et l'apparente légèreté de la journée étaient effacés. Avant de pousser la porte de l'appartement, elle avait toujours effleuré mécaniquement la mezouzah vissée dans l'ourlet de chêne du chambranle. Elle prit l'habitude d'y glisser doucement son index, de l'y maintenir deux ou trois secondes, fermant les yeux comme si elle devait faire de la place en elle-même avant d'accueillir les mauvaises nouvelles qu'Unkel Moses n'allait pas manquer de lui apprendre.

L'atelier de chaussettes périclitait à une vitesse sidérante. Depuis les fêtes de la nouvelle année, les clients disparaissaient les uns après les autres. Leurs propres boutiques fermaient ou étaient vendues à de nouveaux propriétaires, qui n'achetaient plus rien de juif. Ou, le plus souvent, de vieux compagnons d'affaires se volatilisaient sans laisser de trace. Évidemment, Moses n'ignorait pas ce que cela signifiait.

— Ce sera mon tour à la fin du mois, annonça-t-il un soir. Je ne pourrai plus payer Ilse et Esther. Béni soit le Tout-Puissant si elles retrouvent du travail ! Dès que cela se saura, les vautours arriveront et exigeront de m'acheter les machines pour rien et mon stock d'invendus pour moins que rien.

— Mais tu vendras, n'est-ce pas ? Tu vendras et nous pourrons rester dans l'appartement ? s'inquiétait Glückel. On a bien un peu d'économies pour la suite…

— Nous ferons ce que nous pourrons, l'interrompit Moses.

— En ce moment, osa dire Ruth, Frau Opel me paie bien. S'il faut de l'argent, je pourrai…

Elle se tut. Les deux Warburg la regardaient, contents qu'elle propose son aide mais secouant la tête.

— Si tu es trop riche, tu pourras aider tes parents à Varsovie, fit Unkel Moses. Pour ce que j'en sais, Abraham ne vend plus rien ici, en Allemagne, et plus grand-chose là-bas.

— Et tu es trop jeune pour aider des vieux comme nous, ajouta Muttie Glückel avec un sourire mi-tendre, mi-amer. Ne t'inquiète pas pour nous : tu trouveras sans peine comment faire usage de ta richesse.

La suite des événements donna raison à Unkel Moses. Il marchanda rudement son stock d'invendus. À la mi-février, nul n'était encore parvenu à lui acheter à vil prix ses machines, les mannequins, tout le petit matériel, les précieuses bobines de fil de soie et, surtout, le livre contenant les noms et adresses des maisons à qui il avait, pendant dix ans, expédié ses bas de luxe.

— Continue à faire le grand Warburg, le mit en garde Muttie Glückel. Un matin, ceux qui entreront chez nous ne t'offriront pas un pfennig. Ce soir-là, tu ne posséderas même plus de toit pour dormir.

— À quoi bon cueillir un fruit s'il n'est pas mûr ? Il te videra le ventre au lieu de le remplir, lui répliquait Moses Warburg.

Une fois les brodeuses parties après des adieux pleins de larmes, il rangea méticuleusement l'atelier et s'offrit deux boîtes de bons cigares. Il les fumait dans son bureau, y relisant des ouvrages anciens ou s'énervant à la lecture des articles du *Familienblatt*, le dernier journal juif encore en vente, sous le contrôle de la censure.

— Même le papier sent la Gestapo, fulminait-il.

Il en froissait les pages et les brûlait dans le poêle de l'atelier – mais achetait le numéro suivant car il fallait bien soutenir le journal.

Et pas un jour sans que, quand il tournait le bouton de la radio, la voix aigre de Goebbels, de petits maîtres du nazisme ou du Führer en personne n'aboie, ne menace et ne promette une prodigieuse grandeur aux « vrais Allemands ».

En passant devant le bureau enfumé d'Unkel Moses pour rejoindre son réduit après avoir aidé Muttie Glückel à la vaisselle, Ruth faisait de son mieux pour ne rien entendre. Elle n'avait qu'une impatience : ouvrir enfin son carnet pour retrouver Clara.

Plus le temps passait, plus elle doutait fort que cette double vie qu'elle menait possédât le moindre sens, mais de pouvoir chaque soir parler avec son amie, lui raconter la bizarre cacophonie de ses deux existences l'apaisait et lui donnait le courage de continuer. En écrivant, elle sentait Clara tout près d'elle. Elle en était si convaincue que le matin, de plus en plus souvent, allant prendre le tram, elle jetait des regards alentour, cherchant sa silhouette et s'attendant à la découvrir qui la guettait en souriant.

⋆

⋆ ⋆

Un jour de pluie glacée de fin février, un peu avant midi – il faisait si sombre qu'il fallait travailler sous les lampes articulées –, Ruth faufilait les revers de la veste du tailleur coupé dans un velours de laine mordoré. Des revers étroits, tout juste évasés en amande sur la poitrine, et qui se rejoignaient sous le menton pour former un col officier rehaussé d'une bande en filoselle satinée d'un vert léger.

Frau Opel entra brutalement dans l'atelier. Son manteau de cuir et son chapeau ruisselaient. Elle soutenait des deux bras un rouleau de tissu recouvert d'un épais papier kraft noir d'humidité. Les yeux scintillants de plaisir dans la lumière terne tombant des verrières, Frau Opel lui adressa un grand sourire.

Aide-moi.

Ruth s'empressa de débarrasser la table voisine encombrée de patrons et de découpes, tandis que Frau Opel ôtait chapeau et manteau trempés. L'emballage kraft protégeait une enveloppe de coton fermée par une cordelette. Frau Opel la retira, révélant un rouleau de soie arachnéenne. Un damier d'indigo, de rouge vif et dc vert pastel dans un quadrillage de blanc tendre. Un tissu qui, au premier regard, évoquait la danse, la joie, l'insouciance des vacances. Un tissu du bonheur. Un tissu sans rien d'allemand, autant dire.

Ruth le déroula avec précaution. Il n'était qu'une caresse sans poids dans sa paume. Sa transparence était si grande que trois épaisseurs ne masquaient pas sa main.

— Soie du Cambodge, fit Frau Opel, tout émue. Tissu anglais. En tout cas venant d'Angleterre. Ne me demande pas comment. Trente mètres. Bien suffisant pour ton ensemble. On ne peut pas faire plus estival, n'est-ce pas ? Qu'en dis-tu, ma Ruttie ?

Ruth passait et repassait ses doigts sous les couleurs, redoublait les épaisseurs. Même sous la lumière électrique, le jeu des tons était un enchantement. Elle ne put s'empêcher de rire.

— Qu'il est très transparent, répondit-elle. Et sans aucun doute aussi lourd à porter qu'un rêve.

— Oh, quelle belle expression ! Il faudra s'en souvenir pour le défilé.

Frau Opel serra Ruth contre elle dans un élan d'affection inhabituel.

— Exactement ce qu'il faut pour l'été, non ? Ah, c'est parfait ! J'imagine déjà leurs yeux quand ils vont découvrir ça… J'ai eu si peur de ne rien trouver de bien !

Frau Opel frissonna comme si l'humidité du dehors la rattrapait. Elle libéra Ruth avec un petit mouvement d'embarras.

— Ni Lucie, ni Anna-Maria, ni Rosie ne pourraient en faire quoi que ce soit, dit-elle. Il leur faut du classique. Toi, en revanche, tu sauras comment t'en servir, je n'en doute pas. Laisse-toi aller. Ne pense qu'à la grâce de celle qui le portera. À rien d'autre… Et tu trouveras. N'est-ce pas merveilleux que nous puissions nous offrir un peu de beauté tandis que…

Elle n'acheva pas, ses yeux se fixant une seconde au-delà de la verrière, sur la pluie qui ne cessait pas et l'ombre qui ne se levait pas. Ruth songea qu'elle s'était trompée, Frau Opel ne s'illusionnait pas. Simplement, elle voulait que son rêve soit plus fort que tout. Il lui fallait cela pour vivre. Elle aussi. Elles se sourirent, eurent un petit hochement d'approbation, conscientes de ce qu'elles partageaient sans avoir à l'exprimer. Puis Frau Opel réprima un soupir et dit :

— Une seule chose m'inquiète. Le temps file si vite. Depuis ce matin, j'ai la date définitive du défilé : le 22 mars. Dans moins d'un mois. Ça ne va pas être trop juste ?

Ruth regarda les deux robes achevées sur les cintres et le tailleur qui ne nécessitait plus que quelques jours de travail.

— L'essayage mannequin est prévu à la fin de la semaine, répondit-elle. Et le tailleur le jour suivant. Ensuite, les retouches. Je devrais y arriver. Mais je n'avais pas imaginé un tissu pareil. Il faut que je trouve une astuce pour me servir de sa transparence…

— J'ai quelque chose qui va t'aider ! s'exclama Frau Opel.

Elle sortit de son sac à main une enveloppe en papier vert épais. Elle la tendit à Ruth, qui retira sa main à la vue du tampon à l'aigle du Reich qui en frappait l'angle.

— Prends-la, elle est pour toi !

Ruth l'ouvrit, le cœur battant. Ses doigts sortirent de l'enveloppe un carnet à couverture brune flambant neuf. Dessus étaient inscrits en capitales trois mots séparés par l'aigle aux ailes ouvertes et aux griffes soutenant la croix gammée : *DEUTSCHES REICH REISEPASS*.

À l'intérieur, sous sa photo et trois nouveaux tampons à l'encre violette, le nom de Ruttie Roth, sa date de naissance à Dantzig en juin 1915, la couleur de ses cheveux – roux –, sa taille, son adresse dans le quartier de Wedding, les noms d'une mère et d'un père inconnus, et son métier véritable : *Schneiderin/Howertigen* ; couturière/haute couture.

Et aucun feuillet – aucun ! – n'était maculé par le grand J rouge des passeports juifs.

— Oh, Frau Opel !

Ruth parvint à peine à prononcer ces mots. Les sanglots lui coupaient le souffle. Cette fois, c'est elle qui se jeta dans les bras de Frau Opel.

— Tu y arriveras ! murmura celle-ci en lui caressant la nuque. Il est valable pour deux années. Tu y arriveras.

*

* *

Comme si tout ce monde pouvait deviner la présence du passeport dans son sac, elle ne cessait de surveiller les visages et les regards autour d'elle dans le tram pour Wöber Strasse. Mais elle se retenait de sourire. Elle se voyait déjà chez les Warburg, annonçant enfin une bonne nouvelle.

Elle effleura la mezouzah et, la porte à peine ouverte, elle appela :

— Muttie Glückel ?

Pas de réponse. Elle crut sentir dans l'air quelque chose de changé. Elle poussa la porte de la salle à manger, puis celle de l'atelier. Là, elle se figea devant une grande pièce vide. De l'atelier, il ne restait littéralement que le souvenir, le plancher, les murs et le plafond. Et le bureau d'Unkel Moses tout illuminé.

Il apparut dans l'encadrement de la porte. Les yeux rouges et la barbe frémissante, il ouvrit les bras avant de les laisser retomber. Instinctivement, Ruth vint l'enlacer – plus tard ce soir-là, elle écrirait dans son carnet :

Aujourd'hui, c'était le jour des embrassades.

Tirant sur son cigare et fermant à demi les paupières, Moses expliqua :

— J'ai fini par céder à Glückel. Elle a du flair. Elle n'écoute jamais la radio et ne lit pas les titres des journaux, mais elle va acheter des pommes de terre et revient en me disant : « Moses, Moses, tu te prends pour Abraham qui n'écoutait pas sa femme alors qu'elle en savait plus que lui ? » J'ai tout vendu. Y compris les crayons usagés. Pas le bon prix, pas le pire non plus. Ils ont voulu tout emporter avant que je change d'avis. Emportez, emportez ! Un bon coup de balai et, hop, l'atelier STUMPFE & STICKEN WARBURG est redevenu une salle de bal. Rien ne s'efface plus vite que ce qui a déjà été vécu…

— Où est Muttie Glückel ?

Unkel Moses prit le temps de rire.

— Dès que les marks ont été sur la table de la cuisine, elle est allée nous acheter des chaussures…

Les meilleures. Ah, tu ne connais pas cette tradition ? C'est que tu es encore jeune et que tu n'as pas connu ta mère assez longtemps. Depuis qu'ils ont dû fuir Jérusalem devant Nabuchodonosor, on dit que, quand les nuages s'amassent au-dessus de leurs têtes, les Juifs ne doivent avoir qu'une arme à portée de leurs pieds : de bons souliers.

Quand ils eurent fini de rire, les larmes aux yeux, Ruth sortit le passeport de son sac et le tendit à Unkel Moses.

— Frau Opel me l'a donné tout à l'heure.

Unkel Moses siffla de surprise en le prenant. Après l'avoir feuilleté attentivement, il retourna dans son bureau, posa son cigare dans un cendrier, prit une loupe et examina chaque feuillet sous la lampe. Ruth l'observait, une boule dans la gorge. Finalement, il referma le carnet et secoua la tête, grimaçant.

— Il n'y a vraiment rien de plus affreux que ces tampons. Pour le reste, on le croirait aussi vrai qu'un vrai… J'ignore comment ta Frau Opel s'est débrouillée, mais elle savait à qui s'adresser.

Cette fois, entre deux bouffées de cigare, il eut une moue d'admiration. Ruth sentit sa gorge se dénouer. Unkel Moses ouvrit un tiroir de son bureau, y prit une enveloppe, qu'il lui remit. Ruth reconnut les timbres de Varsovie et l'écriture de son père.

— Tu peux la lire. Arrivée la semaine dernière. Elle m'était destinée. Sinon je te l'aurais déjà donnée… Ton père me prie de te garder avec nous aussi longtemps que possible. Il paraît qu'il y aura bientôt cinquante mille Juifs à la frontière polonaise, avec d'un côté les nazis qui les repoussent et de l'autre les Polonais qui amassent une armée afin de les mettre dehors. Abraham dit qu'on sait comment ces choses-là finissent, et il a raison. On le sait très bien. J'hésitais à t'en parler pour que tu ne te sentes pas piégée chez nous alors que ça ne tourne pas très bien ici non plus…

Il lui rendit le passeport.

— Ce passeport tombe au bon moment… Tu ne te trompais pas, ta Frau Opel doit être quelqu'un de bien.

Ils se regardèrent quelques secondes en silence. Moses répondit à la question que Ruth n'osait pas poser.

— Tu sais, on raconte que certains Juifs, à certains moments et en certains endroits, se sont cachés sous des noms qui n'existaient que sur leurs passeports. Ma foi ! Je te le répète, ce qui compte, c'est de survivre. Surtout à ton âge : une longue existence t'attend.

Ruth souleva son nouveau passeport.

— Il n'est valable que deux ans.

— Oh ! Au train où vont les choses, deux années, ce sera beaucoup.

C'était le jour des embrassades. Unkel Moses ouvrit les bras pour l'enlacer de nouveau.

# 5

# La cliente

Clara la vit sortir de l'immeuble des Warburg à huit heures dix. Comme chaque matin. Ruth était aussi précise qu'une horloge. D'un jour à l'autre, sa tenue changeait légèrement, mais ses cheveux de feu étaient toujours dissimulés sous des bérets, chapeaux ou foulards. Aujourd'hui, elle portait un bonnet de feutre retenu par une aiguille émaillée et descendant bas sur le col de sa gabardine d'un vert léger. Elle en resserra les pans et ajusta sa large ceinture dès qu'elle s'avança dans Wöber Strasse. Clara eut juste le temps d'entrevoir, dessous, le tailleur bleuté, les fins bas gris, légèrement miroitants. De la soie, certainement. Une élégance bourgeoise et discrète sous laquelle son amie cachait la Juive Rotstein.

Clara sourit. Elle assistait à ce manège pour la sixième fois et elle mourait d'envie de courir jusqu'à Ruth. Lui faire la surprise. Elle avait tant de choses à lui raconter ! Or c'était trop dangereux, elle ne l'ignorait pas. Alors, elle se convainquait de rester à distance, rêvant comme une gamine, imaginant qu'elles pouvaient communiquer par télépathie.

Fin janvier, elle avait fui Werner. Au lieu de se contenter d'être son médecin et son amant – deux rôles qu'il tenait sans maladresse –, cet idiot s'était mis en tête de la « ramener à la sagesse ». Il fallait regarder la réalité en face, soutenait-il. Le Führer était là pour longtemps. Le national-socialisme bouleversait l'Allemagne de la cave au grenier. On ne pouvait pas échapper à ce monde nouveau. Il fallait y entrer... ou en sortir définitivement par les œuvres de la Gestapo. Clara devait cesser de jouer à la guerrière. Qu'elle devienne sa femme, et la vie, la vraie vie, serait à eux.

Pauvre Werner !

Elle était arrivée chez lui avec sa besace et sa blessure pour tout bagage. Elle l'avait quitté avec sa besace et des souvenirs oubliables.

Werner, toutefois, avait raison sur un point. Rien n'arrêtait plus les nazis. En ce début 1938, ce qu'il restait encore de la lutte communiste dans Berlin comme dans toute l'Allemagne avait été anéanti, les cellules dissoutes les unes après les autres, les camarades morts, torturés ou internés dans les camps, à l'exception d'une poignée de chanceux en fuite vers l'URSS.

La fuite, la fuite à Moscou, était-ce ce qui l'attendait ? Clara avait à peine eu le temps de se poser la question. Le surlendemain de son retour dans sa chambre de Neue Weissensee, un quartier misérable du nord de Berlin, elle avait reçu une visite inattendue : Eugen Schkalff.

Du moins était-ce le nom sous lequel on le lui avait désigné à l'automne précédent, à l'occasion de l'ultime réunion de sa cellule. Un grand type maigre, à la peau laiteuse, les yeux reptiliens et le chapeau vissé sur la tête. Durant la réunion, il n'avait pas ouvert la bouche – une bouche étonnante, presque sans lèvres –, pas même au moment des votes et des décisions. Il s'était contenté d'écouter en scrutant les réactions des uns et des autres. Un agent du Komintern, le bureau de l'Internationale communiste. Envoyé par Moscou, lui avait-on appris, pour sauver, selon la volonté du camarade Staline, ce qui pouvait l'être du KPD. Et maintenant, il était là, devant elle, révélant un léger accent du Mecklenburg quand il demanda :

— Tu sais qui je suis ?

Non, elle ne savait pas vraiment, néanmoins, elle prononça son nom. Ce qui parut suffisant. Schkalff s'enquit de sa blessure, à présent réduite à deux petits volcans de chair rose bien propres. Encore quelques jours et elle n'aurait plus besoin de canne.

Le camarade Schkalff opina. Des bruits retentirent dans l'escalier, sur le palier. Des gamins qui descendaient rôder dans le quartier en se chamaillant. Sans la quitter des yeux, il attendit que retombe le silence pour l'interroger sur ceux qui connaissaient l'adresse de cette chambre.

— Personne. À part vous.

— Aucun de ceux de la cellule ? Jamais un gars ne t'a raccompagnée jusqu'ici ?

Le ton et le regard de Schkalff vibraient d'une ironie et d'un mépris que Clara contra aussi sèchement qu'elle put.

— Non. C'était la consigne. Je sais obéir aux consignes.

— Et ce Werner qui t'a soignée ? Sans compter le reste…

— Lui comme les autres.

Ses joues s'étaient enflammées pour le plus grand plaisir du camarade Eugen. Au moins sut-elle affronter le silence de l'agent du Komintern aussi longtemps qu'il prit plaisir à le faire durer. Finalement, il entrouvrit les lames de ses lèvres.

— Dans une semaine, tu reprendras ton travail aux Berliner-TTM. Tu leur donneras ça.

Il lui tendit une ordonnance paraphée par un médecin dont elle n'avait jamais entendu le nom et contenant une liste de médicaments.

— Tu as eu une mauvaise bronchite. On a craint une pleurésie, par chance, tu t'en es tirée.

Elle ne put s'empêcher de protester. Sa blessure allait bien, certes, mais de là à pédaler sur un tricycle à travers Berlin ! Il était trop tôt. Schkalff balaya ces mots de sa main toujours gantée.

— Au contraire. Tu pédaleras doucement au début et ça te remettra sur pied. Il est temps que tu t'endurcisses.

Il se tut, ses petits yeux fendus prêts à lui renvoyer comme un mur une nouvelle protestation. Elle attendit la suite.

— Sois discrète. Pas de nouvelles rencontres, pas d'histoire avec qui que ce soit. Ne cherche à entrer en contact avec personne. D'ailleurs, ce serait inutile. Il ne reste rien de ton groupe. Tu es toute seule maintenant. Et moi, je saurai te retrouver si besoin.

Pas une explication de plus. Ni un au revoir.

Était-ce à cause de ce qu'il venait de dire : « Tu es toute seule maintenant ? » Clara pensa immédiatement à Ruth. Cela faisait des jours et des jours qu'elle rêvait de la revoir. Elle avait même quitté l'appartement de

Werner, une fin d'après-midi, clopinant avec la canne de Muttie Glückel, pour aller l'attendre à son retour du travail. Mais elle n'était pas montée dans le tram. Sa blessure lui faisait trop mal.

De toute évidence, le camarade Schkalff ignorait l'existence de Ruth, sinon il en aurait parlé. Et Clara avait pris ce travail épuisant et horriblement mal payé aux Berliner-TTM, les services de transport et de messagerie berlinois, pour pouvoir se déplacer discrètement où et quand elle voulait…

Et donc, après s'être entraînée une semaine entière pour que sa cuisse blessée recouvre un peu de force, les poumons brûlés par l'air glacé du petit matin – sans savoir quand Ruth prenait son tram, mais pas avant huit heures, avait-elle estimé –, elle avait pédalé précautionneusement jusqu'à Wöber Strasse.

Sous le couvercle de la caisse du triporteur, la canne de Muttie Glückel était coincée entre des piles de journaux – dont, ironie grandiose, *Der Völkischer Beobachter*, le quotidien préféré des nazis. Son travail consistait à les jeter aux pieds des vendeurs disséminés entre la Bourse, l'Alexanderplatz et le Jannowitzbrücke. La canne serait son excuse, au cas où Ruth ne se montrerait pas aussi enchantée qu'elle de leurs retrouvailles. Clara avait également des mots déjà prêts, si par malheur cela se révélait nécessaire. « Je suis juste venue rapporter la canne de la vieille dame. Tu pourras la remercier… »

Elle n'avait pas attendu longtemps. Ruth avait poussé la porte de l'immeuble, apparaissant en manteau noir, bottines et béret de laine pourpre. Le cœur battant, Clara s'était dressée sur les pédales pour relancer le triporteur… Et s'était rassise sur la grosse selle, dévorant Ruth des yeux tandis qu'elle s'éloignait vers le tram, sans chercher à la suivre. En un éclair, elle venait de comprendre à la fois ce que signifiait la silhouette si élégante de Ruth et la folie qu'elle allait commettre.

Celle qu'elle voyait n'était pas son amie, mais la couturière d'une maison de mode huppée : une apparence derrière laquelle se cachait Ruth. Tout comme elle-même n'était qu'une illusion, avec son bleu de travail, sa veste de cuir et sa casquette sur ses cheveux coupés court comme ceux d'un garçon.

Comment avait-elle pu ne pas se rendre compte que leurs rencontres dans ces déguisements étaient impossibles ? Dans quel pétrin allait-elle mettre Ruth en lui courant après ? Dès qu'elle stopperait le triporteur à ses côtés, tous les yeux se porteraient sur elles. Désormais, chacun surveillait chacun à Berlin. Les délateurs et colporteurs de rumeurs fielleuses pullulaient, engraissant les Sonderführer qui gavaient à leur tour la Gestapo de délations de quartier aussi délirantes que fatales.

Même l'excuse de la canne était ridicule. Qu'allait en faire Ruth ? L'emporter dans son salon de couture ?

Lorsque l'élégante Ruttie Roth eut disparu au bas de la rue, et Ruth avec elle, Clara était restée un moment hébétée sur son triporteur, le regard brouillé de larmes – une rareté chez elle. Convenant, hélas, que Schkalff avait doublement raison. Elle était seule, et elle devait le rester. La rencontre avec Ruth avait constitué un prodige qui ne pourrait se répéter que dans un autre monde. Un monde purifié de la peste nazie. Celui pour lequel elle avait lutté avec ses camarades. Et échoué.

Alors qu'elle relançait son triporteur, une nouvelle idée lui vint, apaisant un peu son accablement. Approcher Ruth, lui parler, partager avec elle de vrais moments, se comporter en véritable amie, elle ne le pouvait pas. Cependant rien ne l'empêchait de revenir ici, dans Wöber Strasse, pour profiter discrètement d'elle quelques minutes. Même sous le déguisement de Ruttie Roth, même de loin, la présence de Ruth s'imposerait à elle. Et au moins s'assurerait-elle qu'elle allait bien. Lui être utile si jamais… Si jamais… Être amies, envers et contre tout.

Aussi, ce matin, pour la sixième fois, elle souriait en regardant la gabardine vert clair de Fräulein Ruttie Roth s'éloigner. Un instant, un bref instant, la belle et jeune couturière ralentit pour jeter un coup d'œil autour d'elle. Cela pouvait n'être qu'un de ces signes banals de précaution et de crainte comme ils se multipliaient dans les rues de Berlin. Or ce que Clara avait lu sur les traits de Ruth était plutôt une impatience et une vague déception. Ce n'était pas la première fois, et Clara commençait à se demander si la magie de l'amitié ne permettait pas à Ruth de deviner l'attention si pleine d'affection dont elle était l'objet.

— *Zeee !* Un beau brin de fille. *Donnerwetter !* Élégante comme tout, avec ça.

Clara sursauta, la gorge garrottée par la peur. Elle se retourna si violemment qu'une lame de feu lui traversa la cuisse. Elle se mordit les lèvres pour étouffer un gémissement en se laissant retomber sur la selle du triporteur.

— Ah, c'est vous !

— Oui, c'est moi.

Schkalff souleva son chapeau dans un salut ironique, fixant le croisement de Frankfurter Strasse où Ruth disparaissait.

— Une vraie passion, ricana-t-il. Contrariée, apparemment. C'est le quatrième matin que je te vois ici à attendre qu'elle sorte de chez elle. Mais jamais la moindre attention pour toi. Une dispute ? Jalouse du Werner ?

La colère envahit Clara.

— Vous avez des yeux pour voir, mais vous ne savez pas ce que vous voyez.

Schkalff esquissa une grimace menaçante.

— Explique.

Clara regarda autour d'elle, autant pour reprendre son souffle que pour vérifier qu'on ne pouvait pas les entendre.

— C'est elle qui m'a tirée des pattes de la Gestapo, gronda-t-elle, la voix sifflante de fureur. Je lui dois la vie. Je passe de temps en temps m'assurer qu'elle va bien. Je respecte la consigne : je ne m'approche pas, je ne lui parle pas. Vos pensées tordues, vous pouvez vous les garder.

L'agent du Komintern la fixait, le visage aussi impénétrable qu'un masque. Clara songea que Schkalff soupçonnait qu'il y avait anguille sous roche. Ou il le savait déjà.

— Juive, précisa-t-elle. Elle n'en a pas l'air, mais juive.

— Elle sait qui tu es…

Clara haussa les épaules, méprisante.

— … et elle travaille dans une des maisons de couture les plus huppées de Berlin…

Comme Clara ne répondait pas, Schkalff tira une cigarette de sa poche. Il l'alluma sans hâte. Ses yeux surveillaient les mouvements autour d'eux.

— Pas mal, finit-il par dire. Elle sait s'y prendre et c'est courageux de sa part. Sa patronne est au courant ?

Pour la première fois, Clara crut sentir une sorte d'approbation, peut-être même un peu d'admiration, dans le ton agressif de Schkalff.

— Je crois.

Il opina.

— Pas mal. Bon à savoir.

Il désigna le triporteur du bout incandescent de sa cigarette.

— Ouvre ta boîte. Donne-moi deux de tes feuilles de chou…

Clara obéit, prenant son temps pour déverrouiller, soulever et fixer le lourd couvercle métallique. Schkalff se mit à parler, la bouche masquée par ses doigts tenant la cigarette.

— Écoute-moi bien. Primo : d'ici quinze jours, tu quittes Berlin… Non, écoute et tais-toi ! Ton Werner te cherche. Il est vert de rage et il finira par courir à la Gestapo pour te punir de l'avoir quitté. De toute façon, tu ne nous es plus utile ici. D'ici à la fin du mois, Hitler va faire un grand coup en Autriche. Il y aura du remue-ménage à tous les étages et on s'occupera moins de nous. Tu iras à Hambourg… Donne-moi *Der Völkischer Beobachter*, et l'autre, là, *Die Glocke*.

Il jeta son mégot, glissa le journal dans la poche de son manteau de cuir et ouvrit le torchon nazi comme s'il y cherchait impatiemment un article. Clara ne voyait plus que son chapeau quand il parla, caché derrière les pages.

— Deuxio : à Hambourg, on te contactera. Prépare-toi à voyager. Loin de l'Allemagne. Mais tu devras suivre une formation. Trois mois au minimum.

— Une formation ? De quoi ?

Elle entendit une sorte de rire et les feuilles gavées d'encre du *Völkischer Beobachter* tremblèrent.

— À l'intelligence…

— Mais…

— Tais-toi ! On n'a pas le temps. Tertio : avant de mourir, ton ancien chef de cellule a écrit tout le bien qu'il pensait de toi au camarade Dimitrov. Il te donne une chance de devenir agente. Si tu en es capable. On le saura après ta formation. Si c'est le cas, on te trouvera un nouveau nom, et tu verras du pays.

Il laissa Clara avaler sa stupéfaction en repliant *Der Völkischer Beobachter*, ressortit *Die Glocke* de son manteau pour le jeter dans la boîte avec un geste de refus. Clara eut juste le temps de constater qu'il s'agissait d'un numéro datant de l'avant-veille, pas celui qu'elle lui avait donné.

— Ne l'égare pas. Tout ce que tu dois savoir est dedans, fit Schkalff en tirant son porte-monnaie.

— Normalement, je ne vends pas, murmura Clara, la tête bourdonnante d'impossibles questions.

— Il y a toujours des exceptions. Rends-moi la monnaie.

Elle obéit mécaniquement. La main tendue pour récupérer ses pfennigs, l'homme du Komintern la toisa.

— Ne viens plus espionner ta Juive. Un agent n'a pas d'amis, et pour elle, c'est trop tard. Les nazis nous ont exterminés, maintenant ils vont exterminer tous les Juifs d'Allemagne. Ils ne devraient pas tarder à se mettre au travail. Une vraie fête pour eux, ils sont impatients... Elle y passera comme les autres, mais ce n'est pas ton affaire.

Avec une curieuse inflexion de la nuque et en soulevant à peine son chapeau, Schkalff la salua et alla se glisser dans la foule, le torchon nazi du jour bien en évidence sous son bras.

*

* *

La mannequin se prénommait Ursula, était grande, les épaules droites et larges, ses hanches un peu rondes dessinant une silhouette gracieuse. Elle devait avoir vingt-cinq ou vingt-six ans, mais selon la lumière, ses mouvements ou sa pose, elle pouvait en paraître trente ou à peine vingt. Un bon choix, pensait Ruth, elle n'avait pas conçu un vêtement pour une femme trop jeune.

— Juste cette pince à relâcher et je vous libère, dit-elle, décousant quelques points à la taille et reculant pour en mesurer l'effet.

— Qu'est-ce qu'on est bien, là-dedans ! Je n'ai jamais porté un vêtement aussi délicieux, chuchota la fille. Vous êtes une sacrée couturière !

Ruth remercia sans montrer le plaisir qu'elle éprouvait à entendre ces compliments. C'était une sensation étrange : elle savait qu'elle avait réussi quelque chose de rare. Elle avait dessiné le fameux ensemble d'été pantalon-boléro voulu par Frau Opel presque sans hésitation, traçant le patron avec une confiance qu'elle n'avait encore jamais éprouvée. Comme si sa main possédait un savoir indépendant et attendait depuis toujours l'occasion de le révéler.

Coupé dans la merveilleuse soie du Cambodge apportée par Frau Opel, c'était un vêtement d'apparence très simple : une ceinture-bustier doublée de soie beige et prolongée du haut des seins à la nuque par un entrelacs de bretelles multicolores ruisselant dans le dos jusqu'aux reins. Là, elles se fondaient dans un pantalon épousant les hanches pour aussitôt s'évaser dans l'ampleur flottante d'un fin plissé de soie piqué sur trois épaisseurs en diagonales légèrement décalées, produisant à chaque mouvement un jeu de transparence sur transparence, y semant des damiers chamarrés et provoquant l'incessante illusion que la lumière traversant le tissu merveilleux irradiait du corps même qui le portait.

Pour le boléro, Ruth avait réuni des bandes (à vrai dire, les chutes d'une robe du soir) d'une soie de Lyon opaque, aux couleurs sourdes et chatoyantes disposées en une cape-éventail (cela rappelait le plumage d'un oiseau de paradis), elle-même retenue au haut des bras par de courts manchons.

De l'autre côté du rideau de la cabine d'essayage, audibles par-delà la radio qui diffusait l'habituelle musique d'après-midi de la Reichs-Rundfunk, les voix montaient, de plus en plus impatientes. Il ne restait que quelques jours avant le défilé. Frau Opel avait organisé cette répétition pour deux de ses proches amies, la patronne de la revue *Avantgarde Mode*, Sybel Klassen, et l'une des photographes de mode les plus renommées de Berlin, Charlotte Selmayr. Elles devaient faire un article en avant-première. Une exclusivité pour la revue très snob de Sybel Klassen et une belle publicité pour le défilé. Si l'ensemble d'été leur plaisait, il apparaîtrait en une, sinon ce serait la robe du soir de la couturière de Maggy Rouff qui en aurait les honneurs, les photos étant déjà arrivées de Paris.

— Mince, fit Ursula avec un gloussement nerveux, si ça marche, ce sera la première fois que je serai en couverture ! Ah, quelle histoire ça va être…

Ruth lui fit lever le bras pour lui montrer comment elle devait passer la demi-cape du boléro sur ses épaules. Elle devina le frisson de plaisir d'Ursula quand la cape enveloppa son buste.

— C'est d'accord ? demanda-t-elle. Vous entrez en la portant du bout des doigts. Il faut qu'elles voient immédiatement le lacis de bretelles dans votre dos. Ensuite, quand cela vous plaît, vous passez naturellement le boléro…

Ursula opina, les yeux clos comme si elle visualisait la scène que Ruth lui avait déjà décrite deux fois.

— Ça ira. Ce n'est pas ce qui m'effraie. Vous n'avez pas peur, vous ? Moi, tout le temps. On ne sait jamais ce que ces femmes pensent quand elles vous regardent… Je ne parle pas de Frau Opel, elle est chic avec tout le monde. Mais les deux autres… Elles sont drôlement redoutées à Berlin. On raconte qu'elles vous tuent d'une phrase ou d'une photo !

Ruth sourit. Étrangement, non, elle n'éprouvait nulle crainte, elle ne redoutait pas le jugement des amies de Frau Opel.

— Ne vous en faites pas, vous êtes parfaite pour cet ensemble. Elles vont vous trouver très belle.

— *Mein Got !* pouffa Ursula. En plus, vous êtes une gentille fille !

Elle esquissa un pas de danse pour se détendre, s'observa dans le grand miroir et approuva ce qu'elle voyait.

— D'accord ! Vous avez raison, ça va leur plaire ! Je fais comme on a dit. Vous allez voir, quand j'ai envie, je sais m'y prendre… Vous aussi, vous aimeriez que je sois en une, non ? Enfin… moi et votre ensemble !

*

* *

D'abord, tout se déroula à merveille. Ursula s'avança jusqu'au centre du salon, tête haute, hanches souples, reins cambrés, la cape-boléro balancée dans sa main droite au rythme de ses pas. Ses trois juges reculèrent devant elle, surprises, amusées, lâchant des caquètements d'approbation quand Ursula pivota sur elle-même. La cape virevolta comme celle d'un toréador, l'entrelacs des bretelles du bustier joua sur la pâleur satinée de ses omoplates, parcourant son dos d'un crépitement multicolore.

Frau Opel joignit les mains devant sa bouche. Ses yeux sautaient de la mannequin aux visages de ses amies. Ursula chaloupa vers le coin opposé du salon. Le soleil renaissant de mars frappait les fenêtres en angle. Elle tournoya dans la nappe de lumière, levant haut les bras, enfilant le boléro comme un don du ciel, laissant le soleil caresser ses jambes, puis elle entama un pas de danse qui coïncida par miracle avec la musique de la Reichs-Rundfunk. Les jeux de couleur de la soie du Cambodge se fractionnèrent comme dans un kaléidoscope, et, un instant, Ursula parut se mouvoir dans une vapeur de tissu.

Fascinée, Sybel Klassen agitait les poings, scandant à petits coups de tête les voltes d'Ursula. Agrippée à son Leica, la photographe tournait autour de la mannequin en poussant des cris : *Liebe Zeit !* Mon Dieu !

Ce fut une minute de sauvagerie légère. Un bonheur des yeux inattendu et réconfortant. Pour finir, Ursula s'immobilisa dans une pose de danseuse, se ploya dans une révérence exagérée, saluant avec un grand rire en venant se poster auprès de Ruth, l'enlaçant avec effusion.

— Ruttie ! Ruttie !

Les yeux mouillés d'émotion, Frau Opel les rejoignit. Ce fut l'avalanche des bravos. Charlotte Selmayr fit poser Ruth avec Ursula. Elle la pria de lâcher ses cheveux.

— Ils sont si beaux. Mon Dieu, à côté de la robe, quel effet !

Encore une photo avec Frau Opel… Puis cela arriva comme un trait de foudre. Le gong d'un communiqué spécial interrompit la musique de la Reichs-Rundfunk. La voix d'un speaker annonça un message de la chancellerie du Führer. Toutes les cinq se tournèrent d'un même mouvement vers le poste, leurs visages en un souffle devenus des masques de silence.

Il fallut que le speaker, de sa voix haute et mordante, parle une minute avant qu'elles comprennent. Le Reich devait sauver les centaines de milliers d'Allemands vivant en Autriche sous la baguette de la juiverie internationale tenue par le gouvernement inique du chancelier Schuschnigg, un antiallemand notoire. Le président autrichien Miklas ayant refusé d'écarter Schuschnigg, le Führer Hitler avait ordonné aux troupes de la Wehrmacht de franchir la frontière ce soir du vendredi 11 mars 1938, avant minuit. Le speaker se tut une ou deux secondes et la voix du Führer explosa dans le poste :

— *Das auserwählte Volk*... Peuple élu ! Demain matin, l'aube éclairera un monde neuf et naissant. L'ordre et les valeurs suprêmes du Reich, en marche en cet instant même à nos frontières, sauveront l'Autriche du désastre…

Le discours se poursuivait à sa manière habituelle, charriant son fleuve de mots. Le pas lourd et lent, comme si ses jambes peinaient à la soutenir, Frau Opel alla jusqu'à la radio et l'éteignit. Le silence écrasa le salon, pourtant la voix si particulière du Führer semblait y retentir encore. Un instant, ce fut comme si l'air du salon était privé d'oxygène. Frau Opel, le visage crayeux, s'effondra sur la chaise la plus proche. Charlotte Selmayr alla ouvrir l'une des fenêtres, mais aussitôt, résonnant d'un appartement ou provenant d'une radio dans la rue, la voix du Führer s'insinua dans le salon. La photographe referma la fenêtre et se retourna. Elles se dévisagèrent avant de baisser les yeux.

Aucune surprise dans ce qui arrivait, seulement une implacable fatalité. Depuis des jours, l'affaire des Allemands d'Autriche occupait les journaux. Depuis des jours, il fallait faire comme si la menace de la guerre n'était qu'une mauvaise blague. Maintenant, la guerre était là.

— J'ai froid, murmura Ursula en serrant la cape boléro sur sa poitrine avant de s'éloigner.

D'un air absent, Frau Opel la regarda disparaître derrière le rideau de la cabine. Ses yeux se portèrent sur Ruth. Sybel Klassen s'assit près d'elle, lui agrippant les mains.

— Tu pourras quand même faire ton défilé, déclara-t-elle.

Frau Opel lui sourit avec tendresse, serra sa main en murmurant :

— Tu sais bien que c'est fichu. Ils vont exiger…

— Hannah ! la coupa Sybel Klassen. N'imagine pas ce qui n'est pas encore décidé ! On va faire le nécessaire.

Charlotte Selmayr agita son Leica avec un rire grinçant.

— En tout cas, on pourra faire la couverture. Moi, j'ai tout ce qu'il faut. C'était…

Elle s'interrompit. Toutes les trois observèrent Ruth avec gêne. Frau Opel abandonna la main de son amie.

— Il faut aider Ursula à se changer, dit elle doucement.

La mannequin ouvrit le rideau.

— Ça, je veux bien. Je ne voudrais pas abîmer le chef-d'œuvre de Ruttie.

Frau Opel marcha jusqu'à Ruth. Elle s'apprêtait à dire quelque chose quand son regard se brouilla. Elle lui passa un bras autour des épaules, soufflant à son oreille :

— Je n'oublierai jamais ce moment… Rentre vite chez toi.

Ruth avait à peine libéré Ursula du bustier qu'elles entendirent Frau Opel et ses amies quitter le salon. Ursula agrippa le poignet de Ruth et se mit à trépigner de rage.

— *Scheiße !* Tu vas voir qu'on n'aura ni le défilé ni la couverture ! Pour une fois qu'on avait tout ! *Scheiße ! Scheiße ! Scheiße !*... Qu'est-ce qu'on en a à foutre, des Allemands d'Autriche ?

⋆
⋆ ⋆

Unkel Moses dit :

— Depuis le temps qu'il attendait ça ! *Das auserwählte Volk !* Peuple élu ! Aujourd'hui l'Autriche, demain la France ou la Pologne ! Ou Londres !... La guerre, la guerre, la guerre !

Il parlait en remuant doucement sa soupe de pois. Sa cuillère mettait plusieurs secondes à monter jusqu'à sa bouche. Muttie Glückel murmura :

— On a des cousins à Vienne. Beaucoup de cousins.

Unkel Moses opina, avalant une cuillerée de soupe en s'abstenant de tout commentaire. Ruth essayait de manger, elle aussi. Elle n'avait, bien entendu, rien raconté aux Warburg de ce qu'il s'était passé au salon, du succès de son ensemble. Comme si cela pouvait les intéresser une seule seconde ! Pour une fois, cependant, elle avait du mal à se détacher de sa vie de Ruttie Roth. Voir sa création sur Ursula dansant dans la lumière avait été un instant de grand plaisir et de fierté. Elle en éprouvait encore un peu de réconfort.

Muttie Glückel posa une main sur son poignet.

— Tu feras encore plus attention, maintenant, quand tu iras à ton travail. Tu n'as pas l'air juive et tu as ton passeport, mais quand ça devient comme ça…

Ruth savait très précisément de quoi elle parlait. Au retour, ce soir, elle avait vu à tous les coins de rue les attroupements autour des pages du *Völkischer Beobachter* affichées sur les réverbères. Sur la Königsplatz, une véritable foule piétinait les allées autour de la colonne de la Victoire pour écouter les discours retransmis par la Reichs-Rundfunk. Des étendards rouge sang flanqués d'énormes croix gammées flottaient sous la statue ailée, et des haut-parleurs diffusaient si fort la voix du Führer qu'on l'entendait jusque dans le tram malgré le bruit de ferraille.

Ruth avait toujours dans son sac un livre où elle pouvait se plonger pour éviter de croiser les regards fouineurs autour d'elle. Dans le tram, ses doigts serraient fort le manuel de couture qu'elle feignait de lire et elle pressait son sac contre sa poitrine comme si le passeport de Ruttie Roth qu'il contenait perdait déjà de sa puissance.

Ils ne parlèrent guère plus. À quoi bon, et de quoi ? Muttie Glückel remporta la soupe sans qu'elle soit achevée. Après la vaisselle, Ruth retrouva son réduit et son carnet avec soulagement.

Comme chaque soir, elle laissa flotter ses cheveux sur ses épaules, ferma les yeux pour essayer de voir le visage de Clara – il devenait de plus en plus flou, mais le plaisir de lui écrire restait toujours aussi fort.

Elle décapuchonna son stylo.

Vendredi 11 mars 1938.
Ma très chère Clara,
Aujourd'hui :
JOUR DE GLOIRE DE RUTTIE ROTH.
ET PREMIER JOUR DE GUERRE.

Oh, Clara, mon amie, comme *je regrette de n'être pas Ruttie Roth pour de vrai* !
C'est fou, et même peut-être mal de dire ça, pourtant c'est la vérité…

Elle raconta tout, revivant la folie de cette journée. Quand elle referma le carnet et se coucha, les transparences de la soie du Cambodge, les petits plissés qu'elle avait si soigneusement agencés et la chair satinée des omoplates d'Ursula sous les fines bretelles dansaient encore devant elle. Frau Opel et ses amies riaient, gracieuses, pleines d'assurance – oh, comme elle les avait enviées ! Comme elle aurait voulu être cette Ruttie Roth que ces belles femmes sûres d'elles-mêmes caressaient et félicitaient ! Puis la voix du Führer gronda, et voilà, elles étaient défaites, terrassées !

*Scheiße ! Scheiße ! Scheiße !* comme disait Ursula.

Un instant, elle avait cru vivre un peu de son rêve : Ruth Rotstein, grande couturière. Mais non ! Elle n'avait vécu qu'une illusion : l'espérance de beauté et de gloire de Ruttie Roth, l'espoir de Frau Opel et de ses amies de pouvoir demeurer hors d'atteinte de la grande marée montante de la guerre. Et tout cela s'effondrait comme un château de sable, ainsi que, des semaines plus tôt, elle l'avait prédit.

*
* *

Une pensée lui revint et la fit frémir, lorsque le lendemain, un peu avant midi, Frau Opel entra dans l'atelier. Les yeux rouges, elle fut sur le point de parler, avant d'y renoncer. Elle serra les lèvres pour les empêcher de trembler, effleura le bras de Ruth et alla se poster devant la verrière pour contempler le parc. Dans un éclair, Ruth revit ces hommes qui y avaient été assassinés, dans la neige, avant Noël.

— C'est fini, dit doucement Frau Opel. Elles me lâchent. La première a été la Française. Elle m'a appelée hier soir. Elle ne veut plus venir à Berlin. La politique… On ne comprendrait pas sa collaboration, à Paris. Bien sûr, elle conserve les modèles réalisés et la propriété des patrons, mais se satisfait de tout ce que j'ai payé pour l'instant. C'est-à-dire presque tout. Bien aimable, merci !

Frau Opel eut un ricanement méprisant.

Rosie Leenart, de Munich, réclamait, elle, la totalité du règlement prévu en dédommagement de l'annulation du défilé. Celui-ci serait très inapproprié, disait-elle, alors que les hommes du pays affrontaient les ennemis du Reich.

— « Un défilé pour femmes légères, ma chère Hannah, vous devez bien comprendre qu'il y avait un risque », minauda Frau Opel en singeant la Munichoise. Heureusement qu'elle n'a pas vu ton ensemble. Et je viens enfin d'avoir Anna-Maria Wolpel. J'ai dû l'appeler dix fois avant qu'elle ne décroche. Elle marmonnait comme une folle, mais j'ai au moins compris qu'elle prenait l'avion demain pour Londres…

Elle se retourna, fit face à Ruth. Elle essayait de sourire, mais les larmes mouillaient ses joues.

— Bien sûr, c'est un secret, chuchota-t-elle, un index sur sa bouche. Voilà, le défilé Art & mode de Lorelei couture, c'est terminé !

Il y eut des bruits dans les salons voisins. Le rire d'une cliente et la voix apaisante de Luisa. Frau Opel tira un mouchoir de sa manche, s'essuya les joues en s'approchant des portiques chargés des nouvelles créations. Elle les fit coulisser machinalement sur la tringle puis s'appuya au rebord de la table de travail de Ruth encombrée par les copies de patrons.

— Je n'arrive plus à penser. De toute façon, ce que je peux penser n'a plus d'importance. Cette vipère de Leenart a raison : c'est ma faute. J'aurais dû faire ce défilé l'année dernière…

Ses yeux se posèrent sur Ruth. Ses sourcils se froncèrent.

— Toi, tu ne dis rien. Tu restes calme, comme si plus rien ne te surprenait… Tu savais que ça allait se passer ainsi ?

— Non, protesta Ruth en baissant les yeux. Non, mais…

— Non mais oui, poursuivit affectueusement Frau Opel. Ça fait des jours que je te regarde. Tu as travaillé d'arrache-pied, pourtant tu savais que l'on ne pourrait pas aller jusqu'au bout, n'est-ce pas ?

— Chez nous… Je veux dire… Tout s'arrête. Plus personne ne peut croire que ce qu'il fait pourra se poursuivre le lendemain. L'atelier de Herr Warburg, maintenant, ce sont juste des pièces vides. Il a dû tout vendre. Même les médecins ne sont plus autorisés à exercer.

Frau Opel opina. Elle dévisagea Ruth comme si elle avait besoin de graver dans sa mémoire le moindre de ses traits.

— Je n'aurais pas pu faire ce défilé l'an dernier, murmura-t-elle. Ruttie Roth n'existait pas encore… Tu as créé l'un des plus beaux modèles que j'aie vus dans ma vie et je…

Elle voulut ajouter quelque chose quand l'émotion lui coupa le souffle. Elle se reprit, tira sur la veste de son tailleur.

— Allez, assez de sottises ! On ferme le salon pour l'après-midi. Un peu de repos nous fera du bien et nous verrons lundi ce qui nous attend.

*

* *

Mais le lundi, en s'approchant du salon un peu avant neuf heures, comme d'habitude, Ruth s'aperçut que la grille n'était pas levée ni la porte ouverte. Aucune des autres couturières n'attendait sur le trottoir. Elle allait traverser la rue et s'approcher quand elle entendit prononcer son nom. En manteau et chapeau, une écharpe mauve autour du cou, Frau Opel, à quelques pas derrière elle, lui fit signe de la suivre sans même prendre le temps de la saluer.

Se mêlant aux vendeuses du grand Market Hall qui arrivaient au travail, elles atteignirent Graftstrasse. Frau Opel traversa sans hésiter, s'engagea dans Boss-Strasse.

Son Audi Typ rouge et noir était garée juste avant l'avenue suivante. Quand elles furent dans la voiture, Ruth s'enquit enfin :

— Que se passe-t-il ? Où allons-nous ?

— Je vais t'expliquer, fit Frau Opel en démarrant. Il faut d'abord qu'on s'éloigne d'ici.

Impressionnée par le ton sec de sa patronne et par le confort de la voiture – un parfum léger imprégnait le velours gris des sièges et une fleur à la tige d'argent et aux pétales d'ivoire était fixée sur le bois du tableau de bord –, Ruth n'insista pas. La peur commença à lui serrer la gorge.

Elles contournèrent les encombrements du Jannowitzbrücke en passant par Marcus-Strasse. Partout des grappes d'hommes s'étaient formées autour des vendeurs de journaux. Frau Opel conduisait habilement. Parvenue dans Holzmarkt, elle finit par lâcher :

— Charlotte… mon amie photographe… elle a fait une bêtise.

Elle arrêta la voiture pour laisser passer un tram, jeta un regard dans son rétroviseur en redémarrant, puis sur Ruth qui la fixait, et demanda :

— Je ne me trompe pas, tu habites bien du côté de Friedrichshain ?

— Oui, mais…

Frau Opel leva sa main gantée du levier de vitesse et reprit :

— Charlotte connaît beaucoup de monde. Des gens importants, de toutes sortes. Souvent, ils lui sont redevables d'un petit quelque chose. Ou ils ont très envie de lui faire plaisir… Bon… C'est Charlotte… Elle était furieuse. Pour le défilé, pour la couverture ! Que tout ça tombe à l'eau… Et donc, dès samedi, elle a fait circuler les photos de vendredi. Les meilleures. Quand Ursula dansait… Attends, on va s'arrêter là, ça ira.

Elles approchaient de Landsbergerplatz. Les places ne manquaient pas devant la grande entrée de Friedrichspark. Frau Opel gara la Typ UV le long du trottoir. Elle coupa le moteur, examina les rares passants qui entraient ou sortaient du jardin, tous accompagnés d'un chien et se saluant comme de vieilles connaissances. Elle baissa sa vitre, ôta ses gants, prit une cigarette dans son sac et l'alluma. Ruth, qui ne l'avait jamais vue fumer, eut un mouvement de recul.

— Excuse-moi, dit Frau Opel. Ouvre un peu ta vitre toi aussi… Je m'étais promis de ne pas recommencer, et voilà, j'ai craqué.

Elle souffla la fumée en secouant la tête. La lumière pénétrait de biais dans l'Audi. Ruth vit soudain ses cernes gonflés, la tristesse lourde qui pesait jusque sur sa bouche.

— Donc, deux ou trois photos, reprit-elle. Magnifiques… Et hier, juste avant la nuit, mon téléphone a sonné. Et c'était Elle…

— Elle… Qui ça ?

Frau Opel eut un rire acide et s'exclama :

— ELLE ! ELLE ! Il n'y a qu'Elle !

Comme Ruth la fixait toujours sans comprendre, elle hocha la tête.

— Évidemment, tu ne peux pas imaginer…

Soudain, sa voix voilée par un accent munichois trop sensuel emplit la voiture.

— « Frau Opel ? C'est Eva à l'appareil, Eva Braun… Oui, elle-même, hi, hi… Je ne vous dérange pas ? Chère Frau Opel… Je peux vous appeler Hannah ?

Oui, voilà, j'ai vu les photos de notre amie Charlotte, Charlotte Selmayr… Vous savez qu'on a étudié la photo ensemble, toutes les deux, à Berlin ?… Et elle est devenue photographe… Et moi… C'est la vie ! J'ai vu votre ensemble ! Oh, *mein Got* ! Prodigieux ! Jamais vu un ensemble aussi… J'ai tout de suite pensé… Peut-être que c'est un peu… Vous voyez ? Pour Lui ? Mais quand même, je me suis dit : "Tant pis, Eva, tu dois voir ça ! Absolument. Et l'essayer…" N'est-ce pas ? Ce serait possible, Hannah ? Demain avant le souper ? Tant que je n'ai pas le ventre trop gonflé ! Hi, hi… Je dois être un peu plus petite que votre mannequin… Un mètre soixante-trois pour moi. Moins maigre aussi… Vous savez, je m'imagine… Sur la Baltique, hein ?… Il devrait bien y avoir un été cette année, non, comme tous les ans ?… »

Frau Opel se tut, jeta violemment sa cigarette par la fenêtre. Elle fit pivoter le rétroviseur pour s'observer, ôta son chapeau pour le lancer sur le siège arrière, pressa machinalement ses tempes. Ruth répéta, incrédule :

— Elle ? Vraiment ?…

Frau Opel confirma d'un signe, alluma une nouvelle cigarette.

— J'ai cru devenir folle en l'entendant. Qu'on en rit ou qu'on en pleure, c'est une cliente comme une autre. Et il va falloir la mettre dans ton-ensemble.

— Il est coupé pour Ursula…

— Oui, oui… On desserrera le bustier…

— Les bretelles surtout… Je peux…

— Non ! Tu ne peux rien du tout… Tu sais ce que signifie la visite de cette femme dans le salon ? Et pour un essayage où elle va être quasi nue ?…

Non, Ruth ne le savait pas. Mais la peur s'éloignait d'elle. Frau Opel croisa son regard et ses yeux brillèrent une seconde devant ce coup absurde du destin. Elle souffla la fumée par la fenêtre et consulta son bracelet-montre.

— Ils doivent être déjà là. Luisa a dû leur ouvrir. Ils m'ont précisé : neuf heures quinze pile. Ils vont rester toute la journée, jusqu'à ce qu'Elle arrive. Ils vérifieront nos papiers, écouteront tous les appels. En bottes, casquette et manteau de cuir au milieu de nos robes ! Et cet après-midi, on aura droit aux chiens dans les cabines d'essayage et entre les rouleaux de tissu…

Sa voix était devenue dure. Elle éteignit sa cigarette à moitié consumée pour saisir la main de Ruth.

— Tu ne t'approches plus du salon, compris ? Et tu n'appelles pas. Tu es inscrite sur la déclaration des employées… Ruttie Roth. Officiellement, tu es à Paris, chez Maggy Rouff, pour récupérer les modèles qu'elle refuse de nous rendre. Je ne sais pas combien de temps ils vont nous surveiller. Aussi longtemps que dureront les essayages, je suppose. Elle voudra peut-être un nouvel ensemble à partir de tes patrons, ce qui serait peut-être plus simple. Sauf qu'on n'aura pas le tissu !

Elle se prit le visage entre les mains, secoua la tête en gémissant :

— Ah, Charlotte ! Charlotte !

Ruth dit :

— Ce n'est pas la faute de Charlotte. Ni celle de Ruttie Roth… Juste la mienne : celle de Ruth Rotstein.

— Ah non ! Ne dis pas…

— Je n'aurais jamais dû rester ces dernières semaines. Je pensais bien que vous auriez des ennuis. Même sans… Elle !

— Ne dis pas ça, c'est stupide ! Je sais pourquoi tu travailles chez moi. Tu ne m'as pas obligée… Et d'ailleurs, même si c'était moi qui avais créé ton ensemble, la Gestapo serait là…

Frau Opel s'interrompit, sourit avec tendresse.

— Ou plutôt non. Tu as raison. Si j'avais créé cet ensemble, on l'aurait déjà oublié. Charlotte ne serait pas devenue folle de ravissement et Fräulein Braun ne ferait pas de caprice pour se l'offrir.

Elle ricana, leva la main pour caresser la joue de Ruth, avant de la laisser retomber sur le dossier de velours.

— Tu sais, s'il n'y avait pas… tout ça… nous pourrions faire des choses extraordinaires, toutes les deux.

Bien que ni l'une ni l'autre n'esquissât le moindre geste, Ruth sentit l'affection de Frau Opel l'envelopper aussi bien que si elles étaient dans les bras l'une de l'autre. Et cela lui brûlait le cœur de se rendre compte combien, durant ces semaines, ces mois, c'était beaucoup plus que la gentillesse et la bonté de Frau Opel qui l'avaient accompagnée et protégée.

Elle opina, mais Frau Opel lui fit signe qu'il était inutile de parler.

— Il faut que je me dépêche. Rentre chez toi, maintenant. Ah ! Attends ! J'ai vraiment la tête à l'envers…

Elle ouvrit son sac, en sortit une épaisse enveloppe jaune et la plaça entre les mains de Ruth.

— Tiens. Ton salaire. Pour la nouvelle collection. C'est plus que mérité et qui tu sais va payer très cher son caprice pour la Baltique… Sois patiente, Ruttie. Je te contacterai. Je te le promets.

# 6

# Les adieux

— C'est beaucoup d'argent, dit Muttie Glückel.

— Sept cent cinquante reichsmarks, confirma Ruth.

Elle avait réparti les billets en quatre piles sur la petite table ronde de la cuisine. Deux cents billets de un reichsmark, fatigués, rose brunâtre. Autant en billets de deux marks – usés eux aussi. Dix billets de vingt marks illustrés de portraits et d'une gravure représentant un lac des Alpes surplombé de neiges éternelles. Et un billet de cinquante marks, neuf et craquant sous les doigts. Avec sur chacun l'aigle à la croix gammée.

Muttie Glückel tapota le billet solitaire du bout de son index.

— Celui-ci, il faudra faire attention quand tu voudras le changer.

Ruth approuva avec un sourire.

— On te demandera d'où il vient, s'inquiéta Muttie Glückel.

Ruth voulut le glisser entre les mains de la vieille dame.

— Prenez-le, je vous le donne. C'est bien le moins. Depuis le temps que vous m'accueillez… Et surtout maintenant que tout…

Muttie Glückel repoussa le billet d'une pichenette.

— Garde donc ton argent ! Tu en auras besoin. Et ton père aussi, à Varsovie.

— J'en parlerai à Unkel Moses, insista Ruth.

— Il te dira comme moi. Tu nous donnes déjà plus que ce qu'il nous faut. Ça va comme ça.

Il y avait une pointe de reproche dans la voix de Muttie Glückel. Ruth n'insista pas davantage et replaça les billets dans l'enveloppe jaune.

Au retour de Friedrichspark, encore secouée par ce que lui avait raconté Frau Opel et par l'émotion de leur séparation, elle avait trouvé Glückel seule dans l'appartement. Moses était sorti pour faire des courses et tâter l'humeur de chien de Berlin, comme il disait. Ruth en avait profité pour tout raconter à la vieille dame. Maintenant, il régnait entre elles, dans la cuisine, une douce atmosphère de connivence. Comme souvent en l'absence de son époux, Glückel se montrait patiente et attentionnée.

— Ils doivent être vraiment magnifiques, ces vêtements que tu as faits, pour que ta Frau Opel te paie si bien, dit-elle.

Ruth acquiesça. Ces modèles haute couture, uniques, atteignaient des prix extravagants. Surtout en France et en Amérique, où certains les collectionnaient comme des tableaux. Sans doute était-ce l'ambition de Frau Opel, mais elle ne possédait encore qu'une petite maison de mode, expliqua Ruth en essayant de ne pas paraître immodeste. Tout de même, entendre évoquer ainsi son travail alors que la Gestapo devait être dans les locaux avait quelque chose d'absurde. Mais Muttie Glückel avait un esprit simple et poursuivait sa pensée.

— Alors tu as vraiment des doigts qui valent de l'or, approuva-t-elle, avant d'ajouter en haussant les sourcils : Elle doit t'aimer beaucoup. Le travail, le passeport, un salaire honnête. D'une goy à une Juive, aujourd'hui, on ne voit pas ça souvent.

Ruth se sentit rougir. Elle ne trouva rien à répondre, mais Glückel n'attendait pas son avis.

— C'est bien qu'une femme comme elle soit courageuse. Tu vois, au début, quand elle t'a donné du travail, Moses s'est trompé sur son compte. Il n'a pas toujours le bon œil pour ces choses-là. J'espère qu'elle n'aura pas trop d'ennuis avec… la cliente. Quelle aventure ! Si seulement on pouvait le raconter !

Elles hésitèrent et finirent par rire ensemble. La vieille femme posa sa main sur celle de Ruth.

— Mais on ne peut pas, justement. N'en parle pas à Moses. Il se mettrait dans tous ses états. Pas la peine. Il en a déjà bien assez sur les épaules.

Elle se leva pour mettre de l'eau à bouillir.

— Tu ne crois pas que tu devrais retourner à Varsovie, près de ton père ?

— J'ai promis à Frau Opel d'attendre qu'elle me contacte. Je pourrai peut-être de nouveau travailler au salon.

— Tu n'as pas trop envie d'y retourner non plus, constata Muttie Glückel.

Ruth resta silencieuse deux secondes, puis se décida à être franche.

— Je serais contente de voir mon père, mais il y a sa femme.

— Yenté…

— Elle et sa fille.

Muttie Glückel opina.

— Moses m'a dit qu'elle n'était pas facile. En outre, ça ne marche pas toujours bien entre les nouvelles épouses et les enfants des premiers lits.

Elle émietta les feuilles de thé dans la casserole, y versa trois grains de sucre et finit par ajouter :

— Peut-être est-ce mieux que tu ne partes pas maintenant. Ils disent que les Juifs ne franchissent plus qu'au compte-gouttes la frontière. Qu'en attendant, on les pousse dans des camps qui n'en finissent plus de grandir… Quant à savoir si c'est vrai ou faux… Même Moses ne s'y retrouve pas.

— Désormais, je pourrai vous aider pour les courses. Je ne fais presque rien pour la maison…

— Certainement pas ! Quand tu t'habilles en couturière des riches, tu ne fais vraiment pas juive. Profites-en autant que possible ! Si tu vas faire les courses chez nos marchands, à coup sûr une sangsue te repérera et courra chez les faisans dorés ! Mieux vaut que tu continues à sortir dans tes beaux vêtements pour te promener dans Friedrichspark comme une belle jeune fille attendant son prince charmant…

Dans le ton de Muttie Glückel se glissait une vraie gourmandise. Encore une fois, elles rirent, avant de se taire, prises par mille pensées, tandis que le thé infusait. Finalement, Glückel se redressa en joignant les mains.

— Oh, je sais ce qui me ferait plaisir ! Si tu veux bien. J'ai préparé deux valises de vêtements pour le cas où il faudrait quitter vite cette maison. Ce sont de bons vêtements, encore solides, mais vieux. Tu ne saurais pas les arranger ? Il reste encore des fonds de fils et de tissus, et même une machine à coudre, dans le bureau de Moses… On pourrait, toutes les deux… Qu'en penses-tu ?

⋆
⋆ ⋆

Cela dura plus d'un mois. Le matin, Ruth et Muttie Glückel travaillaient ensemble à la couture – démonter, reprendre, raccourcir, rallonger, changer les agrafes ou les doublures. Unkel Moses ayant déniché du tweed, elles se lancèrent même dans la confection d'une veste trois-quarts munie d'un col de fourrure récupéré sur un pardessus trop usé.

L'après-midi, Ruth sortait. Souvent pour se promener sans but dans Friedrichspark, où perçait le printemps et qui restait à l'écart du vacarme du centre-ville. L'annexion de l'Autriche y avait déchaîné des scènes de folie. Maintenant, cela recommençait, avec plus de violence encore, contre la Tchécoslovaquie. Les journaux et les discours radiophoniques ne parlaient que de la guerre à venir et des protestations ridicules des Anglais ou des Français, retransmettant inlassablement les colères du Führer, qui un jour promettait la paix et le calme d'un empire inouï et le lendemain jurait d'abattre les torrents de feu d'une guerre mondiale sur les hordes ennemies.

En ces après-midi, Ruth se sentait terriblement seule. La vie au salon lui manquait. Et, les jours passant, le doute l'envahissait. Dès le lever du jour, elle commençait à attendre le signe promis par Frau Opel. Pourquoi tardait-il tant ? Que s'était-il passé avec la cliente ? Avec la Gestapo ?

Parfois, ce doute se transformait en un frisson glacé. Elle revoyait Frau Opel la poussant hors de la voiture. Était-ce vraiment un au revoir qu'il y avait eu entre elles ? L'enveloppe jaune contenant tant d'argent était-elle en réalité un cadeau d'adieu ? Un adieu que Frau Opel n'avait pu se résoudre à avouer avec franchise ?

Ou alors, il lui était arrivé malheur !

Toutes ces questions la ramenaient inévitablement à Clara. Ces mots qu'elle s'obstinait à lui écrire chaque jour – désormais, elle avait si peu à lui raconter qu'elle se contentait de jeter quelques phrases dans son carnet, des pensées qui lui traversaient l'esprit – n'étaient qu'un ridicule enfantillage. Ne rêvait-elle pas bêtement de voir Clara apparaître soudain à côté d'elle, tandis qu'elle se morfondait sur un banc de Friedrichspark ?

En vérité, il était temps d'arrêter cette comédie et de trouver le courage de retourner à Varsovie, d'affronter son père, Yenté, sa demi-sœur Sarah et ce monde pauvre de là-bas auquel elle avait tourné le dos pour s'installer à Berlin et y devenir une… Ruttie Roth.

Mais de penser cela lui tordait le ventre.

*

* *

Quand arrivèrent les premiers jours de mai, elle n'avait toujours aucune nouvelle de Frau Opel ni, bien sûr, de Clara. En revanche, Muttie Glückel put enfiler sa nouvelle veste. Constater son plaisir fut une grande récompense. Unkel Moses poussa des exclamations de joie, affirmant qu'on lui avait changé sa femme et qu'il ne serait pas certain de la reconnaître dans le flot de la rue sous cet « accoutrement moderne ».

Ruth protesta en riant. Ce n'était tout de même pas un vêtement à la pointe de la mode, mais du résistant et du pratique ! Glückel, toute souriante, assura que ça n'avait pas d'importance que son époux ne la reconnaisse pas, puisqu'elle, hélas, le reconnaîtrait sans effort.

Elle parvint à trouver des fraises, confectionna une tarte et, pour la première fois depuis longtemps, dressa une table de fête. Durant cette soirée, il ne fut question que de couture et de bagatelles.

Mais en regardant Muttie Glückel plier soigneusement la veste neuve et la ranger sur le dessus de la valise toujours prête dans l'entrée de l'appartement, Ruth comprit qu'elle ne pourrait plus attendre. Dès le lendemain, elle prendrait le tram et, contre la promesse faite à Frau Opel, elle se rendrait au salon.

À son arrivée, le matin, elle n'alla pas droit à l'entrée de la boutique, contrairement à son habitude, mais s'engagea dans la ruelle de derrière, longeant le jardin. Dès qu'elle s'en approcha, son cœur commença à battre la chamade. Aucune des fenêtres de la longue verrière de l'atelier n'était ouverte, comme elles l'étaient aux beaux jours. S'approchant, Ruth se rendit compte qu'à l'intérieur les rideaux avaient été tirés, comme on le faisait les soirs d'hiver pour se protéger du froid.

Une onde de terreur lui serra la poitrine. Elle regarda autour d'elle, s'assurant que personne n'était là à l'épier.

Devant elle, elle reconnaissait le bosquet où la Kripo avait abattu les trois inconnus avant Noël. L'image de ces morts lui revint et elle recula, s'empressant de sortir du parc.

Un instant, elle resta comme foudroyée sur le trottoir. C'était un jour de grand ciel bleu. Le soleil, désormais assez haut pour passer par-dessus les immeubles, se reflétait sur le sol goudronné autant que sur une huile. Son éclat la repoussa vers l'ombre. Elle avança mécaniquement, ses pas la conduisant vers le haut de la rue, vers la jonction avec Seydel Strasse. Là seulement, elle reprit courage. Elle n'était pas venue jusqu'ici pour ne pas savoir, quoi qu'il y eût à savoir.

Arrivée à la hauteur de la Ravène Galerie, elle se mêla à la petite foule qui entrait et sortait du grand magasin. La bouche sèche, elle respirait à petites goulées entre ses mâchoires serrées. L'enseigne LORELEI COUTURE avait disparu de la façade du salon. Le rideau de fer de la vitrine était baissé. Un papier encadré de rouge et de noir – et certainement tamponné de l'aigle à croix gammée – était agrafé dans le bois de la porte d'entrée. Inutile de s'approcher pour savoir ce qu'il annonçait : que l'établissement de Frau Hannah Opel avait été fermé sur ordre de *bla, bla, bla*, pour avoir contrevenu aux règlements de… et de…, etc. Il n'était plus guère de rue de Berlin sans l'un de ces placards sur une devanture.

En une fraction de seconde, ce fut comme si chacun de ses muscles se transformait en aiguille ou en lame. Elle s'appuya pour recouvrer son souffle contre l'un des piliers à l'entrée du grand magasin, puis repartit vers la station de tram, l'esprit vide.

Ainsi, c'était ce qu'il s'était passé.

Mais quoi ?

Frau Opel était-elle encore vivante ?

Dès qu'elle fut assise dans le tram, des tourbillons de pensées l'assaillirent, toutes plus folles et stériles les unes que les autres.

Elle songea à aller marcher dans Friedrichspark, mais se rendit compte qu'elle avait peur et ne souhaitait que se retrouver dans l'appartement des Warburg.

Dès qu'il entendit son pas dans l'atelier, Unkel Moses devina. Il poussa la porte de son bureau en faisant rouler les volutes de son cigare et demanda :

— Qu'est-il arrivé ?

Ruth raconta sans rien cacher. Muttie Glückel, qui avait entendu leurs voix, les rejoignit, et Unkel Moses répéta ce que Ruth venait de lui apprendre. Glückel attira Ruth contre elle sans un mot.

*

* *

Le lendemain, Unkel Moses déclara :

— Maintenant, il vaut mieux que tu retournes à Varsovie. Ici, ça sent de plus en plus la folie.

— Et vous, demanda Ruth, vous partirez aussi ?

Moses rigola doucement.

— Certainement, dit-il, si seulement on savait où et comment.

Le surlendemain, il ajouta :

— Il est impossible de prendre le train pour Varsovie. Les Polonais bloquent la ligne à Poznań pour que les

Juifs n'entrent pas. Ils sont déjà cinquante mille ou cent mille là-bas.

— J'ai le passeport allemand de Ruttie Roth.

Unkel Moses fit la grimace.

— S'il vaut encore quelque chose… De toute façon, si les trains ne passent pas, ça n'y changera rien. Mieux vaut ne pas s'approcher de Poznań.

Le soir, cependant, il s'exclama :

— Ah ! Je crois me souvenir de quelque chose. Remontre-le-moi, ce passeport !

Quand il l'eut en main, il trouva aussitôt ce qu'il cherchait.

— Cette Ruttie Roth n'est pas seulement une bonne Allemande, elle est née à Dantzig !

Il rit en plaçant son pouce sous le nom de la ville. Et aussi en examinant la photo de Ruth sur la page opposée, sérieuse, attentive, ses cheveux roux bien tirés en chignon.

— Voilà qui change tout, Fräulein. Et pas de doute, cette Roth te ressemble beaucoup.

Ruth devait prendre le train en direction de l'enclave allemande de Dantzig, en traversant le couloir de Szczecin, Stettin en bon allemand. De là, elle pourrait certainement gagner Varsovie.

Comme une automate, Ruth commença à réunir ses affaires, et surtout à se préparer à ce voyage. Elle savait qu'elle ne pouvait plus le repousser, pourtant elle ne s'était jamais sentie aussi impuissante. Tout se décidait à sa place sans qu'elle puisse rien y changer. Unkel Moses préférait s'occuper de son billet : passer des heures dans Central-Viehhoff n'était pas recommandé pour une jeune femme.

Elle avait constamment en tête la disparition de Frau Opel. Qu'était-elle devenue ? Était-elle vivante, morte ? Pourquoi avait-on fermé le salon ?

Plus son départ approchait, plus elle avait peur. De tout. Du voyage, de ce qui l'attendait à Varsovie. Le sommeil venait difficilement. Peut-être parce qu'elle avait cessé d'écrire à Clara. À quoi bon ? Et écrire pour elle-même, elle n'en avait vraiment aucune envie. Pour dire quoi ?

Finalement, Unkel Moses revint un soir en agitant un billet vert, Berlin-Dantzig, en première classe, qui lui avait coûté treize marks, dont trois pour la poche du guichetier.

— Sinon, tu ne serais pas partie avant la fin juin. Là, c'est pour le 4. Et je n'ai pas hésité pour la première : tu as de quoi et cela correspondra bien à ta Ruttie Roth. Il faut en profiter.

Il lui restait quinze jours encore dans Berlin, à attendre, à ne savoir que faire, à dépendre de tout et de rien et à s'effrayer de la moindre vétille.

*

* *

Un matin, alors qu'elle était partie dès l'aube pour trouver quelques légumes frais, Muttie Glückel remonta à l'appartement avec un sac en tapisserie auquel était attachée une étiquette, couverte d'une écriture violette très lisible : *À l'attention de Fräulein R. Roth.*

— Il était juste posé contre le mur, comme ça. Heureusement que je suis passée tôt.

Ruth devina sur-le-champ qu'il venait de Frau Opel. Enfin ! Elle recevait le signe promis.

Sous les yeux sidérés des Warburg, elle sortit du sac deux tailleurs et deux robes Lorelei qu'elle avait portées une ou deux fois durant l'hiver, à l'instigation de Frau Opel, pour « convenir au genre de la maison », disait cette dernière en se moquant.

Il y avait aussi une enveloppe pâle qu'elle ouvrit, les doigts tremblants.

Unkel Moses et Muttie Glückel se détournèrent pour la laisser lire. La lettre, très courte, se résumait à l'essentiel :

*Très chère Ruttie, je ne vais pas t'en dire plus qu'il ne faut. Je ne sais si tu liras jamais ces mots, mais s'ils tombent sous de mauvais yeux, mieux vaut qu'ils ne servent pas à de mauvaises choses. Je suis en Angleterre…*

Ruth dut la relire, respirer profondément et attendre que son émotion s'apaise avant de pouvoir annoncer :

— Frau Opel est partie. Elle est en Angleterre chez une amie. Il y a longtemps qu'elle a envoyé ce sac, mais ça a dû être difficile de l'apporter.

— Et pourquoi la Gestapo a-t-elle fermé son salon ? s'enquit Unkel Moses, ajoutant aussitôt : Si ce n'est pas indiscret.

Ruth esquissa un sourire triste. Elle jeta un coup d'œil à Muttie Glückel avant de se décider.

— Nous avons eu une cliente particulière, commença-t-elle.

Et la cliente avait obtenu son ensemble, comme elle l'avait souhaité, retouché et parfaitement ajusté à sa silhouette. Elle s'était empressée de s'exposer devant son amant, dansante et virevoltante ainsi qu'une nymphe antique. Hélas, accablé de soucis, le tempétueux compagnon n'avait vu dans cette grâce qu'horreur, dégénérescence et vice. Non seulement il avait ordonné que l'ensemble soit incessamment brûlé, mais que l'antre de la couture qui avait pu réaliser pareille abjection soit définitivement clos.

Glückel gloussa très bas. Puis son rire enfla, finissant par les emporter tous les trois, engloutissant les larmes de Ruth et leur faisant un bien fou.

— Ce qui compte, fit Muttie Glückel quand elle redevint sérieuse, c'est que ta Frau Opel ait pu s'exiler loin.

— C'est toi qui as créé ce modèle terrible ! s'exclama Unkel Moses, incrédule.

— Du dessin au dernier coup d'aiguille.

Muttie Glückel tapota l'épaule de son époux, un brin ironique.

— C'est toujours ainsi avec les femmes, Moses Warburg, n'est-ce pas ? Elles ne peuvent pas être seulement celles que vous avez envie de voir.

Ce fut le dernier moment de joie qu'ils partagèrent. Quatre jours plus tard – il restait à Ruth à peine une semaine avant son départ –, Muttie Glückel fut prise dans une rafle de la SS alors qu'elle attendait, parmi cinquante ou soixante personnes, l'ouverture d'une boulangerie réservée aux Juifs.

Des camions militaires escortés de motards freinèrent dans l'étroit passage du fournil. Les soldats frappèrent hommes et femmes, vieux ou jeunes, les poussèrent à coups de matraque dans les véhicules, tandis que d'autres soldats sortaient de la boulangerie les sacs de farine encore pleins et les chargeaient dans une camionnette. La scène ne dura que quelques minutes. Quand le dernier motard se fut éloigné, les cris et hurlements des SS laissèrent place à un silence effrayant.

Unkel Moses, toujours sur le qui-vive, fut à peine surpris quand on vint le prévenir de ce qui était arrivé. Sèchement, il ordonna à Ruth de ne pas bouger de l'appartement, disparut et ne rentra qu'à la nuit, sans autre information que celles déjà connues. Les Juifs pris dans ces rafles étaient conduits dans des gares – on découvrait toujours leurs noms trop tard. Là les attendaient des trains de marchandises qui les emmenaient quelque part à la frontière avec la Pologne ou la Tchécoslovaquie. Dans le meilleur des cas, et s'ils en avaient la force, ils s'entassaient avec ceux qui étaient déjà là et avaient survécu à l'hiver.

Ce fut une triste nuit. Ni Unkel Moses ni Ruth ne dormirent. Après avoir tiré les rideaux, Moses alluma des bougies un peu partout dans l'appartement. D'un carton plat de son bureau, il sortit des photos de Glückel la montrant à tous les âges – depuis toute jeune et jusqu'à l'année précédente, où elle avait posé à côté de Ruth –, dans toutes les tenues et tous les décors, enjôleuse, sévère ou parfois furieuse. Il les disposa près des bougies, et, toute la nuit, Ruth le vit qui allait de l'une à l'autre, marmonnant, souriant, essuyant de rares larmes, ou simplement en silence, se contentant de contempler le visage de son épouse et de remplacer les bougies près de s'éteindre.

Quand l'aube arriva, il repoussa les rideaux, ramassa soigneusement les photos et les replaça dans leur carton, puis il fit du café, s'installa à la table de la cuisine et appela Ruth.

— Je vais la rejoindre, annonça-t-il en buvant à petites gorgées le café brûlant. Ou du moins essayer. Je vais prendre le train que tu dois éviter, et à Poznań, j'aviserai. On dit que ceux qui sont raflés en ce moment sont envoyés vers le sud, du côté de Warta ou de Katowice. On verra.

Il se tut. Ruth resta silencieuse. Il approuva.

— Il faut que je parte aujourd'hui, tu comprends ?

— Oui. Vous aurez besoin d'argent, pour le billet. Pour le voyage. Pour après. Je peux vous en donner.

Il la regarda, souriant de toute sa tristesse.

— J'ai ce qu'il faut, depuis un moment déjà. Toi aussi, tu auras besoin d'argent.

Il acheva sa tasse, la remplit de nouveau et fit signe à Ruth de boire.

— Tu te souviens de ce que je t'ai dit : tout faire pour survivre. Nous n'avons pas d'autre devoir. Tu sauras quitter Berlin seule ?

— Je crois.

— Oui, tu apprends vite. Tant mieux, parce que maintenant ça va être comme ça pour longtemps. Prendre sa valise et courir aussi loin qu'on peut.

Le chagrin le terrassa d'un coup et il passa plusieurs fois sa main sur son visage pour le chasser. Quand il se leva pour aller laver sa tasse et vider le marc de café dans l'évier, il dit :

— Je vais prendre la valise que Muttie a préparée avec les beaux vêtements que tu lui as confectionnés.

Si je la retrouve, elle sera drôlement contente de les avoir.

Avant de l'embrasser et de lui souhaiter longue vie, Unkel Moses confia à Ruth les clefs de l'appartement, lui expliqua où elle devait les cacher en partant. Elle resta longtemps sans bouger ni vraiment penser après que le bruit de ses pas descendant l'escalier se fut effacé.

Quand elle retourna dans son réduit, écoutant le silence, elle s'étonna de ne ressentir ni peur ni inquiétude. Comme si la disparition de Muttie Glückel et la force d'Unkel Moses l'avaient contrainte à muer, sa vieille peau la quittant. Elle se surprit même à songer de nouveau à son amie Clara sans s'inquiéter de savoir s'il lui serait seulement possible de la revoir.

# II

# VARSOVIE-KAUNAS

*1938-1939*

# 1

# מיין ליבע ווארשע

*Mein liebé Warché*

Ma chère Varsovie

Rien n'avait vraiment changé dans ce quartier surpeuplé de Varsovie, coincé d'un côté par les parcs Saski et Krasiński, de l'autre par le cimetière juif de la rue Gęsia et la Vistule ; le cœur du monde yiddish de Pologne.

Chaque façade était percée d'un porche par lequel on s'enfonçait dans une suite de cours carrées. Là, quantité d'enseignes se chevauchaient, entrelaçant les lettres dansantes de l'alphabet yiddish dans l'ombre des entrées de boutiques, des portiques, étals et ateliers de mille métiers : les emballages Aronowicz, les fils de coton des frères Jastrząb, le verre en gros de Zonshayn, les étiquettes vierges ou imprimées Lifszyc, les bas Zenith, les caisses en bois Wandel, la charcuterie Kornblum, ou encore de la lingerie, des horloges, des livres.

Et toujours, et partout, entre les éventaires, parmi les jeunes messieurs en costume – malgré la chaleur, le costume était de rigueur pour ceux qui en possédaient deux, l'un pour le shabbat et l'autre pour les jours ordinaires –, se tenaient des vieillards silencieux, chapeautés et barbus, maigres comme des insectes, ou bien des braillards vendant des harengs salés, des beignets, des cornichons sucrés. *Ikh farkoyf ! Ikh farkoyf !* « Je vends ! » À la sortie d'un de ces enchaînements de cours, sous un porche semblable au premier, un vieillard frappait le pavé de sa jambe de bois.

— Pistaches ! Pistaches kasher, juste arrivées de Palestine ! Pistaches ! Achetez mes pistaches !

Dans cette ville dans la ville, la foule fourmillante continuait d'user ses vieux vêtements de travail – vestes et pantalons mille fois lavés, chemises blanches transparentes à force de lessives. Dans les volutes de poussière soulevées par l'incessante agitation, les femmes se faufilaient sous des châles multicolores qu'elles secouaient de temps à autre comme des éventails pour aérer leurs tabliers à fleurettes ou leurs robes sages aux couleurs passées. Les plus jeunes, en chemisier et jupe, les cheveux libres comme l'air sous le soleil d'août ou retenus par de petits chapeaux de paille, déambulaient, bras nus, indifférentes, apparemment, aux odeurs éternelles de ce royaume, mélange d'oignons confits, de harengs fumés, de sirop de prune et d'ail grillé avec, aux premières heures du jour ou au crépuscule, la senteur des petits pains aux graines de pavot.

Au carrefour de Frańciszkańska et de Nalewki, tout ce monde donnait le tournis. Chacune et chacun semblait courir dans des directions opposées, se précipitant vers des urgences implacables. Les roues des vieux trams claquaient sans cesse dans les aiguillages, leurs cloches sonnant pour tracer un chemin au milieu des camions, camionnettes, automobiles et charrettes tirées ou poussées par tout ce qui possédait des pattes, des bras et des jambes.

Non, rien n'avait changé dans cette Varsovie juive. Tout était tel que Ruth l'avait laissé en partant pour Berlin, sinon que les visages étaient plus fatigués, les expressions plus inquiètes, les silhouettes plus pauvres, et les sourires plus souvent édentés. Elle n'avait rien oublié, et depuis presque deux mois qu'elle était de retour, elle avait déjà retrouvé ses réflexes « d'avant ».

Elle se fondit dans la cohue de la rue Nalewki sur une centaine de mètres avant de prendre la Świętojerska. Là, les trottoirs étaient moins encombrés. Elle s'engagea sous les tilleuls du jardin Krasinski et rejoignit la terrasse du Tshaynik Café.

C'était l'un des rares cafés du Quartier-Nord – ainsi que les goys appelaient la ville juive – où une femme seule pouvait se faire servir sans s'attirer des coups d'œil outragés. Comme chaque jour, des étudiants et étudiantes occupaient bruyamment une bonne partie de la terrasse. Elle choisit une table à l'écart, prit place dans un fauteuil de rotin et ferma les yeux.

Ce n'était pas la folie ni même les mille parfums de l'allée Jerozolimskie qui lui coupaient le souffle. Ses mains restaient crispées sur son sac et ce qu'il contenait : une enveloppe postée à Hambourg où s'étalait l'écriture de Clara.

Elle était arrivée une heure plus tôt dans l'arrière-cour Stowsky, à l'étage de l'atelier de son père – ROTSTEIN ZOKEN & STOKKINGS FAR FROYEN – et de l'appartement familial. Réfugiée dans sa minuscule chambre de jeune fille, Ruth relisait *Stempenyu*, un vieux roman yiddish qui l'avait enchantée des années plus tôt, quand la voix aiguë de Yenté, l'épouse de son père, avait traversé les cloisons :

— *Doytshke ! Doytshke !…*

« L'Allemande ». C'était ainsi que sa belle-mère s'obstinait à l'appeler.

La porte de la chambre s'était ouverte en grand. Ruth avait bondi sur ses pieds, grondant en allemand :

— Yenté, mon nom est Ruth. Et tu frappes avant d'entrer.

Ignorant son accueil, Yenté avait brandi l'enveloppe, lançant en yiddish :

— On vous écrit d'Allemagne, *Farfirn ! A doytsher libhober ?…* Un petit amoureux allemand, Fräulein ?

Peut-être se moquait-elle. Peut-être était-elle seulement dévorée de curiosité… Son visage ne révélait jamais rien de ses sentiments. Une face trop pâle, trop ronde, où les joues tendues et les rides creusées par la fatigue ou mille pensées amères noyaient ses petits yeux : un masque. Sans commentaire, Ruth avait arraché la lettre des doigts boudinés de sa belle-mère, avant de la repousser et de lui claquer la porte au nez.

Une seule personne au monde connaissait son adresse à Varsovie. Une seule pouvait avoir écrit cette lettre. Assise sur le lit, le sang lui battant dans les tempes, elle avait bataillé pour ouvrir l'enveloppe sans la déchirer.

Ce n'était pas une longue missive, seulement une carte, mais elle contenait toutes les indications promises. Soulevée de bonheur par la fine écriture de Clara, Ruth l'avait parcourue d'un premier regard. Mais non ! Impossible de lire cette carte avec Yenté guettant derrière les murs aussi fins que du papier. Yenté allait raconter à son sujet une nouvelle fable à Sarah, sa fille. Une manie malveillante.

Ruth avait enfoui l'enveloppe dans son sac à main, dévalé l'escalier, fuyant l'appartement sans un regard vers l'atelier de son père, et avait passé le porche donnant sur la rue Wołyńska comme si elle allait se jeter dans un fleuve.

Maintenant, à la terrasse du Tshaynik Café, elle s'obligeait à attendre que le serveur revienne avec sa commande – *A limonade, bite* – avant de relire la carte. Il arriva lentement, avec la morgue qu'il réservait aux Allemandes égarées dans le quartier, déposa la citronnade en réclamant immédiatement son compte – *finf oun zekhtsik groszn.* Dès qu'il tourna le dos, elle repoussa le fermoir de son sac et en retira la carte postale. Une photo montrant des paquebots alignés le long d'un quai, dans le port de Hambourg. L'un d'eux, tiré par des remorqueurs aux cheminées fumantes, pointait sa proue vers le cœur de l'Elbe. Une écriture nette et gracieuse recouvrait les deux tiers du verso.

> *Ruth, mon amie. Quel bonheur incroyable que d'écrire ces mots. Tout aussi incroyable que notre rencontre à Dantzig. Je ne cesse d'y repenser. N'est-ce pas le plus fabuleux signe du destin ? Je dois être brève, comme tu le sais. Voici les renseignements : nous partirons le 21 novembre à bord du* Conte Verde *(quel nom). Tu pourras toujours me joindre (par courrier) au 18 Waldmannstrasse. Viens, Ruth, je t'en prie. N'hésite pas. La vie nous attend à l'autre bout du monde. Ta Clara.*

Ruth lut et relut ces brèves lignes. Oh, le plaisir de laisser ces phrases glisser en elle ! Elle retourna la carte pour admirer une fois encore les bateaux. Des monstres de deux ou trois cheminées, aux ponts supérieurs blancs comme neige et aux flancs semés d'innombrables hublots.

Clara avait dit : deux cent soixante-dix reichsmarks pour un passage jusqu'à Shanghai en cabine de seconde classe. Une somme énorme. Ruth la possédait grâce à la petite fortune gagnée auprès de Frau Opel.

À cette pensée, une émotion violente l'envahit. Ses yeux s'embuèrent. Repoussant cette boule de feu qui engorgeait sa poitrine, elle tenta de se représenter à quoi pouvaient ressembler quatre mois de navigation sur le *Conte Verde* avec Clara. Mais comment imaginer quoi que ce soit quand on ignorait tout de l'intérieur d'un paquebot ? Comme cent fois depuis son retour chez son père, les images de sa rencontre avec Clara à Dantzig lui revinrent.

*

* *

— Ruth ! Je ne rêve pas ? C'est toi, n'est-ce pas ?

Dans la salle d'attente pleine d'ombres, elle reconnut aussitôt la voix de Clara. Comment était-ce possible ?

Ruth avait quitté la Central-Viehhof de Berlin tôt le matin. Verte de peur, le ventre noué, elle s'était présentée à chacun des contrôles. Trois dans la gare elle-même, un dans le train avant le départ, un à Szczecin, un autre à Koszalin, avant la frontière, et encore un sur le quai à Dantzig. Un ballet d'uniformes noirs, gris ou verts : Gestapo, Kripo, Wehrmacht.

Contrôle après contrôle, pas un uniforme n'avait sourcillé devant le passeport de Fräulein Ruttie Roth. Le billet de première classe acheté par Moses Warburg, ses vêtements chic, sa belle valise Hartmann usagée – un achat intelligent de dernière minute – et le sac de voyage en tapisserie envoyé par Frau Opel parachevaient son personnage. Chaque fois, les militaires l'avaient toisée des pieds à la tête, avant de lui adresser le respectueux salut dû à une véritable Allemande. Deux jeunes contrôleurs, pas indifférents à cette élégante jeune femme qui rejoignait sa famille à Dantzig, s'étaient même laissés aller à une tentative de séduction.

Se détendant un peu plus après chaque épreuve, Ruth avait mille fois remercié mentalement ses anges gardiens.

La gare de Dantzig, avec son imposant beffroi, ressemblait à une église de brique et de verre. Mais après dix heures de voyage, elle apprit qu'aucun train ne partait pour Varsovie avant le lendemain matin à l'aube.

Des dizaines de voyageurs, épuisés et piégés par le manque de correspondances, occupaient tous les bancs ou dormaient, entassés par familles, avec leurs bagages, à même le sol du hall central.

Ruth sortit sur le parvis. La chaleur du début de l'été semblait épaissir la nuit. Devant elle, les rues vides de la ville s'enfonçaient dans l'ombre. Des odeurs de la mer Baltique toute proche stagnaient dans l'air. Le port était juste de l'autre côté du réseau de rails.

Sans oser s'éloigner de la gare, Ruth s'assit sur sa valise. Presque aussitôt une femme en uniforme et casquette plate du PKP – Polskie Koleje Państwowe, la compagnie de chemin de fer – apparut. Tout au bout de la gare, une salle d'attente était réservée aux femmes seules la nuit, lui expliqua-t-elle.

— Il doit bien y rester une place. Venez, je vous y conduis.

Et voilà.

Ruth entra dans une pièce mal éclairée par deux faibles ampoules. Des femmes et des enfants sommeillaient sur une quinzaine de bancs. Des odeurs de nourriture, de vêtements portés trop longtemps, chargés de parfums acides et poudrés, la prirent à la gorge tandis qu'elle avançait avec précaution, cherchant une place vacante. Dans une partie plus sombre, une silhouette se dressa. Illuminée à contre-jour par un lampadaire sur le quai, elle s'approcha.

— Ruth, est-ce toi ?

Et maintenant elles se tenaient enlacées, riant, pleurant. Incapables de desserrer leur étreinte. Quelques protestations montèrent dans leur dos.

— Viens, souffla Clara. Je me suis arrangé un coin là-bas. Il y a de la place pour nous deux.

Elle conduisit Ruth vers un renfoncement à l'opposé de l'entrée. En passant sous l'une des ampoules, Ruth découvrit la nouvelle apparence de Clara. Elle portait un long chandail de laine sombre par-dessus une robe parsemée de motifs géométriques multicolores. Ses cheveux étaient plus longs, plus bouclés, retenus au-dessus des tempes par de coûteuses barrettes en corne. Un peu de rouge était visible sur ses lèvres et un léger maquillage soulignait ses sourcils et ses paupières.

Clara désigna le banc où elle avait déposé son sac en tapisserie, très semblable à celui que Ruth portait elle-même en plus de sa valise. Elle montra la fenêtre ouverte où, entre les quais, luisaient les rails sous la demi-lune.

— Près de la fenêtre, on peut encore respirer. Sinon, tous ces parfums de femmes nous auront asphyxiées avant la fin de la nuit !

Autour d'elles, sur d'autres bancs, les soupirs et ronflements un instant dérangés reprenaient. Elles s'installèrent, utilisant les sacs comme des coussins, et se serrant l'une contre l'autre. Clara agrippa la main de Ruth.

— Mon Dieu, quel bonheur ! Te retrouver ici, alors que je ne fais que passer.

— J'étais à Berlin ce matin, chuchota Ruth. Je retourne à Varsovie, chez mon père…

— Et moi, je viens de Moscou. Je vais à Hambourg. J'y serai demain soir.

Elles se turent, graves, les yeux dans les yeux, réduites au silence par ces simples phrases qui supposaient tant et tant de choses à se raconter.

Clara, la première, inclina la tête vers Ruth pour demander :

— Tu me trouves changée ?

— Oh, oui. Je t'ai reconnue à ta voix. Sinon, même en plein jour, je ne suis pas certaine…

— C'est mon travail, maintenant. Je dois faire « vraie femme ». Si ma mère me voyait, elle s'étranglerait. Je lui prends toutes ses grimaces…

Elles gloussèrent comme des gamines, Ruth se rendant compte à chaque seconde qui passait qu'elle avait déjà presque tout oublié de sa longue et oppressante journée. Elle se sentait légère et en sécurité comme cela ne lui était pas arrivé depuis elle ne savait plus quand.

— Je t'ai reconnue dès que tu es entrée, reprit Clara. Ton pas. Le pas de Ruth R., alias Ruttie Roth. *Mein Got !* Je le reconnaîtrais entre mille. J'ai quand même eu un bref doute. Avec ton manteau d'été, ton sac et ta valise, tu fais encore plus grande dame qu'au printemps dernier. Même sans les talons hauts et la gabardine verte très chic que tu portais la dernière fois que je t'ai vue…

— Au printemps ? Mais tu ne m'as pas vue, au printemps…

Masquant sa bouche contre l'épaule de Ruth, Clara étouffa un rire.

— Mais si…

Elle raconta comment, le matin, dès que sa jambe le lui avait permis, elle s'était postée dans Wöber Strasse pour la regarder sortir de l'immeuble et rejoindre le tram.

— J'avais tant envie de te parler. D'être certaine que tu allais bien… J'avais même envie de te rendre la canne que m'avait donnée la vieille dame. Mais impossible. Ç'aurait été de la folie. Je t'aurais mise dans l'embarras… C'était Ruttie Roth qui partait au travail, et pas toi, n'est-ce pas ? Il y avait déjà des mouchards à tous les coins de rue. Ça aurait été bien trop dangereux pour toi.

Ruth n'en croyait pas ses oreilles. Pourtant…

— En fait, plus d'un matin, j'ai cru que tu étais là, tout près.

— Oh, ça, je l'ai vu ! Dès que tu mettais le pied sur le trottoir, tu te retournais comme si tu cherchais quelqu'un.

— Toi.

— Et tu n'as vu qu'un garçon livreur assis sur son tricycle ?

— Oui. Je m'en souviens.

— C'était moi…

Le silence les lia. Si peu dire et dire tant de choses !

— Juste avant l'Anschluss, finit par poursuivre Clara, ils m'ont fait quitter Berlin…

— Qui ça, ils ?

Clara s'écarta en se mordant les lèvres, avant de murmurer :

— Si je te le révèle, ce pourrait être dangereux pour toi comme pour moi… D'accord ?

— Tu sais déjà tout ce qui est dangereux pour moi… Et moi, je ne sais presque rien de toi.

— C'est vrai.

Clara raconta alors comment elle avait dû quitter Berlin et pourquoi.

— J'ai attendu deux semaines à Hambourg, puis ils m'ont fait aller à Moscou. Dans une sorte d'école, pendant deux mois.

— Une école ?

— Assez spéciale, s'amusa Clara avant de donner des détails. Maintenant, je suis un officier du Komintern. Ça ne doit surtout pas se savoir. La guerre invisible… Je retourne en Allemagne, mais pas pour longtemps. À l'automne, je partirai en mission. Je vais enfin pouvoir me battre pour ce à quoi je crois.

— Où ça ?

— Loin. Très loin. En Chine.

— En Chine ?

— À Shanghai.

Elles se turent. Nul besoin de mots pour exprimer ce qu'elles ressentaient – la raideur soudaine de leurs corps blottis l'un contre l'autre, leur tremblement et l'onde de froid qui leur prenait la gorge parlaient pour elles.

Enfin, d'une voix différente, Clara s'enquit :

— Et toi, tu es obligée de retourner à Varsovie ?

Vint le tour de Ruth de raconter : Frau Opel, le défilé, la création de l'ensemble, l'annulation du défilé, la cliente et, pour finir, ce qu'il était advenu de Frau Opel et des Warburg… Une longue histoire qui les laissa muettes, pesantes de la nuit.

— Alors, tu rentres chez ton père, finit par bredouiller Clara.

— Si ce n'était que chez mon père… À présent, c'est surtout chez ma belle-mère, Yenté. Elle va être furieuse de me voir arriver. Rien que d'y penser…

— Alors, pourquoi y vas-tu ?

— C'est ma famille… De toute façon, où irais-je ? Impossible de rester en Allemagne.

— Tu as de quoi rejoindre Frau Opel en Angleterre. Ou même ma mère, au pire.

— Je ne peux pas laisser mon père…

— Tu l'as bien laissé pendant deux ans.

Clara se redressa, agrippant Ruth.

— Tu n'es pas obligée. Viens avec moi !

Elle avait parlé trop fort. Il y eut des grondements derrière elle. Des têtes se levèrent en protestant. Clara secoua Ruth comme si elle voulait la réveiller.

— Viens avec moi à Shanghai !

— Tu es folle !

— Rien ne t'oblige à aller à Varsovie.

— C'est chez nous… C'est comme ça… Je ne sais pas comment dire. Il y a aussi Hugo, mon cousin…

— Tu es amoureuse de lui ?

— Non, je… Il est…

— Tu es sûre ?

— Et qu'est-ce que je ferais à Shanghai ? Je ne pourrais jamais devenir une communiste ou une espionne, comme toi.

Clara étouffa un rire.

— Ne dis pas de bêtises ! Tu y feras ce que tu sais faire comme personne : des robes. Les Chinoises en seront folles. Réveille-toi, Ruth ! Parfois, on doit dire adieu à nos pères. C'est la vie. C'est comme ça. Et pas si difficile. Rappelle-toi les Warburg… À la fin de l'année, ce sera l'horreur partout. Dans toute l'Europe. C'est de l'inconscience, d'aller à Varsovie. Tant qu'il y aura des Juifs là-bas, le Moustachu ne dormira pas en paix. Il ne pense qu'à ça : vous exterminer. Les Soviétiques savent ce que les nazis préparent. Crois-moi, je t'en prie, Ruth… Tu as un passeport, et l'argent pour le bateau… Et nous serons ensemble, toi et moi. Ruth, je t'en supplie…

*

* *

Un brouhaha de l'autre côté de la terrasse du Tshaynik Café tira Ruth de ses pensées. Des étudiants s'étaient levés, entourant de nouveaux arrivants avec des exclamations de colère ou d'horreur. Ruth essayait en vain d'en comprendre la cause quand une voix, tout près d'elle, la fit sursauter.

— Fräulein Rotstein ?

— Hugo, idiot ! Tu m'as fait peur.

Hugo saisit sa main pour y poser ses lèvres.

— Pardonne-moi, *balibté kusinké*…

Ruth ne put s'empêcher de rougir. *Balibté kusinké.* « Cousine bien-aimée ». Depuis l'enfance, Hugo aimait l'appeler ainsi. Un goût qu'il n'avait pas perdu. Pour le reste, il avait beaucoup changé.

Il était son cadet de trois ans et avait toujours été son « petit cousin ». Ce qui signifiait quelque chose de tendre, d'unique peut-être, mais également de légèrement condescendant. Ils étaient enfants tous les deux lorsque les parents d'Hugo, la tante et l'oncle de Ruth, avaient péri dans l'incendie de leur imprimerie, à Lwów. Abraham Rotstein avait recueilli son neveu comme le fils qu'il n'avait pas et qui lui manquait tant. Ruth en avait été furieusement jalouse. Très vite, Hugo avait su se faire pardonner cette faute qui n'était pas la sienne. Et lorsque Yenté était arrivée dans la famille Rotstein avec sa fille, Sarah, s'érigeant aussitôt en reine du foyer et en maîtresse de Rotstein zoken & stokkings far froyen, seul Hugo avait pu empêcher Ruth de se fâcher pour toujours avec son père.

Les traits fins, intelligents, il possédait, adolescent, une beauté un peu féminine. S'il s'était endurci depuis, il n'avait rien perdu de son élégance naturelle ni de l'éclat de son regard gris – ses yeux de loup, comme aimait les qualifier Ruth quand il jouait à lui faire peur – que soulignait sa chevelure épaisse et ondoyante, d'un noir de jais. Mais il montrait désormais une gravité nouvelle. Elle effaçait leur différence d'âge et interdisait à Ruth de penser à lui comme à son « petit cousin ». D'une manière très inattendue, il lui en imposait. Il était jusqu'à ses mains, longues, qui accompagnaient souvent ses paroles de mouvements gracieux, qu'elle découvrait. En vérité, Hugo illuminait ses retrouvailles avec le monde qu'elle avait quitté.

Elle allait cacher son embarras par une plaisanterie quand de nouveaux éclats de voix retentirent du côté des étudiants. Leur attroupement avait grossi en quelques minutes.

— Qu'est-ce qu'il y a ? demanda Ruth. Pourquoi crient-ils ?

Hugo secoua la tête sans répondre. Il ôta son veston, retroussa les manches impeccables de sa chemise blanche et tira un fauteuil de rotin pour y prendre place, grondant enfin :

— Les nazis ont réduit en cendres la synagogue de Nuremberg.

— Oh, non ! souffla Ruth en portant une main à sa bouche.

— Et ce n'est qu'un début. Aucune illusion à avoir. Ils feront bientôt pire.

Comme toute parole eût été trop lourde, presque d'un même mouvement ils se tournèrent vers les étudiants qui quittaient la terrasse du café pour rallier la foule se déversant dans la rue Dluga, en direction de la grande synagogue. Au passage, quelques jeunes hommes reconnurent Hugo. Ils lui firent signe de les rejoindre. Il leur répondit d'un geste de refus.

— Tu ne veux pas aller avec eux ? s'étonna Ruth.

— Pour quoi faire ? Rien de ce qui nous arrive ne se résoudra à la synagogue. Et ce ne sont pas nos chants de peur et d'impuissance qui relèveront les murs de Nuremberg.

Ruth ne savait pas si elle devait s'indigner de ces mots ou admirer son cousin d'oser les prononcer. C'était aussi que la voix d'Hugo avait changé. Elle était devenue plus basse, pleine de rage autant que d'une assurance inconnue. La voix des hommes habitués à débattre et convaincre. Elle se souvint que son père, à son retour, lui avait annoncé avec fierté qu'Hugo était journaliste au *Moment*, le plus lu des journaux yiddish polonais. « Il est déjà allé quatre fois dans les campagnes pour parler et faire le *redner* », avait-il précisé.

C'était cet Hugo qu'elle avait devant elle. Il devina où la menaient ses pensées.

— Je te choque ? demanda-t-il d'un ton qui n'avait rien de moqueur.

— Non, je… Non, pas du tout. Simplement, quand je suis partie à Berlin, c'était moi, la mauvaise Juive. *Di shlekhte baliver*. La mauvaise croyante…

— Oui, je me rappelle Yenté te criant dessus pendant que tu quittais la cour avec ta valise…

Il balaya l'air d'un mouvement de la main.

— Depuis, nous avons tous eu de nombreuses occasions de réfléchir.

Il appela le serveur pour se faire apporter une bière – ce qui fut accompli avec tout l'empressement auquel Ruth n'avait pas eu droit. Son sourire revint, large, ouvert, sincèrement joyeux, rappelant le jeune garçon heureux qu'il avait pu être.

— Tu me trouves changé, dit-il, mais je ne le suis certainement pas autant que toi. Béni soit l'Éternel ! Je n'en croyais pas mes yeux quand je t'ai découverte chez Taté Abraham, l'autre jour. Pendant ton absence, j'ai pensé à toi des millions de fois. Mais je pensais à celle que je connaissais, la Ruth Rotstein de l'arrière-cour Stowsky. Ma Ruth de toujours. Et voilà que j'étais face à une femme qui… Je ne sais pas. Tu as toujours été la beauté incarnée, pour moi, mais tes yeux ne sont plus les mêmes. Ils voient plus loin… Moque-toi de moi autant que tu veux, tu auras raison. Pourtant, c'est ainsi. Tu as toujours le nez fin, mais celui-là est infiniment plus décidé. Comme tes sourcils… Ton regard, lui, montre encore plus d'intelligence. Quant à tes cheveux… Tu te rappelles comme je m'enroulais dedans en criant : « Au feu, au feu ! » Là, je n'oserais plus. J'ai l'impression que tu portes la flamme sacrée sur ta tête…

Ruth esquissa un geste. Il réagit avec fougue.

— Laisse-moi parler ! C'est le moment. Après, tout redeviendra compliqué. Tu veux savoir pourquoi je ne vais pas à la synagogue avec les autres. Parce que tu es là, en face de moi. Parce qu'à la synagogue, en ce moment, il n'est question que de notre malheur. À nous, à chacun, à tous les Juifs du monde. Or moi, Hugo Rotstein, je veux te regarder, me répéter que Ruth est de retour. Et même si les cendres de Nuremberg fument encore, je sens le bonheur courir dans mes veines.

D'entendre ces mots, Ruth frissonnait. Abasourdie. Mais pas tant que ça. Gênée. Mais pas tant que ça.

Soulevée d'une drôle de joie. Envahie de pensées qu'elle ne pouvait exprimer. Balbutiant finalement :

— Mais tu ne m'as pas écrit ! Tout ce temps où j'étais à Berlin, pas une seule lettre. Et moi, j'ai pensé : le petit cousin m'a oubliée.

Les mains d'Hugo dansèrent dans l'air.

— T'écrire quoi ? Des bêtises de « petit cousin » ? Tu vois bien. Il a fallu tout ce temps pour que j'ose…

Il la contemplait d'une manière nouvelle, presque sévère. Ou peureuse. Il porta sa bière à sa bouche, afin de se reprendre, de recouvrer son assurance.

— Et puis tu partais pour tout oublier d'ici. Et je t'avais encouragée, non ? Pars, et tu deviendras la reine des couturières ! J'aurais été stupide de m'en plaindre aussitôt que tu étais dans le train.

— Hugo…

Ruth avança sa main sur la table pour recouvrir la sienne. Leurs doigts s'enlacèrent, comme si souvent autrefois.

— Sauf que je ne suis pas devenue la reine… Enfin… Si, un peu. Presque…

— Il faudra que tu me racontes tout de ces deux années, dit Hugo avec ferveur.

Dans le mouvement que firent leurs mains sur la table, la carte de Clara et l'enveloppe glissèrent sur le côté, manquant de tomber. De sa main libre, Hugo les rattrapa. Il regarda l'image des paquebots dans le port de Hambourg, découvrit le timbre allemand. Il retira ses doigts de l'emprise de Ruth.

— Du courrier d'Allemagne, constata-t-il avec une feinte légèreté.

— Une bonne amie de Berlin, s'empressa de préciser Ruth. Elle va quitter l'Allemagne…

Chaque mot vibrait dans sa gorge comme un mensonge. Mon Dieu, il n'y avait pas une demi-heure, elle pensait demander conseil à Hugo : devait-elle rejoindre Clara ? Fuir tout ? Allemagne, nazisme, Varsovie, Yenté… Partir pour Shanghai… Qu'est-ce qui la retenait ici ? Or, après les paroles d'Hugo…

Il poussa de côté la carte postale en murmurant :

— Ils ont raison de fuir, ceux qui le peuvent. On devrait tous en faire autant, si seulement on savait où aller… Dis-moi, comment ça va chez notre Taté Abraham ?

En deux phrases, son ton s'était modifié, aussi distant maintenant que l'espace réinstallé entre leurs mains.

— Oh, fit Ruth en prétendant ne pas le remarquer. Comme je m'y attendais. Yenté me déteste autant qu'avant. J'avais simplement oublié combien elle pouvait être mauvaise. Pour elle, je suis l'Allemande qui revient la priver de je ne sais quoi. La pauvre Sarah me déteste aussi. Mais elle a une bonne raison : je lui ai pris son lit et sa chambre – qui étaient à moi. Elle dort dans le cagibi que mon père a débarrassé derrière la salle à manger. Lui, il en est tout retourné. Il pensait ne jamais me revoir. Et maintenant il ne sait plus quoi faire de moi, sa fille inconnue…

— Tout ça, c'est à cause de tes vêtements, fit Hugo. Tes très beaux vêtements. Il faut avouer que tu ne ressembles plus en rien à une Juive de chez nous.

— Oh, ça, tant mieux, s'exclama Ruth avec une certaine violence. Tu avais raison tout à l'heure : je suis partie pour ne plus l'être. À Berlin, les Warburg étaient juifs, mais… autrement. Ils ne m'ont pas reproché de…

Ruth se tut brusquement, grimaça. Cette discussion était stupide. Ce qui avait été à Berlin n'était plus. La femme qu'elle avait rêvé de devenir ne verrait jamais le jour. À quoi bon ressasser ?

— Yenté est mauvaise, dit doucement Hugo. Elle est pleine d'aigreur et toujours prête à blesser ceux qu'elle ne peut pas tenir en son pouvoir. Elle déteste les Juifs qui ne sont pas aussi près de Dieu qu'elle croit l'être.

Il rit comme un enfant qui a osé lancer une méchanceté.

— Elle ne cessait de me reprocher d'être un mauvais croyant, poursuivit-il. Ce en quoi elle n'avait pas tort. Et un renégat, ce qui est faux. Dès que j'ai pu me louer une chambre avec mon salaire, je me suis éloigné d'eux. Je sais que Taté Abraham m'a toujours défendu, pourtant il a été très soulagé qu'elle ne le tarabuste plus toute la journée à mon sujet.

— Il est tellement fier de toi !

— Oui, mais Yenté est son épouse. Il l'a voulue de toutes ses forces, et il l'a.

— Ça, je ne le comprends pas…

— Si j'étais un sage rabbin, je dirais qu'il use de Yenté comme d'un entraînement quotidien à la vie qui nous attend. À chacun sa manière de faire face, n'est-ce pas l'enseignement du Talmud ?

L'humour noir d'Hugo, très yiddish, avait toujours beaucoup amusé Ruth.

— Tu sais, fit-il en redevenant sérieux, aujourd'hui Nuremberg, demain ce seront cent synagogues que les nazis brûleront. Ensuite, ce sera le pays. Et partout, des Juifs, ils feront des feux de joie. Ici, à Varsovie, nous ne comprenons toujours pas : il n'y a pas d'arme plus mortelle pour nous que l'illusion. Personne ne nous aidera. Les *Yidn* ne sont pas une engeance que l'on aide. Vraiment, il ne faut pas croire que fuir soit une honte.

⋆
⋆ ⋆

Ce n'était qu'un grattement de souris contre la porte. Ruth s'arrêta aussitôt d'écrire, glissa la carte postale de Clara dans son journal avant de le refermer. Le grattement recommença, Ruth déposa le carnet près de la pile de romans entassés sur sa table de nuit et se laissa aller contre son oreiller.

— Entre.

La porte s'entrouvrit et la chemise de nuit de Sarah – une sorte de tunique en coton blanc piquetée de nœuds pastel – apparut dans l'entrebâillement.

C'est moi, chuchota Sarah.

— Referme sans bruit derrière toi.

Sarah obéit, puis s'approcha en claudiquant. Quand le faible halo de la lampe de chevet éclaira son visage, Ruth ne put s'empêcher de ressentir une pointe de répulsion. Sarah ressemblait tellement à sa mère. La même face plate et ronde, les mêmes yeux trop petits, les mêmes cheveux blonds tressés en de chétives et ridicules nattes. Et même son sourire maladroit avait quelque chose de la duplicité de Yenté.

Ruth demanda sèchement :

— Qu'est-ce que tu veux ? Il est très tard. Tu vas réveiller ta mère.

— Non, elle dort à poings fermés. Elle n'entend rien. Même pas l'horloge sonner dans la cuisine. Moi, si. Les douze coups de minuit.

— Et alors ?

— J'ai vu la lumière sous ta porte. Moi non plus, je ne dors pas.

— Pourquoi ?

— Parce qu'il fait trop chaud.

— Dans cette pièce aussi, il fait chaud.

Sarah approuva d'un hochement de la tête et promena ses yeux autour d'elle. Son regard s'attarda sur la table de nuit.

— Tu n'as pas tellement réaménagé la chambre, fit-elle, étonnée.

Comme Ruth ne réagissait pas, elle haussa les épaules.

— En fait, ce n'est pas vrai. Je ne dors pas parce que depuis minuit on est le 18 septembre et qu'aujourd'hui c'est mon anniversaire. J'ai onze ans.

— Oh… Alors, bon anniversaire.

Elles se regardèrent un peu bizarrement.

— Tu peux m'embrasser. Ici, à Varsovie, on embrasse ceux dont c'est l'anniversaire.

Avec un peu de raideur, Ruth prit la petite fille dans ses bras, s'étonnant de la douceur de sa joue et de sa chaleur de chaton en quête de caresses. Quand elle la relâcha, Sarah en profita pour s'asseoir sur le bord du lit.

— Je comprends que tu n'aies pas de cadeau pour moi, reprit-elle d'un ton très raisonnable, puisque tu étais en Allemagne et que tu y as oublié ma date d'anniversaire.

— Tu veux que je te fasse un cadeau ? Tu n'es plus fâchée contre moi ?

Sarah scruta les ombres de la chambre avant de répondre :

— C'est maman qui est fâchée, pas moi. Et elle n'aime pas que je sois gentille avec les gens qui ne lui plaisent pas.

— Oui. Je m'en suis aperçue.

— Elle dit que tu ne sais plus parler yiddish. Que tu es devenue allemande.

— Elle se trompe. Je suis Ruth Rotstein, la fille de mon père et pas du tout une Allemande.

— Mais tu as des papiers d'Allemande…

— Tu sais ça ?

— J'ai entendu Taté en discuter avec maman.

— Des papiers, ce sont des papiers, et moi, je suis moi. Née ici, dans cette maison.

— C'est vrai que ton yiddish est bizarre.

— Parce que je ne l'ai plus parlé depuis longtemps.

— C'est pour ça que tu lis tous ces livres ?

— Oui…

Sarah attrapa le roman contenant la carte, ânonnant le titre sur l'épais papier ocre servant de couverture.

— *Yarmi und Kelle…*

Ruth le lui reprit tout de suite des mains.

— Eh !…

— Le cousin Hugo me l'a prêté. Il ne faut pas l'abîmer.

— Je n'abîme pas les livres. De toute façon, il n'a pas de couverture.

— Justement.

Sarah s'empara du carnet bleu de Ruth, qui le lui retira aussitôt.

— Ce n'est pas un livre, protesta Sarah. C'est toi qui écris dedans. Je l'ai vu en regardant par le trou de la serrure.

— Ah ! Alors tu es une sale espionne !

Sarah perçut aussitôt la répugnance de Ruth. Un vrai désarroi transforma brusquement son visage.

— Si on devient amies, je ne t'espionnerai plus. Promis.

— Parce qu'on peut devenir amies ?

Sarah opina.

— Si on se cache de maman, oui.

Ruth finit par rire en esquissant une caresse de paix sur la joue de l'enfant.

— Je sais quel cadeau tu peux me faire pour mon anniversaire : tu me montres tes robes, celles dans ta valise.

— Pas maintenant.

— Demain, ça ira.

— D'accord.

— Taté dit que c'est toi qui les as cousues. C'est vrai ? Alors je sais ce que tu peux me faire comme cadeau pour Souccot : une robe !

— Rien que ça !

— Taté dit que tu fais des robes comme on sifflote.

— Ah, il dit ça ?… Mais Souccot, c'est bientôt…

— La fête commence le vingt et unième jour du septième mois dans le vrai calendrier, récita Sarah. Bon : octobre dans le faux calendrier des chrétiens, si tu ne connais pas bien tes dates… Souccot dure trois jours, jusqu'à la mi-octobre. Après, tu attends cinq jours et c'est Chemini Asteret pendant deux jours. Ça veut dire que, cette année, ça se termine le 18 octobre du faux calendrier chrétien. Après, il n'y a plus de fêtes jusqu'à Hanoucca. C'est loin… Et ce n'est plus les cadeaux de Souccot mais ceux de Hanoucca.

— Tu connais toutes les dates des fêtes par cœur ?

— Maman me les fait réciter avant le shabbat.

— Bon, d'accord pour la robe, soupira Ruth.

À peine eut-elle prononcé ces mots que Sarah se jeta à son cou.

— Alors, c'est vrai, on est amies ! Faudra faire attention : tu fais la robe en secret, et moi je la porterai quand maman ne sera pas là…

Dans son mouvement, la chemise de nuit de Sarah était remontée sur ses cuisses et laissait visible sa jambe atrophiée – un mollet bizarrement distordu depuis qu'il avait été écrasé par une charrette. Sarah remarqua le sérieux soudain de Ruth. Elle rabattit sa chemise sur sa jambe.

— Ce n'est pas beau, hein ? Maman dit que, s'il n'y avait pas les nazis en Allemagne, on pourrait y aller pour que je me fasse opérer. Mais ils y sont, hein, tu les as vus ?

— Oui.

— Ben voilà. Pas d'opération.

Après quelques secondes de silence, Sarah ajouta :

— Maman dit aussi que le cousin Hugo veut te marier. Mais que ce n'est pas possible. Il n'a pas le droit. Les cousins ne peuvent pas se marier.

Ruth s'en voulut du tressaillement qui la parcourut et que, certainement, Sarah dut ressentir.

— Je l'ai vu, l'autre jour, quand il t'a apporté des livres. Quand il te regarde, on dirait qu'il change ses yeux… Maman dit que tu as un amoureux en Allemagne. Celui qui a écrit la carte…

— Ta mère raconte des bêtises. Elle parle de ce qu'elle ne connaît pas, et toi tu répètes comme un perroquet… C'est une amie qui m'a écrit la carte. Parce qu'elle part en voyage.

— Ah… Tu ne voudrais pas partir en voyage, toi aussi ? Moi, j'aimerais beaucoup.

Sans répondre, Ruth commença de dénouer les tresses de Sarah puis libéra ses cheveux.

— Qu'est-ce que tu fais ? protesta la petite fille. Maman va être furieuse ! Il faut absolument que je porte des tresses.

— Elles t'abîment les cheveux. Il ne faut pas les natter si serré, ça les casse et les empêche de pousser correctement. Si elle n'est pas d'accord, elle n'aura qu'à me gronder…

— Oh, elle n'hésitera pas. Tu peux en être sûre.

— On verra, fit Ruth en lui ébouriffant la chevelure et lui baisant le front. Maintenant, va te coucher. Il est plus que tard.

— Un jour, tu me laisseras dormir avec toi ? Et je pourrai me mettre dans tes cheveux comme ça ?…

Elle attrapa la longue chevelure rousse pour s'en recouvrir la tête. Ruth la repoussa gentiment hors du lit.

— On verra. Pour l'instant, file sous tes draps. Et bon anniversaire…

La mine satisfaite, Sarah se leva, fit deux pas en claudiquant avant de revenir d'un bond pour souffler à l'oreille de Ruth :

— Ce n'est pas vrai que la clef de ta chambre est perdue. Je sais où maman l'a cachée. Demain matin, je te la donnerai.

*
* *

Lorsque Sarah eut refermé la porte, Ruth écouta les bruits de la maison, mêlés aux sons nocturnes de la cour. Une fois certaine que la fillette était recouchée, elle tendit la main vers son carnet, prête à raconter à Clara la visite de Sarah. Elle suspendit son geste et sa main revint se poser sur sa poitrine.

Dans un éclair si net qu'elle en cilla, elle revit le visage de Clara à Dantzig. La blancheur de l'aube pénétrait dans la salle d'attente et les premiers trains se mettaient en place sur les voies. Ruth venait seulement de lui raconter que, depuis le premier jour de leur rencontre, elle lui écrivait chaque soir une lettre dans son carnet.

— Pour moi ? Chaque soir ?

— Presque tous les soirs... Tu ne peux pas savoir le bien que cela m'a fait.

Quand Clara s'écarta, les larmes ruinaient ce qu'il lui restait de maquillage.

— Tu me montres ce carnet ?...

Ruth le sortit de son sac et regarda Clara le feuilleter tout en essuyant ses larmes.

— Je voudrais tant l'emporter avec moi, pour tout lire...

Clara releva la tête, croisa le regard de Ruth en lui rendant le carnet.

— Mais il y a beaucoup mieux… Je le lirai près de toi, quand nous serons sur le bateau, en route pour Shanghai.

Une heure plus tard, elles étaient seules, chacune dans un train qui de nouveau les séparait, submergées de pensées et d'émotions…

Ruth éteignit la lampe de chevet, et resta un moment les yeux grands ouverts dans le noir avant de murmurer :

— Clara, je ne sais plus où j'en suis. Qu'est-ce que je veux, qu'est-ce que je ne veux pas ? Rester ici ? Courir vers toi ? Shanghai !… Mais les laisser ? Mon père, Hugo. Et Sarah, maintenant… Si seulement tu pouvais m'aider.

Par ses mots simples, par sa manière cruellement innocente de forcer la vérité, Sarah avait ravivé sa confusion. Depuis sa conversation avec Hugo à la terrasse du Tshaynik Café – non : depuis cette déclaration qu'il lui avait faite, si inattendue, si… Dieu Tout-Puissant ! Quel adjectif devait-elle employer ? –, elle n'était qu'un chaos de doutes, de désirs et de craintes. De rêves, également. Elle n'osait plus se confier à son carnet, dans ses lettres à Clara.

De quoi perdre la raison. Clara ne lui proposait-elle pas de réaliser ce vœu impossible, tant de fois prononcé à Berlin ? Tout fuir pour un autre monde, inconnu, comme neuf. Où l'on pouvait vivre, oubliant enfin qu'on était juive. Quitter Varsovie, la peur, les cris, l'accablement devant les ruines des synagogues, et rejoindre Clara à Hambourg. Se tenir à côté d'elle sur le pont d'un paquebot aux rambardes blanches comme neige, et d'où elles pourraient, tels des oiseaux, regarder l'Allemagne nazie s'éloigner.

« Tu feras des robes à Shanghai, avait dit Clara. Les Chinoises en seront folles... »

Mais ces mots d'Hugo. Cet air qu'il avait eu en lui apportant des livres. « Quand il te regarde, on dirait qu'il change ses yeux. »

Vraiment ? Était-ce vraiment cela ?

Et elle ? Pouvait-elle se mentir sur cette émotion – ce trouble, ce chambardement – qui la poursuivait ?

N'était-ce pas simplement une *shlepn musket*, une étoupe de fusil qui s'enflammait à la moindre étincelle ? Parce que jamais encore un homme ne lui avait parlé ainsi.

Et tout à l'heure, n'avait-elle pas promis à Sarah d'être son amie ? De lui faire une robe pour Souccot ?

Leur mentir à tous et les abandonner, était-ce seulement possible ?

Pourtant, Hugo lui-même n'avait-il pas dit : « Ils ont raison de fuir, ceux qui le peuvent. On devrait tous en faire autant, si seulement on savait où aller... » ?

Oh, Clara, comment choisir ?

*

* *

Le lendemain, Abraham Rotstein, levant les yeux de son journal et retirant ses lunettes, ourla les lèvres et plissa les paupières en voyant Ruth entrer dans son atelier. Un atelier qui ressemblait peu à celui de Moses Warburg – comme Abraham lui-même. Tout y paraissait plus petit et plus modeste, les murs aussi gris et fatigués que sa barbe et sa chevelure clairsemée débordant de sa kippa.

Ici, les machines à vapeur – pour former de bonnes chaussettes de laine, il fallait des sortes de cuves-bouilloires diffusant subtilement de la vapeur – remplaçaient les jambes sveltes des mannequins de Warburg. Et, ici, pas de broderies, de soie ou de fleurs satinées mais, suspendus au plafond, de longs écheveaux de laine plus ou moins épaisse, de coton aux fils de toutes tailles et aux couleurs sans éclat. Des bruns légers ou sombres, des roux, des lie-de-vin, des verts d'algue. Avec des quantités de noirs, bien entendu.

Sur des étagères qui devaient avoir plus de cent ans, s'empilaient la production maison, les invendus du printemps ou des années passées, pareillement bruns, roux, verts et noirs. Tout un ensemble qui absorbait la lumière du jour, y compris quand le soleil d'été, franchissant les toits de l'arrière-cour, laissait tomber ses rayons sur le plancher perpétuellement recouvert d'une fine poussière tourbillonnante. Une poussière qui, étrangement – et tout autant en hiver lorsque la neige glissait par paquets derrière les vitres –, donnait à cet espace, malgré sa vétusté et sa pauvreté, l'apparence confortable d'un refuge. Le père de Ruth y passait une bonne partie de la journée, parfois seul, parfois avec des amis, buvant de l'okroschka froide ou chaude, mangeant des petits pains au sésame et arpentant les folies du monde en d'intenses bavardages.

Depuis juillet, le travail y était presque nul. L'été était l'ennemi naturel des chaussettes. Il fallait prendre son mal en patience jusqu'aux pluies d'octobre. Sauf que, cette année, bien d'autres raisons suggéraient que la chute des affaires allait devenir irréversible, malgré les pluies d'automne.

Abraham referma son journal, comme par réflexe, ainsi que l'on voudrait cacher aux enfants la méchanceté du monde. Cerclés de lourdes paupières, ses yeux d'un gris liquide fixèrent le rouleau de cotonnade jaune pinson que Ruth déposait sur sa table de lecture et la grande trousse de couture qu'elle portait à l'épaule. Il murmura :

— Sois loué, Éternel notre Dieu, roi du monde, qui relève ceux qui sont courbés…

Puis, s'adressant à Ruth :

— Bonjour, ma fille. Tu veux… ?

— Un endroit où coudre.

— Coudre ? Ici ? Pour quoi faire ?

— Une robe. Sarah me l'a commandée pour Souccot. Aujourd'hui, c'est son anniversaire. Mon cadeau, c'est d'accepter sa commande…

Abraham écarquilla les yeux.

— Aujourd'hui, c'est l'anniversaire de Sarah ?

— Depuis minuit, m'a-t-elle dit.

— Et quel âge a-t-elle aujourd'hui ?

— Onze ans.

— Ah !

Un rire profond explosa dans la poitrine d'Abraham.

— Ah ! Elle ne perd pas de temps pour grandir, notre Sarah ! Un an en cinq mois, et ce sera son second anniversaire de l'année !

Son hilarité entraîna celle de Ruth – depuis quand n'avait-elle pas ri avec son père ? Lorsqu'ils s'apaisèrent, Ruth dit :

— Je dois tout de même honorer la commande.

— Yenté est d'accord ?

— C'est une affaire entre Sarah et moi. Elle m'a dit : « Tu fais la robe en secret, et moi je la porterai quand maman ne sera pas là… »

Tout en parlant, elle se remémorait le moment où elle avait cessé de rire avec son père : à la mort de sa mère. Elle avait l'âge de Sarah : dix ans.

Détendu et joyeux, son père lissa sa barbe.

— Les femmes ! L'Éternel, béni soit son nom, vous a inventées pour que le monde demeure un mystère.

Un instant plus tard, il agençait un plan de travail pour sa fille. Il installa une longue table près d'une fenêtre. Ensemble, ils en recouvrirent le plateau de bois d'un molleton afin qu'elle puisse étaler patrons et tissus sans craindre les accrocs. Après avoir disparu dans un réduit borgne, il revint en tenant une caisse de bois verni. Ruth la reconnut aussitôt. La vieille machine à coudre qu'elle avait laissée derrière elle en partant pour Berlin.

— Tu l'as gardée…

— Qu'est-ce que j'aurais pu faire d'autre ? grommela son père. Tu vas devoir la remettre en marche. Elle n'a pas servi depuis ton départ.

Ruth ouvrit la caisse, caressa la machine, s'empressa de vérifier le volant, les courroies, le chariot de la bobine et le patin d'aiguille. Un petit moteur électrique et une pédale avaient été adaptés pour remplacer le pédalier mécanique entraînant la courroie du volant. Le coffre de la machine contenait des outils, une pipette d'huile, des bobines, de petits chiffons de nettoyage bien proprets.

Ruth sortit avec ravissement tout cet attirail pour le disposer sur la table. Rien ne s'était abîmé ou rouillé, c'était seulement encrassé par la poussière. Elle commença à nettoyer la machine pendant que son père allait chercher une rallonge électrique et branchait le moteur. Après quoi, il tira une chaise et s'assit, regardant Ruth s'activer comme s'il était au spectacle.

Chaque geste, chaque expression, chaque respiration de Ruth lui était aussi neuf qu'un monde à peine né. Il ne lui avait jamais vu les cheveux aussi longs – depuis trois jours, elle ne les retenait plus en chignon, ce que Yenté réprouvait – ni aussi roux. Son visage même, il ne le reconnaissait plus. Ses lèvres, longues, très dessinées, songeuses quand elle était concentrée, moqueuses quand elle était gaie. Son nez busqué, aux narines fines et à la racine comme soutenue par d'épais sourcils en arc fuselé au-dessus d'un regard noisette. Il lui rappelait terriblement Leah, sa défunte épouse, la mère de Ruth. Et sa nuque. Une nuque de femme, comme tout le reste d'ailleurs. Si fortement femme que, lorsqu'il la voyait aller et venir dans l'arrière-cour, comme les autres il se retournait sur elle, oubliant – que l'Éternel lui pardonne pour mille ans – qu'elle était sa fille.

Deux années qu'il ne l'avait pas contemplée… Comme cette peste de Sarah, Ruth, semblait-il, pouvait vivre plusieurs années en une seule. À moins que l'Éternel ne gratifiât les femmes d'un nouveau pouvoir en prévision des heures à venir ?

Abraham sortit une pipe de la poche de sa veste et chercha sa blague à tabac dans l'autre poche, sans la trouver. Par habitude, il referma malgré tout sa paume sur le fourneau vide et soupira. Ruth releva les yeux des écheveaux et s'exclama :

— Tu fumes de nouveau ?

— Parfois je mets du tabac dans le fourneau, parfois non.

Ruth haussa ses sourcils de colombe. Il ajouta, l'œil brillant :

— Je fais comme Sarah : je sors ma pipe quand Yenté ne me voit pas… Nous avons un différend. Elle considère le fait de fumer comme une mutilation, or elle est adepte de la Mishna, et le *Baba Kama 8:6* stipule qu'il n'est pas permis à une personne de se mutiler. Mais dans le Livre des splendeurs, *Dévarim 4:15*, il est écrit : *Et vous prendrez bien soin de vos âmes*. Et, comme le dit mon cher Moshé Alter, le libraire du fond de notre cour, en quelle meilleure substance que la fumée nos âmes pourraient-elles se transformer pour atteindre l'Ineffable ?

Cela était déclaré avec tant de grandiloquence que Ruth n'osa pas sourire.

Son père l'observa encore qui installait une aiguille dans le pied de la machine, vérifiait l'état des bobines de fil – elles étaient toutes à refaire –, fouillait dans son sac de couture pour en sortir un cahier aux pages couvertes de croquis.

— Il paraît que tu es devenue une grande couturière à Berlin, dit-il, la pipe aux lèvres.

Il répondit aussitôt à la question que lui posaient les yeux de Ruth.

— Moses Warburg – que le Seigneur le bénisse, lui et sa Glückel ! – me l'a écrit dans chaque lettre – il n'y en a pas tant. Elles sont pleines de compliments à ton endroit : *Ta fille devient une reine de la couture. Ta fille coud pour les femmes goys, mais quand elles portent ses vêtements, elles sont simplement de belles femmes. Si l'Éternel châtiait comme il le mérite celui-à-qui-on-pense, ta fille deviendrait reine parmi les reines des couturières de Berlin…* Je n'ai pas eu l'occasion de te le dire. On ne s'est pas beaucoup parlé depuis ton retour.

Ruth opina et contracta ses mains agitées d'un léger frémissement.

— Unkel Moses et Muttie Glückel ont été très bons pour moi.

— L'hiver dernier, j'ai écrit à Moses : *Prendrais-tu soin de ma fille jusqu'à lui ôter l'envie de revenir chez nous ?* Il m'a répondu : *Abraham, as-tu oublié qu'il n'y a plus de chez-nous depuis que Nabuchodonosor nous a chassés de nos murs ?* Il avait raison. À Berlin, il voyait mieux les choses…

Du tuyau de sa pipe, il désigna l'atelier, les murs, les laines, les fenêtres à travers lesquelles parvenaient les bruits du dehors.

— Ces lieux nous ont tant entendus nous plaindre et nous réjouir qu'ils en sont fatigués et ne peuvent plus rien nous enseigner de l'avenir.

— Tu voulais vraiment que je reste à Berlin ? demanda Ruth d'une voix blanche.

Sans détourner d'elle son regard, Abraham caressa sa barbe de sa pipe vide avant de la glisser entre ses dents.

— Pourquoi revenir dans notre géhenne, ma fille ? Ce bon passeport allemand que tu as, ce nom d'Allemande qui t'a menée à Dantzig… Tu ne pouvais pas partir dans l'autre sens ? Vers l'Angleterre, la France. Plus loin encore… On raconte que beaucoup de Juifs d'Allemagne sont déjà en route pour l'Amérique.

Que c'est le voyage le plus sûr, aujourd'hui, et toi tu reviens ici, où il n'y a plus d'éternité pour nous…

— Mais vous êtes là ! Toi, Sarah…

— Hugo.

— Oui.

— Et Yenté.

— Aussi.

Ruth baissa la tête vers la machine, prise de vertige. Oui, pourquoi était-elle revenue ? Étaient-ce les Warburg qui l'y avaient poussée ? Allait-elle parler de Clara ? Du *Conte Verde* bientôt à quai dans le port de Hambourg ? Le moment de décider était-il arrivé ?

— Tu veux que je reparte ? dit-elle, terrifiée de ne pas savoir quelle réponse elle voulait entendre.

Son père répondit, comme s'il n'avait pas écouté.

— Nous sommes pleins de bonnes et de mauvaises volontés qui ne valent pas plus que les rêves dessinés par des enfants dans la poussière. Yenté est la femme la plus mal faite que je connaisse, au-dedans comme au-dehors. Ça se voit tant qu'on ne peut pas prétendre le contraire. Mais voilà, je l'aime. Je l'aime comme un homme peut aimer ce qui lui est étranger. C'est ainsi. Je sais que c'est cela qui t'a fait courir à Berlin. Car, toi, tu es très bien faite. Comme ta mère l'était… Tout à l'heure, je t'admirais et je me disais : qui est cette femme si bien faite ? Que fait-elle ici ? Et puis je me suis souvenu qu'avant Yenté j'ai aimé ta mère, Leah.

Abraham soupira, les yeux sombres et lointains.

— Tu veux que je reparte ? répéta Ruth.

Du pouce et de l'index, Abraham lissa sa moustache pour qu'elle puisse voir toute la douceur de son sourire.

— Je veux le bien de ma fille. Et ma fille est une femme assez sage pour décider sans mon avis… Il est d'ailleurs certainement plus sage que tu décides sans mon avis. Quel que soit ton choix, je l'approuverai.

Il se leva en fourrant sa pipe vide dans sa poche.

— Il y a Hugo… Le fils de mon cœur. Tout ce qu'il pense est à l'opposé de ce que je pense, mais il le pense très bien. Et l'Éternel ne le dérange plus. Quoiqu'il prenne soin de son âme à sa manière. Peut-être possède-t-il la vérité de notre temps ? Cependant, il reste ton cousin…

— Papa !

— Si fort l'aimerais-tu que tu ne pourrais devenir sa femme…

— Père, je ne suis pas revenue pour Hugo. Je ne veux pas me marier. Ni avec Hugo ni avec aucun homme.

Abraham secoua la tête.

— La manière dont l'Éternel fabrique la gauche et la droite, le suave et l'amer, et nous met un pied devant l'autre, il ne faut jamais croire qu'on la connaît.

Ils se regardèrent. Peut-être étaient-ils vraiment père et fille, songèrent-ils tous les deux. Abraham eut un petit rire.

— Alors tu es revenue faire des robes pour Sarah. Voilà peut-être un bon commerce à ouvrir. Des robes chaudes pour l'hiver prochain. Yenté elle-même en aurait besoin.

En s'éloignant vers l'entrée de l'atelier, il gloussait encore, tandis que s'élevait le ronronnement du moteur de la machine à coudre. Un modèle increvable.

*
* *

Une pincée de jours suffit à Ruth pour coudre la robe de Sarah. Une robe très simple, avec ce qu'il fallait de dentelles aux manches et à l'ourlet du bas pour ressembler à une robe de fête ou de poupée.

— Comme elle sera finie demain, tu pourras me l'offrir pour Rosh Hashana plutôt qu'à Souccot, déclara Sarah à l'occasion du dernier essayage. Maman n'ose jamais se mettre en colère pendant Rosh Hashana, alors je pourrai la porter pour la fête.

Le surlendemain, le dimanche, premier jour du septième mois de cette année-là, la 5 699e selon le calendrier hébraïque, la sonnerie du schofar, l'antédiluvienne corne de bélier, retentit à dix-neuf heures vingt-cinq. La fête dura jusqu'au mardi. Des jours où, dans l'arrière-cour Stowsky, dans les ruelles et les boyaux tortueux du quartier, dans Gęsia, Smocza, Miła, Żoliborska, dans les culs-de-sac, amas de marchés et boutiques à demi secrètes, on se fêta en bel habit, caftan et phylactères souvent, les *talith* volant sur les têtes tels des papillons pendant les saluts, les souhaits et les bénédictions, la rue Nalewki devenant au soir un fleuve humain débordant de vie, de rires, de sérieux et d'espoir encore, comme si tout cela était impérissable.

Sarah avait dit vrai. Yenté se retint de la gronder pour cette robe nouvelle sur laquelle on ne l'avait pas consultée. Et puis les dames du quartier eurent tôt fait de l'admirer. Sarah s'empressa de répondre à leurs questions. Oui, c'était sa sœur, Ruth, revenue de Berlin, où elle était devenue une grande couturière, qui l'avait faite.

— En quatre jours seulement !

Ruth fut tout à coup très entourée. Chacune voulait voir de ses propres yeux ce que cela faisait à une fille de passer tant de temps chez les Allemands – plus de deux ans !

— Ton père a raison, disaient-elles. Tu as beaucoup de Leah en toi, bénie soit-elle. Mais on te verrait marcher dans Nalewki, on ne te reconnaîtrait pas. Ton père raconte que tu étais couturière là-bas. Ici aussi, tu pourrais l'être ?

Elles se moquaient gentiment et Ruth s'en amusait. Elle assura être juste assez bonne pour faire du neuf avec du vieux et des robes de poupée. Sa modestie fut appréciée. On y reconnaissait celle d'une fille Rotstein, et non l'arrogance berlinoise. En outre, la robe de Sarah était conforme à ce qui convenait à une fille de dix ou onze ans, même si elle possédait un petit quelque chose d'inattendu et de plaisant pas vraiment dans la tradition.

Les compliments passés, et parce qu'il fallait bien plaisanter en ces jours de *Zikhron teruah*, de nouvelle année et de repentir, commencèrent les questions :

— Pourquoi tu es revenue ? Pour te marier ?

— Belle comme tu es, et avec ta couture, ça ne devrait pas être difficile.

— Encore qu'ici ce n'est plus le royaume des amoureux que cela a été.

— Si tu passes sous la huppa et brises le verre, c'est Abraham Rotstein qui sera content…

— On sait bien qu'une fille moderne comme toi ne rêve pas que du mikvé et des sept prières.

— N'empêche. Aujourd'hui, on fête encore Rosh Hashana. C'est un beau jour pour rêver. Qui sait ce qui arrivera l'an prochain ?

— Rêver ? Qu'est-ce que tu racontes ! Par les temps qui courent, il est plus sûr de ranger ses rêves sous son lit et de mettre un bonhomme dedans !

Pourquoi ces plaisanteries, bavardages et indiscrétions conduisaient-ils Ruth à penser instantanément à Hugo ? Elle préférait ne pas trop s'attarder sur la réponse.

Il était venu souhaiter la bonne fête le dimanche. Un Hugo raide et impatient de partir sitôt arrivé. Pas du tout le genre à gratifier Ruth d'un *balibté kusinké*. Au contraire, lui effleurant à peine la joue dans le baiser de bonne année. Réservant à Sarah ses sourires et ses compliments pour sa robe, en ignorant parfaitement la couturière.

Abraham avait dit, en évitant le ton du reproche :

— Il n'aime plus nos fêtes. Il pense qu'elles ne servent qu'à nous transformer en *zekl mit iluzyes*, en « sacs d'illusions ». Ce sont ses mots.

— Et toi, tu ne protestes pas, avait grondé Yenté. Tu finiras par être aussi égaré que lui dans le cœur du Tout-Puissant !

— Impossible, puisque tu es là pour empêcher ce malheur, l'avait taquinée Abraham.

Depuis, on n'avait plus vu Hugo. Comme s'il avait disparu de Varsovie. Mais, le dernier soir de Rosh Hashana, Abraham avait abandonné comme par inadvertance, près de la machine à coudre, le nouveau numéro de *Moment*. Ruth avait posé les yeux sur la une, attirée par le titre d'un long article analysant l'apocalyptique discours de Hitler au palais des sports de Berlin. Le dictateur y défiait le monde entier, annonçait la guerre contre *la horde juive et le peuple de pygmées occupant la Tchécoslovaquie allemande.* L'article était signé Hugo Rotstein. Il s'achevait en assurant que la ruine de la Tchécoslovaquie était pour les nazis le modeste apéritif du festin à venir : le dépeçage de la Pologne et l'élimination du peuple juif.

*Qui peut croire encore que la sonnerie de Rosh Hashana, qui a retenti hier soir dans la grande synagogue de Varsovie, annonce autre chose que notre extermination ? Il est temps de nous préparer à survivre*, concluait Hugo.

Ruth posa les mains sur le journal, autant pour se soutenir que pour recouvrir l'article et masquer l'horreur de cette prédiction.

Elle tremblait des pieds à la tête, soumise à une houle d'effroi. Rien n'était nouveau dans ces menaces. Ne vivait-elle pas, comme tous ceux qui l'entouraient, avec cette peur depuis des mois ? Pourtant, cette fois, ces mots écrasaient son cœur et s'incrustaient jusque dans ses os.

Était-ce parce que Hugo les avait écrits ?

Elle fut parcourue d'éclairs de pensée. De désirs chimériques. Courir chez Hugo, à l'autre bout du quartier, près de la place Malach. Mais pour quoi faire ? Quoi lui dire ? Des sottises qui l'amuseraient. Ou lui feraient honte.

Au contraire, elle ne devait plus tergiverser. Faire de nouveau sa valise, envoyer une carte à Clara pour lui annoncer son arrivée. Hambourg. Le bateau. Shanghai. L'autre vie… S'arracher à Varsovie, à Hugo, à son père et à Sarah. Avoir la force d'affronter les contrôles des uniformes. Seule. Saurait-elle encore jouer le rôle de Ruttie Roth ? Leur tendre le faux passeport sans que cela se lise sur son visage ?

Son père avait laissé l'article d'Hugo sous ses yeux sans une explication. Sans l'une de ses réflexions ironiques. Souhaitait-il, à sa manière compliquée, lui faire entendre qu'il voulait qu'elle parte, qu'elle ne soit pas un poids pour lui ? Ou, au contraire, désirait-il qu'elle reste ? Qu'elle le soutienne ? Devait-elle lui parler ? Se taire ?

« À toi de choisir la gauche et la droite, lui avait-il dit. Tu es une femme, pas une enfant. » Sauf qu'elle n'y parvenait pas.

*

* *

Elle fit comme Abraham : elle se tut. Pendant le repas du soir, elle se contenta de soutenir les brefs regards qu'il posait sur elle. Ensuite, ainsi qu'elle l'avait fait chaque soir dans son réduit chez les Warburg, elle ouvrit son carnet – toutes les pages en seraient bientôt noircies par son écriture – et acheva de raconter à Clara la fête de Rosh Hashana. La joie de Sarah dans sa nouvelle robe, les repas qui n'en finissaient pas, les gâteaux et sucreries innombrables, les questions incessantes des voisines. Et ce face-à-face avec Yenté. Du bout des lèvres, sans émettre la moindre remarque sur la robe de Sarah, elle avait déclaré :

— Il n'est pas dans l'habitude des femmes d'ici de garder leurs cheveux aussi longs que les tiens. Celles qui le font, on sait pourquoi. Si tu vois ce que je veux dire… Je serais toi, je les couperais. Ça ferait plus propre.

Sidérée, Ruth lui avait rétorqué, entre incrédulité et colère :

— Mais, Yenté, je ne suis pas toi du tout !

À présent, elle en riait en l'écrivant.

Cependant, à chaque ligne, elle se retenait de parler d'Hugo. Pas un mot sur son silence, son absence – son indifférence, son éloignement –, devenus pourtant une pierre dans sa poitrine. Du matin au soir, elle y pensait. Même quand elle fermait les yeux dans le noir pour voir les paquebots aux ponts de neige qui attendaient dans le port de Hambourg.

Le lendemain matin, dans le jour encore pâle – si pâle qu'elle dut allumer les ampoules de l'atelier –, elle alla ranger son matériel de couture. Elle espérait s'occuper la tête et les mains. En vain. Elle avait plutôt l'impression de se préparer au départ, songeant que, oui, le mieux serait de rejoindre Clara. Elle devait en avoir le courage. Shanghai ! Coudre pour les Chinoises ! Shanghai et Clara, si forte et si lucide ! Avec elle, elle ferait plus que survivre. Ce serait une nouvelle existence, vraiment.

Elle achevait de classer les bobines de fil selon leur couleur et leur épaisseur, quand son père entra. Sa gorge se serra. C'était le moment de lui révéler qu'elle avait pris sa décision. Lui déclarer : Taté, en fin de matinée, j'irai à la gare acheter un billet pour Dantzig – au nom de Ruttie Roth.

Durant quelques secondes, elle eut l'impression de s'approcher du bord d'une falaise, à deux doigts de sauter dans le vide. Aveuglée par l'émotion, elle ne vit pas véritablement Abraham approcher. Le claquement des rouleaux de tissu déposés devant la machine à coudre la fit sursauter. Le regard d'ombre brune de son père la scrutait.

— Ne range pas si vite ta machine. C'est pour Sarah. Son premier vrai manteau de petite femme. Long et bien confortable. Tu peux le coudre pour Souccot ? Ou même Kippour ? Ça te laisse une dizaine de jours.

Ruth fit couler les tissus entre ses doigts. Un beau coupon de drap de laine à chevrons d'un vert mordoré, et une cheviotte claire pour la doublure. Elle acquiesça.

— *Take gants !* se réjouit son père. Parfait ! Tu vois, un manteau avec des revers épais et un grand col qu'elle pourra relever quand le vent froid soufflera.

Il mima le geste avec le col de sa veste.

— D'accord ? La gamine devrait être contente. Deux anniversaires dans la même année, deux beaux vêtements faits par sa presque sœur, béni soit le Tout-Puissant !

Un sourire flottait dans ses yeux, mais aussi autre chose. La tension qui serrait la poitrine de Ruth s'évanouit.

— Yenté est au courant de ces manœuvres du Tout-Puissant ?

Abraham s'esclaffa, lissant sa grosse barbe avec une moue approbatrice.

— Yenté sait tout, toujours. Ne t'en soucie pas. Et si tu as besoin de quelque chose ici, tu me le dis. L'atelier est pour toi.

— Tu ne vas pas le remettre en route pour les chaussettes ?

Son père désigna les étagères surchargées.

— J'ai déjà plus qu'il ne faut pour la vente. En ce qui concerne le commerce, aujourd'hui, mieux vaut rester modeste…

Il sortit sa pipe, que, cette fois, il bourra à petits coups de pouce de tabac noir, remarquant sur le ton de la plaisanterie :

— Je devrais peut-être changer l'enseigne pour Rotstein Zoken & Kouture…

Ruth marqua un court temps de surprise avant de répondre :

— Surtout pas ! Et Yenté…

— *Ah io*, Yenté ! gloussa Abraham, agitant sa bouffarde en annonçant qu'il allait manger un beignet avec ses bons amis.

Ruth connaissait mal son père. Ses chemins étaient aussi tortueux et secrets que ceux du Dieu qu'il vénérait.

Dans l'après-midi, tandis qu'elle dessinait des patrons de manteaux à larges revers qui conviendraient à Sarah sans que ce soit ridicule, deux voisines se postèrent sur le seuil de l'atelier. Elles se ressemblaient comme les deux sœurs qu'elles étaient, l'une plus jeune que l'autre, et toutes les deux faisant songer à Yenté, en plus avenantes.

— Ah ! Ton père ne nous a pas raconté d'histoires. Tu es là, Ruth Rotstein ! s'exclamèrent-elles d'une seule voix.

Elles s'approchèrent, chacune portant un vieux manteau plié sur le bras. Elles se présentèrent : Bessodia et Zlata Kociejowska. Ruth n'avait-elle pas dit, à Rosh Hashana, qu'elle savait faire du neuf avec du vieux ? Pourrait-elle réaliser ce miracle avec ces manteaux encore tout à fait bons pour ce qui était des tissus, mais immettables tant on aurait l'air de pauvresses ? Et ce avant Kippour ? Et sans que cela coûte plus qu'il ne fallait ?

S'ensuivirent propositions, dessins, essais, bavardages, thé, strudel aux prunes et quantité de claquements de lèvres et de hochements de tête entendus sur ce que les aînées doivent transmettre à la jeunesse. Quand elles quittèrent l'atelier, la nuit n'était plus loin.

Peut-être est-ce le crépuscule qui attisa l'émotion de Ruth. Ou l'insouciance de cet après-midi. La venue des voisines lui rappelait la douceur des soirées auprès de Muttie Glückel, l'une et l'autre s'enchantant de faire revivre les robes, tailleurs ou manteaux d'un temps à peine passé. Elle revit Glückel les disposant avec soin dans sa valise, si certaine qu'elle devrait, un jour ou l'autre, partir. Fuir, oui, sans doute, mais pas en étant poussée et harcelée comme du bétail…

Où était-elle maintenant ? Qu'était-elle devenue ? Unkel Moses l'avait-il retrouvée ? Pressentant le pire, elle ne pouvait s'empêcher de penser qu'en ce cas il aurait envoyé à son père une carte, un billet, un signe.

Mais, là où ils se trouvaient, les Warburg pouvaient-ils envoyer quoi que ce soit ?

*

* *

Le soir, Ruth profita de ce que Yenté accompagnait Sarah à sa toilette de nuit pour déclarer à son père :

— Tu m'envoies des femmes qui veulent des tenues pour Kippour. Je ne pourrai pas faire le manteau de la petite avant Souccot.

Abraham protesta. Il ne lui avait envoyé personne.

— Les sœurs Kociejowska m'ont demandé où se trouvait ma fille. J'ai dit : dans mon atelier, sans doute.

Bessodia est une grande curieuse. Elle tient à tout savoir avant les autres. C'est son prénom qui veut ça. En hébreu, *bessodia* signifie « dans le secret ».

Ils rirent ensemble. De retour dans la salle à manger, Yenté les toisa d'un œil noir.

— Vous trouvez qu'il y a de quoi s'amuser ? s'exclama-t-elle.

Plus tard, la première ligne qu'écrivit Ruth dans son carnet fut :

Sais-tu que mon père me fait rire ?
Jusqu'à récemment, jamais je ne m'étais
rendu compte que c'était un homme drôle.

Ce fut l'ultime phrase de son journal. Le dernier feuillet avant la couverture demeura vierge. Ruth avait trop à raconter, l'espace restant n'y suffirait pas. Ces derniers jours, tout en voyant que son carnet arrivait à la fin, elle n'avait pas songé à en acheter un nouveau.

Elle contempla la page blanche avec un bizarre soulagement, referma le carnet en caressant la couverture usée, les coins écornés et cassés, le rouvrit et le feuilleta jusqu'à sa première page, relisant les lignes du début :

JOURNAL DE RUTH ROTSTEIN
OU MARITA « RUTTIE » ROTH

17 décembre 1937…

Et ce soir, elle venait d'inscrire la date du 2 octobre 1938. À peine un an s'était écoulé, pourtant il lui semblait avoir vécu plus que toutes les années précédentes. Une précipitation qui avait quelque chose d'effrayant.

Elle referma le carnet avant de le glisser dans sa valise Hartmann. Celle-ci possédait une bonne serrure qui protégeait le contenu de la curiosité de Sarah ou de Yenté. La carte de Clara, qui lui avait servi de marque-page, tomba au sol. En la ramassant, pour la centième fois Ruth les imagina, Clara et elle, appuyées au bastingage blanc. Elle retourna la carte. La date n'avait pas changé : Nous partirons le 21 novembre à bord du *Conte Verde* (quel nom)...

Dans plus d'un mois. En comptant les jours chômés de Kippour et Souccot, elle aurait le temps de terminer le manteau pour Sarah et les modifications demandées par les sœurs Kociejowska. Ensuite, une fois son devoir envers son père rempli, elle prendrait son billet pour Dantzig et rejoindrait Clara...

Néanmoins, tout en se faufilant entre les draps, elle s'avoua qu'elle se racontait des histoires. Dans sa poitrine, la pierre du silence d'Hugo l'obligeait à la vérité.

Si elle avait été soulagée en parvenant à la dernière page de son carnet, si elle n'en avait pas acheté un neuf, ce n'était pas par oubli. Non. Simplement, elle ne s'était pas résolue à s'en procurer un nouveau. Les papeteries ne manquaient pas dans le quartier, offrant toutes sortes de carnets, simples ou luxueux. Non, elle ne l'avait pas fait parce que, désormais, elle mentait en racontant ses journées.

Pour la première fois depuis qu'elle avait commencé cette immense lettre à Clara, elle mentait. En cachant ce qui importait le plus.

Son désir de rejoindre Clara était profond et sincère – oh, Shanghai, Shanghai avec toi, ma Clara ! Pourtant, elle savait que jamais elle ne s'arracherait de Varsovie tant qu'elle ne saurait pas si elle était véritablement la *balibté kusinké* d'Hugo.

Et ce n'étaient ni Yenté, ni son père, ni Sarah, ni même la peur des uniformes auscultant le passeport de Ruttie Roth dans le train de Hambourg, qui la retenaient ici, mais la pensée – la terreur, la douleur, le vertige – qu'Hugo, quand il la dévorait des yeux au Tshaynik Café, n'ait éprouvé, en vérité, qu'une passagère légèreté. Un élan de nostalgie, de désir, va savoir quoi, un élan d'amour peut-être, mais pas plus épais ni plus solide qu'un fil.

Ah, quelle ironie ! Quel ridicule ! Autour d'elle, quatre cent mille Juifs de Varsovie étaient terrifiés par les hurlements du Führer et de ses nazis. Tandis qu'elle, Ruth Rotstein, mourait de peur de ne pas être aimée par son *balibter kusin*.

*

* *

Elle se leva avec un programme inébranlable. Elle allait démonter le manteau de Bessodia jusqu'à onze heures. Puis elle se changerait et irait attendre Hugo place Żelazna, devant l'immeuble du *Moment*. « Viens, lui dirait-elle, allons nous promener. Où tu veux. Et tu ne resteras pas bouche cousue. »

Cependant, nul ne connaît à l'avance le labyrinthe de son destin.

Un peu avant onze heures, alors qu'elle mettait à plat les pans du manteau – trop vieux, trop usé –, une voix la fit sursauter.

— Ah, tu es là, Ruth Rotstein !

Une demi-douzaine de femmes se pressaient sur le seuil de l'atelier et déjà y entraient. Pas d'autres vieilles voisines de l'arrière-cour, plutôt leurs filles. De l'âge de Ruth, plus ou moins, remuantes et chaleureuses. Elles se poussaient du coude en pouffant. Chacune apportait un coupon de tissu neuf, avec une folle envie de jupe, chemisier, robe ou veste, des vêtements nouveaux pleins de promesses.

— Tu pourrais le faire avec ça ? demandaient-elles à Ruth, les pommettes roses d'espoir.

Elles avaient entendu que la fille Rotstein était une couturière « de grande mode » venue d'Allemagne. Et même si, là-bas, c'était l'antichambre de l'enfer, on savait y concevoir des modèles pareils à ceux des magazines pour goys. Elles ne voulaient pas passer pour autres qu'elles n'étaient, mais un peu de neuf et de moderne, ce que Ruth portait, ça leur irait très bien, non ?

Comment leur dire : pas maintenant, je dois aller voir Hugo, c'est important, très important ! Revenez cet après-midi, demain… Si Hugo, d'ici là, ne m'a pas tuée avec son silence, son indifférence… De l'autre côté de la table de couture, se serrant comme des gamines dévorées d'impatience, elles formaient un mur infranchissable. Alors Ruth céda.

Elle mesura les coupons, jaugea les tissus, les silhouettes, rouvrit son cahier de croquis, montra des coupes possibles, en esquissa d'autres, simples, jamais immodestes. Le temps s'envola. Elle fit de son mieux pour ne pas perdre patience, souriant du bout des lèvres aux plaisanteries, imaginant en même temps Hugo qui sortait de l'immeuble du *Moment* avec ses collègues et amis journalistes.

Tout en conseillant ce tissu pour ceci et assurant qu'avec celui-là, non, elle ne pourrait jamais faire une veste, il en faudrait au moins le double, elle était saisie d'une incroyable tristesse. Comme si elle était en train de rater un véritable rendez-vous et qu'Hugo la cherchait des yeux sur le trottoir en se demandant pourquoi elle était en retard. Devenait-elle folle ? Elle eut un rire nerveux – mieux valait en rire qu'en pleurer. Les filles la regardèrent sans comprendre. Mais seules leurs affaires de robes, jupes ou vestes les intéressaient, et midi passa sans qu'elles s'en aperçoivent. Ensuite il fallut discuter avec chacune du temps nécessaire pour chaque ouvrage.

Quand enfin elle entra dans la salle à manger, Abraham et Yenté se faisaient face devant les tisanes de l'après-repas. Elle fut incapable de masquer sa colère.

— Qu'est-ce que tu as raconté sur moi à ces femmes ? cria-t-elle à son père. Elles m'ensevelissent sous les commandes ! En deux heures, elles me donnent du travail pour un mois !

Abraham haussait les sourcils, étonné, quand Yenté s'exclama :

— Pourquoi ? Tu n'es pas contente d'avoir du travail ? Tu es couturière, non ? À la mode allemande. Eh bien, voilà, tu as des clientes, *danken Got !*

Et comme Ruth, abasourdie, la fixait sans prononcer un mot, elle ajouta :

— Voilà des semaines que tu es là, à lire des romans dans ta chambre et à t'ennuyer avec nous. La paresse ne donne rien de bon, jamais, chez les filles qui ne sont pas encore passées sous le voile des noces. Quand j'ai vu qu'Abraham te faisait une place dans son atelier, j'ai pensé : quelle bonne idée. Et l'Éternel le sait : ce n'est pas tous les jours que je peux en dire autant. Je suis allée voir des amies. Je leur ai annoncé : ma belle-fille, Ruth, a des doigts de fée. D'après son père, elle sait coudre tout ce qu'une femme honnête peut porter. Elle s'ennuie chez nous, profitez-en. Par les temps qui courent, c'est une occasion en or. N'est-ce pas la vérité ?

Ruth n'avait jamais vu Yenté aussi satisfaite.

— Tu aurais pu me consulter avant d'en parler.

— Et toi, tu m'as demandé mon avis avant de coudre pour ma fille une robe dans laquelle elle a l'air d'une poupée ?

— Ah…, souffla Ruth, hochant la tête.

Elle chercha son père du regard. Les sourcils froncés, l'air moqueur, il finit par déclarer :

— Il y a du vrai dans les propos de Yenté. Il serait dommage que les femmes de Varsovie ne bénéficient pas de ton savoir. Mieux vaut elles que les Berlinoises, non ?

— Mais… maintenant…

— Oui, maintenant, justement. Quand il faut de nouveau remplir nos valises.

## 2

## באליבטע קוזינקע

## *Balibté kusinké*

## Bien-aimée cousine

Quand Hugo sortit de l'immeuble du journal, il pleuvait sur Varsovie depuis des heures. Deux hommes l'accompagnaient, plus âgés que lui. Ils poussèrent ensemble la porte vitrée de l'entrée doublée d'une grille aux lourds barreaux. Relevant les cols de leurs imperméables, ils s'immobilisèrent sur le perron en poursuivant leur conversation. Aucun d'eux ne possédait de parapluie et l'éclairage des grandes lettres en métal doré du nom du journal, מאָמענט, *Moment*, disposées en arc de cercle au-dessus du linteau de pierre, se refléta sur leurs chapeaux. La nuit tombait vite.

Leur discussion ne s'éternisa pas. Les deux compagnons d'Hugo le saluèrent avec un respect affiché, ce qui plut à Ruth. À peine s'éloignaient-ils sur les marches du perron qu'Hugo se retourna et la découvrit. Comme s'il avait senti son regard. Ce qui plut davantage encore à Ruth. Ainsi que cette surprise qui lui entrouvrait la bouche.

Elle portait sa gabardine verte et tenait son parapluie ouvert, ce qui, par chance, l'empêcha de courir vers lui.

— Ruth ! Qu'est-ce que tu fais là ? demanda-t-il en sautant les trois marches du perron, faisant voler les pans de son imperméable.

Il y eut une seconde d'incertitude. Ils auraient dû s'embrasser. Cela se faisait banalement entre cousins. Ils en eurent tous les deux l'élan. Et tous les deux le retinrent, comme si l'un autant que l'autre devinaient que cela ne convenait pas à cette rencontre.

Malgré tout, Ruth aurait préféré qu'il la salue par son *Balibté kusinké !* Cela l'aurait tout de suite soulagée.

— Je viens te voir.

— Mais… il pleut !

Elle put enfin libérer le petit rire de plaisir qui roulait dans sa poitrine.

— Apparemment, oui. Mais il n'est pas certain que nous allions fondre, cher cousin. Et puis, j'ai un parapluie.

Elle avait réussi à parler avec une assurance moqueuse. Décontenancé, il lui demanda où elle voulait aller.

— J'avais pensé qu'on pourrait se promener, mais avec cette pluie… C'est loin de chez nous, ici. Toi qui connais le quartier, choisis.

Elle parlait trop, cela l'aidait à paraître naturelle.

Hugo ne chercha pas longtemps – il se décidait vite, l'une de ses qualités les plus plaisantes. Il montra l'autre côté de la place.

— Dans le Saski ? On devrait encore trouver à boire et à manger dans les guinguettes. Et on sera tranquilles.

Le parc Saski avait été dessiné au siècle précédent, à l'époque de la Pologne prussienne. Ses allées spacieuses, bordées de sculptures anciennes, de vieux tilleuls ou platanes, étaient disposées en éventail, comme les rayons du soleil. Ici et là, sous les frondaisons, de petites constructions en bois entourées de quelques tables servaient des cafés jusqu'aux premières chutes de neige.

Ils contournèrent la place pour rejoindre l'entrée du parc presque sans un mot. Hugo demanda si elle l'avait attendu longtemps. Elle répondit que non, pas même dix minutes, et ils redevinrent silencieux, guettant, aurait-on cru, on ne sait quel signe mystérieux.

Elle avait une envie folle de lui prendre la main et de l'attirer sous son parapluie – cela aussi se faisait entre cousins. Elle n'osa pas et s'en félicita. Car, une fois à l'orée du parc, il glissa sa main sous son bras et la tint contre lui, les conduisant dans une allée avant de bifurquer dans une autre, et soudain déclarant d'un ton mesuré :

— Je ne suis pas allé vous voir à Stowsky car j'ai eu beaucoup de travail au journal. Les nazis sont maintenant en Tchécoslovaquie et notre gouvernement polonais en profite pour se précipiter sur le Zaolzie afin d'y reprendre le vieux territoire tchèque. Quels vautours ! Sans parler des cinquante mille Juifs qu'ils laissent crever sur la frontière ouest depuis des mois…

Ruth ne put s'empêcher de répliquer :

— Je sais. Mon père lit tes articles et moi aussi. Mais depuis la Tchécoslovaquie sont passés Kippour, Souccot et Hol Hamoed Souccot – Sarah m'apprend le nom de toutes les fêtes… Et toi, tu ne m'as pas contactée de tout ce temps-là.

Elle le sentit se tendre à son côté. Sans tourner la tête pour la regarder, il approuva :

— Oui. C'est vrai. Plus de trois semaines.

Ils se turent de nouveau en s'approchant d'une baraque éclairée par deux ampoules et tenue par une grosse femme emmitouflée dans des châles. Hugo commanda des ersatz de café bien chauds servis dans de grands verres, des pains au fromage et des beignets de prune aux amandes. La femme déposa soigneusement le tout dans un petit panier avant d'annoncer en prenant l'argent d'Hugo :

— Il est déjà six heures. Si vous rapportez le panier après six heures et demie, le volet sera clos. Il y a un coffre, là, derrière. Vous mettrez le panier dedans. Parfois on nous les vole, parfois non. Ce que décide l'Éternel, béni soit-Il, est toujours une surprise.

À deux pas de la guinguette, Hugo guida Ruth jusqu'à son coin préféré. Ruth en fut enchantée. C'était une grande alcôve en fer forgé, à la toiture en vitraux colorés recouverte d'un grand fouillis de rosiers grimpants et de chèvrefeuilles oubliés par les jardiniers. Le gros de la floraison était passé depuis longtemps, pourtant des fleurs, ici et là, semaient encore de douces taches claires dans le feuillage assombri. Sous l'éclairage timide d'une lanterne, un banc en arc de cercle, fait d'un entrelacement de minces rubans de fer, au haut dossier aux formes rondes, occupait l'espace. C'était délicieux.

Hugo prit place au centre du banc, comme s'il était le maître des lieux, montrant une aisance si royale, quand il invita Ruth à l'imiter, qu'elle se demanda combien de femmes déjà, et aux plus belles soirées d'été, il avait invitées ici pour leur offrir des beignets et des verres de café ou de citronnade.

Cette pensée la raidit si fort qu'Hugo certainement la devina.

— Je viens souvent ici, expliqua-t-il. Pour moi, c'est un endroit parfait pour réfléchir à mes articles avant de les écrire. Au journal, on est constamment dérangés et le bruit est infernal. Le téléphone, le télex, les bavardages… Malheureusement, en été, ici aussi, il y a du monde. Ce n'est qu'en cette saison qu'on y trouve la paix.

Tout en parlant, il se mettait à l'aise, déboutonnait son imperméable, retirait son chapeau. Seule sa chevelure luxuriante révélait sa jeunesse. La cravate aux couleurs sobres et le costume strict en tissu pied-de-poule le vieillissaient de quelques années. Et plus encore ses gestes, son ton, son assurance. Ruth replia son parapluie et dénoua la ceinture de sa gabardine tout en suivant des yeux Hugo qui ouvrait le panier, retirait les beignets et petits pains des sachets de papier et lui tendait l'un des verres. Dans la chiche lumière de la lanterne, elle fut étonnée de remarquer, pour la première fois, combien ils avaient, elle et lui, des mains semblables.

Ils burent les premières gorgées de leur café en silence, puis Ruth ôta son chapeau cloche et laissa tomber ses cheveux sur ses épaules en secouant la tête. Hugo l'observait. Il lui offrit l'un des beignets. Elle l'accepta et mordit aussitôt dans le moelleux sucré. Elle ne voulait pas être la première à parler. Elle ne voulait pas poser trop de questions. Ou ne savait pas comment les poser. Elle en avait déjà dit beaucoup, non ?

Hugo reposa le petit pain qu'il venait de prendre pour lui-même et commença, en agitant son poing fermé :

— Je n'aime plus nos fêtes… Il y en a trop. Et bonnes à quoi ? Je m'y sens très mal à l'aise. J'ai l'impression que nous y perdons notre temps. Que nous nous contentons d'entretenir nos faiblesses au lieu de nous endurcir et de rassembler nos forces… Bien sûr, je me tais. Au journal, on ne me laisserait pas rédiger un article là-dessus… Taté Abraham et Yenté se doutent de ce que je pense. On fait semblant et on se voit moins… Tu es la seule à qui je peux me confier. Toi, tu comprends, n'est-ce pas ? Tu penses comme moi ?

Il planta ses yeux gris, ses yeux de loup, dans les siens. Elle frémit.

— Oui, murmura-t-elle.

Des claquements résonnèrent, non loin. Sans doute la femme de la guinguette qui rabattait ses volets. Le regard d'Hugo, détourné une seconde, revint sur elle. Durant cette seconde, son visage s'était refermé, et maintenant il nouait ses mains sur son ventre, comme si la bouchée de pain qu'il venait d'avaler lui brûlait les entrailles. D'un coup, son assurance avait disparu.

— Tu es venue m'annoncer que tu repars, c'est ça ? Tu vas quitter Varsovie ? Pour l'Allemagne ?

— Hugo !

— Tu as raison ! À ta place, j'en ferais autant. Mais tu dois te dépêcher…

Ruth était trop stupéfaite pour l'interrompre. Hugo grimaça.

— Ne m'en veux pas. L'autre jour, au Tshaynik Café, j'ai vu cette carte qui te venait d'Allemagne… Et… – il eut un petit ricanement rocailleux – j'ai une espionne. Sarah… Elle est plus curieuse qu'une pie et elle adore me raconter les secrets de la maisonnée. Elle a fouillé dans tes affaires avant que tu ne les mettes sous clef. Donc j'ai compris… Et je… Oh, Ruth ! Je t'approuve absolument…

— Tu approuves quoi ? souffla-t-elle enfin d'une voix blanche.

— Tout ! Tu vas retourner en Allemagne, rejoindre celui qui t'attend. Avec ton passeport, tu le peux. Non ! Laisse-moi continuer ! Je suis sincère… Je suis sûr qu'il t'aidera. Avec ton nom d'Allemande, vous pourrez partir loin. Où tu voudras. Abraham dit que tu as de l'argent pour ça. Fais-le… Oui, je serai content. Je me suis un peu ridiculisé l'autre jour en te retrouvant. C'était si… Nous deux… Tu sais comme on est, tous. La jalousie, ça te mord sans prévenir…

— Hugo !

— Mais ça passe vite. Ne tarde pas… Tout change si rapidement. Même en Allemagne… Et ces commandes que tu prends dans l'atelier d'Abraham, quelle folie ! Je sais pourquoi tu le fais : parce que tu te sens coupable. C'est encore un des mauvais tours de Yenté. Sa jalousie à elle. Elle veut te retarder. Ne te laisse pas avoir. Pars, pars demain ! Varsovie ne compte plus. C'est déjà fini. Ne reste qu'un piège qui va se refermer sur nous. Les nazis seront là cet hiver. On le sait, au journal. Malheureusement, on est comme on est, les mêmes depuis deux mille ans, à toujours espérer un miracle…

— Hugo !

— … Au moins, celui qui t'attend n'est pas juif. Sinon, il serait ici avec toi, n'est-ce pas ? C'est ta chance. Lui, il pourra te sauver. Surtout, tu ne dois pas avoir honte de fuir avec un goy… Tout ce qui compte, c'est…

— Hugo, tais-toi !

Elle avait crié, se lançant en avant pour empoigner ses mains qui s'agitaient en tous sens, pareilles à des oiseaux fous, renversant le panier posé entre eux, ainsi que les verres de faux café, les beignets et les pains, sur le sol de l'alcôve.

Et soudain, le silence. La folie des mots tenaillait leurs cœurs. Leurs doigts s'étaient enlacés devant l'abîme du présent, de l'avenir, de l'interminable nuit glacée qui s'annonçait.

Les yeux écarquillés d'Hugo faisaient peine à voir. Plus du tout des yeux de loup. Douleur et douceur, espoir et désespoir, l'infernale sarabande les tourmentait. Qu'il était difficile de parler sans se tromper !

— Hugo… Sarah raconte des bêtises. Je ne t'ai pas menti. Elle s'appelle Clara. Oui, elle est allemande. Et communiste. Si la Gestapo l'arrête, elle est morte. C'est mon amie. Je te raconterai comment on s'est rencontrées. Chut ! Écoute-moi, s'il te plaît. Elle veut m'aider, oui. Elle le peut parce qu'elle est… Peu importe. Elle part pour la Chine dans vingt jours… Shanghai. Un bateau à Hambourg. Elle veut que je la rejoigne… Et, toutes ces dernières semaines, je n'ai pas su me décider parce que…

À bout de souffle, Ruth bascula le buste au-dessus de leurs mains nouées. Les mots ne parvenaient plus à se glisser dans sa gorge. Ses longs cheveux roux s'écoulèrent tout autour de son visage en un ruissellement protecteur. Elle s'emplit la poitrine de l'air frais, humide, où stagnait, incongru, un peu ridicule peut-être, le fumet de l'ersatz de café, des beignets, des petits pains. Le courage lui revint.

Quand elle releva la tête, Hugo la fixait avec fascination. Malgré l'éclat jaune de la lumière tombant sur lui, la pâleur de ses joues le défigurait. Tout autour de la tonnelle, le crépitement de la pluie paraissait plus intense, martelant le feuillage, les fleurs, les bosquets avec un acharnement nouveau.

— S'il te plaît, est-ce que c'est vrai ? chuchota Ruth. Ce que tu as dit. Que je suis ta *balibté kusinké.* Que je suis ta Ruth de toujours. Que le bonheur court dans tes veines car je suis de retour.

D'abord, Hugo ne réagit pas. Peut-être n'avait-il pas entendu tant elle avait parlé bas. Puis il fut parcouru d'une secousse qui le fit serrer si fort les mains de Ruth qu'elle ploya vers lui.

— Oui. Chaque mot. J'ai eu tout le temps d'y penser, pendant ces deux années. Quand chaque jour me soufflait que je ne te reverrais plus. J'en fais le serment, l'Éternel m'est témoin. Mais, Ruth… On ne peut pas… même si, à Hambourg… Ruth, tu es ma cousine…

— Pas ta cousine : ta *balibté kusinké.* C'est ce qui compte, mon *balibter kusin.* Ça change tout, tu ne comprends pas ?

Elle était redevenue légère, oublieuse du monde. Comme si elle savait tout à coup pourquoi elle était revenue à Varsovie : pour ce moment simple, beau, parfait.

— Ruth…

Elle arracha ses mains des siennes pour lui couvrir la bouche, lui caresser les lèvres, effacer les mots qu'il prononcerait. Et, puisque les yeux d'Hugo cessaient d'avoir peur, elle le laissa venir contre elle chercher son premier baiser.

Et puis un autre, un autre, entrecoupés de rêves, de chuchotements.

— C'est vrai, j'ai tout l'argent qu'il faut. On va partir ensemble…

— Ruth, je n'ai pas de passeport allemand.

— Oh, j'avais oublié ! Tant pis pour Ruttie Roth…

Des baisers, des rires, le bonheur.

— On part, tous les deux. On va vivre tous les deux, Hugo. Promets-moi !

— Oui. Je te le promets.

Des rires, des baisers, des promesses. Noués, enlacés, devenant si forts que tout autour, derrière la nuit et la pluie, déjà le monde changeait.

Et puis, à un moment, Ruth attrapa les verres tombés sur le sol. Elle les brandit.

— Mon amour !

— Mon amour !

Et Hugo jeta un verre haut dans le noir, comme on le fait le jour des noces. Ils l'entendirent distinctement se briser lorsqu'il retomba. Trop loin pour qu'il y porte le pied. Mais qu'importait…

## 3

## ליבע און טויט

## *Liebé oun toyt*

## L'amour et la mort

Comment oser le dire ?

Le bonheur alors que le monde s'enténébrait.

C'est ce qu'ils vécurent.

Des jours de félicité. Des semaines d'allégresse.

Bien que le pire ne cessât d'approcher.

D'abord, ils furent assez sages pour n'en rien laisser paraître. Ruth travaillait vivement dans l'atelier qui, de fait, était devenu le sien. Elle s'y montrait d'une humeur égale, jamais abattue par les piques de Yenté ou les maniaqueries des sœurs Kociejowska. Elle acheva leurs manteaux et celui de Sarah avant Chemini Atseret, la fête de la pluie d'automne et du repas dans la cabane de Souccot – une hutte votive couverte de fleurs dressée dans l'arrière-cour – qui tombait cette année-là le dimanche de la mi-octobre.

L'enchantement des sœurs Kociejowska en découvrant leurs nouveaux manteaux – anciens, oui, pourtant neufs, si beaux, comme jamais portés ; *vos magish, vos magish !* s'écriaient-elles en tournant sur elles-mêmes – permit à Ruth d'annoncer qu'elle profiterait de cette journée pour faire une promenade en bateau sur la Vistule avec son cousin. Une promesse d'Hugo, prétendit-elle, qui remontait aux premiers jours de son retour de Berlin. Il était cependant si occupé par son travail au journal qu'il n'avait pu la tenir. Le temps était parfait. Une journée de ciel bleu, sans nuages ni présage de pluie. Il ne fallait pas manquer l'occasion. Qui savait quand elle se représenterait ?

L'annonce n'attira qu'un sourire invisible sous la barbe d'Abraham et le silence résigné de Yenté. Elle se contenta de compter les zlotys que les sœurs Kociejowska avaient déposés dans la grosse boîte de biscuits de Pourim – des Libeita aux quatre saveurs – que Ruth conservait sur sa table de couture.

Et ce fut leur première journée ensemble.

Comme souvent en automne, l'eau de la Vistule était lisse et paisible. Leur barque glissa sous les frondaisons d'un pont de verdure. L'automne déjà rougissait et clairsemait les feuillages. Un peu plus loin, ils tirèrent leur bateau au sec sur l'une des longues bandes de sable entre lesquelles serpentait lentement le fleuve. Elle était si bien dérobée aux regards que les oiseaux y entretenaient des nids secrets.

Heures bénies de caresses et d'émerveillement, d'aveux, de découvertes, de souvenirs et de désirs.

Ruth, longuement, raconta Berlin et, sans gêne, Clara.

Hugo voulait tout savoir, tout connaître.

Ils se parlaient tout bas, comme si on pouvait les entendre. Mais ce n'était que pour le bonheur d'être si proches, la peau de l'autre toujours à portée de lèvres.

Quand la brise de la fin de l'après-midi fit onduler le fleuve, ils remontèrent le courant jusqu'au ponton des locations de barques, côte à côte sur le banc de nage et chacun tirant une rame.

— Où allons-nous fuir ? demanda Hugo très sérieusement tandis que le quai se profilait devant eux.

Ils pouvaient partir par le sud, mais maintenant que la Tchécoslovaquie était occupée par les nazis, cela constituerait un périple difficile. Hugo craignait d'aller chez les Soviétiques.

— On ne sait jamais ce qu'il peut y arriver.

Il restait les pays du Nord. Selon la rumeur, en Lituanie, il était encore possible de prendre des bateaux pour la Suède et, de là, pour l'Angleterre.

— Je pourrais y trouver du travail, affirmait Hugo. Et toi aussi, certainement. Qui nous connaîtra là-bas ? Personne. Ce serait vraiment une nouvelle existence.

Ajoutant après un petit silence :

— Personne ne sait s'il faut des passeports. C'est probable. Peut-être pourrais-je en obtenir un de journaliste au *Moment* ?

Ruth prit le temps de donner plusieurs coups de rame avant de répondre, sans marquer aucune crainte :

— J'irai où tu me conduiras.

Hugo opina sans rien abandonner de son sérieux.

— Achève vite les commandes que tu as prises. Et surtout, n'en accepte plus, même si on te supplie. Et fais le tri dans ce que tu voudras emporter. Une seule valise et un sac. On ne pourra prendre rien de plus

Ruth se remémora Unkel Moses soulevant la valise de Muttie Glückel dans l'entrée de l'appartement de Berlin et disparaissant dans l'escalier.

Elle lâcha la rame qu'elle tenait pour enlacer Hugo de toutes ses forces. La barque commença à tanguer, danser et tournoyer sur le courant. Ce qui finit par les faire rire.

★
★ ★

Comme elle l'avait promis à Hugo, Ruth travailla d'arrache-pied pour achever les commandes. Ne pas en accepter de nouvelles était cependant plus difficile que de coudre. Pas un jour ne passait sans qu'une silhouette chargée d'un précieux coupon de tissu apparaisse sur le seuil de l'atelier.

— Es-tu Ruth Rotstein, la couturière de Berlin ?

Il fallait dire : non, peut-être plus tard, ce mois-ci, ce n'est plus possible, peut-être en décembre… Mentir, rester ferme et aimable, mais toujours décevoir avec le cœur serré et une mauvaise conscience tenaillante.

Il semblait à Ruth que toutes ces femmes voulaient, elles aussi, mettre dans leur valise les plus beaux manteaux, les plus belles robes ou jupes, leurs plus élégantes parures, protectrices car toutes neuves, pour affronter le dur voyage qu'elles allaient devoir faire bientôt, même si elles l'ignoraient encore.

Elle raconta cela à Hugo. Oui, dit-il. C'était comme une très, très vieille maladie du peuple juif. Elle courait sous la peau sans qu'on puisse jamais en guérir : la menace, la peur, la valise.

— Personne n'ose l'avouer, mais ici, la moitié d'entre nous a déjà une main sur la poignée de porte et l'autre sur la valise. Tu verras : le quartier va se vider un jour. Et nous, si on ne veut pas être pris dans la folie de l'exode, il ne faut plus que nous tardions.

— Mon père, Sarah, Yenté… Il faudra les prévenir…

— Oui… Peut-être… On verra…

Ruth savait à quoi pensait Hugo. Si on les voyait partir ensemble, leur secret ne serait plus un secret. Devant tous, ils profaneraient les règles du Sanctuaire devant l'Éternel, comme disait le prophète Malachie. Point d'autel sacré ni de *ketouba*, le contrat de mariage. Ils ne seraient inscrits nulle part dans la descendance du Tout-Puissant. Yenté hurlerait. Peut-être devraient-ils fuir comme des hors-la-loi. Ruth y était prête. Hugo aussi. Alors inutile d'en parler.

Ils se voyaient trop peu et trop vite. Trop affamés de leur chaleur, de leurs baisers, de leurs confidences. De brefs moments volés dans des recoins de cafés, sur les bancs trempés des parcs et sous les parapluies, car la pluie était revenue, incessante, acide du froid qui approchait. Le bonheur et la certitude ne les quittaient pas une seconde. Après chaque séparation, Ruth filait, le sourire aux lèvres, dans les ruelles qui la ramenaient à l'arrière-cour Stowsky.

Un après-midi de début novembre, alors qu'elle courait entre deux averses après n'avoir pu dérober qu'une poignée de minutes avec Hugo, elle passa devant la vitrine d'une papeterie. Elle était déjà éclairée. Les jours raccourcissaient vite. Un carnet épais – trois cents pages au moins –, pas trop grand, à la couverture recouverte d'une pellicule de moleskine bleu pâle, attira son regard.

Elle entra dans la boutique, soupesa le carnet, le trouva moins lourd que prévu. Tout habitée par la pensée de Clara, elle feuilleta les pages plus crème que blanches et l'acheta.

Elle n'avait pas oublié. Depuis qu'elle avait achevé le journal commencé à Berlin, elle savait qu'elle devait adresser une vraie lettre à Clara. En vérité, elle y avait pensé plus d'une fois, jouant avec une idée folle : lui envoyer le carnet achevé. Dans la gare de Dantzig, Clara avait dit : « Je le lirai près de toi, quand nous serons sur le bateau. » Or cela n'arriverait pas : Ruth avait choisi.

En lui envoyant le carnet, elle lui expliquerait pourquoi elle ne traverserait pas les mers à ses côtés sur le *Conte Verde* pour atteindre Shanghai...

Les premières phrases étaient rédigées dans sa tête : « Clara, ma si chère Clara, pardonne-moi de ne pas te rejoindre. Mille fois, depuis Dantzig, j'ai rêvé de nous à Shanghai… Or c'est ici qu'un autre rêve, parfait et inattendu, m'emporte… »

Le lendemain, ces mots lui étaient apparus faux et maladroits. Et l'envoi du carnet, stupide ; dangereux, même, pour Clara. Il était peu sûr d'expédier en Allemagne un pareil journal écrit en allemand. Surtout de Pologne. À la moindre suspicion, les postiers ouvraient et contrôlaient le courrier. Quantité d'entre eux étaient des auxiliaires de la Gestapo. Sans compter que Clara pouvait être surveillée. Ce carnet contenait cent fois de quoi la faire arrêter. Elle-même, par sécurité, n'avait-elle pas réduit au plus court la carte qu'elle avait envoyée ?

Alors Ruth avait laissé le vieux carnet dans sa valise. Elle avait abandonné l'écriture quotidienne de son journal et renoncé à répondre à Clara. Pourtant, ce soir, elle serait prête. Elle enverrait une tendre carte, et, comme elle l'avait fait depuis leur rencontre, elle reprendrait sa longue lettre – la lettre des jours et des heures de sa vie, pouvait-on dire – dans ce carnet tout neuf qu'elle serrait contre elle en entrant dans l'arrière-cour Stowsky.

Qui pouvait assurer que jamais Clara ne la lirait ?

Une fois le carnet ouvert et le stylo en main, l'idée d'y écrire en yiddish lui vint. N'allait-elle pas bientôt partir pour on ne savait où ? Et dans cet « on ne savait où », existait-il une langue plus illisible aux gestapistes et autres agents de la Kripo, plus discrète, plus secrète que le yiddish ?

מיין זייער טייערע קלארא, commença-t-elle – Très, très chère Clara…

*

* *

Le lendemain – Ruth avait à peine eu le temps de poster sa carte pour Clara –, la nouvelle éclata. Ce fut un coup de fouet sur Varsovie.

En une nuit et un jour, d'un bout à l'autre de l'Allemagne, la fureur nazie avait anéanti deux cents synagogues, détruit des milliers de commerces, ateliers, cafés, boulangeries ou entrepôts juifs. Le saccage des magasins était si important, rapportait-on, qu'à Munich, Cologne, Leipzig ou Potsdam les rues étaient comme submergées par le verre des vitrines. Les morts se comptaient par centaines, les arrestations par dizaines de milliers.

Ces horreurs se répandirent comme un poison, brûlant les cœurs, les langues, les poitrines et les pensées. Un moment – une heure, quelques minutes ? –, l'effroi se contracta en un pur silence de douleur. Puis montèrent les cris et la fureur. Malgré la pluie déchaînée – comme si le ciel voulait rappeler au monde le châtiment du Déluge, dirent plus tard les rabbins –, les ruelles, les passages, tout l'entrelacs du quartier s'emplit d'hommes, de femmes, d'enfants aux yeux rouges. De nouveau la rue Nalewki ne fut plus qu'un fleuve humain qui convergeait vers la grande synagogue en criant : *Kristallnacht !*

Ruth voulut accompagner Sarah et son père qui soutenaient Yenté, titubante. Elle n'alla pas plus loin que le porche. La foule, l'intensité des gémissements, les visages ravagés, tout l'effraya. Elle se laissa glisser en arrière. Ni Yenté, ni Abraham, ni Sarah ne s'en aperçurent, emportés par les flots mêlant rage et impuissance, vengeance et terreur.

Elle remonta dans l'atelier, trempée jusqu'aux os. Elle ne pouvait penser qu'à Hugo. Leur éloignement lui était brusquement intolérable. Pourquoi n'était-elle pas avec lui en cet instant ? N'était-ce pas sa place ? Ne devaient-ils pas être ensemble dans un moment pareil, tout autant que son père était avec Yenté ? N'était-ce pas pour cela qu'existait l'amour ?

Mais jamais elle ne pourrait traverser Varsovie pour le rejoindre au journal. D'ailleurs, il ne devait plus y être…

Le grondement de la ville qui vibrait contre les vitres de l'atelier, la solitude, l'humidité glacée de ses vêtements la transirent. Claquant des dents, elle s'en voulut, douta. Son devoir n'était-il pas de se tenir auprès des siens, tous les siens, qui se pressaient vers la synagogue comme pour compenser l'effroyable haine déferlant en Allemagne ?

Non. Bien ou mal, elle n'avait d'autre volonté, d'autre désir que d'être auprès de son *balibter kusin*.

D'un geste machinal, elle écarta ses longs cheveux. Il ne restait plus rien de leur couleur de feu. La pluie les avait noircis et alourdis. Des mèches lui gelaient les joues et la nuque. Et ainsi, par ce simple geste mille fois répété, l'idée lui vint.

Elle empoigna ses grands ciseaux de couture, courut jusque dans sa chambre ôter ses vêtements trempés, enfila une chemise de nuit, disposa une serviette de toilette sur ses épaules et rejoignit la salle d'eau près de la cuisine. Le seul endroit de l'appartement qui possédait un miroir.

Elle alluma l'ampoule au-dessus du miroir. Une ou deux secondes, elle se considéra le plus objectivement possible, puis repoussa la mèche la plus proche de sa joue gauche et la coupa juste au-dessous de sa mâchoire. Elle en fit autant de l'autre côté de son visage, tâchant d'ajuster au mieux les longueurs. Elle continua mèche après mèche. Avec soin et sans se presser.

Les mèches à l'arrière de sa tête exigèrent plus de patience et d'adresse, sans qu'elle soit certaine du résultat. Impossible de trouver un second miroir dans l'appartement. Yenté était décidément une ennemie de la coquetterie. Finalement, elle laissa intacte l'ultime mèche, la plus invisible pour elle, à l'arrière de son crâne.

Elle s'observa. Bien entendu, elle ne vit personne d'autre qu'elle-même. Une inconnue, pourtant. Une inconnue qui lui plaisait. Et à Hugo ? Elle le saurait bientôt. Elle en doutait. Cela l'amusa. Elle lui expliquerait, il comprendrait.

Sur le sol de la salle d'eau, sa chevelure formait un amas impressionnant. Elle nettoya soigneusement la pièce afin que ni Yenté ni son père ne trouvent trace de ses cheveux. Elle ne se résolut cependant pas à les jeter, pas tout de suite, et les entassa dans une poche de lin qui avait contenu des bobines de fil.

La nuit était pleine et la pluie tombait toujours quand elle passa l'une de ses belles robes de Berlin. Elle enfila le manteau bleu offert par Frau Opel – des années plus tôt, semblait-il. Elle en releva le col que sa nouvelle chevelure frôlait à peine et se couvrit la tête d'un chapeau de feutre qui lui tombait sur les oreilles.

Elle connaissait l'adresse de la chambre d'Hugo, au 121, rue Rybolki, non loin du Tshaynik Café. Elle n'était toutefois jamais allée jusqu'à sa porte, au quatrième et dernier étage, et, bien évidemment, ne l'avait jamais franchie.

Les rues étaient encore houleuses de monde. Il lui fallut longtemps pour parvenir jusque chez lui. Seules quelques faibles ampoules éclairaient l'escalier. L'immeuble paraissait vide. Ruth, prudente, redoubla pourtant de légèreté sur les marches, ayant l'impression d'être une voleuse. Elle frappa à la porte, doucement, puis plus fort. En vain. Hugo rentrerait plus tard. Pleine de patience, elle s'assit sur les dernières marches, trouva une sorte de dossier dans une moulure du petit couloir qui conduisait aux toilettes. Elle était prête à attendre jusqu'à la fin des temps. Ce n'étaient pas les pensées qui lui manquaient.

*

* *

Le bruit de la porte d'entrée, au bas de l'escalier, la tira de la somnolence où elle avait peu à peu glissé. Les mauvaises ampoules de l'escalier s'allumèrent. Elle reconnut le pas d'Hugo. Même aussi tard, même en un jour aussi épuisant que celui-ci, il montait les marches deux à deux.

Elle se releva. Bien qu'elle fût presque dans le noir, elle vérifia le tombé de sa robe sous son manteau, son col et l'inclinaison de son chapeau. Quand il la découvrit, il sursauta, fit un pas en arrière.

— Ruth !

— Chut, pas si fort…

— Qu'est-ce qu'il y a ? Qu'est-ce que tu fais ici ?

Son imperméable, son chapeau dégoulinaient de pluie. Les cernes de fatigue cerclaient ses yeux d'un velours sombre où le gris des iris luisait intensément. Il répéta ses questions, la voix inquiète, s'approcha pour la prendre dans ses bras. Elle posa les doigts sur sa bouche, s'écartant seulement pour le prier d'ouvrir sa porte.

— Oui, bien sûr… Mais…

— Ouvre. Je vais te dire.

La chambre était telle que Ruth l'avait imaginée. Vaste, avec deux portes-fenêtres donnant sur un balcon.

Des éclairages judicieux, une table de travail, deux fauteuils autour d'un poêle à charbon, un lit qui servait aussi de sofa, des rayonnages de livres, des tableaux accrochés sur le papier peint à rayures et, derrière une porte vitrée coulissante, un long retrait qui servait de cuisine et de salle d'eau.

Il faisait tiède. Tout était net, bien rangé. Quelqu'un, une femme, devait venir y faire le ménage, pensa Ruth tout en regardant Hugo accrocher son imperméable et son chapeau à un vieux portemanteau en bois. Quand il se retourna vers elle, elle avait déjà jeté son propre manteau sur le dossier d'un fauteuil et elle ôtait son chapeau.

— Tes cheveux !

— Oui.

Elle ouvrit son sac à main, en sortit une longue bande de mousseline transparente.

— Comment tu as pu ? Ils étaient si beaux…

Elle sourit, secouant ses mèches courtes, déployant la mousseline.

— Ils le restent, non ?

Elle leva les bras, le tissu transparent formant une sorte de dais au-dessus de sa tête.

— À partir de cette nuit, si tu le veux, Ruth Rotstein devient ton épouse, Hugo Rotstein, déclara-t-elle sans le quitter des yeux. À Berlin, Unkel Moses m'a dit : « Maintenant, le devoir des Juifs est de survivre. » Survivre, ce n'est pas seulement ouvrir la bouche pour respirer. C'est pouvoir éprouver du bonheur. Même aujourd'hui. Même pendant cette nuit terrible, tu es et seras la source de mon bonheur, si tu le veux, Hugo Rotstein. Et, moi, si je le suis pour toi, il te suffit de venir me rejoindre ici, sous ce dais, dans cette nuit et pour toute la vie qui nous attend.

Tout cela énoncé d'un ton solennel. Exactement comme elle le voulait. Que rien ne soit pris à la légère. Qu'Hugo en soit impressionné.

Il l'était, la bouche béante et les mains étrangement levées devant lui, comme s'il allait prendre son envol. Puis il fut avec elle. Le voile de mousseline retomba sur eux et elle se noua à lui.

Plus tard, au matin, alors qu'ils buvaient un ersatz de café et qu'Hugo faisait glisser entre ses doigts la dernière mèche des longs cheveux de Ruth qu'il venait de couper, il déclara :

— Hier, j'ai trouvé une voiture pour partir en Lituanie. Une Opel Standard vieille de trois ans. Assez grande pour que Taté Abraham, Yenté et Sarah viennent avec nous. En revanche, elle est chère : deux cent cinquante reichsmarks…

— Ah, pas si chère que ça, approuva Ruth, songeant tout à la fois à la marque de la voiture, véritable signe du destin, au prix du billet pour Shanghai et au soulagement de pouvoir proposer à son père de les accompagner.

En remerciement, elle retint entre les siennes les belles mains d'Hugo. Elle en baisa passionnément les paumes. *Comme si je risquais de les perdre !* songea-t-elle. Inattendues, les larmes lui noyèrent la gorge. Le bonheur était toujours là, prodigieux. La peur, aussi. Inextinguible, forte comme jamais.

*

* *

Essayant de ne pas penser qu'elle allait abandonner tout cela et sans doute ne jamais le revoir, Ruth rangea et nettoya l'atelier, sa mallette de couture, la machine à coudre, les bobines et les chutes de tissu. Sa chambre aussi, retirant les draps de son lit, roulant, pliant les vêtements qu'elle n'emportait pas, serrant le possible, l'utile, dans sa valise Hartmann et son sac en tapisserie. Puis elle alla rejoindre Yenté qui préparait le bortsch du jour et annonça :

— Hugo et moi, nous partons après-demain matin, tôt dans la nuit. Pour la Lituanie. Ou plus loin peut-être, on verra. L'Angleterre si c'est possible.

Yenté n'attendit pas qu'elle achève pour se plaquer les mains sur les oreilles en hurlant :

— Je ne veux rien entendre ! *Has vé halila !* À Dieu ne plaise ! Ne parle plus dans cette maison, fille de Lilith !

Elle poussa Ruth hors de l'appartement. Celle-ci se laissa faire calmement, allant attendre dans l'atelier que son père soit de retour. Il ouvrit de grands yeux devant sa nouvelle coupe de cheveux, s'écriant :

— Tu l'as fait !

— Oui. Après la Nuit de cristal.

Puis elle lui apprit les autres nouvelles.

— J'ai tout ce qu'il faut d'argent pour vous : toi, elle et Sarah. Et j'aimerais que tu viennes avec nous.

Assis près d'une fenêtre, Abraham se passa plusieurs fois la main sur le visage, regardant dehors, dedans, balançant le buste, comme si lui aussi mesurait soudain tout ce qu'il lui faudrait abandonner et laisser devenir de la poussière de souvenirs. Finalement, il demanda :

— Yenté ne veut pas ?

Ruth se contenta de hausser les épaules. Son père opina :

— Si Hugo part, c'est qu'il faut partir. J'ai toujours eu confiance en lui. En revanche, je ne pars pas sans elle. Peut-être pourrez-vous emmener Sarah. Si elle le veut. Si Yenté l'accepte.

Ils retournèrent dans l'appartement. Aussitôt, les cris recommencèrent, Sarah y ajoutant ses pleurs :

— Je veux aller avec Ruth, mais pas sans maman !

Yenté menaçant Abraham :

— Et toi ? Tu la laisserais partir avec eux ?... Sarah, ma fille ?

Ou jetant toutes ses forces contre le monde :

— Les nazis me tueront ici, dans cette cuisine, mais je ne passerai pas des jours et des nuits à respirer l'odeur maléfique de ces...

Et cela pendant une heure encore, jusqu'à ce que Ruth aille dans sa chambre prendre sa valise et son sac en tapisserie, Sarah, gorgée de sanglots, bondissant sur elle pour l'enlacer et l'empêcher d'enfiler son manteau.

— Non ! Ne pars pas !

Yenté venant alors arracher sa fille à Ruth, Abraham dansant d'un pied sur l'autre, la barbe frémissante, les yeux passant de sa fille à son épouse, comme s'il suivait un ballet à l'intrigue encore mystérieuse, Yenté s'essoufflant à force de menaces et de malédictions, ricanant :

— Partez, les cousins ! Varsovie n'en sera que plus propre !

Entraînant Sarah vers la salle d'eau comme si, après avoir touché sa demi-sœur, il lui fallait se laver les mains. Et soudain s'immobilisant. Se retournant. Regardant Abraham. Criant :

— Le rabbin Shmuelevitz, Abraham ! Le saint rabbin Shmuelevitz ! Le rosh yeshiva de Mir…

— Oui ? fit Abraham en fronçant les sourcils.

Yenté ne l'écoutait pas, elle s'adressait à Ruth.

— Le rabbin Chaim Leib Halevi Shmuelevitz ! répétait-elle. Oh, Seigneur, oui. C'est lui dont on a besoin. Le rosh yeshiva de Mir. C'est sur votre route pour la Lituanie. Non. Si. Presque… Un peu vers Minsk. Là, oui, si vous m'emmenez à Mir, je pars avec vous. Oui, oui, tout de suite !

Yenté inclinait la tête, le dos voûté sous le poids de l'espérance. Pour la première fois, Ruth voyait un sourire de joie sur son visage.

Ruth lança un coup d'œil à son père. Une fine supplique ondulait sous ses sourcils.

— Ce devrait être possible, acquiesça-t-elle.

Yenté se redressa, effaçant son sourire comme par un coup de torchon.

— Là-bas, tu me jures que vous ne chercherez pas à entrer dans la yeshiva ? Et sur la route, vous serez des cousins, hein ? Juste des cousins. Que le Seigneur vous pardonne, si jamais Il le peut !

*
* *

Ils se retrouvèrent à trois heures du matin sur la place Nowy Zjazd, face au pont traversant la Vistule vers l'est. Hugo avait décidé de l'heure. Inutile de s'attarder dans des adieux pleins de gémissements et de larmes.

Surtout, il espérait rouler aussi longtemps que possible avant que les routes du nord, vers Vilnius ou Riga, soient encombrées de futurs exilés comme eux. Ce qui était déjà le cas, rapportait-on.

L'Opel était une belle voiture, à la silhouette moderne renforcée par sa couleur lie-de-vin. Robuste, avec un intérieur spacieux, deux banquettes de velours gris et un strapontin à contresens à l'arrière. Elle possédait, ce qui n'était pas négligeable, un excellent éclairage de nuit. Son coffre pouvait recevoir quatre valises ordinaires et il y avait assez de place entre les banquettes pour d'autres bagages. Cela évitait de les entasser sur une galerie de toit, signe de l'exil qui vous faisait repérer à des kilomètres et attirait les ennuis comme des aimants.

— On pourra dire qu'on va voir de la famille à Riga, expliqua Hugo à Abraham. Pour Noël. On s'y prend un peu à l'avance afin de ne pas avoir à affronter les routes de l'hiver.

Avant de charger la voiture, Ruth et lui s'étaient longuement embrassés et Ruth sentit qu'Hugo en eut, pendant un moment, l'humeur tout allégée.

*

* *

Il s'était trompé sur le risque d'embouteillage. Ce fut tout le contraire qui les attendait : l'ennui et la solitude. De longues lignes droites à travers la forêt, des villages endormis égarés dans la monotonie des champs. Ni voiture ni camion à suivre, doubler ou croiser. De bonne qualité sur les cent premiers kilomètres, l'asphalte se gâta par la suite. Hugo s'arrêtait sagement toutes les deux ou trois heures pour se reposer. Il frôlait Ruth de caresses imaginaires pour ne pas réveiller Yenté, assoupie. Sarah dormit jusqu'à l'aube, recroquevillée sur les genoux d'Abraham, insomniaque, muet, mélancolique.

Un jour gris et bas naissait quand ils entrèrent dans Białystok. La ville sortait du sommeil. S'adressant en bon polonais au patron, ils trouvèrent de quoi déjeuner copieusement dans une auberge qui ouvrait. Ceux qui les virent les prirent plus pour des vacanciers que pour de futurs exilés, tout juifs qu'ils se montraient. Ils remplirent leurs thermos de faux café, le réservoir de l'Opel d'une essence déjà chère, et empruntèrent une route menant droit vers l'est. De nouveau des forêts et des champs à perte de vue, d'autres forêts, d'autres champs, des troupeaux, des inconnus qui les scrutaient, méfiants, d'autres qui les saluaient ou descendaient de vélo pour suivre l'Opel des yeux jusqu'à ce qu'elle disparaisse. Avant midi, une pluie fine se mit à luire sur les toits des bourgs aux noms aussitôt oubliés – Gródek, Vawkavysk, Slonim, Baranavitchy… Le rembourrage épais des banquettes de l'Opel s'avéra précieux. Hugo roulait lentement entre les nids-de-poule.

La tête nichée dans le cou de Ruth – désormais bien dégagée par ses cheveux –, Hugo dormait un quart d'heure par-ci, par-là. Yenté s'obstinait à ne jamais poser les yeux sur eux. Sarah raconta plus tard qu'ils avaient en tout et pour tout croisé ou suivi quarante-deux véhicules. On ne pouvait pas être plus loin de la cohue de la Varsovie juive. Les racontars de la rue Nalewki et de la grande synagogue valaient ce qu'ils valaient. Assurément, nul ne prenait cette route pour fuir la Pologne.

La nuit était déjà tombée quand un panneau indiqua Mir à quarante-huit kilomètres. Yenté qui, jusque-là, s'en était tenue à sa promesse de prier en silence, seule conversation entre son cœur et sa tête pour la journée – quand le sommeil béni l'abandonnait –, se mit soudain à jacasser comme une pie, chantant les louanges, la sagesse, la vie, la science, les miracles du rabbin Chaim Shmuelevitz, fils du rabbin Refoel Alter Shmuelevitz, lui-même rosh yeshiva de Hrodna, détaillant sa biographie avec de magnifiques précisions, ce qu'il avait accompli à seize ans, à vingt-deux ou trente ans, où, comment et avec qui, ce qu'il avait écrit et confié, y compris quelques vérités des deux Talmuds, celui de Babylone et celui de Jérusalem, qu'il enseignait dans sa yeshiva de Mir. Abasourdi de tant de découvertes, Abraham en gloussait d'émerveillement, marmonnant :

— Comment tu sais ça ? Comment tu sais ça ?

— Je l'aime depuis toujours, finit par répondre Yenté alors que les lumières de Mir scintillaient sur le pare-brise de l'Opel.

Leur stupéfaction fut encore plus grande quand ils approchèrent de la yeshiva – on ne pouvait la manquer, quantité de panneaux en montraient le chemin. Des voitures partout, dont des hippomobiles, des torches fumantes, des lanternes et des ampoules électriques éclairant les tentes et les cabanes vite assemblées autour de la yeshiva. Un grand bâtiment de brique, sévère, bas et sans étage, carré comme une boîte semée de fenêtres, évoquant une caserne ou un hôpital. Et malgré la nuit, du monde tout autour, sous la pluie et les parapluies. Des hommes, surtout. Quantité de caftans, chapeaux ronds et papillotes, se hélant, s'assemblant, s'agitant et parlant fort.

Tournant et manœuvrant comme il le pouvait dans l'ombre, Hugo, épuisé, ne trouva pas d'endroit convenable pour garer l'Opel à moins de huit cents mètres de l'édifice. À peine le moteur se fut-il tu que Yenté bondit au-dehors, courant dans le noir vers les lumières de la yeshiva, le manteau ouvert, son précieux sac à main tournoyant au bout de son bras. Par réflexe – ou infinie curiosité –, Sarah s'élança derrière elle, appelant sa mère sans que jamais celle-ci se retourne.

Sorti tout ankylosé de la voiture, Abraham hésita. Il avisa Ruth et Hugo comme s'il était surpris de les voir là, avec lui. Puis, se décidant, il mit son chapeau, attrapa le sac de Sarah sur la banquette, la valise de Yenté dans le coffre, et les suivit.

— Tu peux revenir quand tu veux, cria Hugo dans son dos. La voiture sera là jusqu'à demain, et nous pas loin.

Abraham ne fit pas signe qu'il avait entendu.

*
* *

— On se croirait dans un film américain, fit Hugo en serrant Ruth dans ses bras à l'arrière de l'Opel. Comme ceux diffusés dans ces cinémas goys où nous ne devons surtout pas mettre les pieds, pour le bien de nos âmes…

Il rit et la tête de Ruth tressauta sur sa poitrine. Hugo faisait danser ses doigts agiles dans ses cheveux coupés. Elle n'avait jamais vu de film américain et encore moins l'intérieur d'un cinéma goy, mais, peut-être à cause de la fatigue, elle n'était pas loin de considérer qu'elle vivait le plus beau moment de son existence.

Bien entendu, impossible de trouver la moindre chambre libre. Une aubaine disparue de Mir depuis longtemps. Avaler une soupe chaude de betterave, du pain, du fromage avait été inespéré. Hugo s'était déclaré assez épuisé pour dormir dehors sur le sol, mais pouvoir le faire dans la voiture serait parfait.

Ruth le devinait d'une légèreté nouvelle. Comme s'il avait laissé à Varsovie beaucoup de sa gravité. En vérité, elle ne se sentait pas non plus sur le chemin de l'exil. Plutôt en balade. Oublieuse de l'incessante pesanteur de Varsovie. Ou était-ce seulement son amour et celui d'Hugo qui transformaient la tragédie en jeu ?

À l'aide des valises et des couvertures – quelle sagesse de les avoir emportées ! – ils se confectionnèrent une couche à l'arrière du véhicule. Un peu dure, certes, idéale néanmoins pour des amants de cinéma. Des mouchoirs occultaient les vitres, et leurs baisers, pourtant coutumiers du secret, y possédaient un charme envoûtant.

— Ah, s'amusa Hugo, le Tout-Puissant soit béni : quelle chance que Yenté ait filé si vite chez son Shmuel !

Et peu après :

— Je ne crois pas que Taté Abraham restera ici avec elle. Je le connais bien. Il n'est pas fait pour cet endroit. On verra demain.

Le mot résonna dans sa poitrine et passa en Ruth comme un écho. *Demain, demain, demain*…

Oui, demain ! Mais là, maintenant, perdue au cœur des forêts et des champs, rivée au corps de son bien-aimé, son *balibter kusin*, il lui semblait qu'elle se gorgeait de toute la vie possible.

*

* *

Les portes de l'Opel étaient ouvertes et un soleil froid passait entre les nuages quand Abraham réapparut, la valise dans une main et tenant Sarah par l'autre. Les yeux noirs de colère, sans une larme, Sarah l'abandonna pour courir dans les bras de Ruth. Abraham posa la valise, but ce qu'il restait de faux café dans le thermos et expliqua.

La veille, Yenté avait trouvé sans encombre son chemin jusqu'au rabbin Shmuelevitz. Elle lui avait ouvert son cœur en grand. En retour, le rabbin l'avait accueillie avec d'autant plus de joie que la vieille cuisinière de la yeshiva était morte la semaine précédente. Il était maintenant difficile pour ses disciples de se nourrir convenablement, et donc d'étudier et de penser comme ils le devaient. Yenté n'avait pas hésité une demi-seconde. Depuis que l'Éternel l'avait poussée à rejoindre le rabbin, elle se savait attendue avec impatience pour une grande tâche.

— Donc, elle reste, fit Abraham. Et là-bas, dans cette yeshiva, il n'y a pas de place pour nous.

D'un geste vague, il se désigna lui-même et Sarah. Hugo et Ruth se gardèrent de tout commentaire. Seule Sarah précisa :

— Maman m'a dit d'aller avec toi, Ruth. Enfin, elle ne l'a pas dit avec des mots, seulement avec les yeux. Je sais très bien lire ses yeux.

Abraham soupira, se passa la main sur le visage et s'assit de biais sur le siège arrière de l'Opel, le dos rond, les jambes pendant hors de l'habitacle. Il releva le front pour annoncer à Hugo :

— Cette nuit, impossible de dormir. J'ai tourné ici et là. Il y avait du monde : personne ne dort autour de cette yeshiva, apparemment... J'ai appris quelque chose. En Lituanie, un consulat délivre des visas pour partir loin. Même à ceux qui n'ont pas de passeport.

— Loin ? s'enquit Hugo.

— Loin. Dans les îles de l'autre côté du monde. Je ne saurais pas dire où. Mais c'est du bavardage. Et qui a envie d'aller dans des îles lointaines ?

— Moi, dit Sarah, nouée au cou de Ruth et remarquant : J'aime bien tes cheveux courts. Les îles de l'autre côté du monde, moi, oui, je veux les voir.

— Oui, fit Hugo, sans qu'on sache s'il parlait de la chevelure de Ruth. Moi aussi.

Abraham trouva sa pipe et serra les dents

— Peut-être que ce sont des histoires de pies-jacasses...

— Où est ce consulat ?

— À Kaunas. Au-delà de Vilnius. Trois cents kilomètres, plus ou moins.

— Et de quel pays est-il ?

— Les uns disent des Pays-Bas, les autres disent du Japon. Peut-être ni l'un ni l'autre. Qu'est-ce que les Japonais viendraient faire à Kaunas ? Et pourquoi nous enverraient-ils dans des îles de l'autre côté du monde ?

— Et toi, fit Hugo, si on y va, à Kaunas, là, tout de suite, tu nous suis ?

Abraham réfléchit en silence tout en bourrant sa pipe de tabac.

Regardant Ruth et Hugo, Sarah annonça :

— Maman dit que, dans sa nouvelle vie, elle ne pourra plus s'occuper de nous. Vraiment dit : avec des mots.

Abraham l'ignora. Il pivota sur le siège, rentra ses pieds et referma la porte sur lui sans même s'occuper de ranger la valise dans le coffre.

*

* *

De nouveau, forêts, champs, fermes, bourgs : Navahroudak, Iwie, Jašiūnai… Puis, très vite, à l'approche de Vilnius, des voitures de plus en plus nombreuses, de plus en plus chargées. Sacs, valises, ainsi que des montagnes de bagages sur les galeries de toit, certainement fixées pour cet interminable voyage. Des camionnettes aussi, souvent. Avec bâche ou sans. Un ou deux autobus, leurs passagers livides, les yeux écarquillés derrière les vitres quand Hugo les doublait.

Dans l'après-midi, ils parvinrent à Elektrėnai, où se trouvait le poste-frontière. Ils y restèrent deux heures, le temps que le ciel se couvre entièrement. Quand vint leur tour, Hugo raconta sa fable sur leur visite dans la famille de Riga. Le vieux douanier qui scrutait l'intérieur de la voiture leur souhaita un bon Noël. L'affaire n'avait pas pris deux minutes.

En redémarrant, Hugo chercha le regard d'Abraham dans le rétroviseur. Sans le trouver. Abraham Rotstein fixait la campagne sans rien voir. Depuis qu'ils avaient quitté Mir, il n'avait murmuré que quelques mots qui ne s'adressaient à personne d'autre qu'à lui.

Vilnius passé, ils roulèrent à une vitesse maximale de quarante kilomètres-heure. La main gauche de Ruth ne quittait plus la cuisse d'Hugo. On aurait pensé qu'elle se tenait à une rampe.

Un peu avant Kaunas, Sarah déclara qu'il neigeait.

Autour de Kaunas s'étalait à perte de vue une mer de tentes, d'abris et de cabanes, de voitures, camionnettes et charrettes transformées en logements.

Il leur fallut trois jours pour comprendre qu'il y avait bel et bien un homme – oui, un Japonais – qui délivrait aux Juifs des visas et passeports pour les îles de l'autre côté du monde.

Et comment se rendre dans ces îles ?

Le Japonais discutait avec les Soviétiques afin qu'un train emmène tout le monde.

Pour obtenir ce visa, des jours de queue devant le consulat s'imposaient. Et quelqu'un pouvait-il dire quand le Japonais se lasserait de signer les passeports ? Personne.

Les cinq premiers jours, ils dormirent à tour de rôle dans la voiture. D'ailleurs, nuit et jour ils devaient surveiller l'Opel. Les plus mauvaises rumeurs, les plus mauvaises histoires rôdaient. Surtout là où se trouvaient de l'argent et des femmes.

Sarah ne quittait plus Ruth, et Ruth ne quittait plus Hugo, même quand il partait en quête de nourriture ou à la recherche d'un logement, ou encore de quelques précieuses informations. Elle apprenait à être sans cesse avec lui, contre lui, y compris quand les caresses et les baisers étaient impossibles – c'est-à-dire presque tout le temps.

Elle savait maintenant où elle était. Dès qu'elle avait vu l'étendue des tentes et des cabanes, elle avait compris qu'elle franchissait le seuil menant à l'enfer. Pas tout à fait, pourtant. Pas tant qu'elle gardait le corps d'Hugo près d'elle.

La neige bientôt recouvrit tout et cependant tout restait noir de boue tant il y avait d'allées et venues, d'arrivées et jamais de départs. Les exilés de Kaunas se divisaient en deux groupes : la centaine qui possédait déjà son passeport, et les autres centaines qui en rêvaient et ne cessaient de croître.

Hugo acheta deux canadiennes neuves, en gros velours et à col de fourrure noire. Une pour Abraham et une pour lui. Il dégotta un petit manteau en fourrure de lapin pour Sarah et une pelisse russe pour Ruth, longue jusque sous le genou, et au col remontant au-dessus de sa tête. Ainsi que des bottes de pêcheur doublées de laine pour tout le monde. À Ruth qui en demandait le prix, il confia :

— Un an d'économies.

Il trouva également une cabane de jardin à louer – cinq reichsmarks la semaine – dans un quartier à l'ouest de la ville, entre un grand étang qui commençait à geler et la berge du fleuve Niémen qui traversait Kaunas en quatre ou cinq méandres et, racontait-on, ne gelait que les mauvaises années.

Une cabane qui, dès qu'elle y entra, rappela à Ruth celle où elle avait rencontré Clara.

Après plus d'une semaine, ils comprirent qu'ils n'atteindraient jamais l'Angleterre. Rien n'était plus difficile que de monter sur les bateaux en partance de Klaipėda ou de Riga. Ils troquèrent alors l'Opel contre le loyer de la cabane du jardin jusqu'aux derniers jours du mois de janvier suivant, du bois et un poêle. Ce fut un peu mieux. Ruth put sortir son nouveau carnet de sa valise – impossible d'y écrire depuis le départ de Varsovie – et poursuivre sa lettre à Clara.

Mon Dieu, qu'il y avait à dire ! Et comme cela lui faisait du bien ! Le présent s'effaçait tandis que sa plume courait. Elle imaginait Clara sur le *Conte Verde*, qui avait maintenant quitté Hambourg…

Ils continuèrent de prendre chacun leur tour devant le consulat du Japon, munis d'une caisse de bois en guise de tabouret, se relayant jour et nuit toutes les trois heures. Sauf Sarah, chargée de maintenir le feu dans le poêle.

La file d'attente devant le portillon du consulat – deux cents, trois cents, quatre cents mètres ? – était un immense panorama de couvertures, de bonnets ou chapeaux agglutinés, soudés, enchevêtrés. La nuit, elle était particulièrement spectaculaire. Elle fumait sous la neige tel un animal égaré depuis un autre temps. Les habitants de Kaunas venaient la contempler. Ils la longeaient, une torche à la main, qu'ils agitaient en s'esclaffant pour faire miroiter la buée de vapeur qui montait dans le noir. Quelques-uns, parfois, apportaient un peu de nourriture, qu'ils déposaient sur le sol, à côté des couvertures raides de boue glacée et de neige. Comme s'ils craignaient de voir surgir les crocs d'un monstre, ils guettaient l'instant où elles s'écarteraient pour happer leur offrande. Parfois, ils s'en allaient déçus. L'offrande gelait jusqu'au matin. Les chiens venaient y planter leurs dents et l'emportaient en grondant.

Le cabanon était loin du centre-ville et du consulat. L'aller-retour promettait de la fatigue en plus, quoique cela réchauffât un peu et dérouillât les muscles après tant d'heures d'attente.

Et puis voilà. Cela ne dura pas plus de cinq ou dix minutes. Hugo fut introduit dans le hall du consulat par un jeune Japonais – le premier qu'il voyait – parlant l'allemand. À l'intérieur, il faisait si chaud qu'il ôta sa canadienne et son pull-over, transpirant comme s'il venait de courir.

On le conduisit dans une toute petite pièce, devant une toute petite table servant de bureau et surchargée de carnets, formulaires, tampons, stylos, avec derrière elle un homme en costume croisé de tweed, cravate grise à rayures jaunes et pochette assortie. Il leva vers lui un long visage affable mais les yeux rompus de fatigue, les cernes gonflés, la main droite rouge et tremblante. Se redressant, il se présenta en allemand : Herr Chiune Sugihara, et inclina le buste respectueusement, pour la soixantième fois peut-être ce jour-là, bientôt la millième depuis le début de sa folle affaire. Et il se hâta de se rasseoir.

— Pouvez-vous me donner votre nom ? demanda-t-il.

— Le mien, Rotstein, Hugo Rotstein. Mais aussi Ruth, Sarah et Abraham, tous Rotstein. Notre famille, dit Hugo en sortant tout ce qu'il pouvait de paperasserie des poches de sa canadienne.

— Ah, dit le consul, y jetant à peine un coup d'œil. La famille. Bien, bien !

Il changea de formulaire. Écrivit les noms ici et là, sans ratures ni erreurs, réclama les dates de naissance, les inscrivit ici et là, tamponna quatre fois, et annonça en se massant le poignet :

— Le train, peut-être en janvier. Pour Vladivostok. Un bon voyage à vous et aux vôtres, monsieur Rotstein. Au revoir.

Et voilà Hugo galopant comme tous ceux qui avaient le passeport dans leur poche intérieure, galopant et criant :

— Ruth, Ruth, Ruth !

Que d'embrassades, ce soir-là, en buvant de la vodka achetée d'avance pour l'occasion ! Sarah faisant la folle. Ruth et Hugo sortant hors de la cabane pour s'étreindre longuement sous les étoiles glacées, s'embrasser pour se fondre doucement, se dissoudre goulûment l'un dans l'autre.

Puis, à l'aube, de grands coups de poing et de manche de pioche contre les cloisons du cabanon, des vociférations en mauvais allemand :

— *Raus, die Juden !* Dehors, les youpins !

Hugo, en chemise et pantalon, ouvre la porte sur une demi-douzaine d'hommes en tenue de pêcheurs, manche de pioche sur l'épaule ou longue lame de poissonniers dans la main, le propriétaire du cabanon derrière eux. Des insultes, « donne l'argent ou on baise ta femme, les bijoux, tout, on sait que tu en as plein », un coup de manche qu'Hugo évite. Du coin de l'œil, il aperçoit Ruth sur le seuil. Il pare le second coup de gourdin, attrape le manche et fait basculer le type, rien de plus.

La lame siffle. Il n'a pas le temps de porter la main à sa gorge et d'entendre les hurlements de Ruth avant de tomber.

— Hugo, Hugo, Hugo, Hugo, Hugo, Hugo !

Elle hurle si fort que les types prennent peur, reculent et disparaissent comme les anges du diable qu'ils sont pendant qu'elle se jette dans le sang d'Hugo qui gicle par saccades de sa gorge. Hugo, Hugo, Hugo, Hugo, Hugo, Hugo ! Cherchant à fermer la plaie avec ses paumes, avec ses doigts, avec ses lèvres. S'il te plaît, Hugo ! S'il te plaît…

Longtemps, dans le jour qui monte. Tandis qu'Abraham supplie :

— Viens, mon enfant. Viens, ma fille, ne reste pas là…

Et Sarah à ses pieds, voulant la tirer vers on ne sait où, gémissant :

— Viens, viens, viens…

# 4

# Le *Conte Verde*

Dans le port de Marseille, depuis le pont des première classe, Clara observait l'interminable procession des Juifs qui montaient depuis le matin à bord du *Conte Verde*. Le capitaine l'avait annoncé l'avant-veille : il se détournait vers le port français pour accueillir cette cohorte d'exilés chassés des camps du sud du pays. Ils seraient disséminés où cela serait possible au cours de la traversée jusqu'à Shanghai – l'arrivée, il fallait le prévoir, serait sans doute retardée de plusieurs jours, voire de plusieurs semaines.

Clara scrutait le visage des femmes, sans succès. De toute façon, elle était trop loin. Et aucune chance que Ruth soit parmi ces fuyards – mille deux cents, selon le capitaine.

Elle tenait tout contre elle, dans son corsage, la carte de Ruth arrivée à Hambourg juste avant le départ du bateau. Quelle folle ! Clara lui en voulait. Pas un jour sans qu'elle y pense. L'histoire de Ruth avec son cousin ne l'avait pas vraiment peinée – encore que…

Non, c'était l'inconscience de Ruth qui la fâchait. Ruth croyait-elle échapper au monstre qui dévorait le monde ? Elle n'avait toujours pas compris ? Dans deux ou trois semaines, la Wehrmacht et les SS déferleraient sur la Pologne. Quelle idiote ! Et elle, qui chaque jour se demandait si son amie était encore vivante, s'efforçant de chasser la peur qu'elle ne le soit plus.

— Ah, toujours là à vous noyer le cœur, ma belle amie ?

Clara fut à peine surprise d'entendre cette voix enchanteresse et se tourna en souriant. Chaque fois qu'il la surprenait – une vingtaine de fois depuis leur rencontre à Hambourg, juste avant le départ –, elle était bel et bien heureuse de le retrouver.

Il eut un signe de tête mélancolique en direction de la procession sur le quai.

— Aucune chance que votre amie soit parmi eux ? Si c'est bien une amie…

— Aucune… Et ne jouez pas les jaloux, Jinhui. D'abord parce que vous ne le seriez pas, même si vous aviez matière à l'être. Ensuite parce qu'il faut me croire. Ruth est ma sœur, mon amie, ma compagne de vie – même si nous n'avons pas passé deux jours ensemble. Rien qui puisse vous peiner.

Il rit. Il avait un très beau rire. Aussi doux que sa peau – Clara l'avait découverte à l'aube du deuxième jour, lors du passage dans l'Atlantique. Bo Jinhui, la quarantaine, musicien-compositeur, chanteur, membre d'une impressionnante famille de Shanghai. Riche et célèbre, selon les renseignements qu'elle avait glanés. D'une élégance et d'une intelligence qui reposaient de la pesanteur de tant d'hommes. Et, en réalité, beau comme elle n'avait jamais trouvé un homme beau. Si bien que, quand il avait ouvert les bras, elle s'y était coulée avec une sorte de soulagement.

— Je ne voulais pas être grossier, dit-il. Pardonnez-moi. Il est toujours difficile d'accompagner les chagrins intimes. Et quand on voit ces pauvres gens, là-dessous, et ce qui les attend… Je sais ce que vous ressentez.

Clara n'en doutait pas. Mais comment savait-il si bien parler allemand, sans l'ombre d'un accent ?

— Chez les Bo, nous l'apprenons dès l'enfance. Et tous nous séjournons aussi souvent que possible en Allemagne. Mon grand-père était un amoureux de l'Allemagne. Un amour un peu difficile aujourd'hui pour ses petits-fils, n'est-ce pas ?…

À présent, il l'attirait loin du bastingage avec la même souplesse qu'il aurait eue pour l'inviter à une valse.

— Venez, ne restons pas là. Vous aussi vous allez vous retrouver dans un pays étrange et pas très accueillant. Ne vous ai-je pas promis que la Chine ne vous serait plus une parfaite inconnue quand vous débarquerez à Shanghai ? Il y a tant et tant à apprendre. Ne perdons pas notre temps.

Clara se laissa entraîner. Elle discernait dans le ton de Jinhui tous les jeux de séduction et les promesses qu'il taisait. Et elle, elle ne connaissait rien qui pût mieux apaiser sa tristesse, cette angoisse et cette colère qui la saisissait chaque fois qu'elle songeait à Ruth.

# III

# MER DE CHINE

## Journal de Ruth Rotstein

*13-17 août 1941*

## מיין זייער טייערע קלארא!
## *Mayn zayer tayéré Klara !*
## Ma très chère Clara !

*13 août 1941. Matin.*

Ma très chère Clara !

Ma main tremble d'écrire ces mots.
Pas seulement parce que je n'ai pas tenu un crayon (plus de stylo) depuis la mort d'Hugo.
Nous sommes dans Wakayama Bay (au Japon).
Sur un bateau nommé *Xin Jionzhen*. J'ignore ce que ça veut dire.
Quand on quitte Osaka Bay et le port de Kobe, on entre dans Wakayama Bay. Il doit être huit ou neuf heures du matin. Des barques de pêcheurs tout autour du bateau. Brume jaune et bleu sur la mer. On distingue mal la côte. Un seul hublot pour nous toutes.
Et interdiction de sortir de la cabine.

À peine une page d'écrite et je m'interromps pour reposer ma main.
On dirait que je dois aussi réapprendre à écrire ce journal (ces lettres pour toi, Clara). Raconter dans l'ordre. C'est ce que j'ai pensé en reprenant le carnet : mettre de l'ordre dans ma tête. Raconter à Clara. Quand je pense au passé, tout me vient en même temps. Des paquets de souvenirs lourds comme du linge mouillé qu'on me jette dessus jusqu'à ce que j'étouffe.

Le bateau n'est déjà plus dans la baie. Tout à l'heure, des pêcheurs nous ont fait des signes d'adieu de leurs barques à voile.
Des semaines, des mois que nous étions dans cet endroit : Kōbe. Un port tout à côté d'Osaka, nous a-t-on dit. Il y avait déjà des Juifs avant notre arrivée. Et même une synagogue ! Mais nous tous, ceux des visas Sugihara, les Japonais ne savaient plus où nous entasser, malgré l'incroyable quantité de tentes. Et puis, il y a cinq jours, ils ont affiché la pancarte avec des noms de villes partout dans le monde. En allemand et en yiddish. Ils nous ont fait descendre au port hier soir. On s'est relayées pour transporter Rahel sur une civière. Toute la nuit sur les quais. À l'aube, les bateaux partaient pour ces villes qui ne sont pour nous que des noms : New York, Sydney, Curaçao, Le Cap, Montréal.
Le nôtre en dernier : Shanghai.

Shanghai, Shanghai, Shanghai, Clara !

*Mayn zayer liebé Klara !* Ma très chère Clara !
Ma Clara. Clara, mon amie.
Comme j'aime écrire ces mots. Je les chuchote en les notant. Les autres m'entendent. Elles s'en fichent. Nous nous croyons toutes un peu folles. Ou nous savons toutes que nous le sommes.
En écrivant, je t'appelle : « Clara, Clara ! »
Sûre que tu es vivante. Et à Shanghai.

Seigneur, je suis folle de le croire alors que, toi aussi, tu as dû avoir bien des occasions de mourir. Ma Clara.

D'abord, je dois te confier ceci : tu m'as sauvé la vie. Autant que moi, autrefois, à Berlin, j'ai sauvé la tienne.
Tu voulais me sauver la vie en me faisant venir avec toi à Hambourg. Or ce n'est pas à Hambourg, comme tu le voulais, que tu m'as sauvée, mais à Kōbe, au Japon, il y a cinq jours, donc.

Je voudrais un stylo. Les crayons japonais sont aussi fins que des aiguilles, ça convient aux mains japonaises fines et soignées, mais pas aux nôtres, qui ont servi à trop de choses. En un rien de temps, les crampes crispent mes doigts sur le bois. Je serais incapable de coudre.

Sans importance. J'ai tout mon temps
pour t'écrire. Ils nous ont dit :
Shanghai dans trois jours et trois nuits.

Quand tu m'as sauvé la vie, j'ai compris que
j'allais reprendre ma correspondance avec toi.
Par miracle, je n'ai pas perdu mon carnet.
Je me suis vue dans le bateau en train de te
raconter. Un peu en paix. C'est-à-dire pas du
tout comme dans le camp à Kōbe (qui n'est pas
un vrai camp), où nous étions trop nombreuses,
avec toujours quelqu'un sur le dos.
Notre cabine est un couloir entre une porte
et un hublot. Deux fois deux couchettes
superposées de chaque côté. Nous sommes
huit : Fruma, Gittel, Rahel, Golda, Hannah,
Perl et Schaïné. Et moi. Jeunes et vieilles.
Toutes des veuves sans enfants. C'est ainsi
qu'on nous appelle : les veuves. Rahel est très
malade. De quoi, nous ne le savons pas (ou,
au contraire, nous ne le savons que trop). Pour
la première fois depuis longtemps, pas de cris,
pas d'appels, pas de bavardages. Hannah dit
qu'elle rêve tout le temps. Je n'ai pas pensé
à lui demander à quoi.
On ne voit plus la côte.

*Après-midi.*
Dehors. Repas soupe miso et boulette
de riz. L'air de la mer, le soleil sur le pont.
Des îles loin à droite, petites, qui ressemblent
à des morceaux de papier transparent à demi

trempés dans l'eau. Retour à la cabine pour que d'autres puissent à leur tour monter sur le pont. On nous a annoncé que cet après-midi nous serions en mer de Chine. Il paraît que nous sommes plus de huit cents en route pour Shanghai. Toutes et tous partis de Kaunas grâce au visa du saint Sugihara, comme on le nomme entre nous.

Enfermées dans notre cabine, nous n'avons aucune idée de l'heure. Ce que j'ose à peine écrire ou penser : que tu sois morte. Que moi, je sois revenue d'entre les morts seulement pour apprendre que toi, tu es passée de l'autre côté. Peut-être pourrais-tu y rencontrer Hugo ? Suis-je sotte. Tu ne l'as jamais vu. Tu ne le reconnaîtrais pas. Et lui non plus.
Gittel et Golda, qui sont les plus vieilles et qui sont entourées de quantité de morts, affirment qu'il ne faut se faire aucune illusion : tout ce qu'on vit ici, dans ce monde, s'efface dès qu'on cesse de voir ou d'entendre. *Gornisht mit gornisht !* Plus rien de rien ! « C'est l'aspect plaisant de ce voyage-là, dit Gittel. On n'emporte pas de valise. »
Nos valises à nous ne pèsent plus grand-chose. C'est tout ce qui est à l'intérieur de nous qui est épuisant à transporter.

Dans la cabine, les vibrations du bateau rythment nos journées. On les oublie par moments. Jamais longtemps.

*Soir.*
Rahel a eu une crise de douleur au retour de la promenade sur le pont. Nous nous relayons autour d'elle, en vain. Nous sommes impuissantes à la soulager. Par moments, elle s'évanouit. On hésite à la ranimer. Golda finit par appeler. Les soldats transportent Rahel à l'infirmerie.
J'ai jeté un coup d'œil à la montre-poignet de l'officier. Un tout jeune, pas rassuré par les cris de Rahel et les grondements de Golda.
Cinq heures vingt sur la montre, six heures maintenant.

Je relis ce que je t'ai écrit depuis ce matin, chère Clara. Pardonne-moi. Je jette sur ces pages tout ce qui me vient à l'esprit, pêle-mêle. J'ai peur : même si tu es vivante, comment te retrouver parmi les millions d'habitants de Shanghai ?

Je dois écrire les choses dans l'ordre.
Je vais y penser en reposant ma main.

*Nuit.*
Rahel toujours à l'infirmerie. Mes compagnes dorment. Jamais de noir complet dans la cabine. J'occupe la couchette du haut : la veilleuse n'est pas loin.
De la mort d'Hugo, je ne me rappelle rien, sinon que je voulais mourir avec lui.

Me barbouiller de son sang, mourir, le suivre. Que sa peau ne soit jamais froide. Je crois même que j'ai voulu entrer en lui par la plaie qu'il avait au cou. Elle était si large…
Mon père m'a confié que j'ai été comme folle pendant des jours. Je n'en ai aucun souvenir. Tout ce que je sais, c'est ce qu'ils m'ont raconté après, dans le transsibérien, lui et Sarah.
La police de Kaunas est venue. Le propriétaire du cabanon est resté en prison deux jours. À son retour, il nous a chassés. Des gens très gentils nous ont accueillis. Je ne me souviens pas d'eux. Ni nom ni visage. Sarah restait près de moi nuit et jour. « Comme un fauve », selon Abraham. Il a fait le nécessaire pour l'enterrement d'Hugo. Il paraît que je n'ai pas voulu assister à la cérémonie. Je répétais à tout le monde que le corps d'Hugo avait disparu. Quand ils sont revenus du cimetière, j'ai cessé de parler. C'est ce qu'ils m'ont dit, et je les crois.
Deux mois ont passé avant qu'Abraham puisse acheter des billets de train pour nous trois. Kaunas-Vladivostok. Quatre fois le prix normal. Mon argent avait fondu comme neige au soleil. Nos gentils hôtes n'exigeaient rien de nous, ni loyer ni nourriture. En remerciement, Abraham leur a donné les trois belles robes de Berlin qui restaient encore dans ma valise Hartmann. Il m'a laissé la pelisse russe achetée par Hugo et le beau manteau offert par Frau Opel.

Il était couvert du sang d'Hugo. Le lavage l'a bien abîmé. Je l'ai toujours (en revanche, pas la pelisse russe. Je te raconterai plus tard).

Pendant ces deux mois, Abraham a encore affronté un très mauvais moment. En janvier, le rabbin Shmuelevitz et sa yeshiva de Mir sont arrivés à Kaunas. C'est pour lui que Yenté a accepté de quitter Varsovie. Et c'est pour lui qu'à Mir elle a abandonné Abraham, son époux, et Sarah, sa fille. Pour lui servir de cuisinière, à lui et à ses fidèles. Nous sommes repartis de Mir sans elle. Désormais, il ne leur était plus possible de se rendre en Israël à cause de la guerre en Italie. Ils s'étaient décidés à profiter des visas que le saint Sugihara continuait de tamponner et de signer à longueur de journée. Sarah et Abraham sont allés dans la maison où le rabbin et ses fidèles habitaient à Kaunas. Yenté y résidait avec d'autres femmes, s'occupant des disciples, comme à Mir. Pas question pour elle de revenir avec son époux, loin du rabbin. Si Sarah voulait demeurer auprès d'elle, pas de problème. Elle apprendrait bien des choses. Je te raconterai la fin de cette histoire plus tard. La nuit est très avancée et maintenant la lumière de la veilleuse ou le bruit du bateau ne m'empêcheront plus de dormir.

*14 août 1941.*

*Matin.*
Bonjour, Clara.
Rien que la mer autour de nous. Et l'incessante vibration des moteurs. J'ai presque ri tout à l'heure en imaginant que c'étaient les tremblements de peur de nous autres, les huit cent cinquante Juifs en route pour Shanghai, qui faisaient ainsi frémir le bateau. Ça se pourrait bien.

Mon poignet et ma main vont mieux. Moi aussi. Ainsi qu'à Berlin, quand je t'écrivais. Pourtant, plus on s'approche de Shanghai, plus j'en suis convaincue : nous ne pourrons pas nous y retrouver. Inutile d'y penser.

Les soldats infirmiers ont ramené Rahel dans la cabine. Ils lui ont donné quelque chose de fort contre la douleur (Golda et Schaïné prétendent qu'il s'agit d'opium). Elle somnole. Pour la première fois depuis des jours, nous retrouvons son vrai visage. Vieilli comme nous ne pouvions l'imaginer.

*Presque midi.*
Deux heures (j'ai vérifié sur les montres des soldats) à remplir des papiers en allemand que deux Japonais, pas militaires et très aimables, tentent de traduire dans leur langue. La main de nouveau prise de crampes.

*Soir.*
Très chaud, humide, étouffant, surtout dans la cabine. Le choix de la couchette du haut a des avantages et un vrai défaut : pas d'air.
Un infirmier, de retour pour Rahel. Piqûre. Golda a voulu savoir ce qu'on lui injectait. Réponse à la japonaise : sourire, inclination du buste et lèvres closes. Rahel n'est plus consciente. Nous pensons toutes la même chose sans en souffler mot.
L'infirmier pressé de quitter la cabine.
Elle sent mauvais. Impossible aération avec seulement un hublot. L'odeur de huit femmes, dont une malade, qui se lavent comme elles peuvent, sans parler des vêtements.
Nous nous sommes à peine changées depuis que nous sommes montées dans le train à Kaunas. Il neigeait et gelait. À la fin du premier jour, avec les poêles à bois surchauffés, l'odeur a commencé d'envahir la voiture.

Abraham, mon père, était persuadé (Sarah aussi) que c'était ce qui m'avait *réveillée*. Comprendre : je regardais autour de moi, je faisais ce qu'on me demandait et même, après quelques jours, je parlais.
Je m'en souviens mal. Il y avait tant de monde dans ce train. Qui bougeait sans cesse. Occupé à ceci ou cela. Des conversations à n'en plus finir. Des disputes, des rires, des brûlures, des malades, des enfants qui jouent, crient, se blessent. Des couples incapables de se retenir de s'aimer. Ceux qui ronflent. Deux mille personnes au moins, semble-t-il. Et l'odeur des soupes, des saucisses, des choux, des pains, de la neige qu'on faisait fondre pour cuire les pommes de terre, des herbes de tisane… mêlée à toutes les autres odeurs, jour et nuit, nuit et jour.
On s'arrêtait autant qu'on roulait. « Train spécial » signifie : qui roule quand il peut. Au bout de quinze jours, plus aucun militaire ou douanier ne voulait monter à bord pour contrôler les visas. Ils ouvraient les portes et reculaient en criant : « On va s'asphyxier là-dedans ! » Ils restaient sur les quais et nous, nous devions venir à la porte pour montrer nos papiers.
« C'est ce qui t'a définitivement réveillée, a assuré mon père en riant, quand je t'ai demandé un matin comment tu allais et que tu m'as répondu pour la première fois : "Ça va." »

Il a fait danser Sarah. Toute la voiture est venue me voir en s'exclamant : « Ruth Rotstein est revenue ! » Me demandant si ça allait, et moi qui réponds oui, au début, puis hoche seulement la tête. Et m'apportant des gâteaux de Pourim (bien avant Pourim). Je les donnais à Sarah, des becquées comme à un oiseau parce que ses bras ne quittaient plus mon cou. Elle m'a dit que, pendant que j'étais absente, mon père ne m'appelait jamais par mon prénom, mais toujours « ma fille » ou « mon enfant ».
Elle m'a aussi demandé : « Où tu étais, puisque tu n'étais pas avec nous ? »
J'ai répondu : « Je ne sais pas. Avec Hugo, je crois.
— Et maintenant, il est parti pour de bon ? C'est pour ça que tu reviens avec nous ? »
J'ai voulu répondre non. Pas un mot n'est sorti de ma bouche.

*Nuit.*
Cela s'est passé en un rien de temps. Rahel s'est mise à se tordre et à geindre. Schaïné lui a attrapé les poignets, s'exclamant qu'elle était brûlante, qu'elle tremblait comme une feuille. On n'y voyait presque rien (ce n'est pas nous qui allumons ou éteignons la cabine). Golda a mis ses mains sur le front et la poitrine de Rahel en disant que, au contraire, elle était glacée. On cherchait de quoi la recouvrir quand Rahel s'est mise à haleter comme si

elle courait. C'était terrible. L'impression qu'elle allait s'arracher les poumons. Elle a cessé d'un coup. Aucune de nous n'a demandé si elle était morte. On le savait. Par respect, nous avons attendu un peu avant d'appeler les soldats. Golda pense que les piqûres n'y sont pas pour rien. Perl objecte que ce ne sont pas les piqûres qui ont rendu Rahel malade. Gittel et Hannah closent la discussion en rappelant que Rahel avait assez souffert et que c'était mieux ainsi.

Plus tard, Gittel s'est lamentée : « Nous n'aurions pas dû prévenir si vite les soldats. Maintenant qu'ils ont emporté son corps, qui va faire la *tahara* ? Qui va l'envelopper du *takhrikhin* ? Rahel va-t-elle disparaître impure et nue ? »
Golda lui a répondu : « Et quand voulais-tu leur annoncer ? En arrivant à Shanghai ? »
Et aussi : « Où vas-tu trouver la terre pour l'ensevelir, le rabbin pour l'oraison du *hesped* ? Crois-tu que nous sommes en promenade autour de chez nous ? »
Depuis, chacune se tait. Le vide de la couchette de Rahel nous pèse sur le cœur. Selon Gittel, Rahel signifie « bonne chance, bienheureuse ».

*15 août 1941.*

*Matin.*

Le corps de Rahel jeté à la mer à l'aube ! En plein shabbat ! Révolte partout sur le bateau dès que l'horreur a été connue. Non que les Japonais soient mauvais avec nous, seulement ils ne connaissent rien de rien aux Juifs. Finalement, des étudiants du rabbin Shmuelevitz ont été autorisés à aller sur le pont, tefillin aux bras et sur la tête, pour prononcer les bénédictions devant la mer. Nous aussi, les veuves de la cabine, nous nous sommes rendues sur le pont, pour nous placer derrière les hommes, car Rahel était notre compagne.

La mer était belle. Bleu léger comme un coton doux, pas trop serré, qui accompagne le corps sans le presser. Un beau tissu pour envelopper Rahel. Une belle sorte de *takhrikhin*, j'ai trouvé, même si elle n'est pas décrite dans la Torah.

Peut-être à cause du bruit des vagues tranchées par notre bateau, ou des vibrations incessantes, ou de la brise dans mes cheveux (lavés à Kōbe, avant le départ), durant tout le temps des bénédictions, au lieu de penser à Rahel, j'ai pensé à toi, Clara. J'ai rêvé qu'on se rapprochait. Je suis incapable d'imaginer autre chose.
Rahel ne m'en voudrait pas si elle l'apprenait.

*Après-midi.*
Après la soupe miso et la boulette de riz, Schaïné est venue me voir. Nous avons presque le même âge. Elle est originaire du sud de la Pologne. Gittel, qui a été professeure de yiddish et dont le mari étudiait les langues de la Torah, lui a fait remarquer hier que son nom voulait dire « illuminée, radieuse ». Schaïné proteste : « Je ne suis pas une ampoule, qui éclaire et s'éteint ! » Elle a décidé qu'à Shanghai elle se ferait appeler « Tessa ». Un prénom juste pour moi, dit-elle. Qui n'a aucun sens particulier.

Que je te raconte, Clara. Notre train longuement arrêté non loin de Moscou. Une gare toute petite, où n'étaient parqués que des convois de marchandises vides et le nôtre. Après deux jours, des soldats se sont installés sur les rails. Pour nous protéger ou pour nous empêcher de repartir ? Impossible de le savoir. Ceux qui parlaient un peu de russe leur ont apporté du thé chaud. Abraham y est allé avec d'autres. Il est revenu en expliquant que les soldats eux-mêmes n'en avaient pas la moindre idée. Ils se contentaient de répéter que, pour leur tenir chaud, ils préféreraient des femmes, des jeunes aux cuisses lisses, pas des vieilles usées, et de la vodka plutôt que du thé.

Au cours d'une conversation, Abraham a révélé que j'étais couturière. Le défilé a commencé. Toutes, elles avaient en leur possession du fil, des aiguilles, des ciseaux, des pièces de tissu. On s'est débrouillées avec les moyens du bord pour confectionner des blouses, des chemises, des culottes… Cousues à la main, dans le froid. Nous, agglutinées autour du poêle. J'étendais les coupons au sol pour les coupes et la mise en place. Des choses que les autres femmes ne savaient pas faire, mais coudre, qui ne le sait pas ? Elles parlaient beaucoup. Jamais à court d'histoires. J'avais tout le loisir de me taire. Notre voiture s'est appelée le « wagon de la couturière ».

Un après-midi, un immense train de marchandises est passé à côté de nous. On a fini par se rendre compte qu'il n'y avait que des hommes et des femmes à l'intérieur. Chez nous, tout est devenu silencieux. Le soir, la vapeur de notre locomotive a fait entendre son gémissement, le sifflet a retenti, et notre train est reparti.

Discussion dans la cabine toute la fin d'après-midi. Encore deux nuits et nous serons à Shanghai. Qu'allons-nous y devenir ? Où, comment, avec qui ? Fruma affirme que des milliers de Juifs y vivent déjà. Son mari a été le maire de Bochnia, un bourg près de Cracovie. Il voulait déménager à Shanghai dès 1937, en passant par la Turquie. Elle est certaine que nous y serons bien accueillis. Je ne me mêle pas aux conversations. J'attends qu'elles se taisent pour être avec toi, ma Clara. Comme je voudrais que tu m'attendes à Shanghai !

*Nuit.*
Me suis endormie dans la chaleur et les mauvaises odeurs, la tête pleine des discussions des veuves. Puis j'ai rêvé d'Hugo. Nous étions dans l'alcôve du parc Saski. Il pleuvait. Un déluge pire que la première fois où Hugo m'y a conduite. Nous venions de célébrer notre mariage secret en brisant un verre.
Je voulais l'emmener te voir. Tu nous attendais dans un endroit dont je ne retrouvais pas le nom. Et brusquement, pendant que je parlais, la pluie a commencé à faire fondre Hugo.
Je ne pouvais rien faire pour l'empêcher. Lui non plus, pourtant il n'avait pas l'air de s'en inquiéter. Je le suppliais de partir, de quitter le parc. Il fondait tellement vite ! Il fondait entre mes doigts et je ne parvenais à rien retenir de lui. Absolument rien. Pas même son regard.

*Nuit, plus tard.*
L'histoire de mon père. Notre train progressait lentement entre des murs de neige quand Abraham a appris que le rabbin Shmuelevitz était lui aussi dans le train, en tête, près de la locomotive, avec ceux de sa yeshiva. Ça lui a pris longtemps, à Abraham, pour les atteindre. Beaucoup de voitures ne communiquaient pas entre elles. Il fallait attendre les arrêts pour passer de l'une à l'autre. Quand il a rejoint le rabbin, on lui a révélé que Yenté et deux autres femmes s'étaient perdues en route. Elles étaient descendues pour aller se soulager et acheter des pommes de terre et du sucre pendant que l'on chargeait en eau et en bois le tender de la locomotive. Il faisait presque nuit et les cheminots n'avaient pas lancé les coups de sifflet habituels avant d'autoriser le train à repartir. « On a oublié, on était pressés parce que c'est une région à loups », avaient-ils brandi en guise d'excuse. Personne n'avait revu Yenté et ses compagnes. Personne ne connaissait le nom de la gare où elles avaient été abandonnées. « Comme si cet arrêt n'avait pas existé », avait dit l'époux d'une des disparues. C'était loin d'être la première fois que cela arrivait. Toute une matinée, le rabbin et ses fidèles avaient prié pour elles trois. Pour lui, avait confié le rabbin à Abraham, la perte de Yenté était comme la perte d'une sœur.
Sarah a entendu tout ce qu'Abraham racontait. Elle a haussé les épaules et feint de n'y accorder aucune importance. Mais elle ne m'a

plus lâchée d'une semelle et, la nuit, impossible de décrocher ses bras de mon cou. Il a fallu que j'apprenne à dormir comme ça.

La semaine suivante, on nous a informés qu'on allait s'arrêter à Birobidjan, une ville de Juifs en pleine Sibérie, à la frontière avec la Chine. Abraham nous a alors annoncé : « Je vais vous dire adieu. Ici, à Birobidjan, il y aura un endroit pour moi. Qu'irais-je faire au Japon ? Il faut avoir la vie devant soi pour effectuer ce voyage jusque chez des gens qui ne savent même pas que nous existons. C'est pour vous : vous êtes encore curieuses de la vie. Birobidjan, c'est pour moi : terre juive, nation juive, peuple juif. On raconte qu'on y trouve même un théâtre yiddish. »
Sarah a essayé de le retenir. Ils sont restés ensemble jusqu'à la jolie gare rose de Birobidjan. Tous ceux et toutes celles de notre voiture aimaient Abraham. Ils lui ont fait la fête quand il est descendu du train avec ma pelisse russe sur le dos. Il me l'avait demandée. « Comme ça, je vous aurai, toi et Hugo, sur mes épaules chaque fois que je la porterai. »
Mon père… Ah, oui, ne pas oublier : quand il est descendu du wagon, une fanfare yiddish jouait sur le quai comme si son arrivée était prévue. On ne sait pas pourquoi.
Mon père a toujours été un homme étrange.

*16 août 1941.*

*Matin.*
Dernier jour de mer avant Shanghai. Sur la gauche (bâbord) où donne notre hublot, on voit très loin l'ombre de la Chine.
On se coiffe les unes les autres. Pour la première fois depuis longtemps je regrette mes cheveux longs, avec lesquels tu m'as connue. Aujourd'hui, il n'en demeure qu'un amas de paille rousse. Tu ne me reconnaîtras pas, Clara. Schaïné (la future Tessa) a sorti d'on ne sait où un petit miroir. Je me suis découvert une horrible tête de garçon maigre. Les yeux trop grands, le nez trop long, la peau des lèvres abîmée (effet de la pneumonie) et cette toison de folle.
L'humeur dans la cabine a déjà changé. L'arrivée à Shanghai nous rend nerveuses. Se faire propres, ne pas avoir l'air des pauvres épuisées que nous sommes. Peut-être, même,

ressembler à de plaisantes femmes ! Chacune a ses raisons, qu'elle garde secrètes. On déplie, on vérifie, on replie le peu qu'il reste dans nos valises.
Chacune respecte la couchette de Rahel, jamais on n'y dépose quoi que ce soit. Le plus discrètement possible, on caresse le tissu qui la recouvre pour murmurer à l'âme de Rahel qu'on pense toujours à elle.

Tout à l'heure, en prenant mon carnet, je me suis rendu compte que je t'écrivais toujours en yiddish, Clara. Ah, pauvre de toi ! Tu vas devoir l'apprendre pour me lire. Cette pensée m'a fait sourire. Hannah, qui était à mon côté, s'est écriée : « Ruth a souri ! » Toutes se sont mises à m'interroger. « À cause de celui à qui tu écris toutes ces pages ? » J'ai grimacé. Elles ont éclaté de rire. Un grand fou rire. À en avoir mal au ventre, comme si on avait entendu la chose la plus drôle au monde. Jusqu'aux larmes, s'embrassant. Golda (« en or », en yiddish) s'est exclamée : « Ah, voilà les veuves joyeuses ! C'est du beau ! » On a ri encore plus fort, au point que quelqu'un a tapé contre une des cloisons de la cabine.

*Après-midi.*
Le ciel se couvre. L'air devient gluant d'humidité. On ne pense qu'à l'arrivée.
Le temps file à toute allure. Même en yiddish, si tu es vivante, Clara, et que l'on se retrouve,

tu liras ces lettres. Je le sais, alors je finis de te raconter le train.
Toujours une chose conduit à une autre. La vie est ainsi faite qu'on ne peut jamais savoir ce qui nous attend. Seuls les fous croient le contraire. Le lendemain du jour où j'ai donné ma pelisse russe à Abraham, le froid est redevenu si mordant que les roues du train patinaient sur les rails.
Deux jours plus tard, la mer était gelée à notre arrivée à Vladivostok et les bateaux bloqués dans le port. Comme personne ne savait quoi faire de nous, nous sommes restés dans le train toute une semaine. Le bois manquait dans les poêles et personne ne nous en donnait. Un miracle que nous ne soyons pas tous morts de froid.

Quand on nous a enfin transférés dans un camp de cabanes, des médecins sont venus séparer les bien portants (ou presque) des malades. Ils ont déclaré que j'avais une pneumonie (ou que j'allais l'avoir, ils n'étaient pas d'accord entre eux). Nous étions des dizaines dans le même état, femmes, hommes, jeunes, vieux. Résultat : trois semaines dans des baraques séparées qui servaient d'hôpital. Des morts tous les jours. Moi, j'ai survécu. Pourtant, je me répétais chaque jour : pourquoi ? Je veux rejoindre Hugo !
Après, je pensais à Sarah, que j'avais laissée avec mes compagnes, et j'avais honte.

Le redoux d'avril est arrivé d'un coup. La mer a dégelé. Les Soviétiques étaient impatients de nous voir partir. Les médecins m'ont trouvé moins d'eau dans les poumons. Vivante et bonne pour le départ. Je suis montée sur le bateau japonais avec Sarah. La traversée jusqu'à Tsuruga n'était pas longue. Heureusement, car nous avons tous eu le mal de mer. Impossible d'avaler quoi que ce soit. À l'arrivée, des militaires japonais, uniformes kaki, grandes casquettes plates (on finissait par découvrir tous les uniformes du monde), nous attendaient. À peine étions-nous hors du bateau (des Japonais dans leurs extraordinaires costumes traditionnels étaient venus assister à notre arrivée) qu'ils nous ont alignés sur le quai en plusieurs rangs, selon un ordre compliqué auquel nous ne comprenions rien. Il a fallu la matinée pour qu'ils soient satisfaits de nos files d'attente, chacune et chacun de nous avec son visa Sugihara dans la main et la peur au ventre. Et encore l'après-midi pour qu'on avance vers des tables, où d'autres militaires étaient installés. C'est à ce moment-là que sont arrivées les femmes de l'AJJDC. Des lettres dont je me souviendrai toujours. Blanches sur une bande de satinette bleue nouée au-dessus du coude sur une manche de leur veste. Pas des Japonaises, bien sûr. Des Américaines. Repérables au premier coup d'œil.

Aujourd'hui, je sais quelle est leur signification, à ces lettres : *American Jewish Joint Distribution Committee.*

Trois, peut-être quatre femmes, je ne me rappelle plus. Et un homme en costume. Cravate à damier, chemise à manches courtes, la veste sur le bras. Un officier japonais les escorte, en bottes de cuir malgré la chaleur, un monocle sur l'œil gauche, et une moustache si fine qu'on l'aurait crue dessinée sur sa peau. Je n'avais pas vu de monocle depuis si longtemps ; je le fixe, ébahie. Il me rend mon regard, s'approche. Une des femmes le suit, ainsi que l'homme à la cravate. La femme porte un chapeau de paille à large bord et un gros sac.
Sarah se colle à moi, la femme sourit. Un beau sourire. En allemand, l'officier japonais me réclame nos visas. Il hoche la tête, les montre à l'homme en costume, qui dit : « Sugihara ? » Le Japonais acquiesce. En bon allemand, la voix douce, le regard sérieux, triste, la femme au brassard me demande si Sarah est ma fille. J'explique la situation. Rien ne les surprend plus, apparemment. Le Japonais s'éloigne pour s'occuper de quelqu'un d'autre. Il ne m'a pas rendu mon visa. Je vais pour le rappeler quand la femme pose une main sur mon bras et l'autre sur l'épaule de Sarah. Elle nous fait sortir de la file d'attente. Elle me demande si ça va. Elle parle en yiddish, maintenant. Bas

et vite. Elle dit que je suis épuisée, qu'il faut qu'on prenne soin de moi et de Sarah. Elle a un beau visage, une vraie tristesse dans le regard. Elle ajoute : « Nous sommes des Juifs, comme vous. Nous sommes là pour vous aider. Le rabbin Shmuelevitz nous a raconté combien tout a été difficile pour vous. Nous devons sauver au moins les enfants. Si vous le voulez, on peut offrir une vraie vie à cette belle Sarah. En sécurité. En Amérique. Elle pourra y devenir tout ce qu'elle veut. Je vous le promets. » L'homme ajoute, en yiddish aussi : « L'Europe, c'est fini pour nous tous. Hitler occupe la Pologne aujourd'hui. Il sera chez les Soviets demain. Bientôt, les Japs entreront en guerre contre l'Amérique. Ils ne nous laisseront pas revenir, en revanche, votre Sarah peut partir pour New York dans trois jours. » La femme dit : « C'est vous qui décidez. Si vous nous la confiez, vous lui offrez une vraie vie. » Sarah, qui a tout compris, est en larmes, agrippée à ma taille. Je l'entends hurler contre mon ventre : « Non, non, non ! Ruth, ne me laisse pas ! Ne me laisse pas ! Je reste avec toi ! »
Pendant qu'ils parlent, je vois que les autres dans la file d'attente nous regardent, et aussi l'officier japonais, et je pense : ils sont en train de me dire qu'on va tous mourir, que je vais mourir enfin. La femme me dévisage bizarrement en répétant en allemand : « Fräulein Rotstein ? » Tout à coup, ce sont

les yeux d'Unkel Moses que je vois. Ses yeux quand il m'a dit : « Maintenant, le devoir des Juifs, c'est de survivre. » Je veux poser mes lèvres sur la tête de Sarah pour l'apaiser pendant que je dénoue ses bras de ma taille, mais le vertige m'emporte et je m'évanouis.

*Nuit.*
Minuit passé, certainement. Le bateau ne tremble plus : il n'avance plus. Du hublot, on voit des lumières sur d'autres navires plus éclairés que le nôtre et qui attendent le jour pour entrer dans le port de Shanghai, eux aussi. Il n'y a pas de lune, donc tout est noir sur la côte. Sauf ici et là, où brillent des lumignons. Des maisons, sans doute. Mais peut-être qu'on tourne le dos à la ville. On verra à l'aube.

*17 août 1941.*

Nous sommes dimanche.
Personne ne dort dans la cabine. Impossible.
Sarah me manque. J'ai peur pour elle. J'ai honte de l'avoir abandonnée. Mes compagnes me répètent que j'ai eu raison de la laisser. Les femmes de l'AJJDC ne sont pas des menteuses. Beaucoup d'autres enfants sont partis avec des Américaines. Elles, elles peuvent faire ce qui nous est impossible. Sarah aura une belle existence avec elle. Loin de nous.
Je pense à elle, j'ai l'impression qu'on me tranche la gorge. Pas même un adieu. Un baiser sur la tête et je m'évanouis. Sarah, Sarah, pardonne-moi.
« Nous autres, on le sait, dit la future Tessa, il faut avoir plusieurs vies en soi pour pouvoir donner à une enfant celle qu'elle mérite. »

C'est aussi ce que m'a dit un très gentil
médecin dans un baraquement à Kōbe.
« Il faut vivre, Fräulein. Le monde tend
les bras aux jeunes femmes comme vous. »
Il parlait un bel allemand où pétillait une
forme de gaieté. Alors je lui ai souri et j'ai dit :
« Je ne sais pas. »
C'était avant que le mot « Shanghai »
apparaisse sur le panneau d'information dans
le quartier juif de Kōbe. Un grand panneau
de papier vert avec les destinations que nous,
qui possédions un visa du saint Sugihara,
pouvions choisir (avant le soir). En allemand et
en yiddish étaient inscrits : Canada, Palestine,
Afrique du Sud, Australie, États-Unis et
Shanghai.
Oh, ma Clara ! J'ai compris que tu me sauvais
la vie. Tu m'appelais. Tu me faisais venir vers
toi. Jamais tu ne m'as abandonnée, même si je
ne t'ai pas rejointe à Hambourg.
Et voilà, j'arrive. Pleine de folles pensées.

J'ai si peur que tu ne sois pas là.

Avant que je n'oublie :
Perl veut dire « la perle ».
Fruma, « la dévote ».
Hannah, « la gracieuse ».
Et Ruth, « la compatissante ». Ce qui, à mon,
avis, ne me correspond en rien.

# IV

# 上海
# 孤岛

# SHANGHAI

## L'île solitaire

*Août 1941-août 1945*

## 1

## La mer des scorpions

Clara ferma les yeux pour mieux se concentrer sur la voix de Jinhui qui résonnait dans le combiné. Toujours aussi douce, aussi calme.

— Ce soir, reposez-vous, ma *qin ai.* Ici, il y a foule. Et ce sera pire dans une heure. On se verra demain pour le déjeuner. Où vous savez.

Elle distinguait le brouhaha du night-club en fond sonore. Jusqu'à la trompette de l'orchestre qui provoquait d'étranges grésillements. Après tout, le Ciro, où se produisait l'orchestre de jazz de Jinhui, était à moins d'un kilomètre de chez elle. Elle aurait seulement voulu qu'il lui dise tout autre chose : « Venez, *qin ai*, venez, je vous attends. » Et elle lui aurait répondu : « Jinhui, je ne peux pas, pas avant le milieu de la nuit. » Juste pour savourer sa déception. Elle en était arrivée à ce point de bêtise.

Elle protesta quand même, en toute mauvaise foi :

— Je vous entends vraiment trop mal, Jinhui. Je n'ai pas bien compris…

Elle l'entendit rire. À quoi bon en dire plus ? Ils savaient très bien, l'un et l'autre, à quoi ils pensaient.

Ils laissèrent s'écouler un petit silence avant de s'adresser des baisers d'au revoir.

Clara reposa le combiné sur sa fourche, consulta sa montre-bracelet : minuit passé de dix minutes. Il lui restait plus d'une heure avant de contacter l'émetteur-récepteur de Vladivostok, qui était le relais du Centre – la direction du Komintern – le plus proche de Shanghai : mille six cents kilomètres.

Elle se glissa dans la véranda, roulant entre ses mains les feuillets du message encodé un peu plus tôt, et alla se lover dans les coussins de sa chaise longue. Un véritable lit de repos en bois de rose, ancien, délicat mais robuste. Son havre dans un appartement qui était lui-même un magnifique refuge : deux chambres spacieuses plus une pièce entièrement vitrée qui servait à la fois de salon, de cuisine et de bureau. Les trois pièces occupaient le quatrième et dernier étage d'une maison de brique entourée de banques et d'usines, à l'intérieur de la concession internationale, au 29 Cavanauch Road, tout près du canal de Zhaojia Gou. Habitée par les étrangers – Britanniques et Français, Italiens, Allemands et Américains, Russes aussi –, densément peuplée, la concession résonnait tout le jour d'un incessant tohu-bohu. S'y agitait un invraisemblable assortiment de corps, de visages, de vêtements, du plus misérable ramasseur d'ordures en haillons aux banquiers et hommes d'affaires occidentaux en costume trois-pièces. On y voyait aussi d'élégants Chinois en longue robe de soie, vaquant, souriants, à d'énigmatiques affaires.

Du printemps à l'automne, des nappes de brume levées par la chaleur dans l'immense delta du Yangtsé encerclaient la ville et prenaient à la gorge. Illuminées par quelques lanternes de papier, la véranda et sa chaise longue permettaient à Clara de « faire la paix avec la ville », comme disait Jinhui.

En ce mois d'août 1941, Clara en était à son troisième été en Chine. Un éclair et une éternité, dans un lieu comme Shanghai. Elle pouvait presque faire figure d'« ancienne » parmi les Européens qui n'avaient pas quitté la ville.

Elle grimaça. Une mauvaise pensée qui la ramenait une fois de plus à ce qui la tourmentait : combien de temps encore Jinhui demeurerait-il à Shanghai ? Combien de temps encore allait-il être, *pour elle*, le Jinhui qu'elle aimait et admirait – puisqu'il fallait, de temps en temps, appeler les choses par leur nom ?

Elle aurait donné beaucoup pour être au Ciro. L'orchestre de Jinhui – un orchestre de jazz détesté par les autorités japonaises, mais toujours sous la protection du statut de la concession – y jouait exceptionnellement toute la nuit. À l'occasion d'elle ne savait quelle fête – Jinhui ne le lui avait pas confié. Elle n'avait pas demandé. Elle aurait dû.

Peut être le rejoindrait-elle malgré tout, après avoir reçu le code réception de Vladivostok. Si elle en avait le courage, ou la folie. Pour se rassurer. Pour le surprendre. Pour savoir.

Pour montrer qu'elle osait désormais, elle aussi, nager dans la « mer des scorpions » ?

Elle ricana. S'entendait-elle ? Quelle arrogance ! Assurément, Jinhui, l'homme qui l'avait introduite dans

Shanghai et avait contribué à faire d'elle, à sa manière, une bonne agente, était devenu son point faible. Son bel amour.

Un territoire absolument prohibé.

Elle entendait encore l'accent rocailleux de son officier instructeur chinois, Ke Lang Yeun, dans la ferme du nord de Moscou où, sous le nom très officiel de Clara Antonietta Garmelint, elle apprenait à devenir une parfaite espionne. La trentaine, râblé, court sur jambes, Ke Lang Yeun parlait remarquablement l'allemand.

— Vous pourrez avoir toutes les relations que vous voudrez, Fräulein Garmelint. Des relations intimes si vous le souhaitez. Cela vous regarde. Vous pourrez même vous marier si cela convient à la situation. Vous devrez néanmoins nous en avertir afin que nous puissions examiner le passé de votre prétendant. Toutefois, il est une chose qui vous est interdite. Pour votre sécurité comme pour la nôtre. Il vous est absolument défendu de tomber amoureuse. Pour un agent fixé en territoire inamical, se laisser aller à une relation amoureuse, c'est charger l'arme qui tôt ou tard l'abattra. Et ne cherchez pas à tricher. Si nous constatons que vous commettez cette faute, le Centre sera contraint de vous relever de votre mission. Par tous les moyens.

À ce moment, elle avait eu envie de pouffer de rire. Amoureuse ! S'il était une règle qu'elle n'aurait aucun mal à appliquer, c'était bien celle-ci.

Sottise et orgueil. Elle ne connaissait pas encore Bo Jinhui.

*

* *

Ils avaient peut-être vécu leur plus beau moment lorsque Jinhui lui avait trouvé cet appartement, dans Cavanauch Road. C'était l'hiver, fin janvier 1939, peu après son arrivée à Shanghai.

Le gel figeait la neige sur la ville. Jinhui avait poussé la porte en bois de merisier du trois-pièces sous les combles, et tout ce qu'elle avait eu devant elle l'avait enchantée. Le vaste salon, presque aérien, telle une immense volière, les toits recouverts de neige que l'on voyait de la véranda, les poutres peintes de la charpente, le soleil rasant dans les stores de bambou des chambres et l'ocre des hautes armoires laquées... Quelle merveille !

L'appartement contenait déjà les meubles essentiels – jusqu'à un téléphone de bakélite blanche sur une petite table pourpre. Et rien, ici, ne lui rappelait l'opulence grotesque de la maison de son père, pas plus que la désespérante laideur des taudis de Berlin où elle s'était contrainte à vivre. Une bouffée de joie enfantine l'avait fait fondre dans les bras de Jinhui.

— Dites-moi la vérité. Vous avez manigancé tout cela, n'est-ce pas ?... Vous avez tout arrangé avant de m'amener ici. Et ce loyer de rien du tout ! Cet appartement vous appartient...

Il lui avait baisé les paupières, s'était attardé, gourmand, sur ses lèvres. Léger, provocant, comme toujours quand il ne voulait rien dévoiler.

— Malheureusement, non. Je ne possède rien dans la concession internationale. Bien sûr, je suis venu examiner à quoi ce logement ressemblait avant de vous le proposer. Tout était déjà tel que vous le voyez.

Il l'avait contemplée tandis qu'elle s'extasiait, heureux de la savoir heureuse. Un peu plus tard, dans la véranda où soufflait un vent glacé, la neige crissant sous leurs semelles, Jinhui l'avait enveloppée dans son grand manteau d'hiver en lui murmurant à l'oreille :

— Profitez de cet appartement, ma *qin ai*. Tout cela vous paraît extraordinaire parce que Shanghai n'est encore qu'une image pour vous. Mais je sais que les illusions ne vous guident jamais longtemps. Bientôt, il vous faudra être malheureuse d'avoir un logement comme celui-ci.

Elle avait laissé cette étrange prédiction s'effacer lentement tandis qu'ils s'embrassaient. Jamais encore elle ne s'était sentie si pleine de confiance en lui.

Ils avaient appris à se connaître durant les longs mois de la traversée depuis l'Europe. Même si, Clara n'en doutait pas, Jinhui ne lui offrait qu'une partie de ce qu'il était. Ni par défiance ni par malignité, jugeait-elle. Simplement, tout ne pouvait pas se dire. C'était là une vérité pour l'un comme pour l'autre. Étrangement, cette sorte de réciprocité les avait rapprochés plus que tout.

À l'époque, l'arrivée à Shanghai était magnifique. Après la remontée à petite vitesse de l'embouchure gigantesque du Yangtsé, puis des méandres majestueux du Wangpoo, lorsque la ville lui était apparue depuis le bastingage du *Conte Verde*, Clara en avait eu le souffle coupé. Jamais elle n'aurait imaginé un lieu pareil.

Entre les contrôles tatillons de l'armée japonaise et les manœuvres savantes du paquebot pour se tracer un chemin parmi une myriade de bateaux, il avait fallu presque trois heures pour accoster au fameux Custom Ward du Bund. Un immense quai doublé d'une avenue royale longeant le cœur battant de la ville : l'étalage incroyable d'une fabuleuse richesse. Clara avait eu tout le temps de se gorger de cette étrange vision : de hauts immeubles côtoyant de pompeux bâtiments à l'occidentale, les édifices les plus fastueux s'imbriquant dans un labyrinthe antique de murs décrépits, de toits bas aux tuiles cassées, de ruelles insalubres. Deux univers comme cimentés par le fourmillement incessant et bariolé des corps et des visages, impénétrable marée humaine.

Durant les semaines suivantes – elle ne s'était pas encore aventurée au-delà des rues protégées de la Concession –, tout ce qu'elle voyait, approchait, touchait, mangeait, buvait, entendait lui paraissait extraordinaire. Tout était si prodigieusement inconnu ! Il lui semblait avoir franchi une frontière invisible pour pénétrer dans un autre monde. Même les caresses de Jinhui, leurs plaisirs et leurs abandons possédaient une saveur inconnue.

Deux années et demie de guerre, de haine politique et d'occupation japonaise s'étaient écoulées depuis cette époque. Elle avait appris à avoir honte de son insouciance. Une effroyable misère urbaine consumait Shanghai. Des réfugiés, chinois et étrangers, s'y entassaient dans des conditions de plus en plus intenables. Des paysans exténués, à bout de ressources, des Juifs par milliers fuyant l'Europe en flammes. Des ouvriers, enfants, femmes, hommes, une multitude de chômeurs réduits en esclavage pour à peine se nourrir. Quatre millions d'êtres mourant à petit feu sur les sampans pourrissants de Soochow, dans les bidonvilles du Nord et les quartiers extérieurs à la Concession.

La véritable Shanghai, qui peu à peu éteignait la splendeur du Bund.

« Il vous faudra être malheureuse d'avoir un logement comme celui-ci. » Jinhui n'aurait pas pu mieux décrire son déchirement. La honte lui serrait la gorge chaque fois qu'elle revenait chez elle. Au cœur de cette débâcle, la vie dans la concession internationale restait prodigieusement clémente, même si la nourriture y était de plus en plus parcimonieuse et chaque déplacement plus dangereux. Son appartement ne perdait rien de sa beauté. Et c'était terrible à admettre : dans ce marasme, il lui était devenu de plus en plus indispensable. Or elle était à Shanghai pour voir, comprendre, décrire et, surtout, transmettre à Vladivostok cette réalité grâce aux froids tirets-points du morse. C'était son devoir, la loi d'airain de tout agent du Komintern, et elle avait juré de le respecter.

*

* *

En 1938, peu avant le retour de Clara à Hambourg, là-bas, dans la triste ferme des environs de Moscou, Ke Lang Yeun lui avait expliqué tout ce qu'il était possible d'expliquer de l'embrouillamini de la politique chinoise depuis l'invasion par l'empire du Levant, l'année précédente.

Dès l'origine, les Japonais avaient fait montre d'une cruauté absolue. Harbin, la grande ville du Nord, avait été détruite et les campagnes terrorisées. Durant l'été, à Shanghai, quatre cent mille soldats chinois étaient morts après avoir résisté avec une détermination forçant l'admiration. Désormais, la machine de guerre nippone occupait le nord-est de la Chine, depuis la frontière soviétique jusqu'à Shanghai, en englobant Pékin. Un gouvernement fantoche régnait sur les ruines de Harbin, mais les Japonais ne progressaient plus, ni vers le sud ni à l'intérieur du pays. Ainsi, les gigantesques dépouilles de l'ancien empire chinois demeuraient soit sous la férule des seigneurs de guerre, soit sous celle du Guomindang de Chiang Kaï-chek. Celui-ci avait établi son quartier général nationaliste à Chongqing, la capitale du Sichuan.

Dirigée *de facto* par Mao Zedong après l'éprouvante Longue Marche de 1935 qui l'avait mise hors d'atteinte des traîtrises de Chiang Kaï-chek, l'Armée rouge s'était fixée dans les montagnes de Yan'an. Elle comptait près d'un million de combattants – un chiffre qui faisait briller le regard pourtant placide de Ke Lang Yeun. On pouvait prédire qu'il y en aurait bientôt beaucoup plus. Des combattants se ralliaient constamment aux communistes, se détournant des seigneurs de guerre corrompus qui, selon le vent et sans vergogne, prêtaient main-forte tantôt aux Japonais, tantôt à Chiang Kaï-chek. Celui-ci s'obstinait dans une lutte frontale contre l'occupant, bien plus fort que lui. De bataille en bataille, ses troupes s'affaiblissaient, tandis que l'Armée rouge, elle, poursuivait une implacable guérilla, harcelant les envahisseurs, les démoralisant et les empêchant d'avancer.

— C'est que le but de Chiang n'est pas d'écraser les Japonais, grondait Ke Lang Yeun. Ce qu'il veut, c'est régner sur ce qu'il reste de la Chine libre et abattre les communistes.

Avec pour terrible résultat, hélas, que la Chine était déchirée à la fois par sa lutte contre l'occupant nippon et par une implacable guerre civile.

Ke Lang Yeun avait déployé une carte divisée en quatre parties colorées : la vaste zone sous occupation japonaise en orange ; l'immense territoire de l'Ouest, libre ou aux mains des seigneurs de guerre, en vert ; les bulles sous la domination du Guomindang de Chiang Kaï-chek autour de Chongqing en brun ; le territoire restreint des communistes à Yan'an en rouge, avec ses frontières limitrophes des trois autres.

Ke Lang Yeun avait plaqué une main sur l'espace rouge.

— Voyez : Mao doit lutter sur tous les fronts. C'est cet étau que nous devons l'aider à desserrer. Pour cela, il y a les batailles au grand jour, mais aussi celles de l'ombre. Elles ne sont pas moindres. Beaucoup d'entre elles se livrent à Shanghai, qui reste comme une épine dans le pied des Japonais, mais aussi dans celui du Guomindang.

Haussant la voix, l'officier instructeur avait fixé Clara des yeux.

— Un jour, agente Garmelint, nous soulèverons la ville contre ses oppresseurs, d'où qu'ils viennent ! Pour la Chine, la voie de la victoire passe par Shanghai ! Mais, pour gagner cette lutte, il nous faut des informations. De bonne qualité. Et avant les Japonais et les nationalistes. Ce sera votre tâche.

Il s'était interrompu, puis avait repris, baissant d'un ton, sifflant ses mots :

— Rappelez-vous : chaque nouvelle compte. Même celles qui paraissent bénignes. La ville est comme une corde d'alliances qui se tressent et se dénouent entre le soir et le matin, le matin et le soir. Des pouvoirs naissent et meurent en une journée. Mais il y a toujours un maître du jeu. Un jeu que vous devrez découvrir par vous-même, agente Garmelint. Vous allez devoir nager parmi les scorpions. Pendant quelque temps, vous aurez une arme : l'innocence d'une belle jeune femme étrangère, discrète, ignorant tout de la Chine et qu'on ne soupçonnerait pas d'être celle qu'elle est… Cependant, méfiez-vous. On me dit qu'elles sont nombreuses à jouer ce rôle d'écervelées, surtout des Américaines. Vous devrez vous mêler à ceux qui tiennent entre leurs mains la richesse de Shanghai, agente Garmelint. Vous trouverez le moyen sur place. Il est facile de faire des rencontres dans cette ville. Mais ne vous précipitez pas. Apprenez qui est qui, et ce que chacun dissimule derrière les apparences. Les Chinois sont experts dans l'art de créer des rideaux de fumée. Les Japonais sont des bambous qui cassent. Chiang Kaï-chek est un imbécile cruel, au moins cela est simple. Enfin, agente Garmelint, sachez qu'à Shanghai la ligne de front est rarement là où on le croit. Ne vous fiez à personne, surtout pas à vos certitudes.

Clara se souvenait encore du sourire de Ke Lang Yeun lorsqu'il avait conclu :

— Ce qu'il vous faudra surtout, Fräulein Garmelint, c'est de la chance. Un bon agent doit toujours avoir de la chance. Une agente aussi.

*
* *

De la chance, l'agente Garmelint en avait eu. Elle s'était manifestée dès l'embarquement sur le *Conte Verde*, à Hambourg. Clara était malheureuse à en mourir, or ce n'était pas le moment de l'être. Les agents et agentes du Komintern n'avaient pas à être malheureux. Ils se devaient de vivre et de mourir avec la plus parfaite impassibilité.

Quelle plaisanterie !

Depuis qu'elle était à Shanghai, bien à l'abri dans son appartement, Clara avait cent fois revisité cette scène.

La carte postale de Ruth l'avait terrassée. Ce qu'elle annonçait : qu'elles ne se rendraient pas ensemble en Chine. Que Ruth préférait rester avec les siens, *Mon peuple de Juifs, pas seulement ma famille*. Et aussi ce qu'elle suggérait de son amour pour son cousin Hugo.

Qu'est-ce qui l'avait le plus abattue ? L'obstination de Ruth à ne pas choisir l'espoir ? L'immense déception de se retrouver seule, tant elle était certaine que son amie allait la rejoindre, tant elle avait imaginé leur traversée sur le paquebot ? Toutes les deux lisant ce carnet de Ruth, que Clara avait entrevu à Dantzig et qui contenait tant de lettres pour elle. Ou était-ce sa jalousie envers ce garçon, Hugo, dont elle ne parvenait pas à se faire une image, qui lui rongeait le cœur ?

Elle n'avait pas voulu savoir. Pour la première fois de sa vie, elle se sentait perdue, médiocre, abandonnée.

Elle qui avait dit au revoir à sa mère dans un sourire, adieu à son père en s'accordant une heure de tristesse, avait été bouleversée par la brève carte de Ruth tout autant que si on lui avait appris la mort de son amie.

C'était une pensée horrible, oscillant entre l'imagination et la probable vérité. Elle n'allait jamais revoir

Ruth. Ruth, piégée dans ce coin maudit de l'Europe. Ruth, qui ne survivrait pas aux temps qui s'annonçaient. Comment le pourrait-elle ? Les miracles n'existaient pas dans un monde où régnait une ignominie comme Hitler.

Voilà.

Clara avait donc pleuré la mort de Ruth – sa Ruth. S'apitoyant sur son sort. S'en détestant d'autant plus. Qu'allait-elle faire à l'autre bout du monde ? Sauver des millions de Chinois dont elle ignorait tout alors que les nazis détruisaient son propre pays ?! Sauver la foi communiste internationale ? Le camarade Mao Zedong ?

Quelle pathétique ambition !

La vérité était plus simple, et n'était pas nouvelle. Elle voulait fuir. Le plus loin possible. Fuir sa famille. Son prétendu peuple. Ce qu'elle était obligée d'être en Allemagne. Et partir avec Ruth aurait été la plus belle des aventures. Ça n'aurait pas été de l'égoïsme. Elle, Clara, aurait sauvé sa seule amie…

Après ces quelques jours de consternant apitoiement sur elle-même, Clara s'était précipitée dans les bureaux de la Lloyd pour échanger son billet de seconde classe contre un billet de première. Se ruinant, mais ricanant au souvenir des conseils de Ke Lang Yeun : « Vous devrez vous mêler à ceux qui tiennent entre leurs mains la richesse de Shanghai. »

Ceux-là, Anglais, Américains, certains Juifs, quelques riches Chinois, allaient faire la traversée en première, évidemment. Si la vie d'un agent du Komintern était un jeu dépendant de la chance, au moins devait-elle tenter un coup qui pourrait changer la donne.

Et c'était exactement ce qu'il s'était produit.

Bo Jinhui était l'un des rares Chinois parmi le groupe de passagers que les boys du *Conte Verde* – spencers écarlates et pantalons noirs à rayures – conduisaient à leurs cabines à travers les couloirs moquettés des première. Difficile de ne pas le remarquer. Élégant, désinvolte, un visage d'une beauté ardente, des yeux étonnamment vivants. Un long corps mince sous un grand manteau de tweed. Des gestes retenus – ses remerciements au porteur, sa manière d'empoigner une mallette ou de céder le passage à une dame un peu ronde –, dessinant une chorégraphie maîtrisée.

Plus tard, c'était lui qui l'avait remarquée – un regard sans effronterie ni lourdeur, mais qui *regardait vraiment*. Lui aussi avait vu quelque chose en elle. Le coup de chance du camarade Ke Lang Yeun ?

Le rose était monté aux joues de Clara.

Ensuite, quelques discrets signes de connivence quand ils se croisaient ici et là, dans les salons, les couloirs, le bar, et sur le pont, où chacun, malgré le temps épouvantable sur la Manche, cherchait à apercevoir les côtes de l'Angleterre.

Deux ou trois jours avant de jeter par-dessus bord les conseils de prudence du camarade Ke Lang Yeun.

Clara savait ce qu'elle voulait, et elle se prouverait qu'elle l'obtiendrait en obéissant aux règles imposées aux agents : en faisant semblant.

Jinhui et elle étaient devenus amants avant même que le *Conte Verde* glisse devant le rocher de Gibraltar. Et déjà elle était plus troublée, moins arrogante ou joueuse qu'elle ne l'aurait souhaité.

Tout de suite après, il y avait eu ce choc, alors que le paquebot mouillait dans le port de Marseille. Cette cohorte de Juifs – cinq cents ? mille ? – patientant sur le quai depuis on ne savait quand et ne songeant eux aussi, eux surtout, qu'à fuir des pays qui ne pensaient qu'à les anéantir.

Appuyée à la rambarde blanche comme neige du pont supérieur, Clara ne parvenait pas à détacher les yeux de tous ces visages. Elle soupçonnait bien que Ruth ne pouvait pas être parmi eux – comment aurait-elle pu traverser l'Europe ? Pourtant, cela avait été comme si, avec ces centaines de femmes, hommes, enfants, son amie lui avait adressé un message : *Voilà, je suis comme eux, ne sachant pas si je suis morte ou vivante. C'est ainsi pour nous aujourd'hui, et tu ne peux rien pour moi.*

Jinhui avait fini par la rejoindre. Il avait deviné aussitôt la tristesse honteuse, ravageuse, qui courait sous sa peau. Elle n'avait pu s'empêcher de lui raconter comment Ruth et elle s'étaient rencontrées. Comment Ruth lui avait sauvé la vie. Elle avait un peu arrangé les choses. Ses amis n'étaient pas des communistes, seulement un de ces petits groupes de résistants à Hitler que la Gestapo éliminait sans sourciller. Ce qui était aussi la vérité.

— C'est stupide : je voulais lui rendre la pareille en l'emmenant à Shanghai. La sortir des griffes des nazis. Au moins elle… Mais c'était une idée de gosse de riche. D'égoïste. Ruth ne pouvait pas abandonner les siens. Comme tous ceux qui embarquent en ce moment. « Mon peuple », dit-elle dans sa carte.

— Mais vous lui en voulez tout de même de ne pas être là avec vous, avait murmuré Jinhui, la devinant plus qu'elle ne l'aurait souhaité.

Elle avait mis du temps à lui répondre, le plus honnêtement possible.

— Je lui en veux de me contraindre à penser à elle comme à une morte. De m'obliger à comprendre que moi, je ne puis lui sauver la vie comme elle a sauvé la mienne, simplement et sans hésiter. On se sent très inutile quand on ne peut pas rendre la pareille.

Jinhui n'avait pas répondu. Ni profité, comme l'aurait fait un amant de passage, de sa faiblesse et de la promiscuité de la traversée. Au contraire, il lui avait offert toute la chaleur dont elle avait besoin sans jamais le laisser paraître.

*

* *

Après quoi, il lui avait annoncé :

— Je vais vous raconter un peu de Shanghai. Je vous l'avais promis, n'est-ce pas ? Vous n'allez pas vous perdre dans Shanghai sans rien en connaître. Impossible ! Elle vous dévorerait toute crue. Et puis, rien de tel que les histoires de Shanghai pour vous faire oublier que le monde d'aujourd'hui est un immense tapis de malheurs…

Ce qu'il lui avait appris, avec ses histoires, était plus que sérieux. Clara retrouvait une partie des leçons de Ke Lang Yeun, mais sous un tout autre éclairage. En écoutant Jinhui dans la douceur feutrée de leurs cabines, elle avait paradoxalement l'impression de « nager au milieu des scorpions », selon le mot de l'officier du Komintern.

Il avait vite été clair que Jinhui était un excellent nageur. D'une conversation à l'autre, d'une anecdote à l'autre, il n'était question que de ces guerres souterraines, secrètes, impitoyables, multiples, qui se livraient sous l'agitation de l'immense cité et dont les seules traces apparentes étaient des cadavres. Il racontait tout cela d'un ton désinvolte, avec des sourires tantôt gais, tantôt tristes, parfois s'accompagnant de beaux gestes de ses longues mains. Tout ce qu'il relatait était terrible. Pourtant, grâce à la voix de Jinhui, Clara l'écoutait comme s'il s'agissait de contes. Même les noms qu'il prononçait semblaient appartenir à des personnages imaginaires. Le général Kenji Doihara, maître espion japonais redouté. Le colonel Haruke Yoshitane, de l'agence des services secrets japonais « Fleur de prune ». Dai Li et Wang Tianmu, les massacreurs du Juntong, quasiment une secte de tueurs au service du Guomindang nationaliste de Chiang Kaï-chek. Ou encore le colonel Kagesa Sadaasaki, artiste des interrogatoires de l'effroyable police secrète militaire du Japon, le Kempeitai. Et aussi Zhang Xiaolin et Du Yuesheng, de la triade chinoise nationaliste « Bande verte », experts dans l'art des combats invisibles et des éliminations mystérieuses. Tous se jurant fidélité, se trahissant et s'entre-tuant sans l'ombre d'une hésitation. Car la misère immense de Shanghai et sa richesse impressionnante – mais hors d'atteinte du peuple chinois – offraient toutes les conditions nécessaires à l'épanouissement de ces *fèn zhàn*, ces « guerres de fumier », comme on les appelait en mandarin.

Bien sûr, après l'éblouissement, après l'envoûtement des contes, Clara se posait quantité de questions.

Pourquoi Jinhui lui confiait-il tout cela ? Pour la divertir de sa tristesse, vraiment ? Pour impressionner la jeune Européenne ignorante qu'elle était ? Parce qu'il avait vingt ans de plus qu'elle et une propension toute masculine à expliquer le monde aux femmes ?

Tout cela était fort possible, quoique, en dehors de ces moments, son comportement ne laissât rien paraître de tel. Il en révélait peu sur sa vie, sinon son émotion quand il avait dû quitter Shanghai au moment de la grande offensive japonaise, en 1937.

— Et me voilà qui y retourne, disait-il avec une mélancolie et un air soucieux qui semblaient sincères. Quelle ville vais-je retrouver ? Tout y change si vite. Il vous faudra être prudente. Et aussi parler mieux l'anglais. Une Européenne ne parvient pas à grand-chose à Shanghai si elle connaît mal cette langue.

Quand enfin le *Conte Verde* se glissa dans le canal de Suez – un moment très spécial : tous les passagers, de la cale aux première, amassés sur les ponts sous un soleil de plomb pour admirer le désert –, Clara avait recueilli suffisamment d'indices tendant à prouver que Bo Jinhui était bien celui qu'il disait être.

Deux ou trois fois, l'orchestre de jazz du bateau avait annoncé l'une de ses compositions dans la luxueuse salle de bal. Un soir, les musiciens avaient détaillé en anglais et en allemand son impressionnante biographie : compositeur acclamé pour ses chansons populaires dans l'ensemble du sud de la Chine ; premier compositeur chinois de jazz ; créateur d'une école de danse et de chansons ouverte aux jeunes femmes – une révolution en Chine ! Invité à monter sur scène, il avait dirigé l'orchestre pendant une heure. Puis, tandis qu'ils longeaient le Yémen et ses collines d'immeubles de terre, la salle de cinéma du paquebot avait programmé un film musical, l'un des premiers du cinéma parlant chinois : Bo en était le compositeur.

Profitant de l'occasion, il avait repris son rôle de Pygmalion.

— Vous connaissez le cinéma américain ? Shanghai possède trente-six salles, presque toutes dans la Concession. La plupart projettent uniquement des films américains : King Vidor, Hawks, Borzage, Mamoulian, Chaplin…

Que pouvait-elle connaître au cinéma américain ? Elle n'était qu'une petite Allemande élevée dans la folie nazie.

— C'est encore mieux ! Vous aurez tout le plaisir de la découverte. Et rien de mieux pour votre pratique de l'anglais.

Il riait, moqueur, irrésistible. Glissait ensuite très sérieusement :

— Savez-vous ce que nous a vraiment apporté le cinéma américain ? À nous autres, les Chinois à la culture plusieurs fois millénaire ? Les baisers ! Les baisers de ces actrices et acteurs incroyables. Quelle leçon !

Bien sûr qu'il jouait avec elle. Bien sûr qu'il la manipulait. Tout autant qu'il séduisait le personnel du *Conte Verde*, qui lui marquait un respect loin d'être accordé à tout le monde.

Pourquoi ? Elle finirait par le découvrir. En attendant, elle goûtait ses discrètes et constantes attentions. Jamais il n'affichait leur relation. Ses confidences restaient maigres : son divorce – une histoire désagréable et pas très ancienne – et l'existence de deux filles qu'il chérissait. Il avait évoqué ce pan de son passé afin de sceller entre eux une intimité et une confiance plus profondes. Ce qui, à la grande surprise et au grand trouble de Clara, s'avérait parfaitement judicieux.

Elle s'était retenue de poser les inutiles questions qui lui brûlaient les lèvres. Pourquoi moi ? Pourquoi cette tendresse, ce soin ? Qui êtes-vous quand vous n'êtes pas le musicien Bo Jinhui ? Quand vous n'êtes pas dans mes bras, où vous semblez vous trouver aussi bien que moi ? Qui sont vos maîtres ?

Son attirance pour Jinhui brouillait son besoin de savoir. Car, au fond, qui posait les questions : l'agente ou l'amante ?

Par bonheur, la traversée avait été assez longue pour qu'elle finisse par comprendre la leçon que transmettaient les silences de Jinhui : mieux valait ne pas questionner, ainsi on ne s'obligeait pas aux mensonges. Et parfois elle en arrivait à oublier que Jinhui pouvait endosser tous les rôles : collaborateur des Japonais ou du Guomindang de Chiang Kaï-chek, de Mao ou du Komintern soviétique… Un de ces agents contrôleurs d'agents qui, d'après la rumeur, possédaient le droit de vie et de mort sur les *sujets* qu'ils surveillaient – surtout les nouveaux, dont le Centre n'avait pas encore testé la fidélité. Quelqu'un comme elle…

Clara devrait vivre avec cette incertitude tant qu'elle ne saurait pas y répondre par elle-même. Finalement, sa patience fut récompensée.

Peu après son installation dans l'appartement, Jinhui lui avait proposé de rencontrer quelques « personnages piquants » de Shanghai.

— J'ai pensé que cela vous intéresserait. Je me suis permis de vous présenter comme la fille d'un de mes bons amis allemands, avait-il ajouté avec un fin sourire. Une carte d'introduction qui apaisera les curiosités. Et il est malheureusement vrai que mon cher ami Max Aldermann, un magnifique bassiste de Hambourg, a disparu entre les mains de la Gestapo juste avant mon départ. Il vous aurait beaucoup plu.

Clara en était restée sans voix avant de s'exclamer :

— Mais j'ai un nom, Jinhui, et ce n'est pas Aldermann !

— Vous avez raison, Fräulein Garmelint, avait approuvé Jinhui, enchanté de son bon tour, avant de reprendre : Rassurez-vous, ici, tout le monde comprendra, même les Japonais, qu'une fille change de nom après que la Gestapo a torturé son père.

Cela avait été un étrange moment, plein d'embarras et d'affection. Ainsi, Jinhui lui offrait une couverture derrière laquelle s'abriter ? Et il les associait ouvertement ! Par la suite, ils n'en avaient plus reparlé, comme si cela allait de soi. Peut-être, au fond, étaient-ils du même bord, sans que jamais cela soit abordé.

De fait, à l'été 1939, elle sut à quoi s'en tenir. Comme tout le monde, elle apprit un matin le pacte Ribbentrop-Molotov. Staline s'était allié à Hitler ! Elle avait sauté d'un journal à l'autre – *Shanghai Times*, *China Daily Post*, *Shanghai Post*, *War Road News* – pour s'en convaincre. Et avait fini par hurler de rage dans l'appartement, les déchirant et les piétinant. Son monde s'effondrait.

Des centaines de communistes avaient payé de leur vie la lutte contre Hitler. Comme tant d'autres, elle avait adopté cette idéologie pour une unique raison : jeter toutes ses forces et sa foi dans le combat contre le nazisme. Comment Staline osait-il fouler aux pieds la mémoire de ceux qui étaient morts pour la cause ? Pourquoi tuait-il leur seul espoir d'abattre le monstre ?

Jinhui l'avait trouvée assise sur le sol du salon jonché de journaux déchirés, hébétée, sans plus de larmes. Ils s'étaient enlacés en silence. Jinhui frémissait entre ses bras et, pour la première fois depuis qu'ils se connaissaient, son regard avait perdu sa lumière et son ironie. Elle avait compris qu'il partageait son désespoir.

Finalement, après un long silence, il avait ramassé l'une des feuilles de journal, remarquant, la voix douce, presque désinvolte :

— Vous voyez, *qin ai*, j'avais raison. Vos progrès en anglais sont utiles. Maintenant, vous pouvez comprendre sans difficulté toutes les horreurs que ces journaux relatent.

Après un moment de surprise, Clara avait éclaté de rire. Jinhui l'avait imitée. Elle et lui à la fois riant et pleurant de désespoir.

Lors des deux rendez-vous suivants programmés avec Vladivostok, elle avait refusé d'émettre quoi que ce soit. Suivant le conseil de Jinhui sur le bateau, elle avait passé des heures dans les cinémas de la Concession, oubliant tout devant des films parfois ridicules, parfois bouleversants – comme ces baisers vantés par Jinhui –, fascinée par la grâce des Hedy Lamarr, Jennifer Jones, Dolores Del Rio, Myrna Loy… Désirant parfois follement leur ressembler – Jinhui lui trouvait un « petit air » de Myrna Loy – et mener leur vie simple et sentimentale, légère y compris dans la tragédie.

Lorsqu'elle avait repris contact avec Vladivostok, elle avait reçu une litanie de remontrances qu'elle ne s'était pas donné la peine de décoder en entier. Quelque chose était rompu pour toujours. Et elle n'en était que plus proche de Jinhui. Quelles que soient leurs convictions, ils appartenaient au même camp. Peut-être jouaient-ils tous les deux l'amour, le désir, la complicité, le mystère, la folie des rêves… mais ils les jouaient bien.

Combien de temps ces jeux-là pourraient-ils se poursuivre ?

# 2

# L'impossible

Clara se réveilla en sursaut, posant aussitôt les yeux sur sa montre-bracelet. Une heure et demie du matin passée ! Elle était en retard. Et il lui restait à mettre en marche la radio…

Elle s'était assoupie, engourdie par la chaleur poisseuse, noyée sous les souvenirs. Elle se jeta hors du lit de repos et, seulement alors, se rendit compte que le téléphone sonnait.

En pleine nuit ? Ce ne pouvait être que Jinhui. Elle courut, pieds nus, décrocher le combiné blanc, le cœur battant, prête à apprendre une très mauvaise nouvelle.

La communication était plutôt bonne. On percevait en sourdine le brouhaha du night-club. La conversation fut brève.

— Clara, venez ici dès que vous le pouvez.

— Ah ? Vous m'aviez dit…

— Venez.

— Jinhui…

— Je dois retourner à l'orchestre.

Ce fut tout. Clara reposa le combiné. Que se passait-il ? Pourquoi ce changement ? Le ton de Jinhui marquait de l'impatience, en revanche ni peur ni inquiétude. Pourquoi la convoquait-il ainsi alors que, plus tôt, il avait refusé qu'elle le rejoigne ? Devait-elle avoir peur ? Se méfier ?

Se méfier, c'était son quotidien. Mais avoir peur de Jinhui ?

Elle mourait d'envie de courir au Ciro, or elle devait d'abord envoyer son message. Si elle ne perdait pas de temps, elle en aurait pour une vingtaine de minutes.

Elle ouvrit le meuble bas soutenant la machine à coudre Singer placé dans un angle entre deux baies vitrées. Comme chaque fois, elle salua d'une pensée Ruth Rotstein, son amie perdue, son ange gardien.

Il n'avait pas été simple d'installer sa radio au 29 Cavanauch Road – sa première épreuve, démontrant qu'elle était une bonne recrue ayant bien appris sa leçon. Il lui avait fallu trouver le matériel dans une ville qu'elle ne connaissait pas. En répartissant les achats ici et là pour ne pas attirer l'attention : deux transformateurs Péri – de bonne qualité, mais volumineux et lourds –, du fil de cuivre à enrouler autour de bouteilles de bière pour les lampes-bobines de quinze watts, des émetteurs-récepteurs à triodes Hartley, les meilleurs – en 1939, les magasins de la concession internationale étaient encore bien fournis, à croire que la demande était importante –, un sélecteur rotatif de fréquence K.M. Litz et enfin une antenne Fuch de six mètres.

La pose de celle-ci avait exigé un peu d'ingéniosité. Clara avait doublé les piliers de la véranda d'élégants montants de bambou. Ils débordaient de la bordure du toit de bois d'une vingtaine de centimètres et permettaient de tendre l'antenne dans la bonne direction, trente degrés nord-ouest. La relier au salon sans que le fil de connexion soit visible avait nécessité une journée. Il lui restait à cacher la radio tout en veillant à ce qu'elle soit facilement accessible. Ce qui n'était pas rien : les deux transformateurs Péri la rendaient très encombrante.

Ses yeux étaient tombés sur la Singer dans un bazar de Bubling Road où elle cherchait un meuble ou un coffre qui aurait pu convenir. Sa première pensée avait été pour Ruth. Pas une pensée, plutôt un éclair venu du fond de sa poitrine. Elle avait été sur le point de s'écrier : « Ruth, regarde. Celle-là, elle est pour toi ! »

En même temps que les mots lui étaient montés aux lèvres, elle s'était vue avec Ruth devant la machine, tournant autour, Ruth tout heureuse de la découverte. Quelque chose comme une apparition venue du royaume des morts. Laissant de nouveau béante la plaie de son absence.

Les larmes dans la gorge, Clara était aussitôt sortie du bazar pour ne plus avoir la Singer sous les yeux…

Mais l'habituelle cohue de la grande rue marchande du secteur anglais l'avait enserrée, l'empêchant de s'éloigner. Assez longtemps pour que lui vienne une tout autre pensée. Elle était retournée dans le bazar et avait mieux examiné la Singer.

C'était une 28K. Son volant d'entraînement n'était plus relié à un grand pédalier de fonte mais à un petit moteur – de la taille d'un pain de mie anglais ! – placé au bas du meuble. Il restait un espace libre, très aisé à aménager afin d'y dissimuler l'émetteur. Il suffirait ensuite de confectionner une trappe avec un petit miroir pour basculer d'un seul geste l'interrupteur de contact et retirer le manipulateur de cuivre.

Au fond, cette Singer était un signe : il était temps qu'elle fasse la paix avec Ruth. Acheter cette machine reviendrait à… Quoi ? Faire acte de pardon ? Cesser de porter le deuil hypothétique de Ruth ? Croire à l'impossible ? Imaginer qu'un jour son amie réapparaîtrait et viendrait s'asseoir devant elle ? Se livrer à un tour de magie en transformant la Singer en aimant du destin ?

Une folie venue du fond du cœur.

Et, puisqu'on en était aux tours de magie, Clara avait glissé la carte de Ruth reçue à Hambourg sous la radio, comme un talisman. Qui pouvait prétendre que cette carte ne la protégerait pas ? Car rien n'était plus dangereux, à la longue, que ces émissions et réceptions clandestines. Les Japonais patrouillaient dans des voitures équipées de récepteurs goniométriques. Il arrivait que des avions de repérage survolent Shanghai pendant des heures. Pour diminuer le risque, le Centre programmait les émissions à des rythmes aléatoires. Toujours après une heure du matin, et jamais plus de quinze minutes. Une durée que Clara avait réduite à huit minutes en devenant une virtuose du manipulateur.

Et, songeait Clara, s'apprêtant à courir vers le Ciro pour rejoindre Jinhui, il se pouvait bien que la carte de Ruth ait déjà produit son effet. Pas une seule fois, durant les centaines de visites qu'il lui avait rendues, Jinhui ne s'était étonné de la présence des bambous dans la véranda ou de la Singer qui ne semblait pas d'un grand usage. Un homme comme lui, à qui rien n'échappait ? Allons donc ! Elle s'était préparée à ses questions. Un ultime test de confiance. Pourtant, Jinhui lui avait épargné l'épreuve. Inutile : ils avançaient ensemble, main dans la main, à leur manière. Quelle qu'en fût la raison.

Elle vérifia de nouveau l'heure. Elle devait se hâter. Elle disposa le message chiffré à gauche du manipulateur – une platine iambique à double contact –, passa le casque d'écoute sur ses oreilles et répéta trois fois le code d'appel. Après une vingtaine de secondes, la fréquence prolongée émit l'autorisation de connexion. Ses index et majeur se mirent à danser.

– – – – – – – – – – – – – – – – – – – –

Arrivée de troupes nouvelles/d'équipements nouveaux de l'ennemi japonais – estimation envoyée dans prochaine communication.

– – – – – – – – – – – – – – – – – – – –

Blocus américain confirmé – crainte d'une famine avant l'automne.

– – – – – – – – – – – – – – – – – – – –

3 croiseurs classe Katori à l'embouchure du Wangpoo depuis le 14 août. Bâtiments *Moyoko* et *Takao* à l'embouchure du Yangtsé.

– – – – – – – – – – – – – – – – – – – –

Fermeture renforcée de la Concession imminente.

– – – – – – – – – – – – – – – – – – – –

Attentat manqué Bande verte contre Ding (Juntong) confirmé.

– – – – – – – – – – – – – – – – – – – –

Adresse Juntong en défense renforcée – n° 76 Jessertfield.

– – – – – – – – – – – – – – – – – – – –

Identification de Chao Kung.
Origine non chinoise. Europe/Hongrie possible.
Nom de naissance réel : Ignaz Trebitsch.
Alias Tribisch Lincoln. Alias (Allemagne) Chizel.
Agent multiple ++.
Moine bouddhiste véritable. Abbé d'un monastère de Shanghai.
Affaires sexuelles avec nonnes fréquentes.
Connexion avec la triade de Du Yuesheng, dit « Du Grandes oreilles ».
Connexion Concession/France : capitaine Liso.
Connexion japonaise ancienne : capitaine Inuzuka, du Kempeitai.
Connexion SS Gestapo Asie : colonel Meisinger.

_ _ _ _ _ _ _ _ _ _ _ _ _ _ _ _ _ _ _ _ _

Rumeur : rencontre Inuzuka-Meisinger à Shanghai fin 08/41.

_ _ _ _ _ _ _ _ _ _ _ _ _ _ _ _ _ _ _ _ _

Exilés juifs. Estimation : 18 000 – recensement de 07/41.
Refus de nouvelles entrées pour les exilés juifs et non juifs.

_ _ _ _ _ _ _ _ _ _ _ _ _ _ _ _ _ _ _ _ _

Rumeur d'expulsion des *marines* américains.

_ _ _ _ _ _ _ _ _ _ _ _ _ _ _ _ _ _ _ _ _

Fin.

_ _ _ _ _ _ _ _ _ _ _ _ _ _ _ _ _ _ _ _ _

Clara monta le niveau du récepteur et ôta son casque pour essuyer la bakélite couverte de sueur. Impossible de ne pas transpirer dans la chaleur nocturne. Pour le reste, du beau travail ! Ils ne devaient pas se compter sur les doigts d'une main, ceux qui connaissaient la véritable identité du vrai-faux moine bouddhiste Chao Kung. Malgré tout, c'était certainement de l'information perdue : les Soviétiques n'en feraient rien. Ils avaient d'autres chats à fouetter. Depuis juin, la Wehrmacht déferlait sur leur pays – plus de deux millions de soldats, d'après les journaux anglais. L'Ukraine envahie, Leningrad encerclée, et bientôt Moscou !

La folie furieuse des nazis dévorait le monde. Cela lui déchirait le ventre d'y penser, même si une part enfouie en elle ne pouvait s'empêcher d'être cynique. Voilà tout ce qu'avait gagné le petit père des peuples à faire ami-ami avec Hitler au lieu de le saisir à la gorge quand il en était encore temps.

Le code long d'accusé de réception de son message vibra dans ses oreilles. Elle émit trois bips pour prendre congé. Elle allait enfin pouvoir rejoindre Jinhui. Soudain, le staccato du morse résonna de nouveau dans les écouteurs. La surprise la figea. Voilà des semaines que Vladivostok coupait la transmission juste après l'accusé de réception.

Elle attrapa son crayon pour noter le chiffrement au dos d'une feuille. Le message était bref, mais il fut répété trois fois.

---

*Srotchno, srotchno.* Urgent, urgent.
Komintern Grand Est./Général Dimitrov.

Les redditions d'officiers soviétiques ou leur capture par les forces étrangères seront considérées comme des trahisons et punies comme telles.
Camarade Staline.

— — — — — — — — — — — — — — — — — — — — —

Fin.

— — — — — — — — — — — — — — — — — — — — —

Un terrible frisson parcourut Clara. Elle ferma les yeux, respira profondément, s'obligea à ranger son matériel et à refermer le petit meuble de la Singer. Elle prit le temps de brûler dans les braises du réchaud à wok les feuillets qu'elle venait d'annoter. Se tira un verre d'eau bouillie au réservoir de l'évier – depuis l'hiver précédent, les eaux usées s'infiltraient dans les nappes phréatiques.

Assurément, le message la concernait, puisqu'elle était lieutenante dans l'armée soviétique. Mais quelle plaisanterie diabolique ! Être arrêté par les Japonais ou kidnappé par les scorpions de Shanghai – subir la torture, la faim, la soif, éventuellement une agonie interminable avant la mort, puis le dépeçage et la disparition absolue, votre existence effacée de la surface de la terre – vous faisait considérer comme traître par le camarade Staline.

Quel chef était-il devenu pour donner un ordre aussi odieux ?

*

* *

Le trajet était des plus simples : descendre Saboon Road vers le centre de la Concession, bifurquer à gauche dans la sinueuse Bubling Well Road, la suivre jusqu'au nord du champ de courses – car il y avait un champ de courses au milieu de la Concession – en passant devant l'International Royal Club, puis le Country Club, et c'était là, en face du cimetière juif, que brillait le néon du Ciro.

En marchant vite, Clara en avait pour une quinzaine de minutes. Adoptant la règle vestimentaire des promeneurs nocturnes, elle s'était enveloppée d'un long manteau d'été à capuche en coton indigo. Après cinq minutes, elle sentait la transpiration perler sur sa nuque. Y aurait-il eu des pousse-pousse autour de chez elle, elle en aurait pris un pour arriver plus fraîche au night-club. L'époque était toutefois révolue où la circulation ne cessait jamais, les squelettiques tireurs de pousse-pousse étant devenus bien trop faibles pour travailler la nuit. Il leur fallait quelques heures de sommeil et quelques miettes d'opium coupées de sang de porc pour survivre encore une journée. Mais, même mal en point, la Concession, enfermée derrière des grilles émaillées de postes de contrôle japonais, restait un éden en comparaison du reste de la ville.

Parvenue au carrefour de Bubling et de Love Lane Road, où s'alignaient les cerisiers, Clara s'immobilisa. En face d'elle, l'entrée du Shanghai Paramount avait été saccagée, les portes et la vitre du guichet brisées, la grande affiche du film en cours déchirée. La moitié du visage de Myrna Loy, l'héroïne de *Stamboul Quest*, pendait, révélant un grotesque amas de papier aux couleurs passées et vaguement répugnantes.

Clara en eut un violent haut-le-cœur, comme si l'actrice avait été réellement défigurée. Une absurdité. Effet de la fatigue ou poison de l'infamie de Staline, un mauvais pressentiment l'accompagna jusqu'au Ciro.

À cette heure, les portiers chinois avaient pour ordre d'en interdire l'accès. Elle leur donna son nom et celui de Bo Jinhui. L'un des gardiens disparut à l'intérieur pendant que l'autre la fixait d'un air goguenard. Enfin, la porte de laque noire se rouvrit, on la laissa pénétrer dans le hall faiblement éclairé et désert. Clara ne l'avait jamais connu que surpeuplé et bruyant. On y entendait l'orchestre en sourdine, mais pas le bruit habituel d'une boîte de nuit. Elle hésitait encore quand une jeune femme en *qipao* à manches courtes parsemée de fleurs d'orchidée mauves apparut au fond du vestiaire vide. Elle vint à sa rencontre avec un splendide sourire professionnel et, sans un mot, la libéra de son manteau, avant de pousser devant elle les portes matelassées donnant sur la grande salle ovale.

La scène occupait l'un des côtés, des draperies argentées flottaient sur les murs entre les marqueteries géométriques et les appliques de verre pourpre. Des paillettes d'étoiles et des ampoules aux filaments à peine rougeoyants tombaient de la voûte – un damier de pièces d'ébène et de merisier dessinant une double spirale et provoquant un léger vertige.

Les tables, disposées autour de la piste de danse, pouvaient accueillir une centaine de personnes. Elles étaient pour la plupart inoccupées. Il ne restait nulle trace de la foule bruyante que Clara avait entendue au téléphone. Seule une vingtaine de personnes s'étaient rassemblées autour de quelques tables proches de l'orchestre, comme pour un concert privé. Deux couples – des Européens, les femmes en robe longue, le dos nu sous la main de leur cavalier – dansaient sur le parquet de bambou comme s'il était liquide.

Sur la scène, les gestes gracieux, Bo Jinhui se tenait de dos, face aux musiciens. Les plis de son costume de lin chatoyaient dans la pénombre. Le mauvais pressentiment de Clara s'estompa. Durant un éclair de secondes, elle s'imagina dans ses bras, dansant là, comme les deux couples qui tournoyaient au rythme de sa musique. Étrangement, ce n'était jamais arrivé.

Parmi la dizaine de musiciens, tous chinois, trompettes, saxos, batterie, basse, harmonium, il y avait une femme vêtue d'une robe bleue, brodée d'une grande hirondelle sur l'épaule gauche. Assise sur un tabouret, elle jouait du *yéhù*, le violon traditionnel chinois à deux cordes tendues sur un très long manche. Du frottement de l'archet, long et aussi courbé qu'un arc, sur les cordes de soie montait une sonorité profonde, sensuelle, d'une gravité étonnamment puissante. Une très belle musique, manière de ballade mélancolique d'où s'échappait, de temps à autre, un tourbillon coloré et acide que l'ampleur du *yéhù*, chaque fois, domestiquait et livrait à l'unisson cuivré des saxos et trompettes.

Inévitablement, les têtes autour des tables se tournèrent vers Clara. Elle en reconnut quelques-unes. La crème de la crème de ce qu'avait été Shanghai un an auparavant – au temps où les immeubles et hôtels du Bund étaient surnommés jusqu'à New York « *the one billon frontage* », « la façade à un milliard de dollars » – entourait le roi déchu : sir Victor Sassoon. Le propriétaire du Ciro.

La légende racontait qu'un soir, cinq ou six ans plus tôt, il s'était disputé avec le patron d'une boîte de nuit de Broadway Est, sur la rive nord de Soochow Creek, qui avait mal accueilli ses invités. Le bonhomme lui avait dit :

— C'est votre maladie, à vous, les Juifs. Vous n'êtes jamais satisfaits. Ouvrez donc votre propre boîte, comme ça vous serez heureux.

Dès le lendemain, sir Victor Sassoon avait mis son conseil en pratique. Avec un humour qui avait fait le tour de l'Asie, il avait choisi l'emplacement en face du cimetière juif, où reposaient quelques-uns de ses amis et des membres de sa famille.

Il agita la main en direction de Clara en guise de salut. Courtois et aimable, le visage long, un peu chevalin, costume noir et nœud papillon, bien sûr. Le monocle toujours rivé à l'œil droit – la rumeur voulait que Chaplin le lui ait emprunté. Son regard mordant et son humour cinglant nourrissaient sa réputation de milliardaire nonchalant. Une façade derrière laquelle il protégeait un goût de la nouveauté – cinéma et musique – aussi aigu que son sens des affaires.

Indiscutable roi de Shanghai jusqu'à l'invasion japonaise, il avait, dès 1939, en une sorte de protestation et d'affirmation de sa double identité juive et noble, ouvert aux Juifs européens, qui débarquaient en loques sur les quais du Wangpoo, deux étages du Cathay, son luxueux hôtel du Bund.

Clara repéra autour de lui l'inévitable cour. Des femmes surtout, belles souvent, encore jeunes, extravagantes si possible, amantes, écrivaines, journalistes, politiques, possiblement espionnes. Et curieuses comme mille pies.

Elle devina ce qui allait se dire d'elle pendant les dix minutes suivantes : la petite orpheline allemande de Bo Jinhui ! Pourquoi Bo tient-il tant à elle ? Sir Victor, allez, racontez-nous ce qui se cache derrière le conte de fées…

Mais Sassoon aimait et défendait la musique de Jinhui depuis toujours. Et s'il était quelqu'un qui savait se taire, c'était bien lui.

Clara glissa le long des tentures pour atteindre la porte des loges, au bas de la scène. Au dernier moment, Jinhui devina sa présence et lui adressa un sourire. Elle dut attendre un long quart d'heure avant qu'il ne la rejoigne.

*

* *

Le grand miroir de maquillage, d'où semblaient émaner de forts parfums de crème, de poudre et de fard, rendait la loge plus spacieuse qu'elle ne l'était. Clara cueillit un linge sur la coiffeuse pour absorber la sueur sur son front et son cou sans s'attarder sur son reflet. Elle feuilletait des pages illisibles de musique aux notations en mandarin quand la porte s'ouvrit.

— *Qin ai !* souffla Jinhui en refermant derrière lui.

Clara vola dans ses bras.

— Une mauvaise nouvelle ? demanda Jinhui en l'enlaçant.

Elle fut sur le point de lui parler de l'ordre de Staline. Une idée stupide. Jinhui s'étonnerait qu'elle ait eu connaissance de cet ordre secret au beau milieu de la nuit. En fait, il était de plus en plus difficile à Clara de cacher la vérité à son amant.

— Non. Une bêtise, dit-elle. Je suis passée devant le Paramount. L'entrée a été saccagée. Ils ont déchiré l'affiche du film. Le visage de Myrna Loy. Comme si on lui avait arraché la peau. Ça m'a fait… Je ne sais pas…

Jinhui posa un baiser sur ses yeux, chuchotant :

— Ne craignez rien. Votre visage à vous reste intact, heureusement.

La lumière crue de la loge creusait ses cernes et blanchissait sa peau. Il se dénoua de Clara, s'assit avec un soupir de fatigue, attrapa un peigne pour le passer dans sa chevelure, qui n'en avait nul besoin.

— C'est une patrouille de la police japonaise qui a saccagé le Paramount. En pleine séance, paraît-il. *Stamboul Quest* ferait de la propagande antiallemande, donc antijaponaise. Et Myrna Loy serait une femme de très mauvaise vie. Un exemple délétère dans une ville qui en compte déjà beaucoup trop, n'est-il pas vrai ?

Dans le miroir, le regard ironique de Jinhui chercha celui de Clara. Il abandonna le peigne sur la tablette pour se frotter les tempes.

— Personne n'imagine à quel point il est épuisant de recevoir la puissance des instruments en pleine poitrine pendant des heures. Et d'avoir écrit la partition n'y change rien.

Clara se plaça derrière lui, massant la nuque de son amant dans un mouvement qu'il lui avait montré. Il ferma les paupières, soupira de bien-être.

— Tout à l'heure, murmura Clara, j'ai imaginé qu'on dansait tous les deux sur votre musique. Cette femme au *yéhù*, c'est magnifique de l'entendre.

— Elle s'appelle Sui Fumei… Parfois, on ne sait d'où proviennent les sons qu'elle tire de son *yéhù*. Elle prétend qu'ils naissent de la peau de serpent très épaisse qui recouvre la coque de son instrument…

Jinhui sourit.

— Vous avez raison, ajouta-t-il. Cela n'est jamais arrivé, cette danse entre nous sur ma musique. Moi aussi, elle me manque.

Ils se turent. La peau de Jinhui était d'une finesse stupéfiante. Clara adoucit son massage. Il rouvrit les yeux sur un regard pas seulement fatigué : soucieux, préoccupé.

— Les Japonais s'autorisent de plus en plus de débordements dans la Concession. On sent qu'ils n'ont qu'une envie : mettre les Anglais et les Français dehors maintenant que la guerre avec les Américains est inéluctable.

Il se laissa aller contre elle, s'abandonnant un instant à la chaleur de son corps et à la douceur de ses doigts sur son cou, avant de poursuivre :

— Sir Victor quitte Shanghai demain ou après-demain. Il fête sa dernière nuit ici. On lui a promis de jouer jusqu'à l'aube. C'est pourquoi il y avait tant de monde tout à l'heure. Toute sorte de *monde*. Pour cette raison, je préférais que vous ne soyez pas là…

— Et vous allez quitter Shanghai avec lui, n'est-ce pas ? Voilà des jours que j'en ai le pressentiment !

— Mais non !

Jinhui se retourna vivement pour lui emprisonner les mains.

— Il est très tard. À cette heure, tout paraît sinistre. Lin Bao'un a écrit : *La nuit vient se glisser en toi pour échapper au jour qui vient.*

Il rit, moqueur comme chaque fois qu'il « faisait le Chinois », le visage déjà plus léger.

— Sir Victor a fait fermer le Ciro vers une heure et demie, et l'orchestre s'est accordé une petite pause. Sir Victor m'a accompagné jusqu'à ma loge. Pour éviter de faire ses adieux en public et m'offrir – *vous* offrir – ce cadeau.

Il libéra ses mains, tira une feuille de la poche intérieure de son veston, la tendit à Clara. Une écriture au stylo plume, à l'encre bleue, en anglais :

Xin Jionzhen. *Jew Boat.*
*41-18-08. 6:30 am.*
*Yangtszepoo C. Examination Shed Wharf.*
*63 River Police Jew Custom.*

— En ce moment, expliqua Jinhui, le *Xin Jionzhen* jette l'ancre à la hauteur de Yangtszepoo Creek. Là où les Japonais ont déjà réuni les exilés. Le *Xin Jionzhen* est un petit transbordeur, pas un bateau militaire. Au lever du jour, plus de huit cents Juifs en provenance du Japon débarqueront dans les bâtiments du Custom Board. Ils étaient retenus depuis des mois dans un camp près d'Osaka… Avant le Japon, ils ont traversé l'Union soviétique… La Sibérie… Des Polonais… Huit cents Juifs de Varsovie.

Sans s'en rendre compte, Clara s'agrippa à Jinhui. Le sol tournait sous ses pieds.

— Ruth ! Mon Dieu, Jinhui… Ruth !

Il souriait, toute fatigue estompée. Mais Clara ne le voyait pas. La pensée de Ruth l'envahissait. Elle l'imaginait parmi cette foule d'exilés…

Elle entendit Jinhui dire :

— Il faut que vous soyez sur le quai au moment du débarquement. Si Ruth est là, vous la reconnaîtrez.

Clara regardait le billet, Sassoon lui-même l'ayant écrit, le donnant à Jinhui.

— Comment sir Victor… Pourquoi il… Comment il…

Elle s'embrouillait. Trop d'interrogations… Son regard courut sur la coiffeuse, cherchant l'éternel thermos de thé. Elle l'empoigna sans demander l'autorisation à Jinhui. Il attendit qu'elle boive dans le gobelet d'aluminium, regarda sa montre, approuva quand elle s'assit trop loin de lui pour qu'ils puissent se toucher. Il savait que ce qui allait venir était inévitable.

— Bien, commença-t-elle, plus sèchement qu'elle ne le souhaitait. Racontez-moi tout ce que j'ignore.

— À la fin de l'été 1939, sir Victor m'a posé quelques questions sur vous. Sans insistance. À sa manière. Vous le connaissez. Je lui ai dit ce que je savais de vous. Pas grand-chose, en fin de compte. Surtout ce que j'admirais et ce qui me plaisait. Rien qui l'ait surpris. Ce qui l'intriguait, c'était qu'une jeune Allemande solitaire, à peine arrivée à Shanghai, s'équipe dans cinq ou six magasins du matériel nécessaire pour monter un émetteur-récepteur.

Un frisson glacé enveloppa Clara en même temps que son visage s'empourprait. Jinhui lui sourit gentiment, leva la main en signe d'apaisement.

— Avant tout, sir Victor voulait savoir si j'étais au courant. Je lui ai dit la vérité : non, je ne l'étais pas.

— Jinhui… 1939 ! Depuis tout ce temps, vous savez et…

Jinhui répéta son geste d'apaisement.

— Je lui ai dit que j'ignorais tout de cet émetteur, s'il existait. J'ai cependant ajouté que cela ne m'étonnait guère. Je lui ai parlé de votre amie Ruth. De votre grande déception qu'elle ne fuie pas l'Allemagne avec vous. Et aussi de votre grande colère à la signature du pacte entre Staline et Hitler. Sir Victor était content d'entendre ça. Nous en avons conclu tous les deux que vous étiez une jeune Allemande comme on en croise rarement ici, en Chine. Assez courageuse pour plonger seule dans la mer des scorpions de Shanghai, et ce au profit du Komintern, n'est-ce pas ? Sir Victor m'a dit : si vous pouvez l'aider, quel mal y aurait-il ?

— Je m'en doutais ! Vous le saviez depuis le début !

Jinhui opina.

— Bien sûr. Impossible autrement. Vous saviez, et moi je savais que vous saviez. Alors, à quoi bon nous le dire, n'est-ce pas ? Conversation sans intérêt. Bavardage inutile…

— Qui d'autre sait, Jinhui ? À part sir Victor et vous ?

— Personne. Personne à la manière de Shanghai : personne ne connaissant la vérité et chacun fabriquant mille possibilités. Mais une chose est certaine : ce que sait sir Victor n'appartient qu'à lui. Nul n'est aussi doué que lui pour survoler la mer des scorpions sans y tremper ne serait-ce qu'un orteil. Et si vous avez besoin d'une preuve, vous l'avez entre les mains. Il a eu connaissance de l'arrivée de ce bateau de réfugiés polonais, et tout de suite il a pensé à vous…

Jinhui désigna le papier qu'elle serrait entre ses doigts.

— À moi, la petite Allemande au poste émetteur clandestin qui n'aime plus Staline et qui s'est fait manipuler par son amant pendant deux ans, fit Clara, amère.

— Absolument pas ! s'écria-t-il. Vous avez fait exactement ce que vous êtes venue faire à Shanghai ! Parfois, oui, je vous ai donné un coup de pouce. On pourrait dire que je vous ai… formée à la mer des scorpions ? En revanche, jamais vous n'avez transmis un renseignement qui serait tombé de ma bouche. Et si c'est une question pour vous : oui, j'approuve votre travail. Certainement plus que ceux à qui vous l'adressez…

La colère de Jinhui paraissait très réelle. Il aurait été si simple de le croire. Mais c'était comme toujours avec lui : plus elle en savait, moins elle en savait.

Il se détourna, fouilla dans un coffre et en sortit un portefeuille, qu'il glissa dans le sac de Clara ouvert sur la coiffeuse.

— Des papiers, de l'argent. De la part de sir Victor. Vous en aurez besoin. Si votre amie est parmi ceux qui vont débarquer, ça ne sera peut-être pas trop difficile de la sortir du convoi. Si les siens sont avec elle, ça ne coûtera qu'un peu plus cher. Les soldats japonais sont comme tous les soldats mal nourris et peu respectés : ils aiment beaucoup les dollars. Conduisez Ruth et sa famille à Cavanauch Road. Ils y seront mieux que n'importe où ailleurs à Shanghai. Au moins pour un temps… Ah… Dernière chose : en sortant du Ciro, remontez Bubling Road jusqu'aux grilles du champ de courses. Vous y trouverez une Dodge verte et mon neveu, Bo Yu. Un garçon très dégourdi. Il vous sera indispensable. Et il vous raccompagnera chez vous avec tout ce monde.

Ruth, bien sûr. Courir rejoindre Ruth. La tirer de là. Même si cela devait conduire à sa noyade définitive dans la mer des scorpions.

— Jinhui… Je n'arrive pas à croire que ce soit possible. C'est trop miraculeux.

— *Qin ai…*

— Et Sassoon…

— Sassoon est aussi juif que votre amie et les milliers de Juifs entassés dans Shanghai. Seule sa richesse le protège… Et il est romantique, comme tous les riches : « Peut-être qu'après ce massacre il se trouvera de jeunes Allemands qui seront des humains comme les autres ? » Tels ont été ses mots quand il m'a donné ce portefeuille pour vous et votre amie.

Il se leva, franchit les deux pas qui les séparaient. Elle recula avant qu'il ne la touche.

— Non… Je dois vous faire confiance, et je ne sais pas…

Son regard blessé la transperça.

— Ce n'est pas en moi que vous devez avoir confiance, *qin ai*, c'est en votre amie Ruth. Il n'est qu'une manière de survivre aujourd'hui en ce monde : croire en l'impossible de toutes ses forces. Je suis sûr qu'elle en est capable.

*
* *

Les lampadaires éclairaient à peine la carrosserie de la Dodge. On devinait difficilement une silhouette derrière le volant.

Clara recula dans le renfoncement d'une boutique qui vendait encore du matériel de cricket quelques mois plus tôt. Ses pensées étaient un vrai chaos. Elle revoyait le signe de main de Sassoon tandis qu'elle quittait le Ciro. Elle aurait dû aller le remercier et aussi observer sa réaction, s'assurer qu'il était vraiment à l'origine de toute cette histoire. Pourtant, à quoi bon : sir Victor ne laissait jamais paraître que ce qui l'arrangeait. Et elle, elle n'avait qu'une envie, partir. Si la jeune Chinoise du vestiaire ne lui avait pas couru après, elle aurait oublié son manteau.

Au fond, elle ne croyait pas qu'un piège l'attendait dans la voiture. Jamais Jinhui ne ferait une chose pareille. Mais croire ou ne pas croire était la faiblesse des ignorants. Pour la première fois depuis son arrivée à Shanghai, elle mesurait l'ampleur de sa naïveté.

Une fois de plus, Jinhui avait raison. Elle ne pouvait se fier qu'à Ruth. C'était elle qui réalisait des miracles. Tel celui qu'elle avait accompli dans la cabane de Königstrasse.

Et donc pas le choix : faire confiance, avancer jusqu'à la Dodge, se livrer au neveu de Jinhui, ce Yu, qui l'attendait là-bas.

Le camarade Staline ignorait vraiment à quel point ses menaces étaient de peu de poids lorsqu'on nageait dans la mer des scorpions !

*
* *

Il dormait, la main gauche passée à l'intérieur du volant, la tête reposant en arrière sur la banquette – côté droit, puisqu'on roulait à l'anglaise dans Shanghai. Elle prit le temps de l'examiner avant de le réveiller. Un garçon plus jeune qu'elle. Ou qui en avait l'air. Enveloppé dans une robe traditionnelle. Ses cheveux épais, séparés par une raie de côté, rappelaient la chevelure de Jinhui – ou étaient volontairement coiffés ainsi pour l'imiter. La voiture était parfaitement entretenue, les sièges de velours beige pas trop usés. Un modèle ancien dont le nom, Jubilee Six 35, en plastique blanc, luisait sur le tableau de bord couleur chocolat au lait.

Elle toqua à la vitre, voulut ouvrir la portière, mais la poignée lui résista. Le neveu se réveilla aussitôt, débloqua la serrure avec un large sourire, déjà loin du sommeil, déjà debout dehors, s'excusant dans un anglais si fluide qu'elle faillit lui tendre la main à l'européenne en se présentant. Il s'inclina respectueusement.

— Bo Yu… Vous pouvez m'appeler Yu, simplement.

Elle demanda s'il attendait depuis longtemps. Il vérifia l'heure.

— Une heure et demie. Oncle Jinhui m'a prié de patienter jusqu'au matin si nécessaire.

Tout sourire, il possédait l'aisance de son oncle.

— Je peux parler allemand si vous préférez, précisa-t-il dans cette langue.

— Tout à l'heure, avec mon amie, l'allemand sera le bienvenu. Je doute qu'elle connaisse un mot d'anglais.

Il opina, sérieux, montrant qu'il savait ce qu'elle voulait dire. Clara observa autour d'elle la rue, les trottoirs, les arbres derrière les grilles du champ de courses. Pas le moindre mouvement.

D'un nouveau sourire il l'invita à prendre la mesure de la réalité.

— Il n'y a personne ici avant quatre heures du matin, dit le neveu qui avait suivi son regard. La police anglaise et les soldats japonais mangent, boivent, dorment, comme tout le monde.

— Vous savez où nous allons et pourquoi ? demanda-t-elle en le scrutant.

— Yangtszepoo Examination Shed. Nous y attendrons l'accostage d'un bateau japonais. Peut-être votre amie sera-t-elle parmi les passagers. Sa famille aussi. Nous les retirerons du convoi et les conduirons chez vous. Oncle Jinhui m'a expliqué : avant, on se garera sur Chemulpo Wharf, sous les silos à grain. De là, on peut surveiller le fleuve sans être repéré par les gardes japonais. Si le bateau est là, attendant l'appontage, on ne pourra pas le louper. Dès qu'il commencera sa manœuvre, on se rendra près de la zone de débarquement. Juste quand les Japonais seront très occupés.

Clara eut envie de lui rétorquer qu'oncle Jinhui n'était donc pas qu'un magnifique musicien, un non moins délicieux amant et un habile pygmalion. Une fois encore Yu lui sourit, avec un petit geste moqueur qui aurait pu appartenir à son oncle.

— Il m'a prévenu que vous vous méfieriez. Dans Shanghai, se méfier, c'est rester en vie.

Clara s'installa sur la banquette avant, fixant la rue vide.

— Si on y allait ? dit-elle.

Ils roulèrent en silence. Les trottoirs étaient encombrés par les pousse-pousse, leurs propriétaires allongés entre les brancards. Sur la chaussée, les échoppes mobiles encore closes étaient agglutinées par petits groupes.

Clara s'assura que personne ne les suivait. Yu conduisait en souplesse, aussi détendu que s'il allait en promenade, passant devant Peking Marcke, longeant Soochow Creeck pour traverser la rivière sur le pont de North Shade Road. Aussitôt, le décor changea. Yu engagea la Dodge dans Yangtszepoo Road, et ce ne furent plus que des docks désertés, des usines noirâtres et lépreuses, des entrepôts et des ateliers avec, tout autour, des centaines d'hommes endormis sur le sol, attendant l'embauche de l'aube. Quelques-uns, ici ou là, se tenaient debout dans la lumière sale, leurs haillons flottant sur leurs corps décharnés. Ils pivotaient lentement pour suivre la voiture de leurs yeux hagards. Yu secoua la tête, le visage fermé.

— Ce qu'est devenu Shanghai, il faut le voir pour le croire.

Clara laissa passer une centaine de mètres avant de demander :

— Vous connaissez le quartier où les Japonais conduiront les Juifs ?

— Vers Yangtszepoo Creek, opina Yu en montrant l'étendue des bâtiments sur leur gauche. Beaucoup de vieux immeubles en mauvais état, pas assez de place pour tout le monde. Les gens sont dix par pièce. Pas des conditions aussi misérables que celles des Chinois, mais difficiles… Votre amie est juive, m'a dit oncle Jinhui.

— Si elle est sur ce bateau…, grinça Clara.

— Bien sûr. Je veux dire : j'aime bien les Juifs…

Il s'interrompit, désigna quatre silos dressés entre le fleuve et la route.

— On va là-bas. Le quai de débarquement des Japonais est juste derrière… Les Juifs… Il y a quatre ans, j'étudiais certaines langues chinoises, le wu, le min, le hakka, le gan… Un jour, dans une étude, je suis tombé sur des pages en hébreu. Les lettres m'ont plu. J'ai trouvé une traduction. Le texte aussi m'a plu. Un extrait de ce que les Juifs appellent le Livre des splendeurs. Le Zohar, en hébreu…

— Vous parlez l'hébreu ?

— Pas encore. Juste un peu. J'avais commencé à l'apprendre, puis les Japonais ont bombardé l'université. J'ai pensé qu'avec ces Juifs dans Shanghai j'aurais toutes les chances de trouver un professeur. Eh bien, non ! Ils ne parlent que des langues occidentales : anglais, allemand, italien, français… russe, aussi. Aucun ne parle ou n'écrit l'hébreu ! Qui aurait cru ça ? Peut-être votre amie pourra-t-elle… ?

Clara s'interrogea. Voilà une chose dont il n'avait pas été question entre elles. Yu attendait sa réponse, le sourire de retour, avec quelque chose de si proche de Jinhui qu'elle détourna la tête en répondant que, non, elle ne pensait pas.

Ils arrivaient sous les silos. Yu s'enfonça dans une voie pavée et bordée de hauts bâtiments vides. Le fleuve apparut devant eux. Large en cet endroit de cinq ou six cents mètres. La Dodge avança au ralenti sur une vaste surface cimentée cernée par les parois borgnes des silos. À mi-hauteur, semblables à des flèches de grue, pendaient les gouttières géantes qui permettaient de transvaser le grain dans des barges ou des camions. On avait une vue parfaite sur le Wangpoo et les quais alentour.

Yu désigna les silos au-dessus d'eux.

— Ils sont quasiment vides depuis des semaines… Le blocus américain. On ne risque pas d'être dérangés.

Pourtant, Clara n'aurait pas été surprise de voir apparaître des hommes armés.

Yu descendit de voiture, s'approcha du fleuve, puis se retourna d'un coup et revint vers la Dodge en trottinant. La peur mordit les reins de Clara. Elle se retint à la poignée de toutes ses forces. Mais Yu se contenta de faire un geste qu'elle ne comprit pas. À deux pas de la vitre, il lui montra le vide-poches. Il contenait des jumelles.

— C'est pour voir les noms des bateaux, expliqua-t-il quand elle les lui tendit. Les Japonais soit ne les éclairent plus, soit les effacent. Pour empêcher les Américains de savoir de quels bâtiments il s'agit. C'est stupide. Les informations circulent vite, ici. Tout se sait.

Yu rit doucement en repartant vers le fleuve. Clara lui emboîta le pas.

*

* *

Le *Xin Jionzhen* était à l'ancre au milieu du fleuve, entre d'autres bateaux, à l'écart des sampans qui pullulaient sur la rive opposée, recouverte de quais industriels : Ocean Steamship Co., China Navigation Co., Asiatic Petroleum Co., Kailang Mining Wharf, NYK Pootun Wharf, etc., à perte de vue.

Yu passa les jumelles à Clara. Elle batailla pour trouver le nom du bateau sur la proue qui dansait. Un filet de fumée s'échappait de l'unique cheminée. Des lanternes dessinaient les coursives du pont supérieur, les barques de sauvetage et la cabine de pilotage. À l'avant, la coque montait très haut au-dessus du fleuve, semée de hublots carrés et sombres, avec ici et là des taches de rouille rouges dégoulinantes. Depuis le centre jusqu'à la proue, le pont ouvert, bordé d'un bastingage noir, était désert. Pas un mouvement, pas une silhouette. Elle rendit les jumelles à Yu alors qu'il observait le quai de la douane japonaise. Un large enclos bétonné, entouré d'une grille métallique, à vingt mètres du fleuve. À travers les jumelles, on distinguait la chaîne qui maintenait fermé le portillon central. Des sentinelles japonaises, fusil à l'épaule et casque aplati, faisaient les cent pas devant les guérites.

Yu annonça qu'il leur restait une heure à attendre. On ne pouvait pas espérer de débarquement avant six heures, bien que la circulation sur le fleuve commençât plus tôt.

Ils revinrent à la voiture. Clara ne pensait qu'à Ruth. On pouvait dire qu'elles savaient dénicher des endroits extraordinaires pour se retrouver ! Elle imaginait son amie au 29 Cavanauch Road. Son émerveillement devant l'appartement. Sa stupéfaction devant Shanghai. Quoique, après le périple qu'elle avait accompli, elle n'ait sans doute plus aucun appétit pour trop de nouveautés. Pour Clara, en revanche, la surprise allait être le cousin Hugo. Elle s'en rendait compte : elle parvenait tout à fait à imaginer Ruth descendant du bateau japonais. Mais Ruth agrippée à la main d'un homme ? Impossible.

Après un long moment de silence, assis dans la Dodge, les portières entrouvertes, Yu dit :

— Les réfugiés seront installés dans une vieille fabrique de cigarettes, propriété de sir Victor. Pas loin d'ici, dans la Concession. À proximité d'une école municipale et du cimetière juif.

— Comment ça s'est décidé ?

Yu ne se fit pas prier pour le lui expliquer. C'était le résultat de la relation entre le capitaine japonais Inuzuka et sir Victor.

— Depuis que les Japonais occupent Shanghai, Inuzuka est l'interlocuteur privilégié de ceux qui comptent dans la Concession. Et sir Victor Sassoon est une personnalité éminente.

Clara eut un signe d'impatience. Elle savait tout ça, et comment Sassoon avait accueilli les premiers Juifs d'Europe au Cathay, son hôtel pour millionnaires. Yu leva la main, la priant de patienter. Avant l'été, Inuzuka était venu voir sir Victor au Cathay. Exigeant un service. À la manière japonaise : une menace, un arrangement, une menace. L'annonce de la déclaration de guerre contre les Américains n'était plus qu'une question de mois, avait précisé le capitaine. Le gouvernement japonais avait décidé de fermer les portes de Shanghai aux étrangers. Et particulièrement aux Juifs. Beaucoup trop de bouches à nourrir alors que la famine s'installait. Il devenait impossible d'assurer la sécurité. Ils allaient transformer certains quartiers en camps où serait regroupé tout ce monde-là. Les Juifs avaient l'habitude de vivre dans des ghettos depuis longtemps, n'est-ce pas ?

Sir Victor avait fini par demander : « Que puis-je pour vous, capitaine ? Prendre la direction du ghetto ? » Inuzuka lui avait répondu très sérieusement : « Non, pas encore. Toutefois, vous pourriez nous aider à résoudre un problème. »

Un petit millier de Juifs venant de Russie soviétique et d'Europe du Nord se trouvaient au Japon, à Kōbe, près d'Osaka, depuis des mois. Ils y étaient devenus indésirables. Le gouvernement avait décidé de les déplacer à Shanghai. Ce seraient les derniers Juifs que la ville accueillerait. La Sassoon Company possédait deux ou trois usines qui ne fonctionnaient plus. Ce ne serait pas un grand effort pour elle d'accueillir ces Juifs.

— Vous voyez, sir Victor, avait poursuivi Inuzuka, nous cherchons des solutions raisonnables. Nous ne sommes pas aussi sanguinaires ni des antisémites aussi acharnés que les Allemands.

Le colonel Meisinger, l'homme de la SS en Asie, avait suggéré au gouvernement de régler la question des Juifs de Shanghai de manière plus efficace et plus économique : réquisitionner la multitude de jonques et de barques délabrées du Wangpoo, y entasser les Juifs et les tirer jusqu'à l'embouchure du Yangtsé. Les bateaux ne résisteraient pas longtemps à la haute mer. « Les youpins pourraient même considérer cela comme un rappel de la colère de Dieu avant le Déluge », avait conclu Meisinger.

Clara jeta un coup d'œil à Yu. Sa voix avait changé au fur et à mesure de son récit. Il resta silencieux, fixant le fleuve où rien ne se passait, avant d'ajouter qu'il était allé visiter l'ancienne fabrique de cigarettes où les nouveaux arrivants allaient être installés.

— Ça ira. L'immeuble est dans un état correct. Quelques grandes salles et beaucoup de petites. Sur deux étages. Sir Victor les a fait déblayer. Il y a l'eau et l'électricité. Ça ira.

Il se tourna vers Clara.

— Votre amie et sa famille seront mieux chez vous, mais ils n'auront pas à trop s'inquiéter pour leurs compagnons.

⋆

⋆ ⋆

Le mouvement du *Xin Jionzhen* les prit par surprise. Le ciel pâlissait à peine. Des barges lourdes d'objets en tout genre et des sampans chargés de légumes glissaient lentement, portés par les courants. Plusieurs fois déjà Clara avait dû lutter contre le sommeil, ses paupières se fermant malgré elle. Quand Yu se redressa dans un cri, le bateau japonais était juste devant eux, entamant sa manœuvre d'approche. Le grondement du moteur et la fumée de la cheminée emplissaient l'air. Une foule grise, anonyme encore dans les premières lueurs de l'aube, se tassait sur le pont, sous la garde d'une vingtaine de soldats.

Yu tira sur le starter et, sans allumer les phares, lança la Dodge dans l'allée qui rejoignait l'arrière de l'Examination Shed. Deux guérites, trois soldats et une barrière en protégeaient l'entrée. La caserne de pompiers du quartier se dressait juste en face. Yu ralentit sans s'arrêter, poursuivit son chemin sur cent mètres, fit demi-tour et revint se garer sur la bande de terrain vague devant la caserne. De l'autre côté de la route, les soldats devant la barrière interrompirent leur discussion pour examiner la Dodge.

— J'ai oublié… Oncle Jinhui a dû vous donner des papiers, dit Yu.

Clara sortit l'enveloppe de son sac et la lui tendit, la gorge serrée par l'angoisse.

Yu retira de l'enveloppe une petite liasse de dollars entourée d'un feuillet tapé à la machine. Il le parcourut du regard avant de le donner à lire à Clara. Écrit en anglais et en japonais, il était frappé par deux fois du tampon du capitaine Inuzuka. Yu cligna de l'œil.

— Sir Victor a fait rédiger beaucoup de lettres comme celle-ci. Le capitaine avait oublié son tampon dans une chambre du Cathay. Ça plus ça, ajouta-t-il en posant les dollars par-dessus, les soldats japonais ne résisteront pas.

Clara s'apprêtait à sortir de la voiture. Yu la retint : il s'occuperait de la négociation. Ce serait plus facile. Les soldats japonais se méfiaient des femmes, des Européennes comme des Chinoises. Ils en avaient tellement violé pendant l'invasion.

— Votre amie, elle a quelque chose qui permet de la distinguer ? demanda-t-il.

Clara dut faire un effort pour chuchoter que Ruth avait les cheveux roux. Roux et longs. *A beautiful girl.* Yu sourit comme s'il n'en avait jamais douté.

*

* *

De l'autre côté de la rue, la négociation ne dura pas longtemps. Yu dit deux, trois phrases, et les soldats, des gars aussi jeunes que lui, éclatèrent de rire. La barrière se leva. Yu fit signe à Clara de le rejoindre.

Ils avancèrent jusqu'à la zone de transit, une vaste cour de béton fendillé mangée de mauvaises herbes, à l'ombre massive des silos. Quatre camions militaires de transport de troupes aux bennes bâchées y étaient parqués.

Yu murmura qu'il restait beaucoup de dollars dans l'enveloppe. Qu'on les paie pour voler une Juive avait beaucoup amusé les soldats. Clara voulut lui demander si c'était ce qu'il leur avait dit, « voler une Juive », quand Yu l'empêcha d'avancer davantage. Ils attendraient ici, en aval des guérites de contrôle. Il leur faudrait repérer son amie avant qu'elle ne monte dans l'un des camions qui transporteraient les passagers jusqu'à l'usine de cigarettes.

Tout de même, Clara fit encore quelques pas, se rapprochant le plus possible des guérites. Après une hésitation, Yu la rejoignit.

Le cliquetis de la chaîne qu'un soldat retirait du portillon de la grille, côté fleuve, retentit. Sur le pont du *Xin Jionzhen*, les marins firent glisser la passerelle qui reliait le bateau au quai.

Ils assistèrent ensuite à toute une circulation d'uniformes, de civils japonais en costume trois-pièces, de soldats qui se mettaient en rang… Un temps qui parut interminable à Clara, d'autant plus que le remue-ménage l'empêchait de distinguer la foule des exilés sur le pont.

Soudain un coup de sifflet strident résonna contre les silos.

Des femmes et des enfants commencèrent à descendre la passerelle, lentement, si lentement qu'un officier à képi beige agita les bras en criant. Les femmes pressèrent les enfants devant elles. Dès qu'ils eurent posé pied à terre, des hommes prirent leur suite sur la passerelle. Tous, femmes et hommes, enfants et vieillards, jeunes filles et frêles adolescents, vieilles qu'il fallait soutenir, portaient quelque chose. Un baluchon, une valise, parfois deux, un havresac. Tous vêtus de sombre, de gris, y compris les foulards sur les têtes. Des chapeaux, des casquettes. D'épais manteaux d'hiver alors que la chaleur d'août, humide et lourde, annonciatrice des orages de l'après-midi, montait déjà.

Là-haut, sur le pont du *Xin Jionzhen*, il semblait que la foule ne diminuait pas.

Enfin, les visages se dessinèrent, tandis qu'ils s'agglutinaient sur le quai, qu'on les poussait vers les points de contrôle. Toutes sortes de visages, mais tous si étrangement semblables, comme défaits par la même fatigue, le même épuisement, la même peur, le noir des prunelles sautant d'un point à un autre.

Des mains agrippant férocement les épaules des enfants, des doigts serrant d'autres doigts, impossibles à dénouer, ou tenant seulement les poignées de valises et les anses de sacs.

Clara s'aperçut alors qu'ils n'étaient pas tous vêtus de noir ou de gris, mais que leurs vêtements, chemises, chemisiers, robes, foulards, jupes, vestes, vestons, manteaux, n'avaient plus de couleur à force d'avoir été lavés et relavés.

Jamais elle n'aurait imaginé que huit cents ou mille personnes puissent constituer une foule si uniforme et si compacte. Comment allait-elle reconnaître Ruth ?

Sans quitter la multitude des yeux, elle empoigna le bras de Yu à son côté et gémit :

— Yu !

Il crut qu'elle avait vu Ruth et demanda :

— Où ?

Elle secoua la tête.

— Je ne vais jamais pouvoir la repérer !

Yu posa une main sur la sienne.

— Patientez. Ils vont les faire défiler devant les guérites, puis ici, à deux pas de nous, avant qu'ils montent dans les camions. Impossible de la rater…

Cela exigea un temps considérable, chacune, chacun passant enfin le portillon entre les soldats, déposant des papiers fatigués sur les fenêtres des guérites, attendant, reprenant les documents, poussés par d'autres soldats vers les camions, où il leur fallait grimper des échelles de bambou avec leurs sacs et leurs valises, avec les vieux et les vieilles qui peinaient à monter. Pas un enfant ne pleurait. Il régnait parmi tous ces gens un silence oppressant. Quelques-uns croisaient les regards de Clara et de Yu, les fixaient une ou deux secondes. La plupart les ignoraient, bien trop occupés à trouver une place sur un banc.

Des camions commencèrent à partir, d'autres arrivèrent. Un ballet bruyant et puant le gazole alors que le soleil perçait à travers les nuages, chauffant les parois des silos.

Yu dit :

— Ils sont soixante-douze par camion. Cela fera onze camions.

Vers midi, on annonça qu'il n'en restait plus que trois à remplir. Clara luttait chaque minute pour ne pas se laisser tomber sur le béton craquelé. Il semblait que le vacarme des moteurs montait avec la chaleur et le soleil. Elle avait scruté tant de visages qu'elle mêlait des bouches de femmes à des yeux d'hommes, sans jamais trouver de cheveux roux, sinon encadrant des visages qui n'étaient pas celui de Ruth.

Si bien qu'elle ne vit pas tout de suite la femme qui faisait quelques pas vers elle. Là, à droite, enfouie sous un vieux manteau qui avait dû être bleu. Elle la regardait avec des yeux de folle, la bouche béante, une main arrimée à un sac de voyage en tapisserie, l'autre à une valise de cuir.

Yu s'approchait d'elle en demandant de sa voix d'ange chinois :

— Fräulein Rotstein ? Fräulein Ruth Rotstein ?

⋆

⋆ ⋆

Plus tard – au milieu de la nuit suivante, allongée sur le lit du 29 Cavanauch Road, après avoir dormi durant des heures –, Ruth dit :

— Je t'ai aperçue très vite. Tu m'attendais, comme si souvent dans mes rêves. Alors j'ai cru que je perdais la tête. Que je me faisais des idées. Mais si, tu étais là ! Tu es là. Nous sommes là. C'est difficile à croire, non ?

Clara ne répondit pas. Il n'était pas nécessaire de parler. Il leur suffisait de serrer leurs mains, d'émettre un tout petit bruit, comme les animaux. Elle se taisait aussi parce qu'elle pleurait. Des larmes qui coulaient sur ses joues, continûment, à en être ridicule. Mais entendre la voix de Ruth chuchoter en allemand, ici, dans son appartement de Shanghai, elle n'y pouvait rien, cela la vidait des millions de larmes qu'elle avait retenues pendant toutes ces dernières années.

Deux lanternes de papier éclairaient le grand salon. Un peu de lumière pénétrait dans la chambre. Le bruit soudain de la pluie sur les toits les fit frémir. Clara songea à dire que les pluies d'août, à Shanghai, étaient diluviennes, au point que des quartiers entiers de la ville étaient inondés. Mais ce genre de détails pouvait attendre. Elles avaient bien d'autres choses à se raconter.

Elles restèrent pourtant silencieuses. Chacune se repassant les images de leurs retrouvailles au milieu des huit cents Juifs de Pologne, des camions, des vapeurs de fioul et des soldats japonais. Ruth en avait eu le souffle coupé, incapable de respirer jusqu'à ce que Clara la serre contre elle comme une bête féroce. Et Clara sentant sa maigreur. Et toutes deux conscientes des regards qui les fixaient. Puis leurs rires mêlés, leurs balbutiements, les inévitables pleurs. Puis Yu qui les pressait de se diriger vers la sortie de l'Examination Shed.

Ruth s'arrachant tout à coup des bras de Clara, courant vers un groupe de femmes qui les contemplaient, indifférentes aux cris des soldats qui voulaient accélérer le remplissage des camions. Ruth avait dit quelque chose et les femmes – deux vieilles et les quatre autres sans âge – lui avaient répondu avec des sourires, des signes d'au revoir et même des baisers du bout des doigts.

Yu s'était emparé de la valise de cuir et du sac en tapisserie, et elles avaient rejoint la voiture accrochées l'une à l'autre.

Ensuite ce n'étaient que des images brouillées. Ruth s'excusant, répétant qu'elle allait devoir se laver, qu'elle se sentait sale comme une bête après ces mois dans un camp. Yu annonçant qu'il y avait de la nourriture dans le coffre, du riz, des fruits, de la viande. Précisant qu'il préviendrait son oncle au plus vite. Ruth s'étonnant :

— Vous parlez allemand ?

Et Yu lui répondant fièrement :

— Oui, Fräulein. Depuis que je suis petit.

— Mon Dieu ! s'était écriée Ruth. Je ne sais plus du tout où je suis.

Plus tard, elle avait marché de long en large dans l'appartement, effleurant tout, allant et venant dans la véranda, ne s'asseyant jamais, même pour manger les prunes que lui offrait Clara. Ce n'est qu'une fois qu'elles furent couchées côte à côte dans le lit, avant de s'endormir – il faisait jour, mais elle était épuisée –, qu'elle dit :

— Tu sais, j'ai l'impression d'avoir couru jusqu'ici sans m'arrêter. Couru depuis Kaunas. Depuis qu'ils ont tué Hugo.

Clara se rendit compte qu'elle n'avait pas pensé une seule fois au cousin Hugo. La voix de Jinhui résonna en elle : « Il n'est qu'une manière de survivre aujourd'hui en ce monde : croire en l'impossible de toutes ses forces. »

## 3

## Le manteau bleu

Elles se regardaient, se frôlaient, s'enlaçaient, mangeaient serrées comme des sœurs siamoises, dormaient à portée de paumes, de sourires, mais elles se parlaient peu.

Trois ou quatre jours comme cela. Se retrouvant, se découvrant. Mesurant combien elles avaient changé, se reconnaissant sans l'ombre d'un doute, décelant toutefois plus d'inconnu l'une dans l'autre que de souvenirs. En vérité, elles en avaient si peu, de souvenirs communs. Pourtant une part de chacune vivait dans l'autre. Depuis le premier instant et pour toujours, comme dans les contes dont les personnages sont touchés par une baguette magique, la foudre ou va savoir quoi. L'une et l'autre se sachant aussi fragiles qu'une tige de cristal, quoique indestructibles si elles demeuraient là, ensemble. Au moins pouvaient-elles prendre leur temps. Il pleuvait tant que, chaque heure, de nouvelles rues de Shanghai étaient inondées.

Un matin, après un long sommeil, comme elles mangeaient dans la véranda de petits nems et une soupe aux nouilles que Clara avait appris à préparer, Ruth dit en regardant la pluie tomber :

— Oui, j'ai l'impression d'avoir couru depuis Kaunas pour te retrouver. En même temps, ce n'est pas vrai, parce que je croyais que c'était fini. Qu'on ne se reverrait jamais. C'est seulement à Kōbe, quand les Japonais nous ont dit qu'on pouvait partir pour Shanghai, que j'ai compris que j'allais vers toi. S'ils n'avaient pas écrit Shanghai sur le panneau du camp, j'aurais cessé d'avancer. Je n'avais plus envie. Après, sur le bateau, j'avais continuellement peur. Peur que tu ne sois plus ici. Ou que tu sois morte. Pourtant, à éprouver tant de crainte, je me sentais tellement vivante – et même presque jeune. C'était plutôt comique. Une de mes compagnes de cabine, une vieille femme qui s'appelle Gittel, m'a dit : « Ressentir de la peur, c'est le signe qu'on ne vit plus avec des fantômes. »

Clara opina. Elle comprenait très bien. Puis, comme Ruth se taisait, elle dit :

— Je ne sais pas où est Kaunas. Ni Kōbe. Au Japon, je suppose. Mais je n'ai jamais entendu ce nom-là.

— Oui, c'est au Japon. Juste à côté d'Osaka. Kaunas est en Lituanie, pas très loin de Minsk. De Kaunas à Kōbe, ça nous a pris une demi-année. Peut-être plus. En fait, je ne sais pas très bien. Quand tu cours, tu oublies le temps.

Ruth sourit. Un sourire qui n'atteignit pas ses yeux, où Clara ne retrouvait rien de celle qu'elle avait connue.

Elles écoutèrent en silence le bruit de la pluie qui tambourinait sur les toits, les isolant étrangement de l'extérieur. Au bout d'un long moment, Clara reprit :

— Moi aussi, j'ai cru que tu étais morte. À Hambourg, quand j'ai reçu ta carte, j'ai pensé : Ruth va mourir. Et pendant tout ce temps passé ici : Ruth ne pourra pas survivre. Pourtant, dès que j'ai appris la venue de ce bateau japonais chargé de Juifs polonais, j'ai eu la certitude que tu étais parmi eux.

Ruth ne fit pas de commentaire. Rien, pas un geste, pas un mot, comme si elle n'avait pas entendu. Puis, sans tourner la tête, elle tendit la main, paume vers le ciel, pour que Clara puisse y poser la sienne.

Il y avait beaucoup de choses qu'elles ne parvenaient pas à confier. Trop de questions. Par exemple, Ruth se demandait quand Clara allait s'inquiéter de son carnet, de toutes ces lettres écrites à Berlin et à Varsovie. L'avait-elle oublié ? Elle pouvait sortir les deux carnets de la poche intérieure de la valise Hartmann, où ils étaient bien à l'abri, et les lui donner. Lui expliquer, pour le second, celui écrit en yiddish, comment elle l'avait commencé à Varsovie en songeant que Clara devrait apprendre cette langue pour le lire. Mais si elle se lançait dans cette histoire, comment éviter de raconter le reste ? Or à quoi bon ressasser ces événements de sa vie ? Ce qui comptait était là, dans le premier carnet, et également dans cet alphabet que Clara ne saurait pas déchiffrer.

De son côté, Clara aussi pensait au carnet sans oser le réclamer, puisque Ruth n'en parlait pas. Peut-être avait-il disparu, comme son cousin Hugo, son père Abraham et sa belle-mère Yenté. Ou cette demi-sœur que Ruth n'aimait pas et dont elle lui avait parlé pendant leur nuit à Dantzig. Si Ruth les avait tous perdus, il valait mieux se taire.

Et aussi, ses cheveux coupés si court – quatre centimètres de longueur tout au plus – qui paraissaient maintenant plus auburn que roux. Et cette lassitude, cette tristesse accrochées à son visage… Clara ne reconnaissait plus la Ruth qu'elle avait gardée en mémoire.

Ainsi, elle n'avait pas dit un mot sur la Singer. Ne s'était pas approchée pour l'examiner de plus près, s'y intéresser. Elle ne semblait pas l'avoir remarquée. En vérité, Ruth ne l'interrogeait sur rien. Qui était le garçon chinois qui les avait aidées, elle ne l'avait pas demandé. S'était-elle rendu compte de sa présence ? Pas sûr.

Naïvement, bêtement, Clara avait pensé, pendant qu'elle attendait avec Yu l'accostage du bateau, qu'elle pourrait conduire Ruth dans Bubling Road ou Nankin Road. Lui trouver des vêtements neufs. Lui montrer les robes chinoises, à elle, la couturière qui en avait confectionné de si belles. Car, oui, le moins que l'on puisse dire était que Ruth manquait de vêtements ! Les loques dont elle était vêtue vous remplissaient d'effroi rien qu'à les regarder. Mon Dieu, ce qui lui tenait lieu de culotte ! En guise de soutien-gorge, une bande de tissu rêche tout juste bonne à cirer des chaussures. Seul le grand manteau bleu de Berlin ressemblait encore à un manteau, même sali et ravaudé – Clara ne risquait pas de l'oublier, ce manteau identique à celui de sa mère et que Ruth portait le jour de leur rencontre miraculeuse dans le cabanon de Königstrasse !

Dès que Ruth était sortie de son long, très long bain, le premier depuis on ne savait quand, Clara avait ouvert les tiroirs et les portes en laque ocre de la grande armoire pour que son amie puisse enfin se vêtir de propre.

— Prends ce qu'il te faut. Tout est à toi.

Ruth n'avait sélectionné que le nécessaire – deux tailles trop grand étant donné sa maigreur. Malgré tout, en enfilant une combinaison toute simple, elle avait fermé les yeux. Clara avait entrevu son visage adouci par la caresse du tissu. Après cela, aller se perdre dans les magasins de Bubling Road était devenu une idée ridicule. Et pas seulement à cause de la pluie.

Peut-être, à un moment, parviendrait-elle à évoquer Jinhui, et Ruth pourrait-elle parler de son cousin Hugo ? En attendant, ces longs silences entre elles l'amenaient à s'inquiéter de celui de Jinhui.

Elle s'était attendue à ce qu'il téléphone pour prendre de leurs nouvelles – le neveu Yu lui avait certainement rendu compte de sa mission. Elle mourait d'envie de le remercier et surtout de s'excuser. Elle avait été si stupide, si suspicieuse, alors que, avec sir Sassoon, Jinhui lui avait fait le plus beau des cadeaux. Et désormais, elle en était certaine : depuis le début, Jinhui veillait sur elle.

Mais s'il ne la contactait pas, c'était sans doute parce qu'il ne le pouvait pas. Devait-elle l'appeler ? Son silence n'était pas comme celui de Ruth. Elle y devinait une mise en garde. Peut-être Jinhui avait-il été plus peiné par ses soupçons qu'il ne l'avait montré au Ciro ? Considérait-il qu'il lui appartenait, à elle, de faire le premier pas ? Ou le départ de sir Victor le mettait en danger, d'une manière ou d'une autre… Avait-il quitté Shanghai ? Ou… Ou… Ou ? Ce n'étaient pas les scénarios qui manquaient.

*

* *

Une nuit, Clara se réveilla bien avant l'aube. Ruth n'était pas à côté d'elle. Clara bondit hors du lit. Ruth ne se trouvait pas dans la seconde chambre. Il avait été convenu qu'elle pourrait s'y installer quand elle le désirerait, mais elle n'en avait montré nulle envie. Elle n'était ni dans le coin cuisine ni dans le salon. Le cœur de Clara se serra. Un souffle de panique la frôla, comme si elle avait de nouveau perdu Ruth. Soudain elle la vit à travers les baies vitrées, emmitouflée dans son vieux manteau. Une ombre sur le lit de repos de la véranda où la chaleur moite collait à la peau. Elle se précipita pour se lover contre elle en riant de soulagement.

— Je suis folle. J'ai cru que tu étais partie. Que tu m'avais laissée.

Elles se tenaient si serrées que Clara sentit le murmure de protestation de Ruth plus qu'elle ne l'entendit. Il ne pleuvait plus, mais le bord du toit de la véranda et les bambous cachant l'antenne dégouttaient encore dans un clapotement apaisant. La voix claire et nette, comme Clara ne l'avait pas entendue depuis son arrivée, Ruth dit :

— Je voudrais savoir, pour Sarah. Voilà des mois que je veux savoir, pour Sarah. Tu sais de qui je parle ?

— Cette demi-sœur que tu craignais de retrouver à Varsovie quand on s'est rencontrées à Dantzig ?

— Oui, fit Ruth. Nous sommes devenues amies. Au Japon, on me l'a enlevée. Je n'ai rien su faire. Elle ne voulait pas me quitter. On me l'a prise pour l'envoyer en Amérique…

Clara s'écarta pour mieux écouter Ruth, qui lui expliquait comment ces gens de l'American Jewish Joint

Distribution Committee lui avaient retiré Sarah à leur arrivée au Japon.

— Un baiser dans les cheveux, je me suis évanouie, et ils l'ont emmenée. Depuis, je m'inquiète terriblement pour elle. Elle n'avait plus que moi. Je lui avais promis de ne jamais l'abandonner.

Clara lui fit répéter le nom de l'organisation. American Jewish Joint Distribution Committee. Ils étaient connus à Shanghai, dit-elle.

— Ce sont eux qui s'occupent des réfugiés juifs. Les nourrissent, leur donnent des vêtements. Les Japonais les détestent, mais ils en ont besoin.

Si elle ne se trompait pas, leur bureau officiel était tout simplement au Cathay, le grand hôtel de sir Sassoon.

— Peut-être Sarah est-elle ici, à Shanghai ? fit Ruth, le regard brillant.

Clara promit qu'elles iraient se renseigner dès qu'il ferait jour. Elle expliqua à Ruth quel genre d'hôtel était le Cathay et aussi qu'elle ne devait pas avoir l'air d'une réfugiée dans les rues de la Concession. La police japonaise ne les autorisait pas à y circuler, pour de prétendues raisons de sécurité.

Ruth passa une robe toute simple, sans manches, qui laissait voir ses bras si maigres que ses coudes paraissaient cassants. Avant de quitter l'appartement, d'un geste mécanique elle enfila son manteau. Clara éclata de rire et lui proposa une gabardine bleu sombre avec un foulard de soie prune. Ruth enfouit son visage dans la soie, et elle resta ainsi une ou deux secondes, paupières closes, respirant profondément l'odeur du tissu.

— J'avais oublié comme la soie était douce, fit-elle en rouvrant les yeux. Ne t'en fais pas pour mes cheveux.

Ils repousseront vite si je ne suis pas une fois encore obligée de les couper. Les poux et la vermine, tu comprends…

*

* *

Elles avancèrent une centaine de mètres dans Cavanauch Road. Ruth marchait si lentement que Clara se demanda si elle avait été battue ou si elle était blessée. Elle héla un pousse-pousse. Ruth s'y installa sans oser protester, chuchotant à Clara :

— Pourquoi font-ils ça ? Ce ne sont pas des animaux !

Tout au long du trajet, elle ne détourna pas le regard du dos de l'homme devant elles. Son pantalon et sa tunique vert-de-gris étaient si larges qu'ils flottaient comme un étendard autour de son corps squelettique. Clara fut certaine que son amie ne vit rien d'autre de Shanghai jusqu'au Bund.

Là, tout avait changé depuis le dernier passage de Clara. L'avenue fourmillait de soldats japonais, des automitrailleuses occupaient les plates-bandes sur le bord du quai et les voitures civiles qui s'y pressaient encore une semaine plus tôt se comptaient désormais sur les doigts d'une main. Les deux canonnières qu'elle avait signalées dans l'embouchure du Wangpoo lors de son dernier message au Centre – le *Moyoko* et le *Takao* – étaient à présent à l'ancre au centre du fleuve, juste en face du Cathay, chacune menaçant une rive. L'endroit puait la guerre.

Le pousse-pousse tourna brutalement dans Nankin Road et l'homme s'arrêta net, signifiant par gestes à Clara qu'il n'irait pas plus loin. Clara eut à peine le temps de le payer : déjà Ruth sautait sur la chaussée et s'en écartait comme d'un animal malfaisant.

Clara la rejoignit en lui expliquant qu'elles ne pourraient pas aller plus loin, elles non plus. Si les Japonais interdisaient l'accès au Cathay, cela signifiait que sir Victor Sassoon avait quitté la ville et qu'ils occupaient son hôtel. En conséquence, les bureaux de l'American Jewish Joint Distribution Committee n'y étaient certainement plus. Il ne leur restait qu'à rentrer à l'appartement. Ruth demanda qui était sir Sassoon, écoutant à demi la réponse.

Clara songea qu'elle avait maintenant une bonne raison pour appeler Jinhui.

— Je vais me renseigner. Je les trouverai. Sauf si, avec la menace de guerre du Japon, ils sont rentrés aux États-Unis. C'est ainsi. À Shanghai, on n'est jamais sûr de rien, tout change tout le temps.

Au bout de la rue, à l'angle du Cathay, des soldats japonais les avaient repérées. Ils leur faisaient signe d'approcher. De petits gestes qu'ils avaient l'habitude d'adresser aux prostituées en ricanant. Elles pouvaient voir leurs dents sous les casquettes bizarrement plates. Clara prit le bras de Ruth et l'entraîna dans l'autre sens.

— Depuis notre départ de Varsovie, partout où nous passons, la guerre est déclarée, ou sur le point de l'être, dit Ruth. Comme si elle marchait dans nos pas… S'il y a la guerre ici avec les Américains, ce serait mieux que Sarah soit déjà là-bas, non ? Ce doit être possible… Ils me l'ont enlevée il y a des mois. Je crois qu'ils ont dit qu'ils la mettraient dans un bateau. Mais je n'en suis pas sûre. Je n'étais pas bien. J'ai peur de l'avoir rêvé parce que j'avais honte de ne pas pouvoir la retenir…

Il recommençait à pleuvoir, et comme elle voyait Clara chercher des yeux un pousse-pousse, elle ajouta, la voix aigre :

— Je ne vais pas me faire transporter par un homme encore plus maigre que moi. Je n'ai jamais rien vu d'aussi stupide.

— Il n'y a plus de taxis dans Shanghai, expliqua Clara. Même dans la Concession.

— Et alors ? Je suis capable de marcher jusque chez toi ! Ça me fera du bien. Tiens-moi la main, que je ne me perde pas dans la forêt de cette ville.

Il y avait comme une pointe d'humour dans cette dernière phrase. Clara frissonna. Elle comprenait enfin ce qui l'impressionnait chez Ruth depuis leurs retrouvailles et lui donnait chaque fois envie de pleurer. Son amie Ruth Rotstein, plus jeune qu'elle de deux ou trois ans, parlait comme une vieille femme.

*

* *

Il leur fallut près d'une heure pour rentrer. Ruth marchait droite comme un I, sans se soucier des passants ni de ce qui l'entourait. Les gens s'écartaient devant elles et Clara sentait leur regard dans leurs dos. Ruth tournait rarement la tête vers les vitrines et jamais ne ralentissait devant un magasin. Clara songea qu'elle avançait exactement comme dans la « forêt de cette ville » qu'elle avait évoquée.

Une surprise les attendait devant le 29 Cavanauch Road. De loin, Clara avait reconnu la Dodge verte garée le long du trottoir. Yu en descendit, son éternel sourire aux lèvres.

— Ah, fit Ruth quand il la salua, s'inclinant avec respect. Vous êtes l'homme qui était avec Clara l'autre jour. Pardonnez-moi. J'étais si folle que je ne vous ai pas remercié. Et je ne sais même pas votre nom.

— Bo Yu. En Chine, le prénom suit le nom, fit Yu en bon allemand.

— Yu ?

— Oui…

— Alors merci, Yu.

— Je vous apporte de la nourriture. De la part de mon oncle, qui vous salue. Il aurait voulu vous rencontrer, mais il ne peut pas.

— Qui est votre oncle ? demanda Ruth, étonnée.

Le sourire de Yu s'élargit tandis qu'il fixait Clara avec des yeux désespérés.

— Un ami, fit Clara. Je n'ai pas encore eu l'occasion de t'en parler.

Ruth approuva pendant que Yu ouvrait le coffre de la Dodge pour en sortir un grand panier de légumes qui fit tourner les têtes des passants sur le trottoir.

— Un ami gentil, dit Ruth sans regarder Clara, d'une voix étonnamment douce. Vous le remercierez de tout ce qu'il fait pour nous, ajouta-t-elle à l'adresse de Yu.

Clara passa devant eux dans l'escalier. Lorsque Yu eut déposé le panier dans la cuisine, Ruth lui demanda :

— Vous connaîtriez une organisation qui s'appelle l'American Jewish Joint Distribution Committee ?

Yu opina sans hésiter.

— Ils aident les exilés dans Yangtszepoo, le quartier réservé aux Juifs sans logis.

— Les bureaux de l'organisation, de ceux qui décident, vous savez où ils sont ?

— Dans un immeuble de French Road, derrière le cimetière juif de Baikal Road. Tout près de là où habitent les personnes arrivées du Japon avec vous.

— Vous savez plein de choses !

Ruth serra ses mains sur sa poitrine, puis en posa une sur le bras de Yu. Un geste si féminin que Yu cessa de sourire.

— Vous pourriez m'y conduire ?

— Bien sûr. Mais il y a encore des rues inondées là-bas. On ne pourra pas aller en voiture jusqu'à French Road. Demain, s'il ne pleut pas…

— Aujourd'hui ? Tout de suite ? Tant pis si on ne peut pas aller en voiture jusqu'au bout. Je sais marcher.

Yu regarda Clara, retrouva le sourire : Oui, oui, bien sûr.

*

* *

En fait, l'inondation avait déjà reculé dans le quartier de Yangtszepoo. En sortant de la voiture, Yu zigzagua dans le labyrinthe des rues et arriva à Pingliang Market, à côté de French Road. Ils n'avaient pas dit un mot en route.

Ruth contemplait, effarée, la pauvreté de la ville – les éternels murs lépreux, les attroupements de visages hagards, la foule s'agitant dans le gris et le noir on ne savait dans quel but, quelque chose qui rappelait les arrière-cours de son quartier juif de Varsovie, mais comme après un désastre.

Clara songeait à ce qu'avait dit Yu, que Jinhui ne viendrait pas les voir, même s'il le désirait. Elle n'avait pas pu trouver ne serait-ce que deux secondes pour questionner son neveu. Pourquoi, pourquoi Jinhui ne pouvait-il pas se montrer ?

Elle n'avait plus qu'à attendre. Perdre patience était parfaitement inutile, l'ignorait elle ?

Devant elle, Ruth, de nouveau tige de cristal dressée et regard vif, prit le bras de Yu pour se faire conduire, en évitant les flaques, jusqu'à un petit immeuble de brique de deux étages. Un escalier de quatre marches, qui avait apparemment survécu à plus d'une inondation, donnait sur une porte, où des lettres peintes sur une planche indiquaient : Shanghai AJJDC.

On les introduisit presque tout de suite dans une pièce où deux femmes manipulaient des piles de paperasse. Au premier coup d'œil, elles identifièrent Ruth comme une des leurs. La plus âgée se leva, leur proposant du thé.

— Oui, commenta-t-elle en allemand avec un petit rire ironique. Ici, nous avons du thé. On se croirait presque à la maison.

Elle eut à peine le temps de les prier de s'asseoir et de sortir des tasses d'un petit meuble. La porte s'ouvrit sur une femme aux larges épaules, à la robe sans un faux pli, à la coiffure blonde impeccable. Ruth se leva d'un bond. La femme lui tendit la main.

— Bonjour, je suis Laura Margolis, la directrice de ce bureau, dit-elle dans l'anglais de New York avant de demander en allemand : Que puis-je pour vous ?

Ruth, le souffle coupé par l'émotion, retomba sur son siège, incapable de prononcer deux mots qui ressembleraient à autre chose qu'à des sortes de cris étouffés. Laura Margolis tira une chaise et s'assit à son côté, en femme accoutumée à cette situation. Elle avança une main pour la poser sur celle de Ruth, qui écarta le bras.

— Je viens pour ma demi-sœur, Sarah, que vous m'avez prise à notre arrivée au Japon.

— Ah, vous êtes une des Polonaises, fit Laura Margolis, hochant la tête avec douceur. Un visa Sugihara, n'est-ce pas ?

Il fallut aller chercher des registres, des lettres et des rapports, avant que Laura Margolis fût enfin en mesure de rassurer Ruth. Sarah était loin, en bonne santé et peut-être même très heureuse, là-bas, dans une famille du New Jersey. Elle allait à l'école, avait sans doute des amies. Bientôt, elle serait une belle jeune fille qui aurait échappé à la guerre, qui n'allait pas tarder à provoquer de nouveaux malheurs jusqu'ici, selon les dernières nouvelles.

— Vous comprenez, Ruth, nous avons deux tâches. Vous aider, vous tous qui arrivez ici. Vous donner à manger, vous trouver un toit, vous fournir des vêtements, et si possible soigner ceux qui en ont besoin. Savez-vous que nos cuisines offrent plus de dix mille repas par jour ? En outre, il nous faut trouver de l'argent, le faire venir, tenir tête aux Japonais, qui sont trop souvent de mauvaises personnes. Et notre seconde tâche consiste à sauver le plus possible d'enfants juifs en les éloignant des horreurs qui vont avoir lieu ici… Ce que vous avez fait vous-même en fuyant Varsovie avec la petite Sarah, n'est-ce pas ? Elle vous en sera reconnaissante toute sa vie, croyez-moi. Jamais elle ne pensera que sa sœur Ruth l'a abandonnée. Jamais. Ça, je puis vous l'assurer.

Elle parlait très bien l'allemand, cette Laura Margolis, songea Clara. Et elle déployait une grande force de conviction.

Après un long silence, que chacune respecta, Ruth, qui avait écouté tête baissée, se redressa et croisa le regard patient qui la scrutait. Elle eut un petit balancement du corps avant de murmurer :

— Oui, je comprends. Vous avez bien du courage.

— Oh…, fit Laura Margolis avec un geste plein d'humilité.

— Si, fit Ruth en se levant. Il en faut pour arracher des enfants des mains de ceux qui vont mourir.

Laura Margolis ne répondit pas. Pas certaine de comprendre. Ou trop habituée aux mots de la douleur. Elle demanda qu'on donne à Ruth l'adresse de Sarah, là-bas dans le New Jersey. Elle pourrait toujours lui écrire.

— Pas tout de suite. La poste ne fonctionne plus entre Shanghai et les États-Unis depuis le blocus de juillet.

Elle félicita aussi Clara d'accueillir Ruth.

— On ne sait pas quand les Japonais vont transformer notre quartier en ghetto. Bientôt, sans doute. Après, il est probable qu'ils ne voudront plus aucun Juif en dehors de Yangtszepoo.

Clara guettait la réaction de Ruth. Mais quand Laura Margolis l'embrassa comme une amie chère, elle ne se déroba pas.

Une minute plus tard, redescendant l'escalier, Ruth reprit le bras de Yu.

— Vous pouvez me conduire là où vivent celles qui étaient avec moi sur le bateau ?

— Bien sûr, dit Yu.

Ah, songea Clara. Quand allait-elle pouvoir parler à Yu, lui demander des nouvelles de Jinhui ?

*
* *

— Ruth ! Ruttie ! Notre Ruttie !

Les « veuves de la cabine » l'entourèrent, l'enlacèrent, palpèrent le tissu de la robe de Ruth comme s'il était la chair même de la fille prodigue, admirèrent la gabardine et la soie du foulard, se moquant un peu et complimentant beaucoup. Certes, elle n'avait pas encore engraissé, la grande silencieuse du bateau, cependant elle avait meilleure mine !

Tout cela, songea Clara, ressemble à une réunion de famille. Ruth se laissait faire, son visage prenant une douceur pétrie de lassitude et d'abandon, la tension tranchante, toute en nerf, qu'elle avait montrée ces derniers jours s'estompant. *La voilà enfin en paix avec le départ de Sarah.*

Après quoi Ruth les présenta, prononçant leurs noms comme s'il s'agissait d'étoiles, Schaïné, Hannah, Golda, Perl et Fruma. Les unes et les autres hésitant avant d'embrasser Clara. Puis félicitant Yu sur son bon allemand – sur autre chose, aussi, qui ne pouvait s'exprimer qu'à travers des regards depuis longtemps sevrés de la simple, fraîche et reposante beauté d'un homme qui ne soit pas en fuite.

Elles leur firent ensuite visiter les lieux, croisant tout un monde avide de visages neufs, d'un divertissement qui les détournerait des soucis de l'attente, ce temps si pesant à compter les heures et les jours… Et pour quoi, tout au bout ?

Yu racontait ce qu'il en était de cette ancienne fabrique de cigarettes, les grands espaces, un au rez-de-chaussée, l'autre à l'étage, devenus cantine et cuisine. Peut-être pourrait-on y installer plus tard un atelier pour produire de menus objets. La question avait été évoquée avec Laura Margolis, fit remarquer quelqu'un.

Les bureaux de l'administration avaient été transformés en chambres. Deux, trois, parfois quatre lits selon la taille des pièces, toutes pourvues de fenêtres, de portes et de rideaux.

Partout régnait un ordre impeccable, les mauvaises couvertures étaient tirées sur les semblants de matelas, les pitoyables vêtements pliés, suspendus ou rangés dans les valises, sacs et baluchons, eux-mêmes alignés avec maniaquerie. L'ensemble donnant l'impression que tous vivaient ici depuis des mois et non pas quelques jours.

Par endroits, les murs sentaient encore le tabac ou étaient parsemés de graffitis, décorés de vieux calendriers chinois ou d'affiches SASSOON PHILIPINA CIGARS. De mauvaises odeurs, dans l'angle nord de l'immeuble, faisaient froncer le nez. Un effet des inondations, grogna Golda, la plus âgée des veuves. Comme pour tout le reste, il fallait espérer que cela passerait.

— D'autant que l'on pourrait installer une petite école en bas. Ici, il y a des enfants qui traînent partout. On les a dans les pattes toute la journée. Ça leur ferait du bien, et à nous aussi. Mais si c'est juste bon à créer une épidémie… Toujours la même chose. Une usine, c'est une usine, et les humains, ça ne se met pas en boîte. Ça se lave et tout le reste. Bon, la dame Margolis dit qu'elle s'en occupe. On peut la croire, la pauvre, et on a vécu dans bien pire.

À ce moment-là, Ruth s'inquiéta :

— Où est Gittel ?

— Ah ! s'exclama Perl. À l'infirmerie. Au moins, on en a une !

— Elle s'est cassé quelque chose à l'épaule, expliqua Fruma. À cause de l'inondation. Elle a buté sur une marche qu'elle n'avait pas vue.

— Parce qu'elle est sortie dans des rues qu'elle ne connaît pas alors qu'on l'avait priée de ne pas s'aventurer dehors, grinça Golda, agacée.

— Elle est aussi têtue que toi, se moqua Schaïné en clignant de l'œil vers Yu.

— On peut lui rendre visite ? demanda Ruth.

— Oh oui, fit Perl en lui prenant le bras. Si elle ne dort pas, elle sera très heureuse de te voir.

Dès que les amies se furent éloignées, Clara en profita pour retenir Yu et lui chuchoter :

— Où est Jinhui ?

— Parti.

— Où ?

— Il ne l'a pas dit. Chongqing ?…

— Chongqing ! Chez Chiang Kaï-chek ? Chez les nationalistes ?

— Pas du tout ! Pour la musique d'un film.

— Et sans me prévenir ?

— Si ! Attendez !

Yu sortit un épais portefeuille de la poche intérieure de sa tunique. Il en retira un billet portant une suite de chiffres et le tendit à Clara.

— Un numéro de téléphone. C'est pour ça que je venais vous voir tout à l'heure… Vous devez l'appeler aujourd'hui. Il vous expliquera.

— Yu !…

— Je suis désolé. La nourriture, c'était une excuse… Puis votre amie m'a demandé pour les Américains, et après…

*

* *

— *Qin ai !* fit la voix à peine reconnaissable de Jinhui.

— Jinhui ! C'est vous ? Vous m'entendez ? J'ai cru que jamais…

Clara avait dû l'appeler une dizaine de fois avant que soudain il décroche. Malheureusement, il y avait tant de grésillements sur la ligne qu'il était à peine audible.

Sur le chemin du retour, Clara avait prévenu Ruth : elle devait téléphoner. Quelque chose d'important. Ruth avait murmuré oui, bien sûr. La tête ailleurs, songeuse et muette tandis qu'ils parcouraient en sens inverse le labyrinthe des ruelles du quartier de Yangtszepoo. Puis dans la voiture, tenant en silence la main que Clara avait posée sur son épaule – Yu avait proposé à Ruth de s'asseoir à l'avant, pour qu'elle n'ait pas l'impression d'être dans un taxi.

Maintenant, elle était allongée sur le lit de repos de la véranda. Dans le salon, Clara lui tournait le dos, essayant de ne pas parler trop fort, malgré la ligne surchargée de parasites.

— Jinhui ! Où êtes-vous ? Je vous entends à peine…

— *Qin ai*, nous n'avons pas beaucoup de temps…

— Yu m'a donné ce numéro seulement tout à l'heure. Vous êtes à Chongqing ?

— Non… Taipei…

— Taipei !

— Je vous expliquerai… Écoutez-moi, c'est très important. Vous ne pouvez pas rester à Shanghai. N'y restez pas !

— Jinhui…

— Venez ici… S'il vous plaît, *qin ai.* Je vous attends…

— À Taipei ?

— Oui. Au téléphone, je ne peux pas vous…

— Jinhui, Ruth est ici et… Elle vient d'arriver. Je ne vais pas…

— Je sais pour votre amie… Quittez Shanghai ! *Qin ai*, vous m'écoutez ?

— Oui.

— … très important ! Maintenant.

— Et comment irais-je à Taipei ? Il faut des visas, non ?

— … petit meuble de couture… En avion… Ne laissez rien d'inutile derrière…

— Jinhui ! Je n'ai même pas de…

— Voyez Yu… Ne tardez pas… une semaine… je vous en prie !

— Jinhui !

— Je vous attends…

Puis le silence. Le combiné du téléphone inutile, la tête de Clara bourdonnante, et son cœur battant la chamade.

Elle avait donc eu raison. Une bonne intuition. Mais même si elle s'attendait à ce moment, il arrivait d'une façon que jamais elle n'avait imaginée.

Elle n'avait pas non plus imaginé la glace qui se répandrait en elle.

Elle s'agenouilla devant le « petit meuble de couture » et en ouvrit la porte. Au premier coup d'œil, rien. Elle retira la cloison de bois qui masquait l'émetteur. Au-dessous des transformateurs Péri, elle découvrit une enveloppe de papier jaune. Elle contenait un passeport au nom de Clara Magdalena Kluge. Son vrai nom.

Des tampons japonais – Inuzuca Shanghai Office – recouvraient les feuillets intérieurs, autorisant ladite Clara Kluge à se déplacer où bon lui semblait dans l'empire du Levant.

Depuis quand ce passeport était-il là ? Quand Jinhui l'avait-il caché ? Comment avait-il appris sa véritable identité ?

La dernière nuit qu'il avait passée dans l'appartement avec Clara remontait à plus de deux semaines. Mais peut-être Jinhui avait-il dissimulé le passeport dans la machine à coudre depuis plus longtemps. Prévoyant l'heure urgente où il serait indispensable. Refusant d'alerter Clara – par crainte de sa réaction et par désir de conserver leur relation aussi naturelle que possible. Ne voulant pas lui montrer tout ce qu'il savait sur elle pour n'avoir pas à s'expliquer. Qu'elle n'en sache pas trop, au cas où…

« Toujours garder un coup d'avance, c'est la règle des règles », répétait Ke Lang Yeun.

Et le départ de Sassoon avait précipité les choses. Ou cela n'avait aucun rapport avec le départ de Sassoon.

À bien y réfléchir, la raison de la présence de Jinhui à Taipei était limpide. Depuis l'aéroport de Shanghai, on ne pouvait prendre que des vols pour le Japon ou Taipei – là, on trouvait des correspondances pour Chongqing, le bastion de Chiang Kaï-chek.

Mais aussi pour l'endroit où étaient regroupées les compagnies chinoises de cinéma qui avaient survécu à l'invasion japonaise.

Jinhui, le grand musicien… le grand agent d'on ne savait quelle puissance. Deux hommes sincères sous une seule apparence. Ne mentant pas, mais cloisonnant sa double existence. Et certainement doué dans les deux.

N'avait-elle pas pressenti ce double jeu dès le début, et n'était-ce pas pour cela qu'elle s'était retrouvée dans ses bras ?

Tout de même, Jinhui, un nationaliste convaincu ? Impossible d'y croire. Qu'il fût un des agents supérieurs du Komintern l'aurait moins étonnée.

Si elle désirait obtenir des réponses à ses questions – sa montagne de questions –, il lui restait à le rejoindre à Taipei pour les lui poser, n'est-ce pas ?

Et puis… la voix de Jinhui. Inquiète pour elle, pas pour lui. Lui faisant comprendre à demi-mot qu'elle était maintenant une agente grillée, inutile dans Shanghai. Donc éliminable.

Comment le savait-il ? Quels remous avaient agité la mer des scorpions depuis le départ de sir Sassoon ?

Ou la pressait-il de venir simplement parce qu'il tenait à elle ? Amoureux, vraiment ?

Va à Taipei si tu veux le savoir !

Mais abandonner Ruth ?

*

* *

— Malgré moi, j'ai tout entendu, fit Ruth quand Clara la rejoignit dans la véranda. Tu parlais fort.

— La ligne était très mauvaise.

Clara se laissa aller sur le lit de repos. Ruth l'accueillit à son côté. Cette proximité leur rappela à toutes les deux la nuit dans la gare de Dantzig, il y avait une éternité de cela. Peut-être aussi parce que la voix de Ruth était redevenue celle que Clara avait connue. Paisible et ferme.

Les nuages de l'après-midi, gonflés d'eau, boursouflaient le ciel. De petits claquements énigmatiques perçaient ici et là le bourdonnement monotone de la ville. Un brusque frisson saisit Clara, comme si son corps venait de comprendre qu'il allait bientôt quitter le confort de la véranda et ce refuge qu'avait été l'appartement.

Ruth dit :

— Tu vas partir.

Et comme Clara, la gorge nouée, ne parvenait pas à répondre, elle demanda :

— C'est où, Taipei ?

— C'est une île au sud de la Chine.

— Il y a la guerre là-bas ?

— Je ne crois pas.

— L'oncle de Yu t'y attend ?

— Il est musicien. Un grand musicien chinois. Il compose des chansons que des milliers de gens connaissent par cœur. De la musique de film, aussi. Et bien d'autres choses.

— Des choses comme toi ?

— Oui, je crois. Je n'ai jamais su vraiment. On s'est rencontrés sur le paquebot *Conte Verde*. À Hambourg, dès le départ. Je ne pouvais pas faire une meilleure rencontre.

— Pour l'amour ?

— L'amour, la Chine, Shanghai…

— Pour la guerre.

— Oui, aussi.

— Tout ensemble.

— Oui.

— Il veut que tu le rejoignes par amour ?

— Je ne sais pas.

— Il a peur pour toi ?

— Je crois.

— Mais tu crains quand même de le rejoindre ?

— Non, pas de le rejoindre. Peur de te quitter, oui. Juste maintenant. Alors qu'on vient de se retrouver. Ce n'est pas bien.

— C'est le bon moment, Clara. C'est même un miracle qu'il t'ait appelée aujourd'hui. J'allais te dire que moi, je comptais rejoindre mes compagnes de voyage.

— Ruth…

— L'Américaine a raison, pour Sarah. C'était de l'égoïsme de ma part. Après la mort d'Hugo, je n'étais plus rien. Une femme qui ne parvenait pas à se dissoudre.

Mais Sarah était là. Accrochée à moi comme si j'avais encore des os et des poumons. Quand j'y repense, l'avoir laissée partir, quelle honte ! Heureusement qu'ils l'ont emmenée loin. J'ai entendu dire qu'en Amérique, pour les Juifs, ça allait à peu près. Mais maintenant ma place est là-bas, auprès des Juifs. Gittel – tu sais, celle qui est à l'infirmerie – comprend bien l'anglais. Elle a entendu l'Américaine au téléphone. Elle expliquait qu'un chef nazi était à Shanghai pour discuter avec les Japonais…

— Le colonel Meisinger…

— Un nom de ce genre. Il a posé un ultimatum : avant la guerre avec les Américains, soit les Japonais nous tuent tous, soit ils nous enferment dans un ghetto. Un vrai camp, avec interdiction d'en sortir avant la fin du conflit. À ce moment-là, les Japonais décideront s'ils veulent ou non continuer à s'embarrasser de nous. Gittel s'apprêtait à raconter ça aux autres quand elle est tombée et s'est cassé la hanche – pas l'épaule, contrairement à ce qu'a dit Fruma, qui est gentille mais n'écoute rien parce qu'elle est toujours en train de prier dans sa tête. Voilà. Donc, ma place est là-bas, avec elles. Dans un ghetto, on ne survit que par le nombre, tu comprends ?

— Je crois.

— C'est simple : plus on est nombreux, plus il en reste de vivants à la fin. Donc tu ne dois pas être triste que l'on se sépare.

— Je le suis, et j'ai peur, chuchota Clara.

— Je comprends.

— Je suis tellement désolée pour ton cousin Hugo.

— Mon mari Hugo. Nous nous sommes mariés en secret avant de quitter Varsovie. Pendant cinquante-huit jours et quelques heures, j'ai été la femme la plus heureuse du monde. Le cinquante-huitième jour, ils l'ont égorgé comme un cochon. À Kaunas. Après, je n'avais plus peur. Sauf à Kōbe, quand j'ai vu écrit « Shanghai » sur le panneau. Là, j'ai eu peur de ne pas te retrouver. Tu vois, d'une certaine façon, tu as ramené la vie en moi. Sinon, je serais morte en route. Tu as accompli un tout autre exploit que bander une cuisse qui saignait.

— Une cuisse qui était aussi entourée par la Gestapo…

— Quand même. Il est bel homme, l'oncle de Yu ?

— Oui.

— Yu aussi. Tu as vu comment elles le regardaient à la fabrique ? Ça fait du bien, de voir ces regards-là. Tu penses pouvoir l'appeler tout à l'heure pour qu'il vienne me chercher demain ?

— Demain ?

— Oui. Le plus tôt sera le mieux. Sinon on restera là, à se serrer l'une contre l'autre comme des malheureuses. À quoi bon ?

Elles se turent longuement. Les nuages lâchèrent leur eau, un rideau de pluie voila la vue sur la ville. Elles ne bougèrent pas, se laissant saisir par la tristesse de ces derniers moments ensemble, enlacées, comme deux enfants. Clara finit par dire :

— Il y a une Singer dans le salon. Une machine à moteur.

— J'ai vu.

— Ah. Je ne savais pas… Je l'ai achetée en pensant à toi. En fait, je me disais que c'était un tour de magie, que ça allait te faire venir.

— C'est vrai ?

— Oui. Le premier tour de magie que je fais de ma vie, et il a marché !

— Quel don !

Elles rirent, chassant la mélancolie.

— Je l'avais achetée pour y placer mon émetteur, reprit Clara. Je vais le retirer, le démonter, et tu pourras emporter la Singer.

— Ça ne te manquera pas ?

— Je ne sais toujours pas coudre un bouton. Alors tu penses, utiliser une machine…

— Non : ton émetteur. Tu ne risques rien si tu ne fais pas… Je ne sais pas. Ce que tu faisais jusqu'à présent ?

Clara eut une pensée pour Ke Lang Yeun, pour les dernières nouvelles du front nazi en Ukraine et à Moscou, et pour les milliers de prisonniers soviétiques considérés comme des traîtres par Staline.

— Je crois que c'était déjà fini pour moi. Et on ne sait jamais, un émetteur, ce n'est rien à remonter. Je verrai à Taipei.

— Moi aussi, j'ai quelque chose pour toi. Le carnet que tu as vu à Dantzig. Les lettres que je t'ai écrites de Wöber Strasse. Cela te fera de la lecture ! Depuis le temps… J'ai commencé un nouveau carnet. À Varsovie. En yiddish. Je pensais que j'allais t'enseigner le yiddish pendant notre voyage sur le bateau… Il n'est pas fini. J'écris moins souvent. Mais il sera pour toi quand je l'aurai terminé. Tu finiras bien par apprendre le yiddish.

Après un moment, Ruth ajouta :

— Tu sauras quand tu devras le garder en vie, cet homme. C'est le moment le plus terrible dans l'amour. Cette peur qui vient. On ne peut pas se tromper. Tu verras.

*

* *

Clara ne put que laisser un message à Yu et il ne rappela que le lendemain matin.

— Je pourrai venir en fin de journée.

— Très bien.

Il avait dû correspondre d'une manière ou d'une autre avec son oncle. La séparation de Ruth et Clara ne le surprenait apparemment pas. Il prit un ton mystérieux en annonçant à Clara qu'il aurait bientôt les billets pour le prochain film américain avec Myrna Loy, dans deux ou trois jours au plus. Il en rit comme d'une bonne plaisanterie. Clara mit un peu de temps à comprendre de quoi il parlait.

— Vous devenez un vrai taxi.

— Pas pour longtemps. Dans une semaine, plus de voiture. Je vais aller vivre dans une maison de Yangtszepoo, avec les Juifs.

— Oh ?

— J'ai enfin trouvé un professeur d'hébreu. Ce sera plus simple…

— Yu ! Vous pourrez veiller sur Ruth ?

— Je suis sûr que nous deviendrons amis…

— Elle pourrait vous enseigner le yiddish.

— Après l'hébreu. Je dois faire les choses dans l'ordre.

*
* *

Quand il arriva dans Cavanauch Road, tout alla très vite.

Le carnet bleu était posé en évidence sur la table du salon. Clara avait vidé ses tiroirs et son armoire. Ses vêtements gonflaient la valise et le sac en tapisserie de Ruth.

— Si tu ne veux pas les mettre, il y aura toujours d'autres femmes pour le faire.

— Et toi ?

— Je m'habillerai à la mode de Taipei ou de Chongqing.

Clara aida Yu à descendre la Singer jusque dans la rue pour l'installer à l'intérieur de la voiture. Le coffre était de nouveau plein de nourriture. Clara ignorait comment Yu se la procurait. C'était une question qu'on ne posait jamais à Shanghai.

Ruth les avait suivis en portant sa valise et son sac, son manteau bleu sur les épaules, malgré le soleil revenu. Mais, une fois sur le trottoir, elle abandonna ses bagages et arrêta le premier pousse-pousse qui passait. L'homme, inquiet, fut sur le point de s'enfuir quand il la vit retirer son manteau pour le lui tendre. Il ne comprenait pas, n'osait pas le prendre. Elle finit, toute rieuse, par le lui enfiler par-dessus sa tunique crasseuse avant de retourner en courant vers Clara, de l'embrasser et de la serrer comme si elles allaient pouvoir se fondre l'une dans l'autre.

Clara eut devant elle l'image qui lui était venue après leurs retrouvailles, l'une près de l'autre se tenant par la main : deux fragiles tiges de cristal indestructibles tant qu'elles demeuraient là, ensemble.

Et elles se séparaient.

## 4

## 黑暗的世界

*Hēi'àn de shìjiè*

Monde obscur

Il n'y eut pas grand monde dans la fabrique de cigarettes – et certainement personne parmi les veuves de la cabine – pour s'étonner de l'arrivée de Ruth ou de la présence de Yu à ses côtés. En revanche, la Singer constitua une véritable attraction, bien qu'elle fonctionnât à l'électricité, qui était distribuée avec parcimonie.

Comme sur le bateau, Golda déploya son goût de l'organisation. Elle avait repéré, au premier étage, un débarras qui conviendrait parfaitement à Ruth. Tout en longueur, et pas encore vidé du fatras qui l'encombrait, il possédait une vraie fenêtre donnant sur des baraquements à la frontière de la Concession et, on ne savait pourquoi, trois prises électriques.

— Là, tu pourras installer ton lit, là, une armoire ou un coffre, et là ta machine à coudre. Il restera assez d'espace pour mettre une table si on en trouve une, afin que tu puisses travailler sans être dérangée.

Elle avait entraîné à sa suite Perl, Fruma et Hannah, ainsi que deux autres femmes que Ruth ne connaissait pas. Toutes approuvèrent son choix. Hannah précisa qu'il existait un point d'eau au bout du couloir. Ruth désigna les autres pièces, d'où provenaient des voix d'enfants, le murmure de plusieurs conversations.

— Ce serait pour moi toute seule ?

— Et alors ? Depuis quand as-tu peur de la solitude ?

— Golda ! Il y a deux ou trois lits par chambre dans ce couloir.

— Tant mieux, car n'y vivent que des familles.

— Tu comprends très bien ce que je veux dire ! On pourrait peut-être mettre deux lits ici et la Singer ailleurs… Dans une des grandes salles communes, ça conviendrait aussi bien, non ?

— J'en étais sûre, soupira Golda en levant les yeux au plafond. Ruth la compatissante ! Ah, tu portes bien ton nom ! Aussitôt arrivée, aussitôt encline à disparaître !

Ce qui fit rire les autres. Hannah attrapa Ruth par les épaules.

— Après ton départ hier, Golda nous a dit : Vous allez voir que notre Ruttie va revenir avec nous et se couper en quatre, huit, douze pour s'éclipser dans un trou de souris.

— C'est vrai ?

— Oui, ma fille, s'amusa Golda.

— Vous saviez que j'allais venir ?

— Et même que ton beau Chinois t'accompagnerait, répondit Perl.

— Donc, voilà, fit Golda en souriant, les bras croisés sous son ample poitrine. On n'a pas trop le choix, alors ici, c'est chez toi.

Fusèrent encore quelques plaisanteries, puis Ruth fut installée avant la nuit.

Il lui fallut du temps pour se glisser dans cette existence. Golda se trompait en croyant qu'elle avait protesté contre la solitude de sa chambre par compassion – même si c'était un luxe inouï de disposer d'une pièce à soi. Non, la réalité, c'était qu'elle n'avait aucune envie d'avoir la Singer sous les yeux du matin au soir. Même dans le bel appartement de Clara, elle avait ignoré la machine à coudre.

Comment imaginer à quel point elle avait oublié la couture ? Depuis quand n'avait-elle pas touché un fil et une aiguille ? Pas coupé un tissu, dessiné un patron, cousu ? Depuis le voyage en Transsibérien, peut-être. Elle avait oublié.

Dans le monde des Juifs en exil, cependant, les rumeurs volaient comme les cigognes en automne. La réputation de couturière que son père lui avait faite dans le train l'avait accompagnée jusqu'à Kōbe et suivie à Shanghai. La fille Rotstein qui avait accompli des merveilles à Berlin. La Ruttie Rotstein qui vous transformait le vieux en neuf… Plus qu'une réputation : un devoir.

Mais voilà, pour Ruth, la Singer n'était rien d'autre que le cadeau d'adieu de Clara. La marque de son absence. Des images qu'elle s'inventait – Clara achetant la Singer pour provoquer le miracle de sa venue à Shanghai ; et ça avait marché.

Or déjà le miracle s'effaçait.

Elle avait triché lors de leur séparation, affichant une forme de légèreté pour que Clara puisse partir retrouver son bel amant sans se déchirer le cœur. En vérité, c'était ce qu'il lui restait de cœur, à elle, que l'absence de Clara consumait.

Quand elle ne pensait pas à Sarah ! Elle aurait enseigné à sa demi-sœur la couture. Elle l'imaginait en train de tourner le volant de la machine, le visage crispé par la concentration, les lèvres serrées, veillant à piquer l'aiguille correctement dans le tissu. Dans le train, elle lui avait promis de lui apprendre. Encore une promesse qu'elle ne tiendrait pas. Ruth Rotstein, celle qui semait ses promesses au vent et perdait ses aimés.

Chacun de ses premiers soirs dans sa chambre-atelier, à la lumière d'une bougie – l'électricité était bien sûr coupée la nuit –, Ruth prenait son carnet, en feuilletait quelques pages. Les fines lettres de l'alphabet yiddish voletaient sous ses yeux comme pour s'échapper et glisser dans l'ombre de la pièce.

Elle n'y avait pas écrit une ligne depuis son débarquement en terre chinoise. À présent, il y aurait tant à raconter que cela lui engourdissait la main d'avance. Et écrire pour quoi, à qui ? À Clara ? Comment croire qu'elles se reverraient ? À combien de miracles avait-on droit dans une vie ?

Elle avait glissé entre les pages du journal le billet contenant l'adresse de Sarah dans le New Jersey. Elle pourrait lui envoyer de vraies lettres quand les services postaux fonctionneraient de nouveau, avait dit l'Américaine, Laura Margolis. Un miracle de plus. Le monde où elle vivait n'était-il plus fait que de miracles ? Ceux qui se réalisaient et, plus souvent, ceux dont on rêvait et qui ne se produisaient pas.

Alors elle se contentait de caresser du bout des doigts l'adresse de Sarah, et refermait le carnet. Elle observait, sur le grand corps d'insecte de la Singer, les arabesques argentées et dorées à la lueur de la bougie. Elle songeait à celui qu'elle avait perdu. Hugo. Il était devenu un puits béant en elle, un puits où tout pourrait disparaître si elle se laissait aller.

Golda et les autres se trompaient. Non, elle n'était en rien « la compatissante ». Elle aurait tué pour avoir seulement une image, une photo d'Hugo. Car ce qui l'effrayait plus que tout – oh, comme la peur de la guerre n'était rien en comparaison de cette terreur-là ! –, c'est que, nuit après nuit, le visage de son bel amour qui la rejoignait dans le noir s'effaçait un peu plus. Même son histoire à elle, cette Ruth de Varsovie, commençait tout doucement à se fondre dans les odeurs et l'agitation de Shanghai.

*

* *

Mais la vie était ainsi faite, dans cette fabrique de cigarettes, dans cette ville en guerre, que chaque jour en poussait un autre, composé de mille riens indispensables, épuisants et rassurants, qui donnaient à chacun l'impression de tirer l'énorme charroi du temps.

Les nouvelles du dehors arrivaient avec retard. En un cycle perpétuel : la cruauté des Japonais, les maladies qui rampaient, l'automne qui venait, l'hiver qui s'annonçait, les médicaments qui devenaient de plus en plus rares. Et la nécessité de se nourrir dans une ville où la famine étendait jour après jour ses tentacules.

Deux ou trois fois, Yu apparut avec un panier de nourriture. Les veuves de la cabine, tout heureuses de le voir, ne le lâchaient pas d'une semelle, si bien qu'il peinait à voler un instant de discrétion pour parler à Ruth. Il lui apprit qu'il avait conduit Miss Clara à l'aéroport de Longhua. Qu'il avait fallu attendre des heures avant que l'avion pour Taipei décolle, à cause des patrouilles américaines autour de Taiwan. Mais elle avait passé les contrôles sans problème, son passeport impressionnant même les soldats japonais.

Un pied de nez au destin qui agrandissait le sourire de Yu.

— Elle est bien arrivée ? demandait Ruth.

— Oui. C'est ce qu'ils m'ont dit à l'aéroport : le vol a atteint sa destination. En revanche, je ne puis vous garantir que mon oncle et Miss Clara sont encore à Taipei. Oncle Jinhui voulait se rendre à Chongqing. Dès qu'il le pourra, il m'enverra de leurs nouvelles.

Ajoutant qu'il n'avait plus de voiture, qu'il ne pourrait plus se procurer aussi aisément de la nourriture.

— De toute façon, il n'y aura bientôt plus d'essence. Mais je pourrai vous rendre visite de temps en temps. Nous serons voisins : je vais habiter dans une maison de Paoting Road, un peu à l'ouest.

— C'est encore le quartier juif ?

— Oui, à la périphérie. Une vieille maison qui appartenait à mon père.

Ruth lui demanda si son père y vivait encore. Non, dit Yu. Son père était mort pendant la Longue Marche de Mao, qui les avait menés depuis le Jiangxi jusqu'à Yan'an, six ans auparavant.

— Il enseignait les diverses langues de la Chine à Mao pour que celui-ci puisse communiquer avec tous les peuples de l'empire. Ce qu'aucun empereur ne s'est donné la peine de faire. J'ai hérité de mon père la passion des langues, mais l'hébreu, c'est venu à cause de…

Yu se tut, comme embarrassé d'en avoir trop dit, haussa les épaules, et poursuivit un ton plus bas :

— Jusqu'à l'été dernier, un médecin juif séjournait dans cette maison. Herr Jacob Rosenfeld… Un ami d'oncle Jinhui. Ils s'étaient connus à Berlin, il aimait la musique de jazz de mon oncle. Il y a deux ans, il a fui les camps nazis et est arrivé à Shanghai avec ceux d'Autriche. Puis l'idée l'a pris de rejoindre Mao à Yan'an afin de soigner les soldats de l'Armée rouge. Car, dans l'entourage de Mao, on trouve des Juifs idéalistes venus d'Europe pour participer à la révolution ! Oncle Jinhui l'a aidé. Avant de partir, Herr Rosenfeld voulait apprendre le chinois. Mon oncle m'a prié de le lui enseigner. J'ai demandé à Herr Rosenfeld : « Vous m'apprendrez un peu d'hébreu en retour ? » Voilà. Oncle Jinhui dit que Mao aime bien Herr Rosenfeld. Il le surnomme « général Luo », puisqu'il parle le chinois.

Il rit avec cette fraîcheur presque enfantine qui plaisait tant à Ruth. Elle ne put retenir un petit sourire, comme une fugace fumée de bonheur, en entendant Yu parler de lui. Elle le taquina :

— Et le yiddish ?

— Oui, quand je saurai bien l'hébreu…

En le regardant partir, elle songea à Hugo et se sentit coupable. Comme si elle l'avait trahi. Puis elle imagina Clara dans les bras de l'homme qu'elle aimait. Un Yu plus âgé, plus impressionnant, plus élégant encore. Et musicien ! N'était-ce pas pour cela qu'elle avait voulu que son amie s'éloigne d'elle en paix ?

Heureusement que Golda n'était pas dans sa tête. Ruth se serait encore fait traiter de compatissante.

*
* *

Finalement, les enfants la contraignirent à faire usage de la Singer. Trois jeunes impertinentes – douze ou treize ans, avec des yeux d'adultes – qui lui serinaient jour après jour :

— Pourquoi vous ne vous en servez pas, de votre machine ? Vous ne savez plus ? Il n'y a pas d'électricité dans les prises ? Elle ne marche pas ? Vous voulez qu'on vous aide ? Ma maman dit que c'est du gâchis. Que vous pourriez au moins nous apprendre.

Ce dernier reproche décida Ruth. En un rien de temps, elle se retrouva avec un attroupement de filles autour de sa machine. Ensuite, l'inévitable. Les parents arrivèrent à leur tour dans sa chambre, les bras chargés de vieux vêtements. Et elle se retrouva à répéter toute la journée :

— Je n'ai qu'une machine !

— On attendra. Ce n'est pas qu'on soit pressées, répondaient les mères avec un sourire en coin.

Cependant, décembre approchait. Chacun voulait pouvoir porter plusieurs couches de vêtements si venaient le vent et le gel. Ruth élargissait les manches des vestes, les jambes des pantalons, lâchait les pinces des robes et les coutures des manteaux, comme si tout le monde était soudain saisi d'un formidable excès de poids.

Puis la guerre entre le Japon et les États-Unis pénétra à Shanghai. Un matin, des coups sourds résonnèrent dans la ville. Cela dura une heure ou deux. Avant midi, la rumeur courut qu'un affrontement s'était déroulé devant le Bund et le Cathay. Une bataille marine dans Suzhou Creek. Les canonnières japonaises ayant détruit les navires anglais qui s'y trouvaient encore et les entrepôts américains sur la rive est du Wangpoo.

Des plaisanteries jaillirent sur l'importance de cette bataille. Quatre ou cinq jours plus tard, des avions militaires japonais commencèrent à survoler continûment l'immense baie du Yangtsé. Au soir, le nom de Pearl Harbor volait de lèvres en lèvres, même si personne ne savait où cela se trouvait et ce que cela annonçait.

Yu était présent quand la nouvelle se répandit dans la fabrique. Fruma était allée chercher Ruth pour qu'elle s'accorde une pause dans son labeur de couturière et les rejoigne dans la pièce qui servait de cuisine et de salon aux veuves. Golda était auprès de Gittel, à l'infirmerie : affaiblie par la mauvaise nourriture et sa lésion à la hanche, cette dernière développait infection sur infection.

Quand Fruma et Ruth entrèrent dans la pièce, Perl et Schaïné servaient du thé à Yu.

— Ça y est, leur annonça Schaïné. Notre Yu a enfin trouvé un professeur d'hébreu qui lui convienne.

Par-dessus son sourire habituel, Yu chercha le regard de Ruth pour s'excuser silencieusement de ne pas lui avoir réservé la primeur de l'information. Elle lui fit signe que cela n'avait pas d'importance.

Schaïné faisait tout son possible pour le charmer, lui expliquant qu'elle avait voulu se faire appeler Tessa.

— Mais avoir un nom d'Anglaise ou d'Américaine ici ! *Tu-tu-tu.* On vous prend tout de suite pour une femme de mauvaise vie. Surtout si vous êtes juive.

Fruma tentait de dévier la conversation quand une voisine arriva, tout excitée :

— Les Japonais ont attaqué Pearl Harbor !

Le temps de quelques éclaircissements, et Yu fut debout, déclarant qu'il devait rentrer chez lui. Les rues ne seraient pas sûres, la police japonaise risquait d'être survoltée.

Ruth l'accompagna jusqu'à la sortie de la fabrique, lui demandant s'il avait des nouvelles de Clara ou de son oncle. Non, il n'en avait pas. Avec tout ce qu'il se passait, cela n'avait rien d'anormal. Puis, s'arrêtant au bas des marches, il se tourna vers Ruth et dit :

— Elle s'est trompée, Fräulein Schaïné. Ce n'est pas un professeur d'hébreu que j'ai trouvé. Mais *une* professeure. Elle s'appelle Esther Eskenaz. C'est une femme bien.

Son éternel sourire s'était effacé. Ruth crut lire dans le noir de ses yeux ce qu'il ne confiait pas. Elle lui saisit le bras.

— Quelle bonne nouvelle ! Je suis contente que ce soit une femme. Pour les choses importantes, les femmes sont les meilleurs enseignants.

Yu la fixa sans savoir quoi lui répondre. Elle demanda :

— Yu, quand vous parlez de moi, vous dites aussi « Fräulein Ruth » ?

Yu opina, plus perplexe qu'il ne l'était déjà.

— À mon avis, on devrait se tutoyer. Comme un frère et une sœur.

Quand Ruth revint dans la pièce commune, Golda était là, les yeux rougis, les joues mouillées. La vieille femme l'attira aussitôt contre elle, son corps de lutteuse vibrant de la tête aux pieds.

— Gittel vient de mourir. Une infection foudroyante et pas de médicaments…

Ruth retint la tête de Golda contre son épaule, songeant aux derniers mots de Gittel : « Bonne nuit, ma petite Ruttie. »

⋆

⋆ ⋆

L'hiver fut long et terrible. Tout le monde dans la fabrique se recroquevilla comme sous une carapace – semblable à celle des cafards et punaises qui pullulaient. La guerre rendait tout encore plus difficile. Se nourrir, se déplacer, se chauffer, se soigner – une maladie nouvelle apparaissait chaque matin –, et même croire que le monde un jour redeviendrait autre chose que ce désastre qu'était désormais Shanghai.

Personne ne s'intéressait plus à la couture – de toute façon, il n'y avait plus de fils ou de tissu –, mais la Singer amusait encore assez quelques fillettes et même deux ou trois garçons pour qu'ils viennent tenir compagnie à Ruth.

Yu lui-même ne se présenta plus pendant deux mois. Ruth se mit à avoir peur pour lui. Elle s'admonestait pour ne pas lui avoir demandé son adresse précise. Bien qu'elle sortît rarement de la fabrique, elle serait allée jusque chez lui.

Un jour de mars où le froid faiblissait – on pouvait enfin ouvrir les fenêtres et dissiper la puanteur –, Yu apparut derrière les enfants qui piquaient des bouts de carton avec la Singer. Il les chassa avec des gestes doux tandis que Ruth jetait sur sa couche le vieux roman aux pages toutes mâchouillées qu'elle lisait et se mettait debout en s'exclamant :

— Yu ! Enfin ! Comme tu m'as manqué !

Mais avant qu'elle ne fasse un pas vers lui Yu retira un paquet soigneusement enveloppé de sous son long manteau du Yunnan. Il le lui tendit en s'inclinant, les paupières presque closes. Ruth sentit ses poumons se vider. Un vertige la prit, l'empêchant de saisir le paquet, comme si son poids allait la précipiter dans le grand puits qui demeurait béant en elle depuis la mort d'Hugo.

Yu eut la sagesse d'attendre qu'elle s'avance en chancelant jusqu'à la chaise devant la Singer et lui désigne le tabouret à côté d'elle pour qu'il s'y assoie. Alors elle lui prit le paquet des mains et le fit glisser sur ses cuisses, ses doigts blanchis de le serrer trop fort.

Ruth garda les yeux fermés un long moment, puis ouvrit le paquet avec soin. Il contenait son carnet de Berlin, comme elle s'y attendait.

— Mon oncle voulait qu'il te revienne. Miss Clara le lui a demandé avant de mourir. Il a fallu du temps avant qu'il puisse me le faire parvenir. Oncle Jinhui veut que tu saches qu'il aimait Miss Clara de tout son cœur, mais aussi qu'elle est morte à cause de lui. Et que tu étais la personne la plus importante de sa vie.

Les doigts de Ruth lissaient doucement la couverture du journal. Son propre calme l'étonnait. Pourtant tous les muscles de son corps étaient tendus comme des cordes sur le point de céder.

— Je ne comprends pas, dit-elle. Ton oncle serait responsable de la mort de Clara ?

— Ah, fit Yu avec un geste de lassitude ou d'embarras qu'elle ne lui avait jamais vu. C'est ce que vous appelez un casse-tête chinois ou, comme disait mon oncle, une histoire de la mer des scorpions.

Ruth secoua la tête sans le quitter des yeux.

— Une longue histoire qui te paraîtra absurde, reprit Yu avec réticence. Mais qui chez nous est monnaie courante. Et que tu ne devrais pas connaître.

— Mais toi, tu la connais ?

— Un peu.

— Alors ferme la porte et raconte-moi, s'il te plaît. Que je puisse avoir Clara tout entière en moi.

C'était l'histoire de la vengeance d'une femme, dit Yu. Le désir de vengeance, vieux de dix ans, d'une femme nommée Jiang Qing. Elle allait bientôt être la quatrième épouse de Mao Zedong.

— En 1933, Jiang Qing a quitté sa campagne pour venir à Shanghai. Elle voulait être actrice. Elle a intégré l'école de chant et de danse d'oncle Jinhui sous le nom de Lang Ping, qui signifie « Pomme bleue ». Malheureusement, elle était très mauvaise actrice. Et odieuse avec toute la compagnie. Oncle Jinhui s'est moqué d'elle après un spectacle où elle avait été huée. Comme il savait qu'elle était l'amante d'un homme proche de Chiang Kaï-chek, qu'il détestait, il lui a conseillé de trouver le chemin de la gloire en utilisant son corps dans la mauvaise politique plutôt que dans la danse. Dépêche-toi, a-t-il ajouté, sinon, tu seras plus blette que bleue. Jiang Qing lui a promis qu'elle lui ferait ravaler ses paroles. Pourtant, elle a suivi son conseil, puisqu'elle va épouser Mao. Mais elle qui prétend être une nationaliste de la première heure veut, bien évidemment, tout effacer de son passé. Or elle redoute qu'oncle Jinhui ne révèle un jour la vérité à Mao. Elle veut donc le faire disparaître. Mais Mao aime bien mon oncle et elle sait qu'il mettra tout en œuvre pour traquer les meurtriers.

« Jiang Qing connaît toutes les ressources de la mer des scorpions. Il y a quelques mois, un ancien agent du Komintern est revenu à Shanghai pour se mettre au service de Mao. Il s'appelle Ke Lang Yeun. C'est lui qui a formé Miss Clara à Moscou. Bien sûr, il savait qu'oncle Jinhui et Miss Clara étaient amants depuis longtemps. Jiang Qing a tout de suite compris comment elle pourrait se servir de Clara. Étant proche de Juifs immigrés, celle-ci représentait l'élément embourgeoisé, donc peu fiable, du parti. Elle a ordonné à Ke Lang Yeun d'organiser un assassinat à la manière du Komintern.

— C'est-à-dire ?

— Tuer quelqu'un de moindre importance pour atteindre la personne importante. Ensuite, tous ceux qui savent diront : « Ah, voilà encore un coup de Staline. »

— Et ?

— Miss Clara a reconnu Ke Lang Yeun sur le tarmac de Taipei. Elle s'est approchée de lui. Ce jour-là, il pleuvait. Ke portait un parapluie. Il en a laissé retomber l'extrémité sur le pied de Miss Clara. Un parapluie comme en ont les agents soviétiques, avec une aiguille de poison insérée dans le métal de la pointe. Pourtant, tout n'a pas marché comme Jiang Qing l'espérait. Selon le médecin de Taipei, Clara devait à son tour empoisonner mon oncle, simplement en l'embrassant. L'oncle Jinhui a été malade, mais il va bien maintenant. Il a reçu les baisers, pas le poison.

*
* *

Ce soir-là, Ruth ouvrit son carnet et prit son crayon.

Chère Clara, chère, chère, chère Clara !
Tu es morte, dit Yu. Cela peut-il m'empêcher de t'écrire ? Bien sûr que non. Depuis combien de temps ne t'ai-je pas parlé ? J'en ai honte.

Yu m'a raconté comment tu es morte à la place de celui que tu aimais. Je n'ai pas pensé à lui dire combien je t'admire. Comme j'aurais voulu protéger Hugo ! Retenir son souffle pour qu'il ne meure pas ! Je ne cesse d'y penser. Qu'aurais-je pu faire ? J'ai essayé de fermer la plaie de son cou avec mes lèvres, mais elle était trop large.
Il est une chose dont je suis certaine aujourd'hui : la guerre n'existe que pour séparer ceux qui s'aiment. De la jalousie, et rien d'autre. Rendre le monde si obscur qu'on ne puisse plus voir où on va, que le bonheur ne brille plus nulle part pour nous guider. Simplement cette cruauté là.
Comme tu vois, je t'écris des bêtises.
Tu ne peux pas savoir comme ça me fait

du bien. Nous sommes tellement ensemble quand je t'écris !

Hier soir, après les sottises ci-dessus, j'ai dormi comme un loir. Pourtant, je venais d'apprendre ta mort. C'est une chose que je ne peux confier qu'à toi. Comme pour le reste, tu es la seule apte à le comprendre.
Quoi qu'il nous arrive, c'est ainsi : nous sommes ensemble.

Golda est venue me voir. Gittel lui manque. « J'ai besoin de parler de chez nous, de Varsovie, et d'en parler en yiddish, dit-elle. Mais ne restons pas assises là. Viens. » Elle me tire dehors en me fourrant des sacs dans les bras. Je lui demande ce qu'on va chercher. Elle répond : « Je ne sais pas, on verra quand on sera devant les étals. » Nous sommes allées tout à l'est du quartier, là où se trouvent les grandes usines de coton. Ciel gris très bas et beaucoup de brume. Une foule quand nous nous approchons du terrain vague entre les usines. Et tout le monde en manteau et chapeau, comme chez nous pour shabbat. Mais ici personne ne se repose. Tous attendent en rang pendant des heures, munis de cartons vides ou de sacs.
Finalement Golda ne parle pas de chez nous et pas en yiddish. Elle demande aux uns et aux autres d'où ils viennent, en polonais puis en allemand. Nous patientons au moins deux

heures. Les vendeurs sont souvent des Russes. Ils vont acheter des denrées dans la partie française de la Concession, ou *downtown* comme ils disent – souvent dans les maisons où quelqu'un vient de mourir ou chez ceux qui s'apprêtent à quitter Shanghai. Golda achète deux draps, une poêle et du fil pour étendre le linge – « Il n'y en a jamais assez », dit-elle. Au retour, elle me confie qu'elle n'aime pas parler avec les Allemands et les Autrichiens. « Dès qu'ils entendent notre accent, ils font la grimace. Comme si on risquait de les salir. » Je lui réponds que non, je ne trouve pas. « Parce que tu parles leur langue et que tu t'es habituée à leurs manières quand tu étais à Berlin. » L'évocation de ce nom m'a rappelé Muttie Glückel et Unkel Moses. Depuis quand n'ai-je pas pensé à eux ? Que sont-ils devenus ? Tout à coup, ils me manquent terriblement. Il ne faut jamais oublier ceux qui nous sont chers. Il faut les garder tout le temps près de nous, même si ce n'est qu'en pensée. Cette journée m'a épuisée. Mais tu es là, ma Clara.

Visite de Yu. Il est enseignant à l'école de Hingfoo Road, pas loin de notre fabrique. Il a maintenant plus de deux cents élèves. Il leur inculque des rudiments de chinois – son allemand les impressionne et ils aiment être avec lui. Il est question qu'il apprenne aussi le chinois aux adultes qui le désirent.

Il est surtout venu me voir pour me faire comprendre qu'il vit une histoire d'amour avec cette Esther Eskenaz, sa professeure d'hébreu. Pas de surprise. Je savais que cela arriverait dès la seconde où il a prononcé son nom. Je le serre dans mes bras. Je sais qu'il craignait que je sois jalouse. Le fait est qu'il me plaît, qu'il possède quelque chose qui me rappelle Hugo, même s'il ne lui ressemble en rien. Mais je sais aussi que moi, de corps et d'âme, je ne suis plus faite pour cet amour-là. Et chaque soir, sais-tu, ma Clara, comme toi, Hugo est près de moi.
C'était un jour de bonnes nouvelles.

J'ai testé quelque chose hier : je me suis retenue toute la journée de t'écrire. Quelle impatience j'avais de revenir devant ce carnet et de prendre mon crayon ! Ainsi, d'une certaine manière, nous ne nous sommes pas quittées de la journée.

Golda, Perl et Fruma veulent réserver notre fabrique aux Polonais. La question se pose : des lits se libèrent avec la mort de trois vieilles personnes. Golda étant Golda, elle a réuni tous les occupants dans la grande salle-atelier du bas. La discussion ne dure pas : tout le monde est d'accord. Nous ne devons surtout pas accueillir de Russes ou notre fabrique se transformerait en un clin d'œil en un fumoir d'opium. Il paraît que, même maintenant,

ils s'entendent avec les Japonais pour faire commerce de tout ce qui est interdit.
Ensuite, Golda me demande pourquoi je suis restée muette. Serais-je contre la décision adoptée à l'unanimité ? Je lui réponds que ce que je pense n'a pas d'importance. Elle insiste. Je lui dis : « Pourquoi sommes-nous tous ici, à Shanghai ? Parce que nous sommes juifs. Et comme nous sommes juifs, nous sommes semblables aux autres humains, en bien et en mal. Il nous faut vivre avec ça. » Elle rit et m'embrasse. « J'étais certaine que c'était ce que tu pensais. Moi, aucun doute, c'est mon côté humain qui me fait décider : pas de Russes dans notre fabrique ! »

Cette nuit, j'ai rêvé de mon père à Birobidjan. Moi qui ne l'ai jamais vu chanter, je le voyais chanter dans la neige. J'espère de tout mon cœur qu'il y est bien. Peut-être même heureux.
Et Yenté ? Où peut-elle être aujourd'hui ? Quand je me suis réveillée, je me suis demandé ce que nous serions devenues, Sarah et moi, si nous étions descendues du train avec lui. Il faut vraiment espérer qu'elle est bien là-bas, chez les Américains du New Jersey. J'attends toujours le rétablissement des liaisons postales pour lui envoyer une lettre.
Les unes et les autres, sans cesse nous nous rappelons ce que nous avons vécu et la quantité de promesses que nous nous étions faites.

Les journées s'étirent sans fin, si pleines de souvenirs et si pauvres d'espoir qu'il nous semble être perdues dans un passé immobile.

Aujourd'hui je t'écris de nouveau, ma chère Clara. Ce n'est pas que j'aie beaucoup de choses intéressantes à te raconter. En vérité, tout va de mal en pis ici. Les chevaux tirent les voitures : plus d'essence. Les camions roulent au charbon – comment est-ce possible ? Une bonne nouvelle : les pauvres hommes qui tractent les pousse-pousse gagnent mieux leur vie. Une course coûtait un dollar chinois – tu te rappelles ? Maintenant : quinze dollars ! Incroyable.
Je me demande ce qu'il a fait de mon manteau, celui à qui je l'ai donné.
Bonne nuit, ma chère Clara.

Je t'écris ce soir avec de l'encre bleue et un bon stylo.
Aujourd'hui, beaucoup de choses. Les Japonais ont arrêté l'Américaine, Laura Margolis, et l'homme qui travaille avec elle – au nom espagnol, mais lui aussi est américain. Ça s'est mal passé. Les Japonais se sont montrés violents. On est venu nous chercher : « Il faut les empêcher de jeter Margolis en prison ! » Nous nous sommes retrouvés à deux ou trois cents dans la rue du Jewish Committee. Des dizaines de soldats japonais armés nous y attendaient. Un officier a fait un discours :

ce qui nous arrive n'est pas leur faute. Les Japonais n'ont rien contre les Juifs. C'est la faute des Allemands et des Américains.
Il a demandé qu'un responsable de chez nous se présente. Un rabbin s'est avancé. L'officier a promis : « Vous ne risquez rien. Nous allons discuter, et je vais voir ce que je peux faire pour vous aider. »
Ils ont poussé Laura Margolis dans une voiture et, cinq minutes plus tard, il n'y avait plus un seul Japonais dans la rue. Quelqu'un a dit : « Il ne faut pas laisser les documents des Américains dans le bâtiment. » Nous avons vidé les bureaux du Jewish Committee et nous nous sommes réparti les dossiers. J'aurais voulu trouver celui de Sarah. Impossible. Mais, sur un bureau, il restait deux stylos et de l'encre bleue. Je les ai emportés.

On raconte que toute l'affaire de l'American Jewish Joint Distribution Committee a été initiée par des nazis qui sont arrivés à Shanghai. Ils exigent que notre quartier devienne un vrai ghetto, avec des grilles et l'interdiction d'en sortir ou d'y entrer. On prétend aussi que le Japonais a demandé au rabbin, reb Shimon Shalom Kalish, pourquoi les Allemands nous haïssent tant. Reb Kalish est un homme petit, mais l'officier japonais est encore plus petit que lui. Reb Kalish lui a répondu : « Ils nous haïssent car nous sommes petits et avons les cheveux noirs. » Il paraît que l'officier a beaucoup ri et qu'il a promis que la fermeture du ghetto ne serait pas pour tout de suite. Et aussi : « Pas d'Américains chez vous ! Nous effectuerons le contrôle des passeports ! »

Bonjour, ma chère Clara !
Je m'inquiète pour Yu, que je n'ai pas revu depuis des semaines. N'ose-t-il plus venir me voir ? Je sais qu'il donne toujours des cours à l'école. Je me dis que je pourrais aller leur rendre visite, à Esther et à lui. Mais je sais que je n'en ferai rien.
Il paraît qu'un seul grain de raisin se vend trente cents.

Dans la grande salle d'en bas, on fabrique des chaussures avec des pneus de camion. Perl et Schaïné font partie des vendeuses : neuf cents dollars chinois la paire.

Ma Clara,
J'ai oublié de te dire que maintenant c'est l'été et qu'il commence à faire presque aussi chaud que quand nous nous sommes retrouvées.
Fruma est venue me demander si j'acceptais de l'aider à la cantine créée par Margolis. Deux des femmes qui servaient sont tombées malades et il faut les remplacer. Oui, bien sûr.
Comme nous, à la fabrique, nous parvenons, par une multiplication de petits miracles,

à nous procurer de la nourriture, nous n'avons pas besoin d'aller manger à la cantine. Il faut voir ça : un hangar pour les femmes, un hangar pour les hommes. Pourquoi cette séparation ? On n'en a pas la moindre idée. Des centaines de personnes. Bol en métal pour la bouillie de riz et un petit quelque chose en plus quand c'est possible. Tout le monde est au coude à coude. Les hommes gardent leur chapeau sur la tête, ils ne sauraient pas où le mettre. Les femmes tiennent leur sac entre leurs cuisses. Ça n'incite pas aux longs bavardages, mais ça empêche vraiment la famine.

Yu, enfin ! Pour me dire que sa professeure d'hébreu, son Esther Eskenaz, est enceinte de lui. Je crie : Félicitations, félicitations ! Suis-je devenue hypocrite ? Je me dis que cet enfant aurait pu être le mien. Cette pensée me fait honte, comme si je trahissais la mémoire d'Hugo. En face de moi, Yu ne sourit pas. Esther a peur, dit-il. Elle est tuberculeuse et est terrifiée par les épidémies et les conditions hygiéniques désastreuses. Et aussi parce que ce sera son premier né, alors qu'elle a quarante ans – treize de plus que Yu.
Yu ajoute qu'elle se sent très seule dans la vieille maison quand il est à l'école. Il dit qu'elle ne s'est pas fait beaucoup d'amies. Ou qu'elles sont mortes et qu'elle n'a pas le cœur de les remplacer. Elle veut l'enfant, même maintenant, mais elle a peur, répète-t-il.

Je propose qu'elle s'établisse ici. Nous nous occuperions d'elle, bien sûr. Le sourire de Yu. Il n'attendait que cela.
Je suis allée voir les veuves. Je leur ai annoncé qu'Esther allait habiter chez nous. Elles ont dit : Très bien. J'ai ajouté : Nous allons installer un lit dans ma chambre à la place de la Singer. Elles ont dit : Très bien. J'ai dit : On l'enlèvera pour la mettre dans la grande salle. Il y a assez de place à côté de l'atelier de chaussures. Elles ont dit : Très bien.
Nous sommes trop fatiguées pour discuter. Parfois, on a envie de dire que la guerre a du bon.

Je pense à Esther Eskenaz et à ce que Yu dit d'elle. Et je ne peux pas m'empêcher de penser que nous nous ressemblons un peu.
Une bêtise, certainement.

Physiquement, nous ne nous ressemblons pas du tout. Esther est une grande femme au visage carré, très élégante malgré sa robe très laide. Son ventre est déjà bien bombé. Une belle bouche, des yeux d'un bleu qui vous percute comme un coup de poing. Cheveux très noirs et bouclés. Grandes mains avec des doigts d'homme. Très autrichienne. La voix grave. Elle a été riche. Elle me fait penser à certaines clientes de Frau Opel.
Elle me dit à quel point elle est soulagée d'être ici. Yu lui a parlé de moi depuis qu'ils se

connaissent. « Donc je vous connais déjà un peu, moi aussi. »
Il est étrange d'écrire sur elle alors qu'elle est à côté de moi, dans la pièce. Yu est très embarrassé. Tout à coup, je me rends compte que je ne pourrai plus rester dans ma chambre quand ils y seront. Le salon-cuisine devrait faire l'affaire.
J'aimerais bien lui parler de toi, Clara. Quand elle me demandera ce que j'écris dans ce carnet. Mais je sais aussi qu'il vaudra mieux me taire.

Esther est une femme silencieuse. Elle m'a tout de même confié qu'elle avait peur pour elle et pour l'enfant comme jamais elle n'a eu peur. Y compris quand les SS, à Vienne, ont tué ses parents et son mari sous ses yeux. Elle a ajouté qu'elle n'avait jamais voulu d'enfant. À cause de sa tuberculose. Et voilà qu'avec Yu, qui est tellement plus jeune qu'elle… Elle a su tout de suite que, de son amour pour lui – elle dit : « mon amour dévorant pour lui » – naîtrait un enfant. Comme si elle était victime d'un sortilège. « Alors qu'il n'y a pas pire moment, pas pire endroit pour faire un enfant ! Et je sais que la maladie va m'emporter ! » a-t-elle gémi en m'écrasant les mains de ses doigts vigoureux. Tout ce que j'ai trouvé à lui répondre, c'est : « Il y a peut-être pire, même en ce moment. » Quelle stupidité ! Pourtant elle m'a regardée de ses grands yeux bleus comme si j'avais dit une chose sensée. Golda me demande : « Tu n'as pas peur d'attraper la tuberculose ? » Je lui réponds : « S'il est une chose qu'on peut attraper sans difficulté à Shanghai, c'est une maladie. Mais voir naître un enfant, ça vous donne de la force pour tout. » Elle rit et m'embrasse.

Ma chère Clara. Voici une histoire insolite qui je crois t'amuserait : un fou parcourt nos rues. Un moine bouddhiste du nom de Chao Kung. Il prie nuit et jour sous la pluie. Selon Yu, il n'est ni moine ni chinois. C'est un Juif d'Europe qui se fait passer depuis dix ans pour un agent de plusieurs bandes de Shanghai.
Il nous demande à tous d'écrire une lettre à Hitler pour le convaincre que le mal qu'il fait aux Juifs lui retombera dessus. Certains se disputent sur les phrases à écrire. Au moins, cela fait rire Esther.
L'enfant naîtra cet hiver, c'est-à-dire bientôt. Esther n'est pas en bonne santé. J'ai du mal à le cacher à Yu.
Oh, ma Clara !

Je suis désolée de dire cette vérité. Il m'est de plus en plus difficile de t'écrire avec Esther dans la pièce. Dans la cuisine avec les veuves et d'autres qui s'y attardent de plus en plus souvent – et longtemps –, c'est pire. Ce qui ne veut pas dire que je ne suis pas avec toi, ma Clara. Je trouve quelques instants pour te donner des nouvelles à la volée. Et le reste du temps, je te parle dans ma tête.

Esther est de plus en plus malade. Elle peut à peine manger et crache du sang. Ses yeux sont… Je n'ai pas de mot. Yu la soigne avec des plantes chinoises. Elle va mieux deux heures, puis elle rechute.
Il dort avec elle et moi avec Golda. Yu se moque du risque de contamination. Quant à Esther, dès qu'elle le peut, elle persiste à lui enseigner l'hébreu en disant que l'enfant dans son ventre l'entend et qu'il saura presque le parler à sa naissance.
Dès qu'il sort de la chambre, Yu laisse éclater sa douleur. Voir Yu, l'éternel souriant, pleurer me déchire… Ah, Clara !
Golda et moi lui avons juré que nous nous occuperions de l'enfant jusqu'à notre mort. Fille ou garçon, les mères ne lui manqueront pas.
Quand il retourne auprès d'Esther,
Yu accroche de nouveau son sourire à ses lèvres, comme si pas une larme n'avait gonflé ses paupières.
Chaque jour, certains de ses élèves viennent prendre de ses nouvelles.

Oh, ma Clara, comme tu me manques !
Comme je pense à toi !

Le soir, au moment de fermer les yeux, je vois de nouveau Hugo venir vers moi.

C'est une fille. Nous l'avons appelée Xiao-Nao, ce qui signifie « oiseau », en chinois. En yiddish : Feigelé. Elle est petite, mais en bonne santé.
Esther est morte. Il aurait fallu pratiquer une césarienne. Aucun médecin n'était disponible, bien sûr.
Yu reste toute la journée avec la petite dans les bras. Je lui ai répété que Feigelé serait ma fille aussi longtemps que je vivrai. La fille d'une Juive de Shanghai. Ce Shanghai dont tu as été la première à me parler, ma chère Clara.
Xiao-Nao saura-t-elle, en grandissant, transmettre notre histoire ? Déposer toutes ces lettres que je t'ai écrites en lieu sûr. J'espère que oui. « Tendre les bras à son destin, c'est, de tous les moyens, le plus infaillible pour en adoucir les rigueurs. »

# ÉPILOGUE

Ce dimanche 9 janvier 2000, après les informations du soir, Aroutz 1, la première chaîne de télévision d'Israël, annonce une émission spéciale titrée « Les carnets de Ruth Rotstein ». Elle est diffusée à l'occasion de la réception solennelle, au musée de la Diaspora, à Tel-Aviv, d'un document unique : le récit de la vie d'une jeune Juive de Varsovie dans le ghetto de Shanghai.

En introduction, avant le générique, les spectateurs découvrent l'arrivée de l'invitée, Bo Xiao-Nao, à l'aéroport Ben-Gourion de Tel-Aviv. Grande, la cinquantaine, vêtue d'un long manteau de cachemire bleu indigo, portant une mallette métallique, elle débarque d'un vol en provenance de New York. Sous le regard curieux des autres passagers, des écolières chargées de fleurs se précipitent vers elle, suivies de personnages officiels, de photographes et de journalistes.

Puis, en fondu, tandis que se déroule le générique de l'émission, on voit à l'écran des doigts de femme tournant les pages d'un carnet. Des phrases écrites en allemand apparaissent en gros plan jusqu'à ce que les mots *Berlin-Varsovie, 1937-1938* les recouvrent.

Les doigts ouvrent alors un second carnet, plus épais, écrit tantôt à l'encre, tantôt au crayon. Moins lisible, moins régulier, semé de pages vierges. Vers le milieu du carnet, on ne voit que quelques rares notes au crayon :

Plus d'encre.

Plus de sel.

Plus de savon.

Tout au long, soutenue par une musique de chambre discrète, une voix off résume l'épopée de Ruth Rotstein, jeune fille de Varsovie qui, au moment où elle allait devenir une couturière renommée à Berlin, a dû, avec les siens, fuir la Pologne pour trouver refuge à Shanghai.

Le commentaire s'achève par un plan fixe d'une page sur laquelle est noté avec précision le poids d'une enfant dans ses premiers mois et premières années.

En haut de la colonne de chiffres, on peut lire un nom chinois, Xiao-Nao, accolé à un nom yiddish, Feigelé.

À chaque poids correspond un âge :

2 mois, 3,3 kg.

4 mois, 4,9 kg.

Puis, sur la dernière ligne :

2 ans 1/2, 11,7 kg.

À la suite de cette dernière page, la caméra montre un amas de feuillets agglomérés, assez épais, durci comme du cuir, d'une couleur brune ombrée d'un rouge qui évoque immédiatement le sang séché. Une grande quantité semble avoir imbibé les pages. Du sang noircit aussi une partie de la couverture de moleskine au dos entaillé en biais, recollé à l'aide d'une bande d'adhésif jaunie par le temps et les manipulations. Une voix d'homme dit :

« Le sang de Ruth Rotstein et de Golda Weitzmann.

— Oui, fait une voix de femme, claire, paisible. Ma mère et ma grand-mère. Leurs sangs mélangés... »

Les pages disparaissent, la caméra fait un zoom léger sur une très belle femme aux traits asiatiques assise sur un canapé, dans l'un des studios-salons d'Aroutz 1. À la voir de plus près, son visage apparaît plus carré, sa bouche plus grande et plus dessinée, l'ensemble peut-être un peu moins oriental qu'au premier coup d'œil. Son nom s'inscrit au bas de l'écran : Bo Xiao-Nao.

Dans un hébreu parfait, teinté d'un léger accent, elle dit en esquissant un sourire :

« C'est ainsi que j'ai toujours appelé Ruth et Golda : ma mère et ma grand-mère. Elles ne le furent biologiquement ni l'une ni l'autre, mais elles m'ont élevée depuis le jour de ma naissance. Ma véritable mère, Esther Eskenaz, est malheureusement morte en me mettant au monde dans le ghetto de Shanghai. »

Le regard de Bo Xiao-Nao se détourne du journaliste, se fixe sur un point du studio que les spectateurs ne voient pas. La caméra suit son index qui effleure sa tempe droite. Un zoom dévoile le croisillon d'une cicatrice. Les ourlets en sont un peu relevés et ses nervures font étrangement penser aux lettres du mot « oui » en yiddish : יאָ.

« Et ce sont ces pages qui vous ont sauvé la vie ?

— Oui. À deux reprises. La première fois, je n'en ai pas eu conscience. J'étais trop petite, j'avais à peine deux ans et demi. La seconde fois, ça s'est passé bien après la guerre, j'étais encore en Chine avec mon père. C'était en 1966, pendant la révolution des Gardes rouges. J'avais vingt-quatre ans. Je voulais absolument préserver de la destruction les carnets de ma mère Ruth – מאַמע רות, "Mamé Ruth", comme je le disais en yiddish. Et en faire don au musée de la Diaspora en Israël. Poser ma main sur le sang qui couvrait ces pages me donnait le courage de faire ce qui me paraissait impossible.

— Vous parliez en yiddish avec votre mère ? s'étonne le journaliste. Avec Ruth Rotstein, je veux dire. »

Bo Xiao-Nao éclate d'un rire chaleureux piqueté d'ironie.

« Il paraît ! Mon père me l'a souvent raconté. Vous savez, chez nous, c'était un peu la tour de Babel. Dans les années qui ont suivi la mort de Mamé Ruth et de Bobé Goldé, "grand-maman Golda", je parlais le yiddish et un peu l'allemand avec leurs amies. L'hébreu et le chinois, nous les parlions avec mon père – il adorait les langues. Il ne cessait d'en apprendre de nouvelles.

— Et c'est ainsi que vous êtes devenue professeure de littérature yiddish à l'université Columbia, aux États-Unis…

— Oui… Enfin, après quelques aventures. »

Le journaliste approuve d'un signe.

« Avant d'y venir, dit-il en se tournant vers la caméra, nous allons vous présenter un petit montage historique qui permettra à chacun de découvrir ce chapitre méconnu des années juives de Shanghai, si l'on peut les appeler ainsi. Cela nous permettra de comprendre dans quelles conditions les carnets de Ruth Rotstein ont survécu – il se tourne vers Xiao-Nao pour achever sa phrase –, en même temps que vous-même. »

Tandis qu'une voix off raconte la naissance du ghetto de Shanghai, se succèdent à l'écran des photographies, en noir et blanc ou en couleurs, de mini-reportages d'époque montrant Shanghai durant la guerre sino-japonaise – des visages hébétés, des trams vides, des magasins de Little Vienna, la partie autrichienne de la Concession, la zone française, des ateliers, des groupes de personnes squelettiques.

Soudain, une caméra suit un escadron de B-29 Superfortress dans le ciel au-dessus du Yangtsé. Des bombes tombent en oscillant sur une ville. On entend une série d'explosions. Suivent des plans de ruines et de décombres, de gens remuant la poussière, les briques, les gravats.

« Ce jour-là, à la fin du mois de décembre 1944, Bo Xiao-Nao a survécu grâce au courage et, sans doute, aux carnets de Ruth Rotstein », dit le commentaire.

Des dessins et des cartes remplacent les photos et les films, montrant que si des abris antiaériens avaient été creusés dans la partie française de la concession étrangère, le ghetto, en revanche, en était dépourvu.

« En ce jour de décembre 1944, des bombes américaines visant l'état-major japonais, concentré autour du cœur de la ville, sont tombées plus au nord-est, en plein ghetto. L'une d'elles a atteint l'ancienne fabrique de cigarettes Sassoon, où vivaient Ruth Rotstein, Golda Weitzmann et la petite Xiao-Nao. »

Ruth et Golda, Xiao-Nao dans les bras, étaient parvenues à quitter la fabrique à temps. Elles couraient vers l'église voisine, qui paraissait solide, quand elles durent se mettre à l'abri. Le souffle de l'ultime bombe de cette journée pulvérisa le baraquement où elles s'étaient réfugiées.

Deux ou trois heures plus tard, Yu, le père de Xiao-Nao, cherchait désespérément sa fille parmi les décombres. Il entendit ses appels. De sa main valide – son bras gauche avait été gravement blessé lors du bombardement de l'école où il enseignait –, il s'est acharné à dégager les débris qui ensevelissaient sa fille, jusqu'à ce que les secours arrivent.

La petite Xiao-Nao était saine et sauve. Yu l'a trouvée agrippée de toutes ses forces aux carnets dégoulinant du sang de Mamé Ruth et de Bobé Goldé, enlacées au-dessus d'elle. De leurs deux corps, elles avaient protégé l'enfant de la pluie mortelle des fragments de verre et des morceaux de tôle.

« Un seul éclat a effleuré sa tempe », dit la voix off.

Xiao-Nao ne réagit pas tout de suite. La caméra se fixe sur son visage, parcouru d'émotions.

« Chaque fois que je réentends cette histoire… Ce moment…

— Oui… », commence le journaliste.

Elle l'interrompt d'un geste.

« Dans quelques semaines, les carnets de Ruth Rotstein seront publiés aux États-Unis. On parle déjà d'un film. Il faut les lire pour bien comprendre qui elle a été. Elle et ses compagnes, ses amis chinois, aussi. Quand on raconte comme ça, on ne se rend pas compte. C'était une chaîne de personnes extraordinaires… Et elle… Je vais vous dire quelque chose qui va vous surprendre. Dans la fabrique, dans le quartier tout autour, les gens la surnommaient "la Juive de Shanghai". Après sa mort, ce nom lui est resté. Et moi, j'étais la petite Feigelé, la fille de la Juive de Shanghai. Vous permettez que je précise quelque chose aux téléspectateurs ?

— Allez-y, fit le journaliste surpris.

— Le ghetto de Shanghai n'était pas comme le ghetto de Varsovie, et les Juifs qui y habitaient n'étaient pas condamnés à mourir. Lorsque la guerre a éclaté et que les nazis ont commencé à exterminer les Juifs en Europe, les frontières se sont fermées les unes après les autres devant les fugitifs. La ville de Shanghai, elle, a accepté de les accueillir. Mais il fallait arriver jusque-là ! Quelques dizaines de milliers de Juifs y ont trouvé refuge. Ce n'est que sous la pression des nazis que les Japonais, leurs alliés, ont accepté de les enfermer dans un ghetto. Et, bien que les conditions de vie y fussent misérables, la plupart ont survécu. »

Elle esquissa un sourire.

« Un jour, je devais avoir douze ou treize ans, j'ai demandé à mon père : "Pourquoi tout le monde appelle Mamé Ruth la Juive de Shanghai ? Tout le monde ici est juif, non ?" Mon père a eu du mal à me l'expliquer. Puis, quand j'ai pu lire les carnets, j'ai commencé à comprendre. Ruth Rotstein était comme un emblème, si vous voulez. Elle était elle, et en même temps elle était tous les Juifs de Shanghai. Elle les représentait un peu tous. Têtue et vivante, elle a traversé le pire.

Acharnée à maintenir la vie, l'amour. "Nous devons rester ensemble, répétait-elle. Ici et maintenant. Quoi qu'il nous en coûte." Rien d'extraordinaire, apparemment, et pourtant c'est quelque chose de très difficile à réussir quand tout va mal.

— Et vous, ce sont les carnets de Ruth qui vous ont permis de rester vivante ?

— Certainement. Parce que je me suis fait un devoir de ne pas les perdre. Afin de garder le souvenir de ceux qui forment ce peuple de mémoire.

— Cela a été une épreuve…

— Oui, mais bien trop longue à raconter ici, ce soir, fait Xiao-Nao en riant.

— Tout de même…

— En deux mots… Ou presque. Durant l'été 1966, comme vous le savez, a commencé en Chine la révolution des Gardes rouges. Ce qu'on appelait la "campagne contre les quatre vieilleries". C'est-à-dire les vieilles idées, la vieille culture, les vieilles coutumes, les vieilles habitudes… L'université de Shanghai a été comme saisie de folie. Pour les petits Gardes rouges, mon père, Yu, incarnait ces vieilleries… Quant à mon grand-oncle, Bo Jinhui, renommé pour ses chansons populaires, il était quasiment diabolisé… Comme des millions d'autres, mon grand-oncle et mon père ont été arrêtés, humiliés, torturés et tués. Moi, j'ai fui vers Pékin en emportant les carnets de Mamé Ruth. Je me suis cachée chez un ami de mon grand-oncle Jinhui et de mon père… Ironie du destin, il s'agissait d'un Juif ! Il est oublié aujourd'hui, pourtant il a connu un destin hors du commun. Il s'appelait Israel Epstein, Yesel pour les Chinois. Il était proche de Mao et même des Gardes rouges. Ils ont tout de même fini par l'emprisonner. Mais il a pu m'envoyer auprès d'une de ses amies, que Mao protégeait en secret… Je suis restée chez elle durant cinq ans. Et savez-vous ce que nous avons fait pendant ce temps ? Une copie des carnets de Ruth Rotstein. Au cas où ces chapitres chinois de l'époque de la Shoah seraient pris et détruits. »

Xiao-Nao s'interrompit avec un grand rire.

« Bien sûr, il a d'abord fallu que j'enseigne l'allemand et le yiddish à cette dame ! Ah, comme elle a aimé Mamé Ruth, quand elle a pu lire son journal ! Mais tout ça, c'est une autre histoire, n'est-ce pas ? »

# *Notes*

Frau Opel appartient à la très réelle ligue des protestants de l'Église confessante, dans laquelle officiait le pasteur Schneider. Créée en 1933, elle fut l'une des plus importantes organisations de résistance au nazisme.

Les paroles de Hitler entendues à la radio par Ruth et Frau Opel furent bien prononcées ce jour de novembre 1938, au Reichstag, par le Führer.

Les compagnons de Clara et elle-même pourraient appartenir à l'Aide rouge (*Rote Hilfe*). Cette organisation communiste fondée en 1924 par le KPD soutenait les persécutés du régime national-socialiste. Elle fut interdite en 1933 puis dissoute en 1936 par les nazis. Presque tous ses membres furent abattus ou arrêtés.

Les agents de l'Internationale communiste, ou Komintern, furent très présents (et nombreux) en Europe et en Asie jusqu'en 1943, l'année où Staline accepta de dissoudre le service sous la pression des Alliés.

Sugihara Chiune (1900-1986) fut vice-consul du Japon à Kaunas de 1939 à 1942. Entre fin 1939 et septembre 1940, il émit plusieurs milliers de vrais-faux visas (plus de six mille, un visa par famille) permettant aux Juifs de Pologne et de Lituanie de fuir l'Europe à travers la Sibérie. Sugihara fut nommé à Bucarest en 1941, emprisonné par les Soviétiques en 1944, et dut démissionner des Affaires étrangères nipponnes en 1947. Il est Juste parmi les nations depuis 1984.

Le rabbin Chaim Leib Shmuelevitz (1902-1979) et sa yeshiva de Mir (en Pologne à l'époque) bénéficièrent des « visas Sugihara ». La yeshiva se transporta au Japon, en Chine et enfin à Jérusalem jusqu'à sa mort.

Les personnages de Bo Jinhui et de son neveu Bo Yu sont librement inspirés des huit frères Li, une étonnante famille d'intellectuels et d'artistes. Li Jinxi (1890-1978), l'aîné, était un linguiste proche de Mao Zedong, et le plus jeune, Li Jinyang (1915-2018), romancier, vit, sous le nom de Chin Yang, certaines de ses œuvres jouées à Broadway. Quant à Li Jinhui (1891-1967), dont est inspiré le personnage de Bo Jinhui, il était, comme il est écrit dans le roman, auteur de chansons, d'opéras, de partitions de jazz, etc. Il fut également à l'origine du changement de statut des chanteuses et actrices. Ce fut le musicien le plus populaire de la Chine du Sud jusqu'à la révolution des Gardes rouges, durant laquelle il ne dut sa survie qu'à Mao Zedong.

Sir Victor Sassoon (1881-1961 ; troisième baronnet du nom) fut bel et bien, par sa richesse et son influence, le roi de Shanghai au cours des années 1930. À la fin de la guerre, il fonda une association d'aide aux Juifs européens.

L'American Jewish Joint Distribution Committee joua un rôle essentiel dans la survie des milliers de prisonniers du ghetto de Shanghai. Dans les dures années 1941-1943, Laura Margolis Jarblum en fut l'extraordinaire administratrice, ainsi que Manuel Siegel, avant qu'ils soient arrêtés et torturés par l'armée japonaise.

Les nombreux « méchants » de la « mer des scorpions » existèrent tous sous les noms qui leur sont donnés, ainsi que les multiples officines de meurtres et de renseignements : Juntong, N° 76, Bande verte…

Du Yuesheng, dit « Du Grandes oreilles », fut paradoxalement à la fois le maître incontesté du commerce de l'opium et du renseignement et le chef du bureau de répression du trafic d'opium au sein du Guomindang de Chiang Kaï-chek. Arrêté après la guerre, il finit sa vie en héros de la lutte contre les Japonais.

Chao Kung fut un légendaire agent multiple. Juif originaire de Hongrie, il posséda quantité de noms, le premier étant presque certainement celui de Trebitsch Lincoln. Il existe une lettre adressée à Hitler et signée de lui, ainsi qu'un ordre d'empoisonnement émis par Goering.

Jiang Qing (1914-1991), quatrième femme de Mao Zedong, fut actrice à Shanghai en 1933-1934 (sous le nom de Lan Ping, « Pomme bleue ») dans l'une des troupes de Li Jinhui. Il lui conseilla de renoncer à cette carrière. Une humiliation que « l'Impératrice rouge », comme elle fut surnommée, ne lui pardonna jamais. Elle se vengea pendant la période de la « Bande des Quatre », après la mort de Mao, qui fut toujours un protecteur de la famille Li.

*Remerciements*

Merci à Sophie Jaulmes de m'avoir assisté tout le long des recherches et de la rédaction de ce texte.

Merci à Nathalie Théry d'avoir, comme d'habitude, relu ce texte avec amitié et attention.

*Table des matières*

Composition et mise en pages
Nord Compo à Villeneuve-d'Ascq

#lisez engagé !
Pour plus d'information :
www.lisez.com
Imprimé sur du papier issu de forêts gérées durablement.

Imprimé en France par MAURY IMPRIMEUR
en octobre 2023
N° d'impression : 273685

POCKET – 92, avenue de France, 75013 Paris

S33756/01